De koningin van de v

Marijke Hollander

SUZANNAH DUNN

De koningin van de verleiding

Vertaald door James Vandermeersch

Manteau

Voor Vincent,
mijn kleine troonopvolger
met het Tudorrode haar

Oorspronkelijke titel: The Queen of Subtleties

www.manteau.be
info@manteau.be

Vertegenwoordiging in Nederland
WPG Uitgevers België
Herengracht 370/372
NL-1016 CH Amsterdam

Vertaling: James Vandermeersch
Omslagontwerp: Ronny&Johny
Opmaak binnenwerk: Philos

ISBN 978 90 223 2767 8
D/2012/0034/367
NUR 302

Voorwoord

Mevrouw Cornwallis was de banketbakster van koning Hendrik VIII, en hoewel de keukens van het paleis tweehonderd personeelsleden telden, was zij er de enige vrouw. Veel weten we niet over haar, behalve dan dat de koning haar, uit dankbaarheid voor haar diensten, een prachtig huis heeft geschonken in Aldgate. Maar daar houdt het op. Het verhaal van Lucy Cornwallis en alle andere aspecten van dit historische personage zijn fictief. Ook de karaktertrekken en belevenissen van haar collega's zijn de vrucht van mijn verbeelding. De namen en functies van de andere leden van het huispersoneel zijn historisch zo juist mogelijk, evenals de route van de hofreis tijdens de zomer van 1535.

Alle gebeurtenissen of verwijzingen in de delen met de titel 'Anna Boleyn' zijn eveneens historisch zo accuraat mogelijk. Met drie kleine uitzonderingen. Ten eerste was de lijfspreuk die was geborduurd op het kostuum van de koning tijdens het steekspel op vastenavond 1526 niet *No Comment* maar *Declare je nos* (Ik ben niet zo vermetel te verkondigen). Ten tweede was het niet sir Henry Norris maar de oom van Anna, de hertog van Norfolk, die haar in de lente van 1536 vertelde dat Hendrik zwaar ten val was gekomen. Ten slotte was de tante bij Anna in de Tower niet de Elizabeth die hertogin van Norfolk was geweest, maar een andere.

Om verwarring te vermijden, werden voor bepaalde namen verkleinwoorden gebruikt. Henry, Francis, Mary en Elizabeth waren immers bijzonder populaire namen ten tijde van de Tudors. Toen werd Meg Shelton trouwens al Madge genoemd en Betsy Blount kreeg de bijnaam Bessie. Henry Norris werd dan weer met de voornaam Harry aangesproken. Echter, de hond van Anna Boleyn heette niet Pixie, zoals in het boek het geval is, maar wel Purkoy, van het Franse *pourquoi*, omdat hij je altijd met zijn kop scheef stond aan te kijken alsof hij zich leek af te vragen waarom hij moest doen wat je van hem verlangde.

Anna Boleyn

Elizabeth, geloof niet alles wat er over mij gezegd wordt. Misschien wordt er zelfs niets gezegd. Als ik moet kiezen tussen de leugens of doodgezwegen worden, dan valt de keuze mij zwaar. Ook jouw verhaal wordt herschreven, mijn kind. Je bent niet langer de wettige dochter en rechtmatige erfgenaam van de koning. Gisteren, met enkele snelle pennentrekken, werd je een bastaard. Morgen zal het zwaard van jou bovendien een moederloos kind maken.

Er zijn mensen die maar al te graag zouden willen dat het gerucht verspreid en geloofd wordt dat je niet de dochter van jouw vader bent. Maar tot hun grote teleurstelling kan niemand ontkennen dat je een Tudor bent. Niemand kan om jouw tere blanke huidje en vuurrode lokken heen. Ikzelf heb zwart haar en zwarte ogen en met mijn olijfkleurige huid lijk ik wel van Spaanse afkomst. Jij bent duidelijk het vlees en bloed van jouw vader.

Je zult niet meer weten hoe ik eruitzie. En ik geloof ook niet dat je ooit mijn afbeelding zult kunnen aanschouwen. Mijn portretten zullen ongetwijfeld worden verbrand. Waarschijnlijk krijg je zelfs nooit mijn handschrift onder ogen, want ook mijn brieven en dagboeken zullen worden vernietigd. Overal in het koninkrijk zal de initiaal van mijn naam weggebeiteld worden en zal enkel die van jouw vader het metsel- en beeldhouwwerk sieren. Dit alles begint morgen, wanneer het zwaard valt. Voor mijn echtgenoot in het openbaar zijn nieuwe huwelijk aankondigt. Ik, zijn huidige vrouw, sta dit verbond in de weg. Maar, zoals ik al zei, niets wat niet met een enkele houw van een scherp zwaard kan worden opgelost.

Ik wil dat je mijn verhaal kent, Elizabeth. Laten we dus beginnen bij het begin. Ik werd geboren kort na de aanvang van een nieuwe eeuw. En wat voor een eeuw! De zestiende, zo vernieuwend. Je hebt geen idee van de historische veranderingen die ik heb meegemaakt. Het oude Engeland, dat van de ridders en de geestelijken, hield plots op te bestaan. Vroeger steunde het land op deze oude mannen. Mannen die waren voorbestemd om het land te leiden en wisten wat hun plaats was. Wij, de Boleyns, gingen er altijd al prat op dat wij zowat alles weten wat er te weten valt. Behalve dan wat onze plaats is.

Ik zag het levenslicht in Norfolk. Mijn moeder is een Howard. Haar broer is de hertog van Norfolk. Blickling Hall is de plaats waar ik geboren ben. Ik herinner me Norfolk niet meer, maar ik hoorde dat het landschap er vlak is, met weidse vergezichten. Blijkbaar wist ik toen al dat mijn toekomst ergens achter de horizon lag. Ook in de zomer is de lucht er vaak grijs en de winters zijn er bar koud. Even onherbergzaam en ruig als de Howards onbuigzaam zijn. Als alles bij het oude was gebleven, zouden de Howards er best gelukkig zijn geweest, denk ik.

Er doen nog andere geruchten de ronde over de Howards. De hertog, mijn oom Norfolk, zou het goed kunnen vinden met het gewone volk. Je zou kunnen denken dat zoiets vreemd is voor iemand die ooit als laatste man in Engeland werkte met horigen op zijn landgoed, maar op de ene of andere manier schijnt het toch te kunnen kloppen. Want voor hem gaat niets boven het zakendoen. En hij is niet bang om de handen uit de mouwen te steken. Geen franjes en beleefdheden. Landerijen en geld, dat is wat een Howard wil. Mijn oom heeft nog nooit een boek opengeslagen. En hij is er nog trots op ook. Kille hardvochtigheid en rendement. Vooral dat laatste is belangrijk. De ene dag krijg je een vriendelijk schouderklopje, de volgende een mes in de rug. Even goede vrienden, weet je wel. Vertrouw nooit een Howard, Elizabeth. Ook al ben je er zelf een. Kijk wat het mij heeft opgeleverd. Naar de Tower gestuurd door mijn eigen oom...

Maar ik ben eerst en vooral een Boleyn. Mijn vader genoot niet de privileges die de Howards genieten. Hij moest het zelf zien te maken. En dat heeft hij gedaan. Zeker en vast. Thomas Boleyn, een belezen man. Intelligent ook. Hij heeft bijzondere talenten die niet veel Engelsen hebben. Zijn kennis van het Frans, om maar een voorbeeld te geven. Hij spreekt de taal met een Franse tongval. Wat hem onmisbaar maakte voor de koning.

Wij Boleyns leefden anders dan de meesten in dit land. Wij liepen niet gekleed in muffe, oude gewaden en jurken. Wij aten geen stoofpotjes. Nee, van mijn twaalfde tot mijn twintigste woonde ik in Frankrijk. Ik groeide op als Française. En ik kwam ook naar Engeland als Française. Frankrijk heeft sterke vrouwen, Elizabeth. Omdat ze onderwijs genoten. Het is er zo anders dan hier. Als je hier een sterke vrouw bent, dan moet je wel een echte feeks zijn. Beeld je eens in hoe het was voor mij om hiernaartoe terug te keren. Ik, die jaren in het Frans had gedacht. Ik, die in Frankrijk had gewoond, een land waar alles mogelijk lijkt en waar het leven geleefd wordt. Zelfs nu, hier in de Tower, met nog één dag te gaan, leef ik, Elizabeth. Ik leef op een manier die de meeste mensen zich hier zelfs niet kunnen voorstellen. Ik heb medelijden met hun troosteloze nederige bestaan.

Vergeet Norfolk, Elizabeth. Vergeet de Howards, het oude Engeland en het katholicisme. Vergeet Blickling Hall met die naargeestig krakende deuren. Het statige Hever Castle met zijn warme kleuren, waar wij, de Boleyns, een thuis van hebben gemaakt, is zo heerlijk anders. Misschien ga je er op een dag wel eens naartoe. Ik bracht er mijn jeugd door.

Ik was een gewone vrouw, maar werd koningin. Niemand hield het voor mogelijk, maar toch is het gebeurd. Ik stootte de vrouw die negentien jaar lang koningin van Engeland was geweest van de troon. Een vrouw die was geboren als 'de dochter van de katholieke koningen'. Haar koninklijke bloed en vorstelijke houding, haar gratie waarom ze zo bekend was en haar vrijgevigheid waren niet tegen mij opgewassen. Toen ik klaar was met haar, was ze slechts een dikke, oude kwezel. En Engeland was voorgoed veranderd. Het moest gebeuren. Ik had het oude Engeland bij de keel en ik heb geknepen tot het dood was.

Maar laten we het even niet hebben over de ex-echtgenote. Mannen, ik begin met mannen. Want mijn hele leven – en blijkbaar mijn dood ook – heeft eigenlijk om mannen gedraaid. Ik vind hen fascinerend. Ze zijn zo gemakkelijk te imponeren. Zo open en gretig ook. En daar houd ik wel van. Ik was twintig toen ik naar het hof kwam en net terug uit Frankrijk. En ik werd verliefd op Harry, lord Percy. Dat is op zich helemaal niet vreemd. Vrouwen worden allemaal wel eens verliefd. Maar dit was anders, want Harry was ook verliefd op mij. Harry Percy, tweeëntwintig was hij, met zijn ongedwongen glimlach en een mond die leek te zijn gemaakt om te kussen. Hij had smaak. Dat zag je aan zijn kleren. Stijlvol, maar zonder die verschrikkelijke ouderwetse opzichtigheid die de andere Engelse mannen zo noodzakelijk leken te vinden. Hij was geraffineerd en kon zich die modieuze verfijning ook veroorloven, want hij was een van de rijkste erfgenamen van Engeland. Ook dat pleitte in zijn voordeel.

Hoewel hij geen begenadigde ruiter was, te gemakzuchtig, en tennis maar een vervelend spel vond, werd zijn gezelschap verrassend genoeg bijzonder gewaardeerd door de andere mannen. Hij kon drinken. Toen al. Misschien verklaart dat zijn populariteit wel. Hij was overal bij betrokken en tegelijkertijd ook weer niet. Eigenlijk was hij meer een buitenstaander, een toeschouwer. En dat trok mij, als nieuwelinge aan het hof, wel aan. Niet alleen de mannen maar ook de vrouwen konden zijn aanwezigheid appreciëren. Omdat hij van vrouwen hield. Hij hield van hun gezelschap, en van hun lichaam. Overduidelijk was het, voor de vrouwen althans. De mannen hadden geen idee van het effect dat hij op vrouwen had en waren zich helemaal niet bewust van de concurrentie. Wij vrouwen hadden onmiddellijk door dat Harry een levensgenieter was. Iemand die elk moment met je koestert. Maar hij was geen notoire rokkenjager. Integendeel. Hij leek zelfs heel kieskeurig en van een echte romance die je wereld helemaal op zijn kop zet, was geen sprake. Het was nemen of laten bij hem. Zoveel was duidelijk. En compromissen sluiten deed hij niet. Ook dat intrigeerde mij. Ik had er bewondering voor.

Wij liepen elkaar zo nu en dan tegen het lijf tijdens die eerste weken. Alhoewel, in het geval van Harry is ‘lopen’ misschien de verkeerde woordkeuze wegens te actief. Ik wist dat hij me had opgemerkt. Hoe kon dat ook anders? Ik was de nieuwe aan het hof. Modieus gekleed. Naar Franse normen dan. En op een dag, het was bijna avond, sprak hij me aan in een gang.

'Wandel je met me mee?' vroeg hij. Het klonk eigenlijk niet als een vraag.

Ik antwoordde niet, maar ging wel in op zijn verzoek en opende een deur die uitgaf op een binnentuin. Het was er warmer dan ik verwachtte. Ik was die dag nog niet buiten geweest. De hele tijd had ik gedaan wat hofdames meestal doen, kaartspelen of muziek maken. Dat soort dingen. Mijn ogen wenden aan het licht en de buitenlucht deed mij herleven. Ik herinner me dat ik me afvroeg waarom ik dit niet vaker deed. Buitenkomen. Wandelen.

We kuierden in de richting van de rozentuin. 'Thuis', zei hij om de stilte te verbreken, 'kun je in de tuinen de zee ruiken. Ik mis die geur. Hier voel ik me zo opgesloten.'

'Wandelen en praten dus...'

Hij zweeg. Uit het lood geslagen. *Wandel je met me mee?*

Ik had een vraag. 'Wat vond je van het toneelstuk, gisteren?'

Even leek het of hij er zich vanaf zou maken met een cliché. In plaats daarvan haalde hij zijn schouders op zonder iets te zeggen. Hij zag er allesbehalve enthousiast uit.

'Ja,' zei ik, 'maar je zat de hele tijd te lachen.'

'We zijn hier wel aan het hof', luidde zijn verweer. Het koninklijke hof: eten, drinken en vrolijk zijn. En toen volgde die innemende lach van hem. 'Jij hebt je anders ook kostelijk geamuseerd', zei hij.

Nu was het mijn beurt om mijn schouders op te halen. 'We zijn hier wel aan het hof.'

'Niemand heeft gelachen zoals jij. Je doet het best wel goed.'

'Lachen?'

'Aan het hof zijn.'

Ik antwoordde dat ik niet hield van half werk.

We gingen zitten op een bank. 'Wil je weten wat ik er echt van denk, lord Percy, van dat toneelstuk? En van alle toneelstukken die hier gespeeld worden? En van de muziek en de poëzie, het eten, de kledij, alles?' Ik leunde achteruit en kruiste mijn enkels. 'Wil je weten wat ik van de tuinen vind?' vroeg ik.

Met zijn ellebogen op zijn knieën steunend, staarde hij naar de grond. 'Je mist Frankrijk.'

Ik trok een rozenblaadje af en rolde het heen en weer tussen mijn vingers. 'Je hebt er geen idee van. Ik meen het. En jij? Wat mis jij? Vertel me eens over jouw thuis.'

We hebben toen uren zitten praten. Over de plaatsen waar we geweest waren en over boeken. Boeken die onze levens veranderden. Ik vroeg hem hoe hij een bepaald boek op de kop had weten te tikken, hoewel het nog altijd verboden was in Engeland. Hij antwoordde dat hij zijn bronnen had. 'Een geheim dat ik maar wat graag met je zou delen,' zei ik, 'als je denkt dat je het mij kunt vertellen, tenminste.'

Hij plukte wat overbleef van het rozenblaadje van tussen mijn vingers. 'O, ik ben niet van plan iets voor jou geheim te houden', antwoordde hij.

De nacht had zijn mantel over ons uitgespreid. Het paleis leek op een sterrenbeeld van helder verlichte deuren en ramen. De stemmen van de toevallige voorbijgangers klonken opgewekt in het duister, minder behoedzaam dan anders. Harry en ik leken wel onzichtbaar, daar in het donker. En toch waren we er nog. Niet langer zichtbaar, wel aanwezig.

'Anna?' Zijn stem klonk hunkerend. De kus die volgde

was een zachte streling van zijn lippen over de mijne. En van de mijne over de zijne.

Sindsdien wilden we maar één ding meer: samen zijn. Als hij vriendelijk en attent stond te wezen in het gezelschap van een andere vrouw, glimlachte ik alleen maar. Denkend aan hoe hij straks zijn mond tegen de mijne zou drukken. Vol overgave. Ik kon amper geloven dat ik zo gelukkig kon zijn. Een leven zonder hem kon ik mij niet meer inbeelden. In stilte dankte ik God voor Harry.

Maar er was een kaper op de kust. Een man die zich, in Engeland, God waande: kardinaal Wolsey. Wolsey had, om verschillende politieke redenen, andere plannen met Harry. En daar maakte een Boleyn geen deel van uit. Hij nam contact op met Harry's vader, die vervolgens naar het paleis kwam. Harry kreeg te horen dat hij onmiddellijk naar huis moest terugkeren. Daar besliste zijn vader dat hij in het huwelijk diende te treden met een vrouw die hij niet kende. De liefde die zou groeien is afkeer geworden en zijn echtgenote heeft hem nooit kinderen geschonken. Hij woont nog altijd in het huis van zijn voorouders, daar in Northumberland, waar hij zich elke dag laveloos drinkt.

Ik werd tijdens de zomermaanden naar huis gestuurd. Toen leek mijn terugkeer naar Hever Castle een zwaarder lot dan de dood, en die zomer ging ik zowat elke dag tekeer over Wolsey. Ik niet alleen overigens. Ook de rest van mijn familie liep niet hoog op met hem. Tijdens diezelfde zomer kreeg mijn vader een adellijke titel – Lord Rochford – en even leek het erop dat zijn harde werken eindelijk beloond zou worden. Tot Wolsey zijn ontslag als Lord Treasurer eiste... Belangenvermenging, luidde de officiële reden. Wij, de Boleyns, verloren een inkomen en Wolsey oogstte onze afkeer.

Mijn vader was niet de enige die toen, geknield in de

overbevolkte en ondraaglijk warme audiëntiezaal, de *Presence Chamber*, met een adellijke titel werd beloond. Net voor hem werd Fitz, de zesjarige buitenechtelijke zoon van de koning, tot hertog van Richmond benoemd. De kleine jongen met de kuiltjes in de wangen en het abrikooskleurige haar, was voor de gelegenheid van zijn kinderkamer in Durham House aan The Strand naar het paleis gebracht. Toen hij zijn titel had gekregen, had hij plaatsgenomen naast zijn vader, om vandaar de rest van de plechtigheid te volgen. Een officieel welkom aan het hof. Een maand later werd hij weer teruggestuurd, omdat in Londen de zweetkoorts was uitgebroken. Hij was nu de trotse eigenaar van een kasteel ergens in het noorden. Bovendien ontving hij de inkomsten van tachtig heerlijkheden. Driehonderd man personeel had hij nu, waaronder de beste leermeesters. De kleine jongen van Betsy Blount, de geliefde buitenechtelijke zoon van de koning, verliet het hof als een prins.

Uiteraard moest iets soortgelijks de prinses ten deel vallen. Het werd Ludlow. In augustus. Toen Fitz vertrok, was ik er niet bij. Maar ik stond wel op de binnenplaats toen Mary met haar tweehonderd bedienden naar Ludlow trok. Vooral de levendige kleuren, blauw en groen, zijn mij bijgebleven. Ik was toen een hofdame van de koningin. Ze stond te snotteren toen de prinses door de poort verdween en is nog dagenlang blijven janken. In die periode was de koningin al haar veeleisende zelf. Het plechtige vertrek van haar dochter naar Ludlow kon de klap niet verzachten. In april was de kleine Fitz tot ridder geslagen in de Orde van de Kousenband. Dat kon ze nog aanvaarden. Maar zijn adellijke titel in juni en het paleis dat hij toegewezen kreeg in juli, waren er te veel aan. Wolsey heeft toen drie van haar hofdames ontslagen omdat ze maar bleven doordrammen over Fitz. Toen de koningin hem vroeg om hen opnieuw in dienst te nemen, weigerde hij. En dat heeft het alleen maar erger gemaakt dan het al was. Maar hij had nu eenmaal zijn gebruiken. De weigering was een schot voor de boeg van Catharina. Een waarschuwing. En die viel bijzonder ongelegen, want de verloving van haar vervelende, ondermaatse kind en de Spaanse heerser was net tenietgedaan. Ik wil hiermee zeggen dat niemand haar eigenlijk nog *au sérieux* nam die zomer. En het zag er niet naar uit dat daar snel verandering in zou komen.

Het verhaal dat toen de ronde deed, was dat van Hendrik die besloot te scheiden van zijn zachtaardige koningin om haar in te ruilen voor mij. Een lijdzaam toekijkende echtgenote van middelbare leeftijd voor een jongere vrouw met onpeilbare ogen, een verleidster verzot op geld en juwelen. De waarheid was echter een stuk ingewikkelder. Neem nu mijn leeftijd. Ik was zesentwintig toen Hendrik voor mij viel. Ik was geen jong meisje meer. Op die leeftijd had ik eigenlijk al gehuwd moeten zijn, en dat zou ik ook zijn geweest als Wolsey niet tussenbeide was gekomen. Ik zou al kinderen hebben gehad. Zonder Wolsey zou ik gravin van Northumberland zijn geweest. Zesentwintig jaar. Ik had een goede opvoeding genoten, ik was modieus gekleed en, toegegeven, ik was ambitieus. Niet zomaar een of andere scharrel met mooie ogen. En ja, ik was jonger dan Catharina, maar wie was dat niet? Zij was veertig, ze leek wel zestig! Haar tijd was voorbij. Haar taak was het voortbrengen van erfgenamen en ze was al tien jaar niet meer zwanger geweest. Een dood gewicht was ze. Een blok aan het been van Hendrik.

En wat voor een! Wat ze te weinig had aan lengte, had ze te veel aan buikomtrek. Met alle gezondheidsproblemen van dien. En dan waren er nog de zwangerschappen die verkeerd zijn afgelopen... Niet echt verwonderlijk gezien wat ze zichzelf aandeed. Vasten, bij het krieken van de dag opstaan om te bidden. En dan die wekenlange pelgrimstochten, door weer en wind, naar Walsingham. Dit eiste niet alleen lichamelijk maar ook mentaal zijn tol. Ze trok zich terug, in het gezelschap van enkele vrome vrouwen en priesters uit Spanje, en leefde niet langer in de echte wereld. Eigenlijk had ze dat nooit gedaan. Ik zal niet ontkennen dat ze altijd wel een vriendelijk woordje voor je overhad. Voor iedereen trouwens. Het enige probleem was dat je dat woordje niet begreep. Het was hopeloos. Na al die jaren in Engeland was en bleef ze een vreemdelinge.

Waarom was Hendrik eigenlijk met haar getrouwd? En het was dan nog zijn eigen keuze... Zijn vader was gestorven, nog maar net, en het huwelijk was Hendriks eerste belangrijke beslissing als koning. De nieuwe zeventienjarige koning zette door met Catharina in het huwelijksbootje te stappen meteen een eerste, voorzichtige politieke stap: een verbond met Spanje. Hendrik was een edelmoedig man, iemand die goed probeerde te zijn. Hij wilde een einde maken aan de lijdensweg van Catharina, die lieve, stoïcijnse en belezen jonge vrouw – zo zag hij haar – die in Engeland verzeild was geraakt en een ouderloze, verarmde weduwe was geworden.

Maar goed... Daar zaten ze dan, jaren later. Het leek wel of ze nooit voor elkaar bestemd waren geweest. Ze zagen er ook zo uit. Zij was de kleinste vrouw aan het hof en hij was zowat de grootste man in heel Engeland. Zij waggelde, terwijl hij een van de beste tennisspelers in heel Europa was. Zij speelde kaart met haar vriendinnen en ging vroeg slapen. Hij feestte tot in de vroege uurtjes. Zij was een oude vrouw geworden, terwijl hij nog altijd een jonge man was. Zij keek al uit naar kleinkinderen en hij hoopte nog op een erfgenaam. Er was ook een fundamenteel verschil in de manier waarop ze geloofden. De band die Hendrik had met God was geheel anders dan die van Catharina. Veel directer. Hij knielde niet voor priesters, zoals de koningin dat deed. Hendrik zou hen veeleer op de schouder slaan en een discussie met hen aangaan.

Toen ik haar gezelschapsdame werd, was de spil waar alles om draaide in haar leven die agressieve, schijnheilige dochter van haar. Een weerzinwekkend, kleurloos kind. Het was lachwekkend te denken dat die dwerg, de dochter van een oude Spaanse kwezel, ooit in Hendriks voetsporen zou kunnen treden en koningin van Engeland worden.

Toen Hendrik voor het eerst interesse in mij toonde, was ik er met mijn hoofd helemaal niet bij. Sinds Harry Percy had ik geen amoureuze gedachten meer gehad. Er was Thomas Wyatt geweest. Maar ik was nooit echt van zins iets met hem te beginnen. Begrijp me niet verkeerd. Ik vond hem leuk. We waren al vrienden toen we nog kinderen waren. Thomas was zelfs een van mijn allerbeste vrienden. Maar om hem als minnaar te nemen? Ik was niet overtuigd, maar zijn gevoelens waren onmiskenbaar. En hij maakte er ook geen geheim van. Voor een dichter – en dat was, of liever, is hij – is zoiets heel eenvoudig om te doen. Iedereen las zijn mijmeringen. Hij was dan ook een van de fijnzinnigste dichters in Engeland. Niemand kon mijn terughoudendheid begrijpen. Mijn vriendinnen zeiden het allemaal. Tommy is een goede partij voor een huwelijk. Hij ziet er goed uit, is intelligent, gevoelig... En hij heeft prachtig blond haar.

Hendrik had mij een geschenkje laten brengen. Op mijn hoofdkussen lag een roosje gemaakt van suiker. Iemand was in mijn kamer geweest terwijl ik er niet was en had het daar neergelegd. Een bloem van gesmolten suiker. Glazig, met kleuren zo zacht als rozenwater. Ik wist niet dat het van

Hendrik was tot ik het kaartje las. HR, Henricus Rex, *His Royal Highness*... De geschenken die hij mij vanaf die dag af en toe liet brengen waren soms suikerwaren, soms gouden sieraden en af en toe het edelste onder de lekkernijen, marsepein. Broches, wapenschilden, beeldjes, sterren, eenhoorns, zelfs de godin Venus schonk hij mij. Uiteraard bedankte ik hem voor elke attentie. Maar ik had er een gloeiende hekel aan. Met iedere gram suiker en goud die hij mij stuurde, moet hij gedacht hebben dat hij mij een beetje kocht. Maar ik was niet te koop. Uiteindelijk besloot ik dat ik hem erover zou aanspreken en vroeg of ik hem even onder vier ogen kon zien. Ik zag ertegen op dat ik het hem moest zeggen. En hij? Hij kreeg wat hij wilde. Ik was bij hem.

Ik zei hem dat ik niet ondankbaar wilde lijken – en dat was ik trouwens ook niet – maar dat hij moest ophouden mij geschenken te sturen.

'Moet dat?' vroeg hij geamuseerd. Neerbuigend en geamuseerd.

Het ergerde me, maar ik zorgde ervoor dat hij daar niets van merkte. Altijd het vriendelijke meisje spelen. Voor hem was het eenvoudig. Hij was de koning. Hij kon doen wat hij maar wilde. 'Ja', antwoordde ik.

'Zo? Waarom?'

Eerlijk antwoorden? 'Omdat het de zaken er niet eenvoudiger op maakt voor mij.'

'Is dat zo?'

Ja. Jij gaat door het leven als een statig zeilschip dat door de golven klieft, en wij worden meegesleurd in jouw kielzog.

Hij veranderde van tactiek. 'Ik vind het leuk om jou geschenken te kunnen geven.'

Vriendelijk blijven. Altijd vriendelijk blijven. 'En ik vind het ook leuk om ze te krijgen,' zei ik, en dat was niet gelogen, 'maar...'

Met een zwaai van zijn met ringen versierde hand legde hij mij het zwijgen op. 'Ze staan je goed. Goud staat je goed. Je moet geschenken krijgen.' Een glimlach. 'Je vindt het toch fijn om geschenken te krijgen?'

Ik kon het niet ontkennen. *Merde.* Ik spartelde als een vis aan de haak. En hij haalde traag de lijn in.

'Het zijn maar geschenken', zei hij. En dan, zachter: 'Laat me je geschenken sturen. Alsjeblieft.'

De stroom cadeaus hield niet op. Integendeel.

Er volgde een eerste brief: *Sta mij toe u enige uitleg te verschaffen...*

Wat viel er dan uit te leggen? Dat hij nog nooit iemand had ontmoet als ik. En meer van dat.

Dus moest ik hem onder vier ogen spreken over die brief. 'Uw brief...'

'Ja.'

En nu? 'Bedankt.'

'Ach zo. En?'

En? 'Gewoon. Bedankt voor de brief.'

Hij lachte alsof ik net een grap had verteld. 'Schrijf je terug?' Weer leek het gesprek hem te amuseren, alleen zag ik deze keer iets anders in zijn heldere ogen. In die blik die mij vasthield.

'O, jazeker.' *Merde.* 'Ja, als u dat wenst.'

'Als *jij* dat wenst.'

Ik knikte terwijl ik besefte wat er gebeurde. 'Ja, graag.' Ik moest wel, nietwaar? Een week of wat later, nadat hij mij er al meer dan eens aan had herinnerd, kon ik mijn antwoord echt niet langer meer uitstellen en heb ik die brief dan maar geschreven. *Ik kan het niet,* schreef ik. *Ik ben ontroerd en vereerd, maar ik kan het niet. Het ligt niet aan u, maar aan mij. Ik kan niemands maîtresse zijn. Ook niet die van u.*

Hij had al maîtresses gehad. Natuurlijk had hij die gehad. Hij was met Catharina gehuwd... Zoiets zou niemand verrassen. Wel verrassend was zijn discretie. Hendrik, de eeuwige showman, die voorzichtig door de gangen sloop. Die niets liet merken. Er waren momenten waarop iedereen vermoedde dat hij iemand had, maar niemand leek te weten wie het was. Je moet het maar doen, hier aan het hof. Anderzijds gebeurden bepaalde zaken zonder de minste poging iets verborgen te houden. Zo'n zes of zeven jaar voor Hendrik die eerste liefdesbrief aan mij schreef, was zijn maîtresse bevallen van een jongetje. De moeder van de enige zoon van de koning, Betsy Blount, werd op handen gedragen. De kleine Fitz werd gedoopt, een groots feest was het, en niemand minder dan kardinaal Wolsey werd gevraagd als dooppeter. Catharina was er ook, sereen glimlachend. Vergevingsgezind noemden ze haar. Je zou het ook onnozel kunnen noemen.

Mijn zus mocht enkel haar naam lenen aan een slagschip. Hoe toepasselijk! Dat zullen de kwaadsprekers ongetwijfeld wel gezegd hebben. Mary Boleyn heeft in iedere haven wel een zeeman. Mary Boleyn doet meer dan één haven aan. Dat soort dingen.

Elke maîtresse waarvan wij weet hebben – en mijn zus was geen uitzondering – was van hetzelfde type. Giechelig. Leuk. Een maîtresse is leuk gezelschap. Dat hoort ze te zijn. Hendrik hield van leuk gezelschap. Wij dus ook. Het koninklijke hof leek trouwens enkel daarvoor bestemd. Hendrik moest er zich kunnen amuseren in goed gezelschap. Overdag en 's nachts, zowel 's zomers als 's winters. Steekspelen, banketten, raadsels, zingen, jagen, gokken. Een maîtresse die haar rol met glans vervulde. En die haar plaats kende. Leuk gezelschap zolang het bleef duren. Geen misverstanden. Nadat Betsy Fitz op de wereld had gezet, in een residentie die daarvoor ter beschikking werd gesteld door de koning, is ze nooit meer naar het hof teruggekeerd. Ze werd uitgehuwelijkt aan een man die vervolgens beloond werd met enkele lucratieve benoemingen. Sindsdien zijn uit hun huwelijk al meerdere kinderen geboren. Toen mijn zus haar tijd gekomen was, werden ook voor haar de nodige afspraken gemaakt voor een huwelijk. Geen vuiltje aan de lucht, want het was een goed huwelijk. Even goede vrienden en geen verwikkelingen. Voor Hendrik was een maîtresse nu eenmaal een maîtresse en geen potentiële echtgenote. Hij had er al een.

Ik zou de rol van maîtresse nooit hebben kunnen spelen. Het trok me gewoon niet. Denk nu niet dat ik geen leuk gezelschap zou zijn geweest. Ongetwijfeld zou de koning het nog nooit zo leuk hebben gehad. (Geen halve maatregelen, weet je nog?) Maar ik zou het nooit kunnen aanvaarden om zomaar afgedankt te worden. En uitgehuwelijkt. Aan alle goede dingen komt een einde, had Hendrik tegen mijn zus gezegd. Uiteraard kon zij niet kiezen wanneer dat zou gebeuren.

'Ik wil helemaal niet dat je mijn maîtresse wordt', zei Hendrik tegen mij. We zaten naast elkaar in zijn privétuin in Greenwich. Hij had om een gesprek onder vier ogen gevraagd. 'Maîtresse', herhaalde hij spottend. 'Dat ben je niet – dat zou je nooit kunnen zijn.' Hij schudde het hoofd alsof hij zo de gedachte wilde verjagen. 'Ik wil ook geen maîtresse, ik wil jou.' Hendrik haalde zijn schouders op. 'Ik wil gewoon bij je zijn.'

'Allemaal goed en wel', zei ik. 'Dat is heel nobel. Maar geef toe, ik zou niet meer dan een maîtresse zijn.' Hij keek me lange tijd aan zonder iets te zeggen en ik bereidde me al voor op een berisping.

'Maar,' stamelde hij, 'ik wil...' Toen gaf hij het op en sloot zijn ogen.

Niet om malen, dacht ik. Ik veronderstelde dat de verliefdheid wel voorbij zou gaan. Ik was intrigerend, hij geïntrigeerd. En meer was het niet. Wanneer er niets gebeurde, zou het vast niet lang duren voor zijn interesse afzwakte. Maar ik vergiste me. Zes maanden later was hij stapelgek op mij. Er was geen ontkomen meer aan, zelfs niet toen ik mij terugtrok in Hever Castle. Hij stuurde brieven. *Luister toch naar me. Er is nooit iemand zoals jij geweest en er zal ook nooit meer zo iemand zijn. Jij opende mij de ogen.* Hij liet geschenken bezorgen, juwelen, suikergoed en hertenbouten. En één keer is hij zelf gekomen om samen met mijn familie te dineren. Hij is toen blijven overnachten. Ik zou nooit vermoed hebben dat die brieven van Hendrik waren, als ik het handschrift en de handtekening niet had gekend. Uit niets bleek dat ze geschreven waren door de koning die ik kende. Die iedereen kende. Onze onverschrokken en grootsprakerige koning. De schrijver van deze brieven zwalpte rond op zee, was alleen in het donker.

Anna, gisteren zei je...

Anna, alsjeblieft, mag ik...

Zijn probleem was dat hij nog nooit verliefd was geweest. Dit was onbekend terrein voor hem. Ja, hij had al wellustige gevoelens gehad, dat wel. En er waren al vrouwen geweest van wie hij het gezelschap bijzonder op prijs had gesteld. Hij hield nu eenmaal van goed gezelschap. Zijn huwelijk was een uiting van zijn ridderlijkheid. Maar verliefd? Aan iemands genade overgeleverd? Nee, nooit. Niet voor hij mij ontmoette.

Niet dat dit volstond voor mij. Het was niet genoeg om zijn liefde te beantwoorden. Genoeg om mijn aandacht te trekken, dat wel. Maar om mij in zijn armen te nestelen?

Nee. De brieven, de wandelingen in de tuinen, de ontmoetingen, hoe fijn ze allemaal waren, ze zetten me niet in vuur en vlam. Tijdens die eerste weken was hij heel openhartig. Over zijn familie, zijn paarden, muziek, boeken, architectuur, geloof, Frankrijk, Spanje. Ja, ik groeide wel een stuk naar hem toe. Hoewel hij het gewicht van de wereld op zijn schouders torste, vond ik dat hij er, als mens, redelijk ongeschonden uit kwam. Ik luisterde en ontweek zijn vragen om een zekere afstand te bewaren. Niet toegeven.

Niet dat ik hem geen fijn gezelschap vond. Toen was ik al graag bij hem. Grappig eigenlijk, want wat ik leuk vond aan hem was iets wat ik verafschuw bij andere mensen: behoudsgezindheid. In zijn geval viel het natuurlijk wel te begrijpen. Het maakte nu eenmaal deel uit van het werk dat hij deed. Soms wilde hij ook vernieuwend zijn en daar plaagde ik hem dan mee. Ik plaagde hem graag. Gevaarlijk in zijn geval, je mag niet overdrijven. Hoewel, hij werd graag geplaagd. Waarschijnlijk omdat niemand voor mij het ooit had aangedurfd. Hij kon best wel wat hebben en ik kon hem aan.

Het werd winter, en ik denk niet dat er een dag voorbijging zonder dat het regende. Wolsey was opgewekt toen het nieuwe jaar, 1526, werd ingeluid. En hij was van plan om niet lang te wachten met de lenteschoonmaak. Hij had een plan: de koninklijke hofhouding eens goed onder handen nemen. Een van de gevolgen was het ontslag van mijn broer George uit de *Privy Chamber*, de privévertrekken van de koning. Niets persoonlijks, werd ons verzekerd. Hij was toevallig een van de zes metgezellen van de koning die van hun taak ontheven werden. Een andere, ook toevallig, was onze neef Francis. De *Gentlemen of the Privy Chamber* waren niet langer met twaalf maar met zes. Gewoon een van die besparingsmaatregelen, weet je wel.

George was razend. Hij, die een vertrouweling van de koning was geweest, was nu een gewone hoveling. Maar het werd nog erger. Raad eens wie wel deel uitmaakte van de persoonlijke bedienden van de koning? Onze schoonbroer, Mary's nieuwe echtgenoot, de zorgzame William Carey. En de vriendelijke Harry Norris, die nu naast schatbewaarder ook *Groom of the Stool* was, of koninklijk bewaarder van het kleinste kamertje. Dichter kwam je niet te staan bij een geconstipeerde en spilzieke koning... En dan was er nog de lieftallige Franky Weston, die toen nog geen gebroken stem had. Hij werd page. Van mijn broer of neef kon niet gezegd worden dat ze zorgzaam, vriendelijk of lieftallig waren. Ze hadden andere kwaliteiten. Niet dat het uiteindelijk veel heeft uitgemaakt. Ze zijn nu toch allen dood. Behalve Francis. Francis is niet dood te krijgen. Tenzij je met een staak zijn hart doorboort. Als hij al een hart zou hebben uiteraard.

Het is uiteindelijk geen staak door het hart geworden, maar een splinter in het oog. De stoutmoedige Francis verloor dat jaar met andere woorden meer dan zijn plaatsje in de *Privy Chamber*. Tijdens het steekspel op vastenavond bereed Hendrik Governatore. Zijn nieuwe paard wilde, nog meer dan Hendrik, indruk maken op het publiek en de koning had zijn handen meer dan vol. Hannibal Zinzano, de paardenverzorger, keek aandachtig toe. Het publiek had echter niet alleen oog voor Governatore. Het waren de woorden die tegen een goud met zilveren achtergrond in het wijnrood geborduurd waren op zijn borst die de aandacht trokken: *No Comment*. De aanwezigen die de twee woorden lazen of hardop uitspraken, begrepen meteen wat ze betekenden. Er was iemand. Een nieuwe... Spannend. Voor het publiek was het een spel dat een glimlach toverde op hun gezichten. De glimlach van de koning, indien die er was, zat verborgen achter zijn vizier. Ik denk niet dat hij naar me keek. Dat hoefde hij ook niet te doen. Ik had die luxe echter niet. Zoals alle anderen werd ik geacht naar het spektakel te kijken.

Ik kon niet geloven dat hij het gedaan had. En ik wist ook niet helemaal zeker wat hij juist gedaan had. Wat moest ik denken van zijn verklaring niets te zullen verklaren? Van het feit dat hij zijn privéleven te grabbel gooide? Was het als grap voor het publiek bedoeld? Of haalde Hendrik een grap uit met mij? En dan, terwijl hij zijn aanloop nam, begon het mij te dagen. Hendrik was met zijn idee naar meneer Jaspar, zijn kleermaker, gegaan om de kleuren en het ontwerp te bespreken. Nadien heeft hij, bij ontvangst van de tuniek, blijk gegeven van zijn appreciatie. 's Morgens, voor het steekspel, moet hij in vol ornaat naar de stallen zijn gegaan om te oefenen met Governatore. Wat ik zag, was niet de ernst van Hendriks poging om mijn hart te veroveren. Integendeel. Wat ik voor mijn ogen zag, was het gemak waarmee hij het deed. De verklaring was eigenlijk zogoed als irrelevant. Het maakte allemaal gewoon deel uit van zijn leven.

Ik begreep het en ik draaide mijn hoofd weg. Ik keek Maria, mijn kleine nichtje, aan. Ik had Maria en Hal, de kinderen van oom Norfolk, meegebracht naar het steekspel om hen hun gedachten even te laten verzetten van het pijnlijke feit dat hun ouders uit elkaar waren gegaan. Maria leunde dicht tegen me aan en ik controleerde of ze het nog warm genoeg had. Plots hoorde ik aan de reactie van het publiek achter mij dat er iets ernstigs was gebeurd. Vliegensvlug draaide ik me om en zag Harry Norris over de binnenplaats rennen. Hij sprintte in de richting van Hendrik en Francis, die niet langer in het zadel zaten maar leken te vechten. Hendrik hield het gehelmde hoofd van Francis vast en deze laatste probeerde in paniek de armen van de koning weg te duwen om zichzelf uit diens greep te bevrijden. De paarden stonden hulpeloos naar het tafereel te kijken. Governatore was plots heel ingetogen. Uit het geschreeuw van Hendrik kon je nu opmaken dat hij iets riep. Een naam. 'Vicary, haal Vicary!' Zijn arts.

Vicary is goed, maar hij kan geen mirakels doen. Tijdens de dagen na het ongeval verschrompelde het oog van Francis, en hij heeft de ooglap nooit meer weggeschoven. Hij leek er niet echt mee te zitten. Wel integendeel. Op de ene of de andere manier zag hij er met ooglap nog stoutmoediger uit. Niemand wist hoe dit had kunnen gebeuren, zelfs Hendrik en Francis niet. Francis en ik waren toen goede vrienden. Francis, George en ik. Hij was een van ons. Maar dat is ondertussen al een tijdje geleden, om het zacht uit te drukken. Had ik het ongeval maar gezien, dan zou ik nu nog kunnen nagenieten van de herinnering aan de adembenemende klap.

&

No Comment? Wie in de vertrouwde kringen van de koning vertoefde, wist het natuurlijk al. Privacy aan het hof is bijna ondenkbaar. En hoe hoger je op de hiërarchische ladder staat, hoe minder je die hebt. Hoeveel keer heeft hij me niet ten dans gevraagd? *Dans met me, Anna.* Na een tijdje kon ik geen uitvluchten meer blijven verzinnen voor alweer een nieuw paar oorringen ingelegd met robijnen. En de jongens kregen het vele suikergoed niet meer op. Ik begon in te zien dat mijn terughoudendheid er eigenlijk niet veel toe deed.

Het gerucht dat de koning alleen nog maar aan Anna Boleyn dacht, verspreidde zich als een lopend vuurtje. Niemand die maalde om de details, dus waarom zou ik het spel dan niet meespelen? Halen wat er te halen valt. Eigenlijk had ik sowieso geen keuze. Of toch, ik moest ervoor kiezen om niet te eindigen als moeder van een half-koninklijke zoon en echtgenote van een hielenlikkende onbenul die werd betaald om met mij in het huwelijk te treden. Dus, als ik het spel dan toch moest meespelen, waarom zou ik er dan geen plezier aan mogen beleven? Want eigenlijk had ik gravin van Northumberland moeten zijn, met mijn eigen huishouden. In plaats daarvan zat ik nog altijd min of meer opgesloten in de kamers van de koningin. Gebed en handwerk... En niemand anders zou me ooit nog het hof durven maken. Waarom zou ik er dan niet het beste van mogen maken? En mij de mooie juwelen laten welgevallen...

Zowat een jaar nadat Hendrik attenties was beginnen te sturen, besloot ik het er op een avond op te wagen. Hij merkte niet op dat ik een besluit genomen had en verwelkomde mij zoals hij altijd had gedaan. Hij, de koning, die – speciaal voor mij – leerde te leven met zo weinig van wat hij zo verlangde. Zijn onschuldige openheid die avond deed me duizelen. Ik voelde hoe de liefde mij volledig overmeesterde. Hij was lief. Een zachtaardige man. Toen iedereen zich had teruggetrokken, bleef ik alleen achter met Hendrik. Ik, de zes doodvermoeide muzikanten en een bleke Franky Weston, die de opdracht had het bed van Hendrik op te maken voor de nacht. Het had me enige moeite gekost om langer te blijven dan mijn broer en de anderen – mijn neef Francis, Harry en Billy. Zei ik avond? Het was al voorbij middernacht. De tafel was een puinhoop. De gesuikerde citroenschijfjes, sinaasappels, vijgen en walnoten die waren opengekraakt lagen verspreid over het tafelblad. 'Kan ik je even spreken?' vroeg ik Hendrik. Hij leunde verwachtingsvol voorover.

'Onder vier ogen', voegde ik eraan toe.

Hij wuifde naar de anderen. 'Opkrassen.'

De zes instrumenten zwegen en zeven paar voeten schuifelden over het tapijt in de richting van de deur. Hij draaide zich naar mij toe. Het was een aangenaam gevoel hem zo te zien. Ik keek ernstig – dit was een hele onderneming, dit was het moment van de waarheid – en tegelijk probeerde ik niet te giechelen. Ik kuste hem en hij kuste mij.

Later die nacht, de zon was al bijna op, vroeg hij me of ik wilde blijven en ik zei van niet. Hij vond het niet erg; hij was blij. Dit was een volledig nieuwe situatie. Hij had weer iets om naar uit te kijken. Het zal nu niet lang meer duren, moet hij gedacht hebben. 'Jij', zei hij minzaam. Zacht.

Die eerste dagen waren de hemel op aarde voor mij. Het was al lang geleden dat iemand nog met zijn lippen over de binnenkant van mijn polsen had gestreken. Te lang had het geduurd voor iemand weer met zijn wijsvinger mijn naakte ringvinger had gestreeld. Die zomer bleven we elke avond op de oever van de rivier zitten, tot de schaduwen niet meer te onderscheiden waren van de invallende nacht. Iedere avond vroeg hij of ik wilde blijven en telkens zei ik nee. Ik zou niet zijn maîtresse worden. Onze relatie was, wat mij betrof, een avontuurtje. Ik vond het een leuk woord. *Avontuurtje.* En de juwelen vond ik natuurlijk ook leuk. Maar toen, op een dag, later op het jaar, gebeurde er iets. Hij kwam breed lachend de kamer binnen en ging zitten. Hij had me niet gezien toen hij samen met Billy Brereton door de deuropening stapte. Hendrik vertelde een of ander verhaal en Billy lachte zich te pletter. Hij lette helemaal niet op ons en met een handgebaar dat nauwelijks merkbaar was, gaf hij ons te kennen dat we niet hoefden op te staan. Hij liep ons voorbij en nam lachend plaats op zijn troon. Hendrik zag er zelfvoldaan uit. De koning, de koninklijkste koning onder de koningen, lachte als een schooljongen. Hij streek met zijn hand door zijn haar voor hij zijn ogen, die schitterden als edelstenen, sloot. Kijk hem nou, dacht ik en toen, op dat eigenste moment, besefte ik hoe naïef ik was geweest. We zouden onze levens samen moeten doorbrengen. Voor hem was de tijd gekomen, zag ik, om de volgende stap te zetten. Hij had een punt gezet achter zijn huwelijk. Niet dat het ooit een echt huwelijk was geweest, eerder een formaliteit.

Later die avond vroeg ik hem: 'Als je me zo liefhebt...'

'Dat doe ik. Dat doe ik.' Zachte kussen op mijn schouder.

'...waarom trouw je dan niet met mij?'

Hij lachte. 'Wel...' Stilte.

Ja. Precies. Je bent al getrouwd.

Hij probeerde met een kwinkslag de situatie weer onder controle te krijgen. 'Jij zou toch nooit met mij willen trouwen.'

'Denk je dat?'

Zijn glimlach bevroor. In zijn ogen kon ik zien dat hij razendsnel nadacht. 'Een intelligente jonge vrouw als jij.'

'Ik dacht dat niemand was zoals ik?'

'Dat is ook zo.'

'Nou dan.'

Hij leunde achteruit om mijn gezicht beter te kunnen zien. 'Je zou nooit willen, toch?'

Nu lachte ik naar hem. 'Vraag je het?'

Toen hij me de volgende keer vroeg om het bed met hem te delen, probeerde hij me te overtuigen door me eraan te herinneren dat we binnenkort man en vrouw zouden zijn.

'Wanneer we man en vrouw zullen zijn,' zei ik, 'dan

brengen we samen de nacht door.'

Ik kon zien dat hij nauwelijks geloofde dat ik de boot nog altijd afhield. Hij stond op het punt om in lachen uit te barsten en luid te protesteren. Maar ik zou voet bij stuk houden. Wanneer we getrouwd waren, dan zouden we de nacht samen doorbrengen.

'Hendrik, Hendrik, luister... Wat je nu niet nodig hebt, is nog een buitenechtelijk kind', verduidelijkte ik.

Hij zal het misschien niet graag gehoord hebben, maar het was wel de waarheid. Hij zweeg enkele ogenblikken en gaf dan toe. 'Mmh. Wel, laten we hopen dat we niet te lang meer hoeven te wachten.'

'Ja,' zei ik, 'laten we hopen.'

Waarom was dit niet sneller gebeurd? Ik had hierover al vaker nagedacht. Als we dan toch het perfecte koppel waren, waarom had het dan zes jaar geduurd voor hij zijn suikerbakkerin vroeg om dat suikerroosje voor mij te maken? Alsof hij niet wist wie ik was. De Boleyns waren hem anders wel bekend. Mijn vader was schatbewaarder van de koning en mijn broer was een van de *Gentlemen of the Privy Chamber*, een functie voorbehouden aan de elite. Ook mijn zus vertoefde vaak in het gezelschap van Hendrik, als zijn maîtresse. Ik veronderstel dat dit misschien wel de reden kan zijn geweest. Trouwens, ikzelf was als prille twintiger tot over mijn oren verliefd op een mooie jongen. Hendrik was een man en al meer dan tien jaar gehuwd. En bovendien was hij de koning. Voor mij was hij geen potentiële minnaar. Dat is toen zelfs nooit bij mij opgekomen. Ik voelde mij ook niet aangetrokken tot hem. Ja, ik was onder de indruk van hem. En hij intrigeerde mij. Zeker wel. Het spektakel rond zijn persoon... Eigenlijk is daarmee alles gezegd. Het was spektakel. Hij was niet iemand op wie je verliefd werd.

Hendrik is niet gescheiden van Catharina door mij. *Voor*

mij, ja. Uiteindelijk wel. Maar niet *door* mij. Hij was toch van plan om het te doen, ooit, waarschijnlijk om in het huwelijk te treden met een of andere Franse prinses. Wolsey was alvast bijzonder enthousiast. Hij was altijd wel van iets op de hoogte, maar het volledige verhaal vernam hij meestal pas later dan de meeste anderen. Wolsey wist uiteraard wie ik was. Of dat dacht die betweter toch. Hij wist dat ik de nieuwe vlam van de koning was. Geschikt om te worden uitgenodigd voor overdadige diners in het prachtige Hampton Court met zijn duizend kamers en duizend bedienden in vuurrode livreien. Goed genoeg om er te verschijnen aan de arm van de koning. Meer was er niet aan de hand. Wolsey moet zich rot geschrokken zijn toen hij vernam dat ik de aanstaande was. Hij had de hele tijd in het duister getast en zijn plaats van vertrouweling van de koning moeten afstaan. Aan mij dan nog. Hij, de rechterhand van Hendrik VIII, ingeruild voor mij, de scharrel... Niet te verwonderen dat hij het niet had zien aankomen.

Leviticus 20, vers 21: *Als een man met de vrouw van zijn broer trouwt, is dat een schande. Hij heeft de schaamte van zijn broer ontbloot; zij zullen kinderloos blijven.* De vrouw van Hendrik was ook een korte tijd die van zijn broer geweest, net voor hij stierf. Het huwelijk werd onbestaand geacht omdat, volgens Catharina, Arthur het niet had geconsummeerd, zoals dat heet. Het probleem was dat Hendrik en Catharina nog altijd geen kinderen hadden. Of in elk geval geen zonen. Er was natuurlijk de dochter. Een meelijwekkend kind, als je het mij vraagt. 'Verkeerd vertaald', zei Hendrik, die plots vloeiend Hebreeuws bleek te kennen. 'Er zou *zoonloos* moeten staan.' Dat hij en Catharina geen zoon ter wereld konden brengen die sterk genoeg was om te blijven leven, was volgens hem een straf van God voor hun zondige huwelijk. Dat zei hij. En hij geloofde het ook. Hij herhaalde het genoeg tot hij het geloofde en verdedigde ook vurig zijn mening.

Ik heb hem vers 21 niet in het oor gefluisterd. Waarom zou ik? Volgens mij had hij redenen genoeg om die Spaanse aan de deur te zetten. Het was ondertussen duidelijk dat ze volkomen nutteloos voor hem was. Zij, de tante van een razende keizer, was een blok aan het been. Het vers uit Leviticus kende hij trouwens al, want hij had het al geciteerd in zijn boek over Luther, jaren voor ik hem voor het eerst ontmoette. Wat de twijfelachtige geldigheid van zijn huwelijk betreft, wist hij dat dit vroeger al het onderwerp van discussie was geweest. En hij wist ook dat sommigen vroeger bange voorgevoelens hadden gehad en eigenlijk nog altijd niet helemaal gerustgesteld waren. Een Franse bisschop had bijvoorbeeld, tijdens een rondje redekavelen over het huwelijk van de koning, de legitimiteit van zijn dochter ter discussie gesteld. Niets nieuws onder de zon, en niets waar ik iets aan kon doen.

Zoals iedereen aan het hof had ik nu en dan geruchten gehoord over een mogelijke echtscheiding. *Waarom wees hij haar toch niet gewoon de deur?* Er zijn zoveel huwelijken die spaak lopen of soms zelfs nietig worden verklaard. Mensen gaan uit elkaar. Die dingen gebeuren nu eenmaal. In dit geval ging het om onze geliefde jonge koning die was gehuwd met een oude non. Nog erger, een oude Spaanse non. Dat terwijl het oog van Engeland gericht was op Frankrijk. Haar Spaanse nationaliteit kon echter nog gemakkelijk over het hoofd worden gezien aangezien ze hier al zo lang was. Maar waar het uiteindelijk allemaal om draaide, was dat er geen levende mannelijke erfgenamen waren.

Als Wolsey zijn zin had kunnen doordrijven, zou hij er wel voor gezorgd hebben dat de echtscheiding van Hendrik zeer snel in kannen en kruiken was, om vervolgens in Frankrijk een nieuwe echtgenote te zoeken. Om prinsen mee te verwekken en om Franse bondgenoten te hebben... Die rol van echtgenote kon ik eigenlijk ook spelen. Die en nog vele andere. Ik hoefde toch niet per se van koninklijken bloede te zijn? Elizabeth Woodville was dat ook niet geweest, en dat had haar niet gehinderd om in het huwelijk te treden met Edward IV. Trouwens, ik had een paar druppels bloed van de Plantagenets die door mijn aderen stroomden. Hadden we die niet allemaal? Behalve Wolsey dan. Ik wist zeker dat ik zou kunnen zorgen voor zonen. Mijn nutteloze zus was er wel in geslaagd om er een te hebben. En ik was eigenlijk ook zogoed als een Française. Ik had lange tijd aan het Franse hof verbleven en was graag gezien door iedereen die iemand was. En nog iets: mijn kleding gaf me de nodige présence, ideaal voor een koningin. Niemand in Engeland had dezelfde smaak voor kleding als ik. Bovendien was ik niet zo'n idioot als de koningin en van heimwee had ik geen last meer. Dit was mijn land. Ik had plannen voor Engeland, én de moed om ze uit te voeren. Een van die plannen zou me trouwens bijzonder populair maken bij zowat iedereen. Behalve bij Wolsey. Ik wilde af van Wolsey.

Hij had een veel te groot ego. Te groot voor Engeland. Nog nooit was iemand rijker en machtiger geweest dan de koning. Wolsey was begonnen met niets. Een slagerszoon die tot de Kerk was toegetreden en het tot kardinaal had geschopt. De edellieden konden het trouwens maar niet laten om elkaar daar – zonder zijn medeweten – voortdurend aan te herinneren.

Ik veronderstel dat zijn afkomst de reden was waarom Hendrik hem het koninkrijk toevertrouwd had. Geen vriendendiensten, geen aanspraak op de troon. Hendrik had een bijzondere gave: bijzondere gaven bij anderen te herkennen. Ik vraag me nu nog altijd af of hij ook in mij een bijzondere gave had herkend. Zou hij gezien hebben dat ik er mijn hand niet voor zou omdraaien om hem van zijn echtgenote af te helpen? Hij heeft oog voor talent en vertrouwt je volledig. Tot hij dat plots niet meer doet. Nu heeft hij het volste vertrouwen in Thomas Cromwell. Cromwell zou de volgende en betere Wolsey worden. Hendrik had het talent van Wolsey gebruikt om het land te leiden. Hoewel de koning een ernstige staatsman was... Ja, toen hij jong was, wilde hij vooral genieten van het leven. Hij zou werken, zeker wel, maar plots zou hij beslissen dat hij wilde gaan jagen of zin had om te dansen. En dan moest Wolsey de brokken lijmen. Om er vervolgens paleizen mee te bouwen.

Als iemand Wolsey, de verheerlijkte slagerszoon, aankon, dan was ik het. Ik, de kleindochter van een handelaar die was opgemerkt door de koning. Ik wist wat zijn afkomst was. Hij wist niet eens van mijn komst af. Omdat ik een vrouw was, had hij geen rekening met mij gehouden. Hij zou nochtans moeten. Ik was Stafford niet, die een jaar of vier, misschien vijf, geleden had gedacht dat hij maar met zijn vingers hoefde te knippen om de adel achter zich te verzamelen nadat hij de Tudors enkele onhandige vragen had gesteld over hun recht op de troon. Hendrik heeft dan op zijn beurt met zijn vingers geknipt, om inkt en een ganzenveer te laten brengen. Hij ondertekende een aanhoudingsbevel dat ervoor zorgde dat Stafford met zijn hoofd op het blok eindigde. Voor een koning die helemaal niet bloeddorstig was en alleen maar geliefd wilde zijn, kon dat tellen. Iedereen was onder de indruk van de executie van Stafford, ook mijn oom Norfolk. En ik? Nee hoor. Stafford was geschiedenis. Ik had hem nooit gekend en ik denk niet dat ik hem aardig zou hebben gevonden. Het was wat mij betrof geen groot verlies, gewoon nog maar eens een Engelse aristocraat die vanuit de hoogte neerkeek op de anderen. Op mensen zoals wij, de Boleyns. Wat met Stafford was gebeurd, zag ik niet als een waarschuwing. Ik zou het hoofd koel houden.

ꟃ

Lucy Cornwallis

Lente 1535

'Miss Cornwallis?' vroeg het silhouet in de deuropening. Een mannelijke stem, jong. Niet iemand die ik kende. Slechte timing, want ik moest mijn ogen op de pan kokende suiker gericht houden. Nog even tot het cruciale ogenblik. Hij zou beter moeten weten en niet komen aankloppen aan de deur van de suikerbakkerij. Het delicate werk dat hier wordt verricht vergt opperste concentratie. Dat weet toch iedereen. Wat is toch het probleem van die jongens dat ze hier om de haverklap langs moeten komen lopen? 'Richard is er niet', zei ik hem. 'Kun je de deur dichtdoen, alsjeblieft?' De temperatuur mag niet zakken, en het is nog maar pas lente...

Hij sloot de deur. Maar hij was er wel nog altijd. Uiteraard. *Met jou aan de andere kant*, had ik moeten zeggen. Terwijl ik de pan van het vuur haalde, bekeek ik vluchtig wie bij me in de keuken stond. Glanzend zwart haar, een bleek gezicht en donkere ogen. Ik plaatste de pan in een bad met water en een sissende wolk stoom steeg op. 'Heb je een zere keel?' hoorde ik hem vragen. Hij maakte zich zorgen. Om mij, zo te horen. Niet om zichzelf, niet omdat hij bang was besmet te worden.

'Droog', zei ik. 'Kleverig. Omdat ik de hele dag hier ben.' Onze keuken, waar we aan de broze suikersculpturen werken, was speciaal ingericht op de eerste verdieping, net boven de ovens van de bakkerij van Hampton Court. Ideaal om met suiker te werken. Maar minder goed voor mij. 'En omdat ik de hele tijd met suiker werk.' De fijne poedersuiker raakte werkelijk overal tussen. Net stof. Het spul zat in mijn haar, op mijn wenkbrauwen, en ik ademde het in. Ik keek hem aan. 'Als je Richard vindt,' vroeg ik hem, 'kun je hem dan zeggen dat hij hierheen moet komen?'

Hij haalde diep adem, alsof hij iets wilde zeggen, maar verliet vervolgens de keuken. De deur werd zachtjes dichtgetrokken. De meeste bezoekers lieten ze met een luide klap dichtvallen.

Ik begaf me met de pan naar het marmeren blad om de siroop voorzichtig, beetje bij beetje, in de voorverwarmde en ingevette vormen te gieten om ze vervolgens te laten rusten. Drie dozijn Tudorrozen, zo groot als de cirkel die ik met mijn duim en wijsvinger kon trekken. Gewone opgekookte suikerpasta. 'Waarom doet Richard dit niet?' vroeg ik me hardop af. Ik had nog meer dan genoeg ander werk te doen.

En zie, daar was hij weer. Richard glipte de keuken in. Hoewel hij al een stuk in de twintig was, gedroeg hij zich soms als een tiener. Hij kon heel zakelijk zijn en anderzijds leek het af en toe wel of hij met zijn hoofd in de wolken liep. We schelen dan misschien geen volledige generatie, wat hij soms wel beweert, maar toch is er een wereld van verschil tussen ons. Hij deed zijn klompen uit en liep over de warme eikenhouten vloer in mijn richting. Richard keek over mijn schouder naar de glinsterende amberkleurige rozen. Hij bleef maar kijken en ik begon me ongemakkelijk te voelen. Ik liet mijn blik over de rozen glijden, op zoek naar onvolmaaktheden – uitstulpingen of verkleuringen – en vroeg me af waarom *hij* nu *mijn* werk controleerde.

Met zijn rug naar me toegekeerd, boog hij zich voorover

om zijn lederen pantoffels aan te trekken. 'Wat moet er gedaan worden?'

'Dat weet je best. Afwerken wat je daarstraks aan het doen was.'

We keken beiden naar de schijf marsepein die zo groot was als de grootste borden die we hadden. De marsepein was nog niet zo lang uit de vorm gehaald en lag af te koelen. Als Richard nog lang wachtte, zou het bladgoud er niet meer in kleven.

'Hebben we het bladgoud al?' vroeg hij.

'Daar heb *ik* voor gezorgd, ja. Deze pan moet afgewassen worden. Waar is Stephen?' Ik keek uit het raam, maar zag enkel de natte kasseien en de vriendelijke glimlach van de *yeoman* die op wacht stond voor de specerijenkelder. 'O. Juist! Heeft hij je gevonden?'

'Stephen?' Richard keek net in de vijzel die Kit had laten staan, en duwde de stamper die in de fijngemalen graantjes rustte opzij om de inhoud te zien.

'Nee. Een jongen die hier net was.'

'Wie?' Zijn hand verdween in de vijzel. Daarna keek hij naar zijn vingertop, met zijn handpalm omhoog alsof hij een vlinder vrijliet.

'Niet dus.'

'Wie?' herhaalde hij.

'Weet ik veel. Iemand die naar je op zoek was.'

Hij dipte zijn wijsvinger in het water waarin ik de pan zo-even had gezet en wreef erover met zijn duim. 'Hoe zag hij eruit?'

'Vriendelijk.' Dat was mijn eerste indruk van hem geweest.

'Vriendelijk?' Richard keek me vragend aan. Hij had het woord herhaald alsof hij het nog nooit had gehoord. 'Dat kan zowat iedereen geweest zijn', concludeerde hij luchtig.

'Ik veronderstel dat hij me wel zal weten te vinden als hij me nog altijd nodig heeft.'

Ik maakte een korte hoofdbeweging in de richting van de vijzel. 'Is het goed?' Voldoende fijngemalen om te worden verwerkt in het recept waaraan we werkten, bedoelde ik.

'Natuurlijk wel. Kit weet wat hij doet.'

Dat was waar, en meestal was Richard minder gul met zijn complimentjes. Hij was een strenge leermeester, hoewel hij dat niet hoefde te zijn. Dat was mijn taak. 'Wat ben jij goedgeluimd', zei ik.

'Och', zei hij schouderophalend terwijl hij iets scheen te zoeken op het kruidenrek.

Richard was gemakkelijk in de omgang, maar toch wist je nooit wat hij dacht. Ik kende hem nochtans al lang. Hij was een wees. Als kleine jongen kwam hij op een bijdehante manier aan de kost... Tot ik hem onder mijn vleugels nam. Ik maakte hem tot wie hij vandaag was: de zelfverzekerde assistent van 's konings suikerbakker. Eigenlijk was hij mijn gelijke, want ik had hem alles geleerd wat ik wist. Of was ik zijn rivale? Richard was een gesloten boek en soms kon ik nauwelijks geloven dat we al meer dan tien jaar dag in, dag uit samenwerkten. 's Nachts sliep hij in de kamer naast de mijne. Hij was als een broer voor mij. Misschien was dat de reden waarom hij me nog altijd intrigeerde. Soms keek ik naar hem wanneer zijn werk hem weer eens geheel absorbeerde. Dan zag je die vreemde schittering in zijn groene ogen, die verraadt dat hij met volle overgave doet wat hij op dat moment aan het doen is. Want als Richard aan het werk is, dan is hij bloedserieus. Het valt je meteen op. Waarschijnlijk is zijn werk het enige wat hij niet lichtzinnig opvat. Ik denk dat niemand anders hem ooit met een serieuze blik in de ogen heeft bezig gezien.

Toen hij zo'n tien jaar geleden aanklopte om zijn kans te wagen in de keukens van het paleis, was hij een van de vele jongens die hier rondhingen in de hoop een betaalde job te kunnen versieren. Wie kon het hun kwalijk nemen? Ongetwijfeld deed het gerucht de ronde dat ze hier betaald werk konden vinden. Dat ze twee maaltijden per dag kregen en dat er 's nachts altijd wel een plaatsje vrij was naast de warme ovens. Wie deel uitmaakte van het koninklijke gevolg, had een baan voor het leven. Een goed leven overigens. Wanneer we op een dag te ziek of te oud zijn om nog te werken, zullen we worden doorbetaald. Het bedrag zal niet meer zo hoog zijn als nu, dat spreekt voor zich, maar toch nog genoeg om ervan te leven. Het is hard werken in de keukens, maar het loont. Ook als de jongens niet betaald werden, werkten ze hier graag. Zo leerden ze het reilen en zeilen van de paleiskeukens, en konden ze een handeltje beginnen in restjes die anders aan de bedelaars werden gegeven. Ze hadden een bestaan, ook al waren hun kleren tot op de draad versleten. Ook in mijn keuken waren altijd wel een paar van die jongens te vinden. Ze kwamen even snel als ze gingen. Het was een fenomeen dat jarenlang was gegroeid en nooit in de hand was gehouden. Ik vond het maar niets. De chaos kon ik missen als kiespijn. Ik kon pas serieus werk verrichten wanneer de jongens sliepen. En voor ze 's morgens terug waren... Dan moest je ogen op je achterhoofd hebben, want de meesten aarzelden niet om te proeven van de vele lekkernijen. Er werd van mij verlangd dat ik zuinig zou omspringen met het waardevolste product in de keukens. Maar hoe wilden ze in godsnaam dat ik iedere korrel suiker in het oog hield, terwijl hele hordes hongerige en berooide kinderen door de keukens zwierven?

Toen ik Richard voor het eerst opmerkte, was ik ook met

suikersiroop in de weer. Een van de jongens wilde mij iets vragen. *Mevrouw Cornwallis? Mevrouw Cornwallis? Mevrouw Cornwallis?* Ik had het druk en dacht dat dit zonder meer duidelijk was. Niet? Dan zou ik het hun duidelijk maken. Door hen te negeren. Een andere keuze had ik toch niet – ik moest mijn ogen op de suiker gericht houden – maar ik had wel kunnen antwoorden. *Momentje Joseph,* of wie dan ook. *Mevrouw Cornwallis? Mevrouw Cornwallis? Mevrouw Cornwaaaaalliiiiiiis!* Voor ik het wist, had ik mij omgedraaid en keek ik hem boos aan. Ik was ook boos, omdat ik mij had laten afleiden. De hitte bouwde zich bliksemsnel op in de pan achter mij, en toen ik me weer omdraaide, zag ik een koperkleurige flits. De pan stond niet langer op het vuur, maar in een bad met water. Ik probeerde de schade te bepalen, maar zag niets abnormaals. De pan was gered. *Gered!* Het duurde even voor ik doorhad dat het een van de kinderen was geweest die ze van het vuur had gehaald. Een van de jongens – die nota bene aan de andere kant van de keuken had gestaan – had precies op het goede moment de pan zo heet als vloeibaar goud van het kolenvuur gehaald en was ondertussen alweer met iets anders bezig. Vol overgave veegde hij een van de werkbanken schoon. Hij keek niet eens naar mij.

'Wie ben jij?' vroeg ik hem.

Vreemde schuin staande ogen. Groene ogen. Als van een elf. Zijn lichtbruine haar zat in de war. Ik schatte hem tussen de zeven en de twaalf jaar oud. 'Richard', antwoordde hij.

'Richard', herhaalde ik domweg. Omdat ik niet onmiddellijk wist wat ik anders moest zeggen. Hoe ik een gesprek met de jongen moest aanknopen. Het maakte ook niet eens zoveel uit, want hij was alweer bezig met vegen.

Een kleine veertien dagen later kregen we bezoek van de *Cofferer*, die de opdracht had gekregen na te gaan hoeveel personeel er eigenlijk in het paleis werkte. Zijn bezoek kwam niet geheel onverwachts. In de wandelgangen hadden we al gehoord dat Wolsey van plan was om de pannenlikkers en tafelschuimers de deur te wijzen. Toen de vertegenwoordiger van de kardinaal klaar was met tellen, merkte hij op dat ik de enige vrouw in de keukens was. Iets wat ik en vele anderen al jaren wisten. Toen gaf hij meer uitleg bij zijn opdracht. 'Wanneer ik klaar ben, zouden er in de keukens ongeveer tweehonderd bedienden moeten werken. Niet...' Hij aarzelde even. 'Wel, in ieder geval niet meer dan tweehonderd. Wie hier niets verloren heeft, vliegt eruit', zei hij. Hij keek naar Kit. 'Uiteraard is de aanwezigheid van de *yeoman* hier niet ongewenst.' Op het gezicht van Kit verscheen een brede glimlach. Kit, in zijn groene uniform van de koninklijke wacht. Hij had aanleg om in een keuken te werken en was een nuttige aanwinst geweest. 'Heb je een knecht?' vroeg de man.

'Een hulpje? Een loopjongen? Ja, Geoffrey', antwoordde ik. Dat was nog voor Stephen, voor Geoffrey verhuisde naar de *Privy Kitchen*, de privékeuken van de koning. 'Hij is in de bijkeuken.'

'En... zij hier.' Het had een vraag kunnen zijn, maar dat viel in ieder geval niet op te maken uit de intonatie. Hij keek naar de jongens. Een zevental. Het kunnen er ook tien geweest zijn. Ze staarden terug, even nonchalant en berekend als katten.

Ik zuchtte. Hun dagen in de keukens waren geteld. En ze wisten het. Ik draaide me om zodat ze me niet konden horen. 'Richard moet blijven', zei ik.

'Richard?' De man fronste de wenkbrauwen. Het was duidelijk dat hij geen protest duldde.

'Hij is mijn assistent', loog ik.

De man bladerde door zijn documenten.

'Hij wordt mijn assistent', verbeterde ik mezelf. Ik kruiste mijn armen voor mijn borst, wat mijn manier was – en nog steeds is – om duidelijk te maken dat ik niet zou toegeven indien ik mijn zin niet kreeg.

'Suiker is een delicaat product om mee te werken', voegde ik eraan toe.

Hij zuchtte op zijn beurt. 'Richard wie?'

Ik moest me nu wel omdraaien naar de jongens. 'Richard wie?' herhaalde ik.

Hij haalde zijn schouders op.

Ik keerde weer om naar de man en haalde ook mijn schouders op.

Opnieuw klonk een luide zucht. De man fronste nogmaals zijn wenkbrauwen en net voor hij iets wilde zeggen, onderbrak ik hem.

'Cornwallis', zei ik.

Daar had je die vriendelijke jongen weer. Die met de zwarte haren en de bleke gelaatskleur, die hier al eens was geweest.

'Hij is er niet.' Ik rolde met mijn ogen, hoewel ik inschikkelijker was dan de eerste keer.

'Richard?'

'Ja. Richard. Hij is er niet.' Ik veegde de zaadjes – venkel, anijs, karwij en koriander – van mijn vingertoppen. De siroop rond de suikersteentjes was net aan het drogen. 'Moet ik hem iets zeggen?'

'Richard?'

'Ja.' Uiteraard Richard. Wie anders? Ik lepelde meer siroop in de pan en de vreemdeling keek me opnieuw aan. Waarschijnlijk had hij nog nooit een pan gezien die aan kettingen boven een vuur heen en weer wiegde. Zijn ogen waren helemaal niet donker, zag ik nu. Dat leek alleen maar zo omdat hij lange wimpers had. Zijn ogen waren blauw. Ik knikte in de richting van de pan. 'Daar is een goede reden voor,' zei ik, 'zo wordt de warmte gelijkmatig verdeeld.'

Hij knikte, nog steeds met wijd open ogen.

Hij was geen jongen uit een van de keukens. Ook geen *yeoman*, want hij droeg niet het uniform van de koninklijke wacht. En voor een loopjongen waren zijn kleren veel te verzorgd. Ze zagen er stukken beter uit dan die van het personeel. Maar hij was ook geen hoveling. Hij had dat gladde voorkomen niet. Zijn houding was ook niet die van een paraderende haan. Hij droeg beschadigde klompen. Wat was toch het verband tussen die kerel en Richard?

'Ik weet niet wie Richard is', zei hij met zijn zachte stem.

'Wel, straks is hij er weer. Kom dan nog maar eens terug.'

'Nee...' Zijn ogen lichtten op toen hij lachte. 'Ik bedoel, ik ben hier niet voor Richard.'

'O.' O. 'Sorry. Ik dacht... Als iemand langskomt, is het meestal voor Richard.' Ook ik lachte nu. 'Kan ik je helpen?'

Hij leek plots onbeweeglijk voor zich uit te staren. Stilte. Geen probleem. Ik had tijd. Er was genoeg te doen terwijl ik wachtte op een antwoord. Konfijten, bijvoorbeeld, duurde uren. Want het suikergoed moest perfect rond zijn.

'Dit klinkt misschien stom, maar eigenlijk ben ik voor jou gekomen. Tijdens de banketten en feesten in het paleis zag ik...' Hij zweeg opnieuw en sloot even de ogen, alsof hij zich iets voor de geest probeerde te halen. 'Weet je nog, die Sint-Anna die je ooit hebt gemaakt?'

Natuurlijk wist ik dat nog. Het had me uren gekost om het beeld te maken. Was deze man, deze jongen, te gast geweest op een koninklijk feest? Misschien was hij er geweest om het eten te serveren. Ja, waarschijnlijk wel. Iemand die voorlopig werkte als tafelbediende, voor hij iets beters te pakken kon krijgen. Maar die klompen dan?

'En die luipaard? Ze zijn allemaal zo...' Hij keek naar het plafond.

'Zo...?'

'Mooi.' Hij keek weer naar mij. 'Zo gedetailleerd. Perfect. Ik wilde de persoon ontmoeten die ze had gemaakt. Iedereen heeft het over jou. De koning...' Toen zweeg hij.

'De koning is bijzonder vriendelijk.' En dat was hij ook. We praatten nog wat verder en ik vernam dat hij muzikant was.

'Ik wilde je gewoon ontmoeten en zien hoe je zoiets maakt.'

Een vreemd verzoek. Meestal waren mijn bezoekers geïnteresseerd in het eindresultaat. Nog nooit had iemand gevraagd *hoe* iets werd gemaakt. 'Wel, ik vrees, zoals je kunt zien, dat het niet vandaag zal zijn. Vandaag wordt er gekonfijt.'

Hij glimlachte verontschuldigend en gaf zijn ogen goed de kost. Nu hij hier toch was...

'Als je kunt, kom dan vrijdag eens langs. Dan maak ik een suikersculptuur.'

'Doe ik.' Hij was weer een en al oor. 'Tot vrijdag dan.'

'Je ziet maar', wilde ik nog zeggen, maar hij was al weg.

ᘐ

Toen hij opnieuw langskwam, kruisten ze elkaar in de deuropening. Heel toevallig. 'Wat kwam Smeaton hier doen?' vroeg Richard toen de deur weer dicht was.

'Smeaton?'

Hij kwam naast me staan om te kijken wat ik aan het doen was.

‘Hij heet Mark.’

‘Precies. Mark Smeaton.’

‘Ken je hem dan?’

Zelfgenoegzaam kijkend slenterde hij naar de andere kant van de keuken. ‘Ik ken hen allemaal, Lulabel. Tenminste als ze belangrijk zijn.’

‘Maar hij is muzikant.’

Hij stopte midden in zijn beweging en draaide zijn gezicht naar mij toe. ‘Muzikant?’ Hij leek te glimlachen. ‘Wie heeft je dat wijsgemaakt?’

Wat bedoelde hij? Ik wist in de verste verte niet waarover hij het had.

‘Hij is dé muzikant! Iemand die het zal maken. Volgens de koning is hij bijzonder getalenteerd.’ Richard knoopte zijn schort vast.

‘Mark? De Mark die hier net was?’

‘Smeaton,’ knikte hij, ‘beter bekend als de Engel. Vanwege zijn stem.’

De Engel? ‘Hij?’

‘Zijn stem is werkelijk uniek’, klonk het terwijl hij zijn handen waste. ‘Iedereen die hem ooit heeft horen zingen is er weg van. Je mag hem wel niet *zien* zingen. Hij heeft misschien wel de stem van een Engel, maar van mode heeft hij geen kaas gegeten.’

Soms kon Richard toch zo oppervlakkig doen. Hij moest echt nog het onderscheid leren maken tussen wat echt belangrijk was in het leven en wat maar bijzaak.

Hij droogde zijn handen af aan zijn schort. ‘Wat kwam onze nachtegaal hier eigenlijk doen?’

Engel. Nachtegaal. Het maakte niet uit welke bijnaam Richard gebruikte, ik betrapte mezelf erop dat ik er niet meer in slaagde mij zijn gezicht voor de geest te halen, noch zijn stem. ‘Hij wilde me spreken.’

'Waarover dan?'

'Niets. Hij wilde... zien wat we hier doen. Hoe we het doen.' Het klonk belachelijk nu ik het uit mijn eigen mond hoorde.

Richard stapte heen en weer voor een rek met gietvormen. 'Dus hij wil weten wat het is om suikerbakker te zijn. Misschien kijkt hij al uit naar iets anders voor als zijn stembanden het op een dag begeven...'

Genoeg gepraat. Ik ging op mijn tenen staan en stak mijn arm uit om een gietvorm van het rek te nemen. 'Het wordt deze. De tijger.'

Zijn elfenblik boorde zich in de mijne. Ik zag een vreemde schittering in zijn groene ogen.

'Wat doe je eigenlijk wanneer ik je hier alleen laat?' vroeg hij plagerig. 'Gebeurt het vaak dat de heren van de *Privy Chamber* langskomen?'

'Nee. En hij maakt geen deel uit van de *Gentlemen of the Privy Chamber*. Hij is muzikant.'

Alsof muzikanten hier wel langskomen. Alsof eigenlijk iemand langskomt wanneer Richard er niet is.

'Ja. En hij is ook een van de *Gentlemen*.'

Absurd. Wat dacht Richard wel? Dat hij me alles kon wijsmaken? 'Je hebt net zelf gezegd dat hij muzikant is. Met andere woorden, dat hij *werkt*. En bovendien is hij... vriendelijk.'

'Lucy toch. Je zou ondertussen toch al moeten weten dat onze beminde vorst af en toe heel, laten we zeggen, onconventioneel kan zijn. Vooral wanneer het zijn personeel betreft. Hij houdt van mensen met bijzondere talenten. Hij heeft een neus voor mensen met een gave. Hij vindt het fijn om in hun gezelschap te vertoeven. En hij is een muziekliefhebber. Is er iets waar hij meer van houdt dan van muziek? Behalve dan eh...'

'Is Mark echt een van de...?'

Richard keek of de mal schoon, droog en onbeschadigd was. 'De koning apprecieert hem. Vraag me niet waarom, maar toch is het zo.'

'Wat bedoel je: vraag me niet waarom?'

'Geef toe, hij valt toch behoorlijk uit de toon als je hem naast de andere bedienden ziet.'

Was dat dan geen goede zaak? Misschien niet volgens Richard, maar ik vond in ieder geval van wel. Ik kon niet meer bijhouden wie nu weer wel en dan weer niet deel uitmaakte van dat clubje olijkerds met hun ronkende titels. Ze zagen er stuk voor stuk bijna te goed uit om echt te zijn en ze namen het niet te nauw met de wet.

'Hoe weet jij dat allemaal?' vroeg ik.

'Ik heb hooggeplaatste vrienden', grinnikte hij.

Deze keer wilde ik een echt antwoord. 'Wie?'

Hij leek verbaasd dat ik hem de vraag had gesteld en legde de mal opzij. 'Iemand in het bijzonder? Op dit ogenblik?'

Ik knikte.

'Silvester Parry. Een van de pages van sir Henry Norris.'

'Silvester.' Een naam die je niet vaak te horen kreeg.

'Silvester', herhaalde hij. Alsof ik een kind was dat net een goed antwoord had gegeven.

'Wel, jouw vriendenkring gaat er in ieder geval op vooruit.'

Iets leek hem te amuseren. Een binnenpretje, want hij zweeg.

Sir Henry Norris... Ik dacht na. Was dat niet de beste vriend van de koning? Ook een van de *Gentlemen of the Privy Chamber*. Dat wist zelfs ik. En naar wat ik had vernomen, was hij inderdaad een *gentleman*. In elke betekenis van het woord. Was het Richard die het me gezegd had? Ik wist het niet meer. Was hij geen weduwnaar? Die met een zoontje? 'Ken je hem al lang, Silvester?'

'Nog maar pas. Maar hij is een fijne kerel.' Richard verzamelde de ingrediënten die hij nodig had en trok speels zijn neus op toen hij naar de restjes van mijn dragantgom keek.

'Goed zo. Dan hebben we er allebei een nieuwe vriend bij.'

Hij aarzelde. Mark stond, net als de vorige keer, in de deuropening. 'Wel, hier ben ik dan', zei hij.

Klaarblijkelijk vond hij het al even onwaarschijnlijk als ik dat we vandaag een afspraak hadden. Als je 'Tot vrijdag dan' een afspraak kon noemen. Het leek er in ieder geval wel op, want – zoals hij al zei – hier was hij dan. Te vroeg zelfs. Ik maakte een uitnodigend gebaar en probeerde het erop te doen lijken dat ik de hele tijd bezoekers verwelkomde. Hij zette een voet op de drempel en ademde diep en langzaam in.

'Die geur...' Er klonk verwondering in zijn stem.

Ik vertrouwde hem toe dat de verschillende geuren voor mij niet langer dezelfde waren als voor een buitenstaander. Hij leek spijt te hebben in mijn plaats. 'Een wandeling door een kruidentuin of een suikerplantage zou je goeddoen.'

'Ja. Misschien wel. Maar ik zou eerst enkele weken op zee moeten doorbrengen waar helemaal geen geuren zijn.'

'Ah. Tja.' Hij huiverde bij die gedachte.

Ik gebaarde dat hij een stoel moest nemen. Toen hij naast me zat, rook ik een mengeling van wierook en houtvuur. En iets wat me deed denken aan fluitende vogels... Vogels? De morgenlucht. Hij rook zo fris. Ik rook waarschijnlijk helemaal anders. Een mengeling van confituren of zo. Als ik al eens buitenkwam, dan duurde dat nooit lang. Het binnenplein stak ik meestal alleen maar over om mij naar mijn kamer te begeven. Of om van mijn kamer naar de keuken te gaan. De lucht op het binnenplein geurde trouwens ook naar versgebakken brood, bier en geroosterd vlees.

'Wat die suikerplantage betreft,' zei ik, 'heb ik zo mijn twijfels. Ik denk niet dat suiker, wanneer de plant groeit... Ik weet niet of het er ruikt naar de suikerkegels die in hun blauwe verpakkingen in de haven van Southampton gelost worden.'

'Ah.' Hij keek rond. Vermoedelijk had hij nog nooit een suikerkegel gezien. Ik zei hem dat hij er hier geen zou vinden. Ze zaten achter slot en grendel in de specerijenkelder. Zelfs ik moest toestemming vragen om er te halen wat ik nodig had. Dan vroeg hij me hoe kruiden groeiden. 'Ik kan het me allemaal maar moeilijk voorstellen', zei hij.

Ik legde uit dat we meestal met zaadjes werkten.

'Ja. Dat wel. Maar ik heb geen idee hoe de planten eruitzien.'

Uit een kom haalde ik een rozenblaadje en legde het op mijn open handpalm. 'Ik vraag me af of je weet wat dit is als je nog nooit een rozenstruik zou hebben gezien.'

Ik gaf het hem.

Voorzichtig nam hij het tussen zijn duim en wijsvinger en rolde het dan heen en weer. Het behield zijn vorm. Ook toen hij het vouwde en weer losliet, zag het eruit alsof niemand het ooit had aangeraakt. 'Ik heb er eigenlijk nooit bij stilgestaan hoe sterk zo'n blaadje is', zei hij. Ik wist dat hij ervan versteld zou staan. 'Rozen zijn al met al toch niet zo teer.'

'Helemaal niet', beaamde ik. 'Een rozenstruik kan trouwens ook tegen een stootje, hoor.'

'Ik heet trouwens Mark', zei hij. Maar dat wist ik al.

'Lucy', zei ik op mijn beurt. Waarom ook niet? Richard noemde me ook Lucy.

Hij bedankte me ervoor dat hij mocht komen kijken hoe het eraan toeging in een keuken, en ik vroeg hem of hij nog nooit iemand koek had zien bakken. 'Ook niet toen je klein was?' Zijn moeder, bijvoorbeeld. Als hij haar gekend had natuurlijk. Er zijn maar weinig vrouwen die niet graag koken. En de meeste die wel graag in de keuken staan, willen maar wat graag zoetigheden uit de oven toveren.

'Mijn kindertijd was niet zoals die van de meeste kinderen. Ik was een koorknaap.'

Een soort wees dus.

'Hier. Meestal toch.'

'In Hampton Court?' En toen begreep ik het, nog voor hij het zelf zei.

'Ik zong in het koor van kardinaal Wolsey.'

'Dat is dan al een tijdje geleden. Alles is ondertussen zo veranderd.' Ik doelde op het paleis. Hampton Court was een gigantische bouwwerf. Zo'n vijf of zes jaar geleden werd het overgedragen aan de koning en ik vroeg me af of hij ooit zou stoppen met bouwen. De wijnkelders waren de laatste nieuwe uitbreiding van de keukens. Enorme gewelfde kelders waren het geworden. Naar het schijnt, was het paleis al kolossaal ten tijde van de kardinaal. Nu was het al tweemaal zo groot. Bestond er eigenlijk wel een woord voor om iets van die omvang te beschrijven?

'Bepaalde zaken veranderen, andere dan weer niet. Ik zing nog altijd', lachte hij. 'Weliswaar met een iets zwaardere stem.'

Hij was nog altijd koorzanger. Dan moest ik hem ongetwijfeld al hebben horen zingen tijdens de mis. Het waren stemmen zoals de zijne die een mens in vervoering brachten. Het was een vreemd gevoel. Alsof alles maar schijn was.

Alsof alles wat je ooit deed en wie je was er niet meer toe deed. Wonderbaarlijk. De stemmen gaven je een gevoel van opluchting.

Toen hij vertrokken was, besloot ik een korte pauze in te lassen en een wandelingetje te maken. Ik kwam inderdaad niet vaak genoeg buiten. Ik liep voorbij de kapel, maar alles was er muisstil. In de rozentuin genoot ik van het lichte parfum van de vele bloemen. Een eenvoudige, zachte en frisse geur. Als van een boeket.

Een roosje maken van suiker is allesbehalve eenvoudig. Hier, in de keuken, gebruikten we stempels en platte gietvormen in de vorm van een roos. Een Tudorroos. En we hadden een oude gietmal om rozenknoppen mee te maken. Echte rozen hebben natuurlijk veel meer blaadjes, en niet een is gelijk. Als ik een suikerroos zou willen maken die perfect lijkt op een echte bloem, dan moet ik die met de hand maken. Blaadje per blaadje, voorzichtig met de vingertoppen gevormd.

'Trouwens,' zei Richard, 'als je de laatste koninklijke roddel wilt horen, *Henri fait l'amour avec Meg Shelton.*'

'Dank je, Richard. Maar dat zijn mijn zaken niet.' En waarom was hij toch altijd zo neerbuigend? Op een dag hoort iemand hem bezig. Iemand anders dan ik. En dan zijn belachelijke pogingen om in code te praten. Ik zou eigenlijk moeten doen alsof ik hem niet begrijp. Hij kon een jaartje geleden iemand overtuigen om hem wat Frans bij te brengen. Jammer genoeg was het niet zijn bedoeling om echt iets bij te leren. Hij wist dat ik een woordje Frans spreek, maar niet hoeveel ik van de taal begrijp. Niet veel dus. Ik heb nog samengewerkt met een Franse kok, maar veel tijd om te spreken over *l'amour* was er niet. Ondanks de reputatie van de Fransen. Ik had best begrepen wat Richard had gezegd. Ik wist alleen niet wie Meg Shelton was.

'En *Le Corbeau* vindt het maar niets, om het zacht uit te drukken.'

Ik wist niet wie *Le Corbeau* was, dus moest hij me vertellen dat het de vertaling van een bijnaam was. Een naam die al eens in de mond genomen werd wanneer men het over Anna Boleyn had. Naar wat hij vernomen had, had kardinaal Wolsey haar die naam vroeger gegeven. Feitelijk had de kardinaal haar *De Nachtraaf* gedoopt. En hoewel Richard vast wel wist hoe je nacht vertaalt, waren de twee woorden samen misschien net iets te moeilijk. Het verwonderde me trouwens dat Richard haar zo noemde. Nog niet zo lang geleden kon ze niets verkeerd doen.

'Richard, soms denk ik dat je zwaar overdrijft.'

'Ja, ik weet het. Ik weet dat je dat denkt.' Hij was in zijn eer gekrenkt omdat ik de roddel maar niets vond.

'Richard, waarom zou hij dat doen? Amper twee jaar geleden heeft hij het hele land op zijn kop gezet en alle wetten aangepast om in het huwelijk te kunnen treden met...' Hoe noemde ik haar ook alweer? Het was in ieder geval met een zekere tegenzin dat ik haar *de koningin* noemde. 'Zodat hij zou kunnen trouwen. Hij deed al die moeite – en sleurde alles en iedereen mee – en nu ze hun lieve prinsesje hebben, zou hij...' Je mocht zeggen wat je wilde, het was een schatje. En bovendien geboren onder een afnemende maan, dus de volgende werd ongetwijfeld een jongen. 'Waarom zou hij zijn tijd steken in een of andere... *Meg*?' Soms zag Richard ze echt vliegen.

'Wel...' Hij zweeg. Alsof zijn mening die hij op het punt stond te verdedigen er plots niets meer toe deed. 'Je hebt echt geen verstand van mannen, is het niet, Lucy?'

ꙮ

Ik wist dat hij zou terugkomen, maar hoe dan ook, het was toch een verrassing toen hij weer voor me stond. Geheel onverwachts. Deze keer was Richard er wel. Hij was suikerfiguren aan het beeldhouwen en had een kater. Hij had niet gereageerd toen er aan de deur werd geklopt, maar keek ons af en toe vluchtig aan. Zo te zien was hij in een goede bui. Hij glimlachte. Of toch bijna. 'Goedemorgen, meneer Smeaton.' Het klonk heel informeel en tegelijk heel onhandig. Richards specialiteit. Ik probeerde de plooien onmiddellijk glad te strijken.

'Richard.' Ik stelde hem aan Mark voor door in zijn richting te knikken. We wisselden een geamuseerde blik alsof Richard onze eigen *inside joke* was. *Ah, Richard, eindelijk.*

'Cornwallis', voegde Richard eraan toe met diezelfde goedmoedige glimlach, die helemaal niet meer goedmoedig bedoeld was en ook geen echte glimlach meer. Geen probleem. Iemand die hem niet kende, wist niet wat het verschil was.

'Meneer Cornwallis', knikte Mark.

Ik wilde hem zeggen dat Richard niet mijn zoon was, maar ik wist niet hoe ik Mark nu moest aanspreken na al dat meneer dit en meneer dat. Had ik het mij ingebeeld dat hij zich had voorgesteld als Mark?

'Ik hoop dat je het niet erg vindt. Je hebt vast een hoop werk te doen op dit moment van het jaar', zei hij.

'Jij toch ook.'

Hij knikte. 'Ja, zo rond Pasen is het wel even druk, ja.'

Ik besefte pas dat ik stond te giechelen toen Richards geïrriteerde blik de mijne kruiste, en bood Mark snel een stoel aan.

'Dit is de warmste plek waar ik ooit geweest ben. In de kapel is het bijtend koud. Als je er een paar uren bent...'

Het was inderdaad koud buiten. Zijn haar glansde in het

kaarslicht en leek de keuken te doen oplichten.

'Is het iets geworden?' Ik wou dat ik meer wist over zijn werk. Dat praat gemakkelijker.

'Kan beter', klonk het vrolijk. 'En dat wordt het ook.'

We lachten naar elkaar. 'Goed zo', knikte ik. 'Goed zo.'

'Het is hier zo huiselijk', zei hij. 'De laatste tijd was het een stuk minder gezellig in de koninklijke vertrekken.'

Het kon zijn dat hij doelde op de verbouwingen, maar zijn houding leerde mij dat hij gespannen was. Het had aarzelend geklonken. Ik dacht aan de woorden van Richard. *Le Corbeau vindt het maar niets, om het zacht uit te drukken.* Is het dan toch waar? Ik keek niet naar Richard. Bewust. En hij keek ook niet naar mij, maar ik wist dat hij zijn oren gespitst hield. Misschien was dat de manier waarop hij steeds alle nieuwtjes wist te sprokkelen. Niet door stiekem te roddelen, maar door geniepig te luistervinken. Wat hij nu ook aan het doen was.

Mark fluisterde bijna: 'Het is een gave, is het niet? Om altijd zo sprankelend voor de dag te komen. Zo zeker. Zelfverzekerd.'

Tja, dat was nu eenmaal een vereiste als je koning was.

'Zij...' – hij fronste zijn wenkbrauwen en dacht na – 'blijft zichzelf.'

Zij? 'Wie?'

'De koningin. Hoewel iedereen hier het ene zegt en iets anders denkt, iets zegt aan de een, om dan iets heel anders te vertellen aan de ander, blijft zij zichzelf. Waardoor ze ook eenzaam moet zijn.'

Eenzaam? Anna Boleyn? De keren dat ik haar had gezien, was ze steeds het middelpunt van de aandacht geweest. De koning had alleen oog voor haar. Hij was inschikkelijk. En vrijgevig. En de *Gentlemen of the Privy Chamber* bedienden haar op al haar wenken. Ze had zelfs familie aan het hof, die broer, haar vader en haar oom. Het was koningin Catharina die eenzaam was. Verbannen naar een of ander oud kasteel. Ze mocht zelfs haar dochter niet bezoeken. En zij heeft hier nooit familie gehad. Toen ze zestien was, werd ze per schip naar Engeland gebracht, duizend mijl verwijderd van haar thuisland. Beeld je eens in dat je door de jaren heen moet vernemen dat alweer een familielid gestorven is. Eerst haar moeder, dan haar vader, grote zus, kleine broer. Vrienden had ze hier wel. Die had ze altijd al gehad. Echte vrienden. Bij koningin Catharina hoefde je niet kruiperig te doen. Wanneer ze bevriend werd met iemand, dan bleef ze dat ook. Enkelen van hen gingen zelfs mee aan boord van het galjoen, om samen met haar opgesloten te worden in haar kasteel.

Mark zuchtte. 'Ik kan maar niet begrijpen waarom hij het doet.'

De koning, bedoelde hij. De maîtresse. Wel, dat kon niemand van ons.

'Hij is getrouwd uit liefde', zei hij. 'Hij huwde een fascinerende vrouw. Intelligent en knap. Hij heeft zelfs een kind met haar.'

Een mooi kind overigens.

'Waarom? Als ik hem was, zou ik nooit nog omkijken naar een andere vrouw.'

Hij zag er zo serieus uit dat ik bijna moest lachen. Wat ik niet deed, want nu leek hij doodop. 'Luister, Mark, ik maak even een drankje voor je klaar.' Misschien moest ik hem ook een *manus christi* geven, een van de amberkleurige roosjes die ik aan het maken was toen ik hem de eerste keer ontmoette. Een van de weinige die ik had geparfumeerd met rozenwater en later had verguld. Onder zijn ogen zaten donkere randen.

De sombere blik verdween als sneeuw voor de zon. 'Echt

waar? Een volgende keer dan. Ik moet weg.'

'Nu al?'

'Ik zou hier eigenlijk niet mogen zitten. Er is nog zoveel te doen. Ik kwam gewoon zomaar even langs. Ik wilde...' Hij haalde zijn schouders op. 'Lucy, je bent zo...'

Ik ben zo...?

'...wijs.'

Wijs?

'Ik kom nog terug', beloofde hij. En weg was hij.

Richard, die ik helemaal vergeten was, schraapte met zijn mes langs een suikerkegel. Hij zei niets. Ik verbrak als eerste de stilte die tussen ons heerste. 'Arme Mark.' Ik zei het gewoon om het over hem te kunnen hebben.

'O, hij is altijd zo.' Zijn antwoord kwam heel snel. En dat verbaasde me. Hij had ook kunnen vragen waarom ik dat zo-even had gezegd. En trouwens, hoe wist hij dat?

'Dat zegt Silvester ook altijd. Smeaton is altijd zo. Zo voorkomend.' Hij spuugde het woord bijna uit. Alsof het vies smaakte.

'En sinds wanneer is het verkeerd om voorkomend te zijn?'

Hij hield zijn ogen nog altijd op de suikerkegel gericht. 'Lucy toch', antwoordde hij zuchtend. 'Hij gedraagt zich als een ridder uit de vorige eeuw. Liefde en genegenheid. Hij houdt gewoon zichzelf voor de gek. We leven niet in een droomwereld, weet je wel.'

Nee?

'Uiteraard zou hij dat wel willen zijn, een ridder. Maar zijn moeder is naaister en zijn vader, een Nederlander, is dood. Hij zal dat natuurlijk niet aan de grote klok hangen. Gewoon omdat hij niet wil dat men het weet.'

Schraap. Schraap. Schraap.

Hij had me toch tenminste kunnen aankijken. Als hij dan

toch van plan was om zulke dingen te vertellen over een van mijn vrienden, dan kon hij me die toch wel in mijn gezicht zeggen. 'En dan? Hij *weet* tenminste wie zijn vader is.'

De uitdrukking op het gezicht van Richard – hij keek me nu wel aan – was niet die waarvoor ik al ineen was gekrompen. Hij keek verrast. 'Dat was raak', zei hij. Zijn stem klonk heel wat zachter. Aangeslagen.

Maar hij had het verdiend. Toch? 'Wel, wees dan niet zo snel om mensen te veroordelen!'

Ik had hem toch niet zo opgevoed? Waarom had ik daar nooit eerder iets over gezegd?

Hij boog potsierlijk het hoofd en hield de lippen stijf op elkaar terwijl hij verder werkte.

Ook ik zweeg.

We zeiden geen woord meer tegen elkaar. Voor de allereerste keer.

Anna Boleyn

Het werd 1527 en het leek wel of het nooit meer zou ophouden met regenen. De lente liet op zich wachten en onze kamers waren doorrookt. Het haardvuur brandde dag en nacht. Zelfs onze kleren roken bitter. Ik zie de vrouw van mijn broer nog voor me. Ze stond bij het raam en vroeg zich hardop af wanneer het weer eindelijk eens zou veranderen. Ik herinner me het verlangen in haar stem alsof het gisteren was. Het weer maakte voor mij niet veel uit. Ik was gelukkig en had een heleboel om naar uit te kijken. Hendrik zou scheiden en zou later dat jaar met mij trouwen. Ik zou koningin worden en samen met Hendrik aan de wieg van onze kleine prins staan. En aan die van een jong en sterk koningshuis, dat gonst van de bedrijvigheid. Een monarchie die gerespecteerd wordt in Europa. We zouden er lang genoeg op gewacht hebben. Als ik het voor het zeggen had, zouden er hervormingen komen. En ik zou het ook voor het zeggen hebben. De hele dag door het raam naar de regen staren was niets voor mij.

Rond midden mei, toen de zomer stilaan voor de deur had moeten staan, was het buiten nog altijd even modderig. Hendrik had een kerkelijke rechtbank verzocht in het geheim te zetelen om zijn huwelijk ongeldig te verklaren.

Wolsey, Warham – de aartsbisschop – en de andere bisschoppen, kerkelijke rechters, ze waren er allemaal. Goede mannen, in de ogen van de meeste mensen. Ikzelf had zo mijn eigen omschrijving... Ze vertelden Hendrik dat hij de bewijslast had. En hij deed zijn huiswerk. Hij was bloednerveus en vroeg me naar zijn betoog te luisteren terwijl hij zijn zaak voorbereidde. Wat mij betrof was er helemaal geen zaak. Het was evident dat zij geen goede echtgenote voor hem was. En trouwens, waarom zou hij verantwoording moeten afleggen tegenover hen? 'Wie is hier eigenlijk de koning?' vroeg ik. Ik was razend dat hij de hielen moest likken van die oude venten in hun groezelige gewaden.

Ik had gelijk gehad toen ik geen respect voor hen toonde. Ze luisterden welwillend naar zijn pleidooi en zijn daarna nog twee keer samengekomen, gretig gebruikmakend van Hendriks gastvrijheid, voor ze, op de laatste dag van mei, aankondigden dat ze geen beslissing konden nemen zonder de zegen van de paus. En daar wrong nu net het schoentje. Drie weken eerder was Rome bezet door het leger van de keizer. Met andere woorden, de neef van Catharina had de paus in zijn macht. Hoeveel kans bestond er dat de paus een uitspraak zou doen in het nadeel van de tante van zijn bezetter, denk je?

Maar goed, dat was het oordeel van Wolsey. We hadden de goedkeuring van de paus nodig. En dan moest hij plots weg. Naar Frankrijk – met veel meer bedienden dan hij nodig had – voor een halfslachtige poging tot een verbond te komen. Tegen Spanje. Ik kan niet zeggen dat ik hem miste. Wel dat de vertraging mij op de zenuwen werkte. Hoewel Hendrik ondertussen wel wist dat hij me niet meer hoefde te vragen of ik de nacht met hem wilde doorbrengen, waren er avonden waarop ik er een punt van maakte om vroeg te gaan slapen. *Je weet wat de afspraak is*, las hij op mijn gezicht. *Los het op*.

Veel kans om hem het nakijken te geven had ik echter niet, omdat Hendrik erop stond dat ik het overgrote deel van mijn tijd in Hever doorbracht. Per slot van rekening was hij een koning die ermee zat dat hij in zonde leefde. Hij was geen overspelige echtgenoot. Niemand hoefde het te weten van mij. Maar iedereen was er wel degelijk van op de hoogte. Of ze hadden op zijn minst een gerucht opgevangen. Misschien dachten ze, net als Wolsey, dat ik een verzetje voor Hendrik was, voor hij opnieuw iemand van koninklijken bloede het jawoord gaf. Wat ze ook dachten, ze kregen geen verzetjes te zien. Enkel een goddelijke koning. Een die behoorlijk overstuur was.

Dus werd het Hever voor mij, terwijl een bende onbekwame, door de paus geobsedeerde oude venten Hendriks zaak naar de knoppen hielpen. Hoewel ik graag in Hever Castle was, had ik toch wat meer aangedrongen om bij Hendrik te mogen blijven, als ik geweten had dat ik er het grootste deel van de twee volgende jaren zou doorbrengen. In Hever had ik enkel een zieke moeder en onze dienstmeisjes om mij gezelschap te houden. Ik had er de zieken van de parochie om te bezoeken en kon er aalmoezen uitdelen aan de armen. Ik vulde mijn dagen met kantwerk en speelde luit, staarde naar het landschap, staarde naar de slotgracht... En ik hoopte vurig op de komst van bezoekers. Zolang het tante Liz maar niet was. Als die kwam, was het om te klagen over haar man – mijn oom Norfolk – en zijn nieuwe vriendin. Het maakte niet uit dat hij de broer van mijn moeder was en mijn oom. Als we maar luisterden. De rest van haar kennissenkring had ze al tot wanhoop gedreven met haar leugens over Beth. Een poetsvrouw? Ze had voor hen gewerkt, ja, maar als kinderjuffrouw. En de kinderen waren gek op haar. Tante Liz zocht steun en ik denk dat wij haar de indruk gaven dat ze op ons mocht rekenen. Maar toen wij onze wenkbrauwen fronsten en luid zuchtten, was dat eigenlijk uit verveling en omdat we wilden dat ze vertrok. Het enige menselijke dat oom Norfolk ooit gedaan had in zijn leven, was precies die galspuwende Stafforddochter verlaten voor Beth. Zijn kinderen had hij meegenomen, weg van hun moeder, zodat ze niet meer hoefden te vrezen slaag te krijgen zodra ze iets verkeerds deden. Op die momenten, toen ik naar het geklaag van tante Liz luisterde, beeldde ik me vaak in dat ook de dikke Catharina iedereen aanklampte om te janken. Over mij dan. In haar geval zou ik echter niet degene zijn die het gejammer moest aanhoren. Zo weinig mogelijk mensen mochten luisteren naar haar geweeklaag. Om dit te bewerkstelligen, had ik besloten dat Hendrik haar maar voor een voldongen feit moest zetten. Ze moest weg uit het paleis.

'Vertel haar niets', had ik hem gezegd.

Het leek of het bloed uit zijn gezicht wegtrok.

'Hendrik...'

Hij had geglimlacht. En weggekeken.

Midden juni, terwijl ik in Hever was en hem dus niet kon tegenhouden, was hij naar haar toegegaan om haar te zeggen dat hun huwelijk blijkbaar ongeldig was en bijgevolg diende te worden geannuleerd. Beeld je een vrouwelijke versie van de paus in die verneemt dat ze bijna twintig jaar in zonde heeft geleefd, dan begrijp je haar reactie wel. Sloten vol heeft ze gehuild. En hij, het tere zieltje, was er zelf ondersteboven van. Hij heeft haar de tijd gegeven om het te verwerken en zij is blijven volhouden dat wat ze hem vroeger gezegd had ook de waarheid was: ze was nooit tot de daad overgegaan met zijn broer. Met andere woorden, het eerste huwelijk was geen huwelijk. Ze leek de schuld voor alles in Wolseys schoenen te schuiven. Ze kon het niet geloven dat het Hendriks beslissing was.

Hendrik heeft nooit lang een geheim kunnen bewaren. Nog voor de bisschoppen vergaderd hadden, in mei, had hij mijn vader al verteld over onze plannen.

'Je vader weet het', biechtte hij op, beschaamd en trots tegelijkertijd.

'Heb je het hem verteld?'

Toen ik Papa de volgende dag zag, op weg naar de raadzaal voor het diner, wist ik niet goed wat te zeggen. 'Je weet het dus', waren de enige woorden die ik over mijn lippen kreeg. Mijn moeder wist het nog niet. Zij was thuis, in Hever, en mijn vader was er al een tijdje niet meer geweest. En zoiets zou hij nooit in een brief durven schrijven. Want die werden bezorgd door bedienden... Ik wist niet goed wat hij dacht. Hij was een ambitieus man, dus dat zijn dochter koningin zou worden, zal hem vast wel als muziek in de oren hebben geklonken. Maar hij was ook heel pragmatisch. Geen onnodige risico's. Misschien dacht hij aan het mogelijke gevaar van de situatie. Iets wat ik niet voorzien had. Toch knikte hij goedkeurend. Met een blik van ongeloof in zijn ogen. 'Goeie zet', waren zijn enige woorden.

Hij had het er wel al over gehad met oom Norfolk, zijn schoonbroer. Dat ontdekte ik toen deze laatste zijn plaats aan tafel verliet en mij kwam toefluisteren dat hij het wist. In de lach op zijn scherpe gezicht las ik tegelijk bewondering, hebzucht en afgunst. Maar geen ongeloof. 'Proficiat. Dit is enorm.' Voor ons, bedoelde hij. Voor onze families. 'Wolsey slaat straks nog op de vlucht als hij ons ziet', voegde hij eraan toe. Dan draaide hij zich om en keerde half rochelend en half lachend terug naar zijn plaats.

Ze dachten dat zij de eersten waren die het nieuws hadden vernomen, maar ik had mijn broer George al op de hoogte gebracht. Hij wilde voortdurend weten hoe het ging tussen Hendrik en mij. George was even ambitieus als mijn vader, maar stukken onvoorzichtiger. Anderzijds durfde hij niet de risico's te nemen die ik nam. Hij nam genoegen met wat of wie hij kon gebruiken wanneer de gelegenheid zich voordeed en hij kon heel goed inschatten wanneer dat zou zijn. Mijn broer kon maar niet begrijpen waarom ik niet bereid was Hendriks maîtresse te zijn. Meer dan eens had ik hem gezegd dat ik een volwaardig huwelijk wilde. Niet zoals dat van hem. De jongen van Boleyn en de dochter van Parker. Het had een goed huwelijk geleken, maar dat was het niet geworden. Niet dat ik me ooit iets van haar had aangetrokken. Onze en haar ouders hadden hen uitgehuwelijkt aan elkaar toen ik nog met Harry Percy in mijn hoofd zat. Drie jaar later leek niets nog te wijzen op het bestaan van hun huwelijk. In het begin had George mij ervan proberen te overtuigen dat het misschien helemaal niet zo'n slechte keuze was. Ik heb toen sceptisch een wenkbrauw opgetrokken, waarop hij inbond: 'Wat maakt het ook uit.' Hij is lustig achter de meiden aan blijven jagen en God weet wat nog allemaal. Met één ding had hij echter geen rekening gehouden: dat ze geen geheim maakte van haar ongenoegen. Wat had ze dan wel verwacht toen ze George haar jawoord gaf?

Vergis je niet, ik heb helemaal geen medelijden met haar, en had ik toen geweten wat ik nu weet, dan had ik haar nog veel meer toegewenst dan louter een ongelukkig huwelijk. Ik wist niet wat de toekomst zou brengen, maar ik voelde vanaf het begin aan dat ik haar niet kon vertrouwen. Eerst had ze zich voorgedaan als een zus. Ik had al een zus en een tweede had ik niet nodig. Bovendien had ik ook een broer. En die zou ik trouw blijven. Ik wist gewoon dat hij mij ooit op een dag nog nodig zou hebben. Ze bracht ook nu en dan iets mee voor mij. Viooltjes. Zie ik eruit als iemand die graag viooltjes ziet misschien? Het was niet eens gemeend toen ze iets gaf. Omkoperij, zo zou je het kunnen omschrijven. *Kijk, ik heb iets voor je meegebracht.* Wat zij van mij wilde was dankbaarheid. *Dank je. Dank je. Dank je.* Ik vraag me af ik ooit genoeg dankbaarheid getoond zou hebben in haar ogen. Het liefst had ze iets in ruil gekregen. *Een kleinigheid die ik voor je uitkoos, voor je kookte, voor je naaide, voor je kweekte...*

Ze wilde gewoon aandacht. Kunnen samenzweren.

No way!

Wanhopig was ze. *Wij zijn goede vriendinnen, jij en ik,* herhaalde ze vaak. *Is het niet?* Ze wilde het alleen maar zover drijven tot ik zou ontploffen. Dan zou ze het samen met anderen kunnen hebben over *die teef van een Boleyn.* Ze heeft mij trouwens nooit anders willen zien. Roddelen. In het middelpunt van de belangstelling staan. Samenzweren. Volgens haar speelden George en ik onder één hoedje en ze had het tot haar plicht gemaakt ons te overtreffen.

Toen Hendrik besloot om te scheiden, was George de eerste aan wie ik het vertelde. Ik vond hem in de kamer van Francis, waar hij poker aan het spelen was met Francis, Billy en Harry Norris. Het stonk er naar bier en ik had niets liever willen doen dan een raam openen, maar in plaats daarvan cirkelde ik rond de tafel. Harry was de enige die me aankeek. Half glimlachend. 'Het gaat door', fluisterde ik in het oor van mijn broer.

'Hmm?'

'Het huwelijk', zei ik zachtjes, zodat niemand anders iets kon horen. 'Ik en Hendrik.'

Is het mogelijk dat iemand die volledig bewegingloos op een stoel zit, er als uit steen gehouwen uitziet? Want dat was wat er gebeurde. Enkel zijn ogen – die grote, donkere Boleynogen – zochten de mijne.

'Anna', zei Francis, onbewust van wat er zich aan het afspelen was. Zijn stem klonk geïrriteerd. Omdat ik het spel onderbroken had. Zijn ene, onbedekte oog bleef strak op zijn kaarten gericht. '*Fuck off.* Wil je?'

Ꝭ

George stond me op te wachten aan het poortgebouw te Beaulieu, in augustus. Hendrik had eindelijk toegegeven. Ik mocht hem daar opzoeken. Hij bracht er enkele weken door in het gezelschap van een beperkt gevolg. George kwam ons tegemoet. 'Wie we daar hebben!' riep hij in het laantje.

'Ja,' zei ik terwijl hij me uit het zadel hielp, 'je toekomstige koningin' – dat maakte hem aan het lachen – 'en, geloof het of niet, haar chaperonne.' Ik knikte naar Mams, die haar paard in bedwang hield. Arme Mams. Zij was Hendriks voorwaarde voor mijn verblijf geweest. Ik betwijfel of het vooruitzicht de maand hier door te brengen haar echt kon bekoren. George gaf Mams een kus en verzekerde haar dat ze het hier best naar haar zin zou hebben.

Ze had het er ook naar haar zin. Ondanks het donkere weer. Grijze wolken hingen samengepakt in de hemel en de regen kletterde op het dak. Echt idyllisch... De lavendelborders in de tuin geurden verrukkelijk toen ze werden gestreeld door onze jurken wanneer we erlangs liepen. Het parfum gaf ons hetzelfde gevoel als in de zon zitten. Hendrik was gaan jagen. Dat deed hij elke dag. Soms ging ik mee, soms niet. De mensen hier waren mijn vrienden. Ik herinner me nog één namiddag in het bijzonder. Ik was kersen gaan plukken met Harry Norris, die niet mee was gaan jagen omdat hij hoofdpijn had toen ze vertrokken. De jongen die bij de suikerbakkerin werkte – dat beweerde hij toch toen we hem vroegen wie hij was – was ook in de boomgaard om kersen te plukken. Een grappig kereltje. Grote ogen. Hij luisterde ongetwijfeld mee toen Harry en ik elkaar de laatste roddels vertelden. Plots leek zijn aandacht volledig naar iets anders te gaan. Toen we het hem vroegen opende hij tegen zijn zin zijn handen, waarin hij een broodmager vogeltje hield.

'Er is iets mis mee', zei hij, met medelijden in zijn stem. 'Het kan niet vliegen.'

Harry bekeek het diertje. 'Het is bang', zei hij zacht. 'Het is nog een kleintje. Dat is alles. We moeten het weer op de grond zetten.'

De jongen leek in paniek. 'Maar het kan niet vliegen!'

'Dat doet het wel', zei Harry. 'Vast wel.'

Die Harry toch. Hij was graag gezien door mijn moeder en hij had een zwak voor haar. Mams was de oudste in Beaulieu en werd op handen gedragen door de mannen. Oom Norfolk was er echter niet bij. Die zat bij Beth in Kenning Hall. En Wolsey zat mijlenver van Beaulieu, ergens in Frankrijk. We hadden het rijk voor ons alleen. Tijdens de maaltijden ging het er heel informeel aan toe, iedereen at samen en we maakten klaar wat Hendrik mee naar huis bracht. Hendrik kon eten zonder te worden onderbroken door Wolsey. Hij hoefde geen antwoorden te dicteren. Nee, hij kon eindelijk eens eten terwijl zijn maaltijd nog warm was. We aten goed in Beaulieu. Het was onmogelijk geloof te hechten aan de occasionele rapporten uit Londen, waar mensen elkaar rond de broodkarren verpletterden. We hoefden ons ook geen zorgen te maken over de zweetkoorts, die honderden slachtoffers maakte. Hier, op het weidse platteland, omgeven door stilte, waren we veilig. Hendrik had zijn suikerbakkerin opgedragen mee te komen naar Beaulieu. Haar prachtige en fonkelende suikerwerk werd ons elke avond na het diner voorgeschoteld. Met stukjes bladgoud die tussen onze tanden en onder onze nagels bleven kleven, dansten we tot diep in de nacht en lachten om de spitsvondigheden van Hendriks hofnar.

Hoewel we ver van het hof waren, wisten Hendrik en ik heel goed dat we nu niets meer hoefden te ontkennen. Señor Mendoza, de Spaanse ambassadeur, had er in ieder geval geen gras over laten groeien om het nieuws bekend te maken. Ik denk niet dat zijn brief veel later in Spanje aankwam dan wij in Greenwich. Ook de afwezigheid van Hendriks zus, Mary, was verdacht. En ze keerde ook niet terug. Alsof ze daar haar ongenoegen mee wilde uiten. Als er iemand was die geen recht van spreken had, dan was zij het wel. Zij wilde toch ook trouwen met iemand op wie ze echt verliefd was? Ze had haar plicht gedaan, de eerste keer, toen ze met de oude koning van Frankrijk in het huwelijksbootje stapte. Dat was waar. Maar ze had het alleen gedaan omdat er overeengekomen was dat ze, wanneer het allemaal achter de rug was, met Charles Brandon, de hertog van Suffolk, zou kunnen trouwen. Was dat niet wat haar broer wilde doen, trouwen omdat hij iemand graag zag? Hij was geen weduwnaar zoals zij weduwe was geweest, juist, maar dat was dan ook het enige verschil met haar situatie. Diep vanbinnen had ik het er eigenlijk een beetje moeilijk mee dat ze mij niet steunde. Zoals zowat alle meisjes was ik, toen ik klein was, helemaal weg van Mary. Dat prachtige haar, die vurige blik in haar ogen... En Charlie Brandon? Wel, ik weet dat hij vroeger vaak het onderwerp van het gesprek was bij veel vrouwen. Maar mij deed hij niets. Ik vond hem maar een slijmerige vent. Een goede vriend van oom Norfolk, en dat alleen al zegt genoeg.

Bepaalde mensen vonden het een schande wat Hendrik en ik deden, maar hij trok er zich niets van aan en was van mening dat, nu iedereen het toch wist, we evengoed van de gelegenheid gebruik konden maken om sir William Knight naar Rome te sturen om toestemming te vragen voor een nieuw huwelijk. Met een Engelse vrouw deze keer. En die kreeg hij, maar hij moest gescheiden zijn van Catharina. Tijdens de heenreis naar Rome was sir William gestopt om Wolsey een bezoek te brengen. Nu kende de kardinaal eindelijk de plannen van Hendrik, ook al was het wat aan de late kant. Mijn naam stond dan wel niet in het document dat sir William bij zich had, maar daar kon geen twijfel over bestaan. En sir William zal hem wel gezegd hebben dat we samen in Beaulieu waren. Ik weet zeker dat het ongenoegen op Wolseys gezicht zichtbaar moet zijn geweest. *Heel die bende daar, en ik mijlenver uit de buurt.* Toen hij terugkwam, inderhaast denk ik, verbleven we in Greenwich. We zaten net te dineren. Hij had een van zijn personeelsleden vooruit gestuurd en verwachtte dat hij, zoals gewoonlijk, de koning onder vier ogen zou kunnen spreken. Verwaande kwast. Ik leunde voorover en wenkte de bediende, nog voor Hendrik een woord kon zeggen. 'Zeg hem dat hij hier welkom is, zoals iedereen', zei ik.

De hartelijkheid van vroeger was weg, maar verder was Wolseys gezicht een gesloten boek. Hij was even voornaam als altijd.

En ik behandelde hem vriendelijk, beleefd. Geen vuiltje aan de lucht, weet je wel.

In zijn brief, die zijn afgezanten in februari naar de paus brachten, schetste hij mij als een voorbeeldige dame. Ook al vond hij mij een parvenu en had hij een hekel aan mij. Ik deed hetzelfde als hij en veinsde interesse voor zijn vele waardeloze plannetjes. Ik had hem nog even nodig. Hendrik was nog niet klaar om het advies van anderen in beraad te nemen. Trouwens, Wolsey had mij ook nodig, want ik stond in het middelpunt van Hendriks belangstelling. Hij werd niet uitgenodigd om mee te gaan naar Windsor in maart, en ook Catharina was er niet. Het werd opnieuw een fijne tijd voor Hendrik en mij, ook al was Mams er wel weer bij als chaperonne. Het werd lente en het platteland herleefde. Onze twee trouwe afgezanten, die een brief bij zich hadden die mij de hemel in prees, verkregen audiëntie bij de paus. Wat mij betrof liep dus alles gesmeerd, en het liep ook allemaal van een leien dakje. Toen nog.

De afgezanten, Eddie Fox en Stephen Gardiner, kwamen zo'n twee maanden later terug en gingen aan land in Sandwich. Hoewel ze geen kracht meer in hun benen hadden na de lange zeereis, reden ze toch nog de hele namiddag door tot ze in Greenwich waren, want ze wilden Hendrik het nieuws onmiddellijk brengen. Toen hij de essentie had gehoord, stuurde hij hen door naar mijn vertrekken, aan de andere kant van het binnenplein. Ze waren bezweet en hun kleren waren stofferig. De ogen van Eddie Fox waren bloeddoorlopen. Maar ze hadden verkregen waarvoor ze naar Rome waren gereisd. De paus zou ingaan op het verzoek van Wolsey en een gezant sturen om een oordeel te vellen in onze zaak. Ik lachte en de twee gezanten ook. Van blijdschap. Ik voelde plots de hand van Annie, mijn kamermeisje, op mijn schouder. Ook zij had een glimlach op haar gezicht. Mams legde haar handwerk voor zich neer en mijn broers hoofd verscheen in de deuropening van mijn slaapkamer. Hij was Franky Weston Frans aan het leren.

'Wat gebeurt er?' vroeg hij.

'Ik denk dat het de goede kant uit gaat', zei ik hem. 'We zijn aan het winnen. Een of andere medewerker van de paus komt naar Engeland om te oordelen over Hendriks huwelijk.' Ik zei dat de twee mannen konden vertrekken. 'Wolsey zal het graag van jullie persoonlijk vernemen. Jullie vinden hem in York Place, zijn residentie.' Ze stonken naar zweet, maar ik vond het niet meer dan eerlijk dat Wolsey het nieuws van henzelf vernam.

Die zomer was ik er bijna geweest. En ik vraag me af wat er gebeurd zou zijn als ik was gestorven. Zou Hendrik bij zijn Spaanse kwezel gebleven zijn? Ik denk van wel. Waarschijnlijk zou hij de procedure voor de echtscheiding stilgelegd hebben. Mijn dood zou in zijn ogen een straf van God zijn geweest. En hij zou om vergiffenis smeken. Op zijn manier is hij een godvrezende man – en daar heeft hij alle reden toe – maar niets jaagt hem meer angst aan dan ziektes. Voor een moedige koning kruipt hij toch vlug in zijn schulp. Hij zou me vast en zeker hebben opgeofferd – zijn droom en de herinnering aan mij ook – om zelf niet ziek te worden. Hij zou zijn rol van voorbeeldige echtgenoot opnieuw opnemen en niemand zou het ooit nog over mij hebben. Dat denk ik. Maar goed, gezien mijn situatie ben ik nogal cynisch...

Die zomer stak de zweetkoorts weer de kop op. Het was allemaal begonnen met enkele dodelijke gevallen in Wolseys vertrekken. Hendrik besloot onmiddellijk te vertrekken. Weg van Greenwich. Catharina en ikzelf reden met hem mee. Om sneller vooruit te komen, namen we maar weinig bedienden mee, onder wie meneer Blackden, Hendriks apotheker. Toen we voor de eerste keer halt hielden, in Waltham Abbey, viel ook daar een dodelijk slachtoffer. De volgende morgen veranderde Hendrik zijn plannen en stuurde mij terug naar Hever. 'Het is veilig in Hever', drong hij aan. 'Je hebt geluk dat je daarheen kunt gaan.' Hij en Catharina reden die dag verder naar Hudson. Opgejaagd door de epidemie – een dode hier, drie doden daar – reisden ze verder tot ze aankwamen bij Wolseys leegstaande landhuis ergens in de velden nabij Tittenhanger. Franky Weston zei me dat toen ze daar aankwamen, Hendrik de muren en de vloeren liet afwassen met azijn en een haardvuur liet branden in iedere kamer. Om de slechte lucht op te gebruiken. Omdat hij zoveel mogelijk verse lucht wilde inademen, gaf hij de opdracht om het raam van zijn slaapkamer te vergroten. Lokale werklui zijn dit onmiddellijk komen doen, met een hoop afval en stof tot gevolg. Maar Hendrik zat al met zijn gedachten bij belangrijker zaken. Hij probeerde de toorn van God in te dijken door elke dag, veel meer dan anders, te biechten en de mis bij te wonen. Met Catharina.

'Ja, ja,' onderbrak ik Franky ongeduldig, 'maar hebben ze...?'

'Hebben ze...?'

'De koning en de koningin, je weet wel.'

'O. Nee.'

'Zeker?'

Franky verzekerde mij dat hij de nachten in Hendriks kamer diende door te brengen, zodat hij er onmiddellijk bij zou zijn in geval van nood. 'En hij rook walgelijk', voegde hij eraan toe, 'door die drankjes van meneer Blackden.'

In Hever Castle daarentegen ging alles zijn normale gang. Tot Papa en ik ziek werden. Van de slachtoffers van de zweetkoorts zegt men in de volksmond dat ze 's middags zo gezond als een vis zijn, maar meestal het avondmaal niet meer meemaken. Die dag voelden Papa en ik ons inderdaad kiplekker tijdens het middageten, maar enkele uren later was het duidelijk dat ze voor ons geen diner hoefden klaar te maken. Mijn keel was gezwollen en ik voelde een helse pijn in mijn gewrichten. Ik wist op dat ogenblik niet dat Papa ook ziek was en dat Mams een van onze bedienden naar Hendrik had gestuurd met het slechte nieuws. Het enige waar ik besef van had, waren de in koud water gedrenkte linnen compressen die op mijn voorhoofd werden gelegd. Mams had Annie uit mijn kamer weggestuurd en verzorgde mij – en Papa – zelf. Ze had van haar stiefmoeder, de hertogin douairière van Norfolk, geleerd hoe ze de zweetkoorts kon overwinnen. In bed blijven, zei ze. Een dag en een nacht lang. En twee dagen niets eten. Geen bezoek, een hele week niet. Ik moest lepels vol kruidendrank drinken die ze had klaargemaakt. Een ranzige siroop die alleen wordt ingeslikt door mensen die zo ziek zijn dat ze niet meer weten wat ze doen.

Toen dokter Butts op de brug over de slotgracht stond, waren Papa en ik alweer op de been. Maar we mochten nog geen bezoek ontvangen. Voor een van de persoonlijke artsen van de koning werd uiteraard een uitzondering gemaakt en ik maakte van de gelegenheid gebruik om bij te praten. We hadden het over de nieuwe geloofsovertuigingen. Dokter Butts droeg priesters niet in het hart, zoals zovele andere ziekelijk gelovige mensen dat wel deden. Nee, hij was een vriendelijke en intelligente man, die bovendien zin voor humor had. Niet dat ik niemand had om mee te praten thuis. We waren allen nogal eensgezind. Zelfs aan het hof had ik een kennissenkring opgebouwd die mijn meningen deelde. De radicale vrienden van mijn broer waren ook de mijne geworden en ik was niet langer een gezelschapsdame van Catharina. Ik voelde me gewoon geïsoleerd de dagen na mijn ziekte. Ik had alleen Mams gezien die mij verzorgde. Dokter Butts bleef ik weet niet hoe lang op een stoel naast mijn bed zitten. We gingen zo op in ons gesprek over de toekomst dat we de regen niet meer hoorden en niet opmerkten dat de avond viel.

Oom Norfolk, die in Kenning Hall woonde, was ook ziek

geworden. En hij had de zweetkoorts ook overleefd. Waren we verrast dat we de epidemie overleefd hadden? Er was niet veel dat een Boleyn of een Norfolk kon verrassen. Zeker niet dat we het hadden overleefd. En het verwonderde ook niemand van ons dat William, de echtgenoot van mijn zus, wel aan de ziekte bezweek. Behalve mijn zus dan. Het was ook geen verrassing te vernemen dat hij niets op orde had en, erger nog, een hoop schulden naliet toen hij stierf. Zoals gezegd, behalve voor haar. Ze stuurde Papa een brief vanuit Richmond. Wanhopig was ze, nu ze berooid achterbleef met twee kleine kinderen. Maar hij moest er niets van weten. 'Ik heb haar gezegd dat ze niet met hem moest trouwen', gromde hij alleen maar.

'Maar ze heeft het toch gedaan, schat', probeerde Mams.

Hij had nooit veel opgehad met Mary en schaamde zich voor haar. Je kon niet loochenen dat ze een Boleyn was wanneer je haar zag, maar ze was te vlug tevreden. Te gemakzuchtig. Hij weigerde haar te helpen en stond zelfs niet toe dat ze naar huis kwam.

'Ze moet maar aankloppen aan Wolseys deur in Leeds Castle', zei hij. Per slot van rekening was William bediende geweest in de privévertrekken van de koning. Volgens mijn vader moest Wolsey maar een regeling treffen voor 'de weduwe', zoals hij haar noemde. Wolsey werd trouwens meer dan eens belaagd door schuldeisers van overledenen. Ze eisten hun deel van de nalatenschap op ter vereffening van de schulden. En ondertussen boden ze graag hun diensten aan voor de vrijgekomen functie. Neef Francis kreeg trouwens die van William.

'Daar is haar plaats nu', zei Papa. 'Ze zou er haar zaak moeten verdedigen, liegen indien nodig. Zoveel mogelijk doen om eruit te halen wat eruit te halen valt in plaats van te wachten tot ik het voor haar doe. Vroeger wilde ze mijn advies niet. Wel, dan moet ze nu ook niet om hulp komen vragen.'

'De liefde maakt blind', zei Mams. 'Ze heeft twee kleine kinderen. Ze kan niet zomaar alles achterlaten om naar Leeds Castle te gaan. Misschien kan ze daar zelfs niet komen. Ze heeft geen geld, Thomas, alleen die enkele muntstukken in haar beurs.'

Maar hij gaf geen duimbreed toe. Ik vermoedde dat hij nog niet helemaal de oude was na de hevige koorts. Indien dit wel zo was, dan kon ik zijn houding niet begrijpen. Hij stond bekend als een hardvochtig man, ja, maar ook als een pragmaticus. En als hij Mary afwees, dan schoot hij zichzelf in de voet. Ik dacht dat hij meer dan anders rekening zou houden met de mening die anderen over ons konden hebben, nu we in het middelpunt van de belangstelling stonden. Wat hij deed, was niet in ons voordeel.

'Mary houdt niet op te bestaan omdat je haar niet wilt helpen', zei ik hem. 'Iedereen zal het te weten komen. Wanneer haar kleren tot op de draad versleten zijn, zullen de roddels al snel volgen. Zo laat je toch geen Boleyn door de straten lopen.' Hij wist best dat ik gelijk had, maar bleef koppig weigeren. Maar ik kende iemand wie hij niets kon weigeren. Ik schreef een brief aan Hendrik. Hij had er ook een aan mij geschreven zodra hij vernomen had dat ik de zweetkoorts overleefd had. Het was een mooie, lange brief. *Je weet toch dat ik alles, maar dan ook alles voor je zou doen.*

Makkelijk zat, schreef ik terug. *Zeg tegen mijn vader dat hij moet ophouden de koppige ezel uit te hangen met Mary.*

Een tijdje later werd een brief gebracht voor Papa en zijn houding leek toch te veranderen. 'Mary zou beter naar huis komen', zei hij tegen Mams. 'Maar zorg dat ik haar niet tegen het lijf loop.'

Ik was nog niet zo lang terug aan het hof toen ik vernam

dat kardinaal Campeggio, de afgezant van de paus, eindelijk in Calais was. Hij had zich in ieder geval niet gehaast. Jicht was blijkbaar de boosdoener die ervoor had gezorgd dat zijn reis vertraging had opgelopen. De toekomst van Engeland stond op het spel en die dikzak nam gewoon alle tijd van de wereld om een reisje door Europa te maken. En wat nog erger was, nu hij echt op weg was naar het hof, moest ik terug naar Hever. Omdat Hendrik geen enkele schijn wilde wekken. Ik was vertrokken naar mijn ouderlijk huis in het graafschap Kent, maar al na enkele dagen besloot ik terug te keren naar Londen. Als ze over mijn toekomst wilden beslissen, dan was ik niet van plan om alles zomaar te laten gebeuren. Hendrik hield me op een discrete afstand en ik mocht gebruikmaken van Durham House aan The Strand. 'Als ik daarheen verhuis, zal dat een verkeerd beeld geven', zei ik. Het was een mooi huis, dat wel, maar nauwelijks geschikt voor een toekomstige koningin. Bovendien was het tot voor kort het huis van Betsy en Fitz geweest. Ik was geen maîtresse en zou geen bastaard op de wereld zetten. Dus besloot hij mij onder te brengen in het huis van de Suffolks in Southwark, een van de eigendommen van die slijmjurk Brandon. 'Heb je het al eens goed bekeken?' vroeg ik klagerig. Ongetwijfeld was het ooit een statige woning geweest, maar het huis was zeker al twintig jaar niet meer onderhouden. Het zag er bijzonder mistroostig uit, zeker in oktober. Hendrik ging ermee akkoord om het huis te laten renoveren. Maandenlang duurde dat eindeloze geklop. En dan het gefluit van de werklui terwijl ze nieuwe muurpanelen aanbrachten in de kamers. Terwijl ze schilderden, kapotte ramen vervingen, wandtapijten ophingen, een galerij bouwden en de keuken uitbreidden. Ik verveelde me echter niet, want de jongens kwamen me meestal wel gezelschap houden. Ze vonden het prachtig dat we een eigen huis hadden en konden doen en laten wat we maar wilden. Ik ging slapen en stond op wanneer ik dat wenste. Ik verkeerde in slecht gezelschap. Het einde!

Ik wist best wat er in Londen gezegd werd. Ze zeiden er wat men maar al te graag zegt in die situaties: hoe durft hij zijn vrouw te laten staan voor zo'n klein kreng. En dat irriteerde me mateloos. Hij had de sluwe oude non lange tijd geleden al verlaten. En ik was geen kreng. En ook niet klein. Ach ja, je kunt je leven niet laten bepalen door wat de mensen over je zeggen.

Er was één iemand wiens mening er wel toe deed. Eén bezoeker die ik wel wenste te ontvangen. En dat was de kardinaal. 'Laat hem op bezoek komen', zei ik tegen Hendrik. 'Dan ziet hij hoe vergevingsgezind, praktisch ingesteld, goed opgevoed en belezen ik ben.'

'Dat ziet hij vast wel', lachte Hendrik. 'Maar nu niet. Hij is aan zijn bed gekluisterd. Jicht.'

Alweer?

Alweer.

Zodra zijn benen hem weer konden dragen, zocht hij niet mij maar Catharina de kwezel op. 'Hij moet wel', zei Hendrik. 'Want hij heeft enkele voorstellen om tot een oplossing te komen voor de zaak voor de rechtbank wordt gebracht.'

'Voorstellen? Zoals?'

'Zoals doen waar ze zo goed in is. Bidden. Maar dan voltijds. In een klooster.'

Ik vond het een schitterend idee. En, nog beter, zij waarschijnlijk ook. 'Maar dat is er maar één,' zei ik, 'één voorstel. Wat waren de andere?'

Hendrik leek zich ongemakkelijk te voelen. 'Wel, die waren voor mij.'

'En?'

'En ik heb geweigerd.'

'Maar wat waren ze?'

Dat de paus Hendrik kon vrijstellen van vervolging voor zijn bestaande 'huwelijk' met de echtgenote van zijn overleden broer – met andere woorden, dat hij hem vergiffenis schonk – of dat hij geen erfgenaam had, kon worden opgelost door zijn dochter te laten trouwen met zijn buitenechtelijke zoon.

'Stelden ze *dat* voor?' Ik was geschokt. Natuurlijk was ik dat. 'Zouden ze een halfbroer en een halfzus met elkaar laten trouwen?'

Hendrik knikte, duidelijk al even onthutst als ik was.

'Die mensen zijn *ziek*.'

Hendrik antwoordde: 'Ik heb me diplomatischer uitgedrukt, maar ik denk dat ze de boodschap wel begrepen hebben.'

Ik moest die kardinaal zien te spreken. Nu meer dan ooit. Hij zou vast wel beseffen dat ik helemaal zo'n slechte keuze niet was en dat hij helemaal niet hoefde over te gaan tot dergelijke drastische maatregelen. Ik kan iedereen om mijn vinger winden, zelfs een oude Italiaanse kardinaal. Ik vroeg Hendrik om hem uit te nodigen en om wat suikergoed te laten brengen, zodat ik hem iets kon aanbieden wanneer hij langskwam. Hij bracht me het gevraagde, maar ontweek mijn vraag over het bezoek van de kardinaal. Ik geloofde hem wel toen hij zei dat hij probeerde hem hierheen te krijgen. Het was de kardinaal die maar bleef weigeren. Hij ging wel op visite bij Catharina. Hij en Wolsey. En ze spraken Frans onder elkaar, de enige taal die ze samen machtig waren. Mijn taal. Zij voerde het gesprek met de kardinaal dat ik hoorde te voeren. In de taal die ik eigenlijk had moeten spreken. Ze bleef volhouden dat ze nog maagd was toen ze Hendrik het jawoord gaf, dat zijn broer het huwelijk nooit had geconsummeerd. Ze vertelde hetzelfde verhaal nu al een jaar aan iedereen die het horen wilde. En aan iedereen die het niet horen wilde. Schaamde ze zich niet? Begreep ze dan niet dat het daar niet over ging? Hendrik wilde haar niet meer. Simpel. Duidelijk. Hoe kon ze nog altijd naar hem verlangen? Ze weigerde in te treden in een klooster, telkens weer opnieuw. Zelfs toen het voorstel haar in alle ernst werd gedaan door mensen die ze vertrouwde. Zelfs de paus vond het klooster een goed idee. Het zou alle problemen in één klap oplossen. Behalve die van haar, vond Catharina. Ze bleef maar herhalen dat zij de wettelijke echtgenote van Hendrik was en koningin van Engeland. Die verantwoordelijkheden zou ze dragen tot de dag van haar dood.

Dat het dan liefst niet te lang meer duurt voor we zover zijn, flitste het door mijn hoofd.

'Wat je ook denkt van haar, je moet toegeven dat het bewonderenswaardig is wat ze doet', zei oom Norfolk.

'Dat zeg jij', luidde mijn antwoord.

Ik was er minder en minder van overtuigd dat ons plan goed verliep. De vele bezoeken aan Catharina, de onheuse manier waarop ik bejegend werd en de gesprekken over incestueuze verhoudingen en kloosters... het bleef maar doorgaan. God weet waar Wolsey eigenlijk mee bezig was. Niets, zo te zien.

Ik had het erover met Hendrik. 'Het gaat niet echt de goede kant uit, vind je ook niet?'

Hij antwoordde niet en keek schuldig.

Ik wachtte, want ik voelde dat hij iets wilde zeggen.

'Het gaat helemaal nergens heen', klonk het.

Ik bleef zwijgen. Hij was nog niet klaar.

Hij zag er plots ellendig uit. 'Ik vraag me af, Anna, of we de situatie niet gewoon moeten aanvaarden. Misschien kunnen we wel een andere manier vinden om...'

'Om?'

'Gewoon... samen te zijn.' Hij keek me smekend aan.

Daar hadden we het weer. 'We kunnen niet "gewoon samen zijn", Hendrik! Je bent de koning. Het is jouw *plicht* ervoor te zorgen dat jouw zoon op de troon komt te zitten wanneer je er niet meer bent!' Ik stopte met schreeuwen. 'En ik kan je helpen om die plicht uit te voeren', voegde ik eraan toe. 'Ik sta hier. Voor jou. Ik ben er klaar voor. Je laat je toch de les niet spellen door een paar versleten Italianen en Spanjaarden?'

Hij staarde naar de grond en beet op zijn lip. 'Nee,' zei hij zacht, 'natuurlijk niet.'

Een week later, in Bridewell, riep hij iedereen samen die aan het hof aanwezig was en las een lange verklaring voor. Het kwam erop neer, zo wist George mij te vertellen, dat hij genoeg had van de roddels en dat hij duidelijk wilde maken dat Catharina een fantastische vrouw was en een liefdevolle echtgenote was geweest. Dat hun huwelijk een gelukkig huwelijk was geweest. Hij zei dat hij wist dat het niet mogelijk was, maar dat hij niets liever wenste dan dat kardinaal Campeggio met een oplossing kwam in het voordeel van Catharina. En als hij dat kon klaarspelen, Hendrik haar opnieuw zijn jawoord zou geven.

Het was een goede toespraak geweest. Maar toen hij het document oprolde en hij niet langer de bedremmelde gezichten en de wijd opengesperde ogen van de toeschouwers kon ontwijken, begon hij plots te tieren. 'En ik beloof jullie, wie weigert mee te werken zijn kop zal rollen!'

Vreemd genoeg lachte ik toen ik hoorde wat hij had geroepen. George imiteerde hem perfect. Explosief. Razend. Ik dacht aan de gezichten in het publiek, de hertogen van Suffolk en Norfolk, plots een en al aandacht. Ik wist toen uiteraard nog niet hoeveel koppen er inderdaad zouden rollen en hoeveel ervan die van mensen zouden zijn die ik waardeerde. Van wie ik hield. Ik kon toen nog niet vermoeden dat op een dag ook mijn hoofd op het blok zou liggen.

ꟸ

Lucy Cornwallis

Zomer 1535

'Mark! Dat is lang geleden.' Sinds ons verblijf in Nonsuch had ik hem niet meer gezien. En dat was drie of vier weken geleden. Zodra hij een stap binnen had gezet, deed hij er twee achteruit, verrast door de hitte. 'Ja, het is hier warm. Ik weet er alles van', zei ik lachend, hoewel ik vast niet om aan te zien was. Rood aangelopen, met een glimmend voorhoofd. Maar ik was blij dat hij er was. 'Kom binnen.'

Hij keek naar de conserveringspotten, fruitmanden, rijen bokalen en mallen die lagen te drogen. De mandjes met marsepein, suikerpotten, vruchten gemaakt van marsepein en suiker – allemaal in verschillende stadia van afwerking, sommige bijna helemaal versierd. 'Druk bezig, zie ik', en hij lachte. 'Nou ja, je hebt het altijd druk.'

'Tja, in de zomer moeten de voorraadpotten gevuld worden.' En dan was er nog het feest van Johannes de Doper. Dat verklaarde het suikergoed.

'Wat een organisatie', riep hij verrukt uit.

'Nee hoor, ik ben het gewend.' Wat niet wil zeggen dat ik nooit hunker naar mijn kindertijd, toen de feestdag niet zoveel werk met zich meebracht. Het brandende karrenwiel dat door het dorp gerold werd, herinner ik me nog alsof het gisteren was. En het vreugdevuur in het veld. Toen leek het enorm, maar dat was voor ik het jaarlijkse vreugdevuur hier had gezien.

Hij snoof. 'Wat ben je aan het maken?'

'Dat zullen de kersen zijn die je ruikt,' zei ik en ik knikte in de richting van de stomende ketels, 'met kruidnagel en kaneel.'

Mark sperde zijn ogen wijd open. 'Ik laat je maar beter voortwerken.'

'Nee hoor, ik kan een beetje afleiding wel gebruiken.' Afleiding was niet het goede woord. En dat scheen hij ook te vinden, want hij aarzelde. 'Je stoort echt niet', voegde ik er vlug aan toe terwijl ik mijn kleverige handen afveegde aan mijn schort.

Dus bleef hij. Hij groette Richard. 'Meneer Cornwallis', zei hij met een scheve glimlach die Richard zeker zou weten te appreciëren.

En dat deed hij ook. Wonderbaarlijk genoeg. 'Meneer Smeaton', antwoordde hij vrolijk, om vervolgens onmiddellijk verder te werken. Hij was met een delicaat werkje bezig. Met bruine suikerpasta, gemengd met kaneel en gember, maakte hij twijgjes. Om de blaadjes groen te kleuren gebruikte hij spinaziesap. Voor de steentjes die hij tegen de vruchten kleefde, gebruikte hij een mengeling van alle ingrediënten. Hij was bijzonder opgewekt. De hele dag al hing er een leuke sfeer, net carnaval. Best fijn als er zoveel werk is.

'Jullie doen dit graag, dat zie je', zei Mark. Ik wist niet wat ik moest denken. Had hij nu gelijk of zat hij er helemaal naast? Ik moest lachen omdat hij mij overdonderde. Richard zat me aan te staren. Ik had me weggedraaid van hem, maar voelde zijn brandende blik en kon me voorstellen dat hij zich kostelijk amuseerde.

Mark schuifelde naar binnen, maar bleef dicht bij de deur staan. Hij leunde tegen de muur. De zomer leek geen invloed op hem te hebben, want hij was nog altijd even bleek.

De warmte in de keuken zorgde voor een blos op zijn gezicht. 'Wel,' zei hij vervolgens, 'het ziet ernaar uit dat ik jullie heb ingehaald.'

Bedoelde hij dat hij ons gevolgd was? Mij in ieder geval niet. Ik had geen tijd om door de vele vertrekken te zwerven om hem op te zoeken. Toen hoorde ik het antwoord op mijn vraag uit mijn eigen mond: 'We waren mee op hofreis.' En hij? Was hij mee de voorbije drie of vier weken? Hij was in Nonsuch. Ja, want daar hadden we elkaar gezien. En al die andere plaatsen dan? Moeten alle muzikanten van de koning altijd overal mee naartoe reizen? Of enkel de beste?

'Ik had het geluk nu en dan wat verlof te kunnen nemen', zei hij.

'Voor ons was het hard werken. Vooral voor die arme Joseph, die om de zoveel dagen de hele keuken moest verhuizen.' Ik ratelde maar door. Wat niet wilde zeggen dat ik niet meende wat ik had gezegd. Ik had medelijden met Joseph. In de winter was verhuizen al geen gemakkelijke klus. En dan verbleef het hof nog in de paleizen. Die hadden ingerichte keukens. De zomer was een heel ander verhaal. Dan verbleven we in kleinere huizen en jachtverblijven. En moesten we werkelijk alles meezeulen, tot pannen en lepels toe. 'En nu had hij nog al die kisten met suikergoed om mee te nemen. Weliswaar was het nog niet in elkaar gestoken, maar toch...'

Ik begreep eigenlijk niet waarom we soms wel en soms niet meereisden. De vorige zomers werd ons op bepaalde ogenblikken gevraagd om te wachten in een van de verblijven terwijl er gepoetst werd. Vrije tijd is altijd welkom natuurlijk, maar op die momenten denk ik dan altijd aan het noeste werk dat de anderen aan het verrichten zijn. Meneer Wilkinson bijvoorbeeld, in zijn rode jas, zorgt ervoor dat alle restjes uit de afvoerpijpen gespoeld worden.

Of die arme meneer Long en zijn jongens, die de mijnwerkers genoemd worden. Zij moeten een gat graven naast de latrineputten. Vervolgens verwijderen ze enkele bakstenen en klimmen ze naar binnen om de boel op te ruimen. De volledige put wordt onder handen genomen tot hij weer helemaal schoon is.

Of Richard en ik mee op hofreis gaan, hangt waarschijnlijk af van de gastvrijheid die de koning geniet. Misschien is het in bepaalde gevallen wel onbeleefd om ons mee te vragen. Of omgekeerd, om ons niet mee te vragen. Ik weet het eigenlijk niet. Het is de taak van de *Knight Harbinger*, de bode, om dat te bepalen. Hij zorgt er dan tegelijk ook voor dat we slaapplaatsen en zo genoeg hebben. Wij volgen gewoon de orders die ons gegeven worden. Deze zomer verliep het echter anders. Geen vrije tijd. Overal waar de koning ging, gingen wij ook. De enige instructie die we kregen was meer, groter en beter suikerwerk bereiden.

Ik probeerde positief te blijven. 'Nonsuch is mooi, vind je ook niet?' Het paleis was gloednieuw.

'Het behoort nu koningin Anna toe', zei hij. 'Gekregen van de koning.'

Het maakte niet uit van wie het was. 'En die boomgaard. Ben je in de boomgaard geweest? Waarschijnlijk niet. Wacht, ik moet je iets tonen.' Ik toonde hem een vrucht die ik uit een mand haalde. Hij streelde het stuk fruit met één vinger.

'Wat is het?' vroeg hij. 'Een kleine perzik? Een kleine, gladde, eigeelkleurige perzik? Best grappig.' Hij gaf het op. Maar ik zag dat de vrucht in mijn hand hem intrigeerde.

'Het is een abrikoosje. Meneer Harris, de fruitteler van de koning, bracht een stek mee uit het buitenland, enkele jaren geleden. Hij plantte de scheut in Nonsuch en *voilà*.'

Ik was blij dat ik hem iets had kunnen tonen wat hij nog

niet kende. Tegelijkertijd voelde ik me stom. Want meer dan een stuk fruit was het eigenlijk niet. En het leek inderdaad op een perzik. Ik had me laten meeslepen door mijn eigen enthousiasme en dat van meneer Harris en Richard. Waarom zou Mark hierin geïnteresseerd zijn? Maar het was toch niet niets. De abrikoos was iets nieuws. Iets wat we nog nooit eerder hadden gezien. En dat was toch fantastisch? Of niet soms?

'Wat ga je ermee doen?' vroeg hij. Hij volgde mijn hand terwijl ik de abrikoos bij de andere teruglegde.

'Hetzelfde als met de rest van het fruit. Hetzelfde als met die perziken daar. Ze gebruiken in een bereiding. Bewaren. Een dikke jam van maken, die vervolgens in stukken snijden, er een stempel in drukken en dan bedekken met poedersuiker.'

'Eet niemand die vers?'

Terug naar de perziken. Het lemmet van mijn mes gleed door het tere vruchtvlees. 'Vers zijn ze onverteerbaar, Mark.' Ik vond dat ik het hem moest zeggen. Voor zijn bestwil. 'Ze liggen verschrikkelijk op de maag.' Het verwonderde me nu een stuk minder dat hij er zo bleek uitzag.

'Jammer. Dat je ze in een bereiding moet gebruiken.' Ik hoorde hem nauwelijks omdat ik net mijn mes aan het afkloppen was. 'Dat je ze moet pletten. Ze zijn zo mooi.'

Mijn blik gleed naar de kom. De abrikozen leken terug te staren. Hulpeloos of juist heel zeker. 'Maar ze moeten opgegeten worden. Daar dienen ze voor.'

'Misschien moet je er van suiker maken. Dan blijven die tenminste heel.'

Op de planken boven onze hoofden stonden hele kisten vol citroenen en sinaasappels die Richard en ik hadden gemaakt en gekleurd voor het komende feest. Geen slecht idee. Fruit is nu eenmaal niet alleen lekker om op te eten.

Het is ook mooi om naar te kijken. Dat wist ik maar al te goed. Honderden sinaasappels en citroenen had ik gemaakt van marsepein en suiker. Uren was ik onlangs bezig geweest met het conserveren van fruit door het te koken in een suikeroplossing. Hij had gelijk. Het waren mooie vruchtjes. De eerste abrikoos die ik ooit zag, had de kleur van de zonsondergang en een mooie bolle vorm. Het was alsof mijn ogen er maar niet in slaagden de tekening op het vel scherp te zien.

'Het zijn de gewone dingen die een mens gelukkig maken,' zei hij, 'in moeilijke tijden. Donkere tijden.'

Ik kon dat laatste negeren. Zwijgen. Maar als ik er niet op reageerde – wat ik overigens wel deed – dan zou er een onaangename stilte vallen. Mijn enige probleem was Richard. Ik wilde het er niet over hebben met of in het gezelschap van Richard. Die had er geen enkel probleem mee om mij deelgenoot te maken van alles wat hij opgevangen had, vaak tot in de kleinste details. Maar ik? Ik wilde er zelfs niet aan denken. Dat had geen enkele zin. Wat kon ik eraan veranderen? Mark en ik hadden er niet over gepraat in Nonsuch. We hadden het wel gekund – iedereen sprak erover – maar we deden het niet. Wat konden we er trouwens over zeggen? Als we het niet over de roddels zouden hebben die de ronde deden, waarover dan wel? Uiteindelijk zou een van ons vervallen in een cliché. *De executies in Tyburn... Verschrikkelijk, vind je ook niet?* Zoiets. Maar nu was ook bisschop Fisher geëxecuteerd. Dus ook daarover zou gepraat worden. Maar wat viel er te zeggen?

'Zij heeft hem ertoe aangezet', zei ik. Wel, dat was ook zo.

'Niet waar, Lucy.' Zijn antwoord was onmiddellijk gekomen. Hij hield zijn hoofd schuin en leek mij in te schatten. 'Het is de koning die zijn handtekening moet zetten.'

'Ja. Ik weet ook wel wie het doodvonnis ondertekent.

Maar zoals ik al zei, zij heeft hem ertoe aangezet.' Ik kon niet geloven wat ik net had gezegd. Ik bedoel, ik geloofde het wel, ik geloofde alleen niet dat ik het had gezegd. En dan nog op die manier. Tegen Mark.

Richard legde het stuk keukengerei neer dat hij had gebruikt.

'Lucy...' Mark had een pijnlijke blik in zijn ogen. Zijn zelfverzekerde houding van daarnet was verdwenen.

'Het zou anders nooit zo zijn afgelopen, denk je ook niet? De dood van een verrader voor bisschop Fisher? Misschien, heel misschien, waren de mannen in Tyburn inderdaad verraders. Het waren dan wel godvruchtige mannen geweest die voortdurend met hun neus in de boeken zaten, maar misschien verdienden ze het inderdaad om opgehangen en gevierendeeld te worden voor de ogen van de Boleyns en hun vrienden. Als iemand het al verdient om zo afgeslacht te worden, natuurlijk.'

'Lucy...' hoorde ik Richard zeggen. Hij wilde mij waarschuwen dat ik in theorie al even strafbaar was, gewoon om zoiets te zeggen.

'Maar Mark, bisschop Fisher? Omdat hij weigerde een handtekening te plaatsen? Omdat hij prinses Elizabeth geen voorrang op de troon gunde? Omdat hij niet wilde dat prinses Mary overgeslagen werd als wettelijke troonopvolger? Hij heeft niet geprotesteerd. En hij heeft niemand aangezet om zich te verzetten. Het ging gewoon om de handtekening van een oude man. Een geestelijke. En dan sir Thomas More.'

'Sir Thomas is niet...'

'Het loopt voor hem even slecht af. Hij krijgt een proces, dat wel. Maar het loopt even slecht af.'

'Lucy...' Richard kwam weer tussenbeide, maar ik gunde hem nog altijd geen blik. Het was tot Mark dat ik mij richtte. Mark met zijn bleke gezicht.

'En dan te bedenken dat de koning overal ter wereld bekendstaat als iemand die graag debatteert, iemand die denkers en schrijvers prijst. Een man met een groot hart. Intelligent. Grootmoedig. Is hij degene die het bevel gaf om een oude bisschop af te slachten omdat die zijn handtekening niet wilde plaatsen op een stukje papier?'

Mark stond nog altijd met zijn rug tegen de muur, maar hij leunde niet meer. Hij luisterde wel nog. Op zijn gezicht kon ik geen enkele emotie aflezen. Daarvoor was ik veel te kwaad. Nee, eigenlijk niet. Ik wist gewoon niet dat ik het in me had om zo uit te vliegen tegen iemand. Niet zomaar iemand. Het ging om Mark. Godzijdank was het Mark.

'Het is niet zomaar een papiertje.' Zijn gezicht was nog altijd uitdrukkingsloos. Ofwel straalde het geduld uit. 'Dat weet je best.'

Ja, dat wist ik. Natuurlijk wel. Het was dom van me om dat te zeggen. Waarom had ik het eigenlijk gedaan? Omdat ik wenste dat het wel een banaal stukje papier was geweest? Omdat de gevolgen dan niet zo weerzinwekkend zouden zijn geweest?

'Er gebeurt veel in haar naam', zei hij. 'Iemand wil iets gedaan krijgen, uit eigenbelang, en zij krijgt er vervolgens de schuld van. Neem nu de kloosters. Ook voor wat er met de kloosters gebeurt, krijgt zij de schuld in de schoenen geschoven. Ze staat achter de hervorming en heeft kloosterzusters bezocht om hen te spreken...'

'Ja, dat heeft ze gedaan.' Mark probeerde altijd het positieve te zien. 'Het is show, Mark. Daar houdt ze van. Ze is er goed in.' Het cynisme droop van mijn woorden. Voelde Richard zich ook zoals ik nu wanneer we discussieerden?

Mark lachte, of daar leek het toch op. Misschien was het uit verontwaardiging.

'Ze geeft geen zier om uiterlijke schijn. Indruk maken op mensen is niet aan haar besteed. Ik ken niemand die daar nog minder om geeft dan zij,' – hij stopte en hield zijn handpalmen voor zich uit – 'behalve jij dan.'

Ik?

Ik?

Misschien had hij gelijk. Maar op wie zou ik indruk moeten maken?

'Ze is een vrouw met principes', vervolgde hij. 'Een diepgelovige vrouw.'

Al dat geleuter over het geloof. Alsof erover praten genoeg was. En zich gedragen als een christen? Was dat dan niet belangrijk? 'Ze heeft in ieder geval hun zaak niet bepleit.' Ik zei het terwijl ik keek naar de plakjes perzik op tafel. Misschien omdat ik het eigenlijk niet wilde zeggen. 'Misschien wilde ze ook niet dat die mannen in Tyburn gevierendeeld werden, maar ze heeft het in ieder geval niet voor hen opgenomen.'

'Hoe kunnen we dat nu weten? Misschien heeft ze dat wel gedaan. Waarschijnlijk wel.'

'En die priester dan?' Ik kon het niet laten. Erger nog, ik keerde me weer naar hem toe. 'Er was haar gevraagd zijn zaak te bepleiten...'

'Welke priester?'

'...en ze weigerde. "Er zijn al genoeg priesters", zei ze.' Ik wist niet om welke priester het ging. Richard had het me verteld. 'Wat voor een vrouw zegt nu zoiets?'

'Een die verkeerd geciteerd wordt.' Hij kruiste zijn armen en stapte op me af. 'Denk je dat er *iemand* is die zoiets zou zeggen?'

Plots voelde ik me verschrikkelijk dom.

'Lucy... Heb je haar ooit ontmoet?' Hij steunde met zijn heup tegen mijn werkbank en leunde licht vooruit. Zijn blik boorde zich in de mijne. Ik reageerde me af op een perzik en gaf dan antwoord op zijn vraag. Ik schudde het hoofd.

'Ze is zo... levenslustig. Ze zegt de dingen zomaar. Zonder na te denken. Meer niet. Ze is helemaal niet berekend. Die mannen in Tyburn...' Toen hij die naam uitsprak volgde een respectvolle stilte. 'De dood van die mannen maakte geen enkel verschil voor haar. Ze had toch al wat ze wilde. Zij waren het er niet mee eens, maar wat kon haar dat schelen? Ze *hoefden* niet afgeslacht te worden. Niet voor haar.' Zijn blik zocht opnieuw de mijne. Toen ik mijn ogen opsloeg, glimlachte ik geforceerd. 'Weet je nog wat haar lijfspreuk is? *Ainsi sera, groigne qui groigne.*'

Ja. Die had voor nogal wat opschudding gezorgd. Dat was toch wat Richard me had gezegd.

Hij vertaalde het voor mij: 'Het zal gebeuren. Of men er nu voor of tegen is. Of...' – hij klonk nu niet meer zo formeel – 'pech gehad, zoals in de volksmond gezegd wordt.'

Ik wilde zeggen dat ik het angstaanjagend vond wat er gebeurde. Alles was zo anders geworden in vergelijking met vroeger.

'Ze koestert wel eens wrok jegens iemand, dat klopt', zei hij. 'Dat weet iedereen.' Hij had het over kardinaal Wolsey; hij had deel uitgemaakt van het gevolg van de kardinaal en had gezien waar Anna Boleyn toe in staat is. 'Ze... verwijdert bepaalde mensen. Maar niet zoals dat in Tyburn gebeurde. Dat is haar stijl niet. Het is een heethoofd, geen harteloos monster.' Hij zweeg.

Het was genoeg geweest. Einde discussie. Waarom waren we er eigenlijk over begonnen? Wat had het – zij – met ons te maken? Ik zag zijn ernstige gezicht. Hij was zo open. Zo vriendelijk. Hij was te vriendelijk. Dat was zijn probleem. Of dat zou het worden als hij niet oplette.

'Zo defensief.' Het was geen hatelijke opmerking. 'Je hebt het wel voor haar, niet?'

Hij keek als een jongetje dat betrapt werd met zijn hand in de koekjestrommel. Het was de eerste keer dat ik hem zo zag. Toch leek hij mijn vraag leuk te vinden. 'Ja. Dat is zo.'

'Ieder zijn mening.' Ik gaf hem een mes. Als hij dan toch bleef, kon hij zich net zo goed nuttig maken.

ထ

Uiteindelijk heb ik hem moeten wegsturen. Ik moest wel. Er moesten nog tien assortimenten kruiden op schalen geschikt worden. 'Later dan maar?' Ik had verontschuldigend gewezen naar de opeengestapelde schalen en de zakken met kruiden.

Hij schudde het hoofd. 'Ik kan niet. Ik moet spelen.'

Natuurlijk. Tijdens een banket wordt muziek gespeeld.

'Och, ze gaan redelijk vroeg slapen', zei Richard betekenisvol. 'Als ik zo'n beetje zie wat ze van plan is op de schalen te leggen.' Mark en ik deden beiden alsof we zijn opmerking niet hadden gehoord. Vijgen, amandelen, anijszaad... Ze gaven je een gevoel van gelukzaligheid. Zo had ik het geleerd en zo had ik het altijd geloofd, tot Richard zich geroepen voelde mij een en ander te verduidelijken. Ik wou dat hij dat niet had gedaan.

'Morgen', zei Mark met zijn mooiste glimlach voor hij een diepe buiging maakte en verdween.

Morgen dan. De laatste tijd was hij steeds vaker langsgekomen. Ik vroeg mij af wat de *Sergeant Porter* dacht toen hij tijdens zijn ronde Mark de binnenplaats zag oversteken of de trappen op springen. Wat moest hij niet denken als hij ons hoorde lachen wanneer het raam openstond? Soms speelde Mark zelfs luit. Waarom zouden we niet naar muziek mogen luisteren? Het was zomer en we werkten hard. De wacht – of wie dan ook – mocht ervan denken wat hij wilde. Mark en ik maakten gewoon een beetje plezier. Plezier maken is belangrijk. Is dat trouwens niet wat iedereen hier beweert? En het is niet zo dat we samen het soort plezier beleven dat zij maken. Nee, het is anders. Stiller. Beter, vind ik. Echt. Mark is fijn gezelschap. Ik vind het fijn om bij hem te zijn, en ik heb de indruk dat hij graag bij mij is. We begrijpen elkaar. Er zijn geen discussies meer geweest. Geen wolkje aan de hemel.

Ik was moe. Maar ik had er zelf voor gekozen om laat door te werken. Dan kon ik de ergste warmte vermijden. De laatste dagen had ik maar een paar uurtjes geslapen en een enkele keer was ik er even tussenuit geknepen met Mark, om wat uit te rusten op de oever, in de schaduw. Elke morgen was ik al vroeg in de keuken. Sir Alexander, ook een vroege vogel, had al vier weken dienst als *Chief Clerk of the Spicery*. Nog twee te gaan. Hij begon iedere dag nog voor acht uur, zodat hij voor de klok negen uur sloeg in de *Greencloth Office* kon zijn om er zijn cijfers voor te leggen. Deze morgen verliep alles nogal chaotisch. Hadden we gisteren drie of vier kaneelstokjes gebruikt? Dat was zijn grote probleem waarover hij de hele tijd had lopen zeuren. De kaarsenbewaarder, ook al vroeg uit de veren, haalde de stompjes kaars van de kandelaars en maakte de snedige opmerking dat hij ook maar een mens was en niet van kaarsvet was gemaakt. Kit kwam zich verontschuldigen omdat hij zich niet lekker voelde – een kater, zoveel was duidelijk – om vervolgens onmiddellijk weer te verdwijnen, nog voor ik de kans had gekregen een woord te zeggen. Ik had er hoofdpijn van gekregen.

Richard bepaalde ook vandaag weer zijn eigen werkschema. Maar geen kwaad woord over hem, ook al heb ik het al enkele keren voor hem moeten opnemen toen hij afwezig was tijdens een of andere controle van het personeel. Richard is een harde werker, maar ineens verdwijnt hij. Soms voor vier, vijf, zes uren. Weet ik veel wat hij dan uitspookt. Gisteren ging ik 's avonds in de tuin een luchtje scheppen. Naar de maan kijken, die eruitzag als een vage duimafdruk in bloem. Ik zag Stephen op de trappen zitten, een potje kaart aan het spelen met zijn vrienden uit de keukens. Een jaar geleden zou het Richard geweest zijn die daar zat. Nu zat hij blijkbaar ergens anders. En hij zag er ook een stuk magerder uit. Als dat al mogelijk was. Zijn jukbeenderen hadden een mooie kleur gekregen, met lichte sproeten. En hij droeg nieuwe kleren.

Toen ik hem laatst zo zag – geen idee waar hij heen ging – vroeg ik hem nog of hij een nieuw hemd aanhad. Hij aarzelde. 'Wel...'

Tweedehands dan. Ook goed. Ik bedoelde ook niet gloednieuw. Wie heeft nu spiksplinternieuwe kleren? Maar goed.

'Zie ik er niet hartveroverend mooi uit?' vroeg hij bloedserieus. En toen zijn we in lachen uitgebarsten. Zoals vrienden onder elkaar dat doen. Want dat is hij. Een vriend. Een echte.

'Waar haal je het geld vandaan?' vroeg ik hem. Het was niet echt een vraag.

'Wie heeft er nu geld nodig?' antwoordde hij op luchtige toon. 'Je zou jezelf af en toe ook eens iets moeten gunnen', voegde hij eraan toe.

Vroeger had hij me al vaker geplaagd met mijn kleren, of dat ik er bijna geen had, maar de laatste tijd niet meer. Hij had me toen onder meer verteld dat de kok van kardinaal Wolsey gekleed ging in zijde, fluweel en damast. Het had duidelijk indruk op hem gemaakt.

'En dan?' had ik geantwoord. De kok van de kardinaal was een man en mannen letten gewoon veel meer op de kleren die ze dragen. Ik weet nog goed wat ik hem die keer heb gezegd. 'Ik heb geen nieuwe kleren nodig. Er is niemand die me hier bezig ziet.'

'Wel, ze weten niet wat ze missen.' Hij stond te grijnzen. 'Je bent een mooie meid, Lucy!' Zijn stem klonk vrolijk.

'Richard? Heb je een stuk in je kraag?'

'Een stuk in mijn kraag?' Spottend, maar nog altijd opgewekt. 'Een beetje kant kan geen kwaad. Weet je nog die keer met dat galjoen? Stel dat zoiets nog eens gebeurt...'

Ja. Ik wist het nog. De uitnodiging voor een avond op het Venetiaanse galjoen dat lag aangemeerd langs de dokken van Southampton. Een proeverij in het gezelschap van de koning. Ik was gekleed in mijn mooie avondjapon.

'Hij is versleten', had hij gezegd.

'Ik ben zelf versleten', luidde mijn antwoord.

'Je ziet er geen dag ouder uit dan vijfentwintig. Ook al zitten je zakken volgepropt met eikels.'

Die had ik al een tijdje niet meer gehoord. Vrouwen die een eikel in hun zak stopten, zouden er langer jong blijven uitzien. 'Vijfentwintig? Dat was elf jaar geleden, Richard.' Ik zie er helemaal niet jong uit. Mijn zussen wel. Halfzussen. Ik heb nooit geweten hoe mijn moeder eruitzag, maar mijn halfzussen zagen er in ieder geval jong uit.

Er waren die zomer meer banketten geweest dan andere jaren. Maar het werk was goed te doen. Niet zoals dat in Greenwich. Het was mijn eerste jaar als suikerbakkerin en ter gelegenheid van een bezoek van de Franse ambassadeur heb ik toen zestig schalen met lekkernijen bereid. Zestig! Gember gedrenkt in siroop, amandelen met een suikerkorstje, dadels gevuld met marsepein... Er werd toen zelfs een speciale bankethal gebouwd bij de rivier en de gasten werd verzocht zich na het feestmaal daarheen te begeven, waar gebak en suikergoed geserveerd zouden worden. Ik heb het gebouw bezocht met sir Henry Guildford, de *Master of Revels*, toen het nog in aanbouw was. Hij was als ceremoniemeester verantwoordelijk voor de organisatie van het banket en wilde me de indrukwekkende hal vermoedelijk laten zien zodat ik zou weten wat van mij verwacht werd. Zijn geleide bezoek had zijn vruchten afgeworpen. Het gebouw was ontworpen door meneer Holbein. Op het plafond waren de sterrenbeelden van de dierenriem aangebracht. Verguld tegen een geschilderd hemelgewelf. De vloer was bedekt met donkergroene zijde met een leliemotief. Gouden lelies. En in het midden van de bankethal stond een witte marmeren fontein. Ik heb toen een meidoorn gemaakt van suiker. En een moerbeiboom. De twee bomen, die respectievelijk Engeland en Frankrijk voorstelden, werden naast de fontein opgesteld. Op de tafels stonden schaakborden met stukken van gebeeldhouwde suiker. En de kaasplanken, met kazen, waren ook al van suiker gemaakt.

Stom toeval, de avond van het banket was ook de avond van de plunderingen in Rome. Maar uiteraard wist niemand van ons dat toen. Terwijl onze koning en zijn gasten in het maanlicht langs de oever van de Theems kuierden, werden in Rome mensen vermoord door Spaanse soldaten. Losgeslagen barbaren die gewone burgers op brute wijze van het leven beroofden. Nooit eerder vertoond. Nadien konden grootse feesten me helemaal niet meer bekoren. Want terwijl hier feest werd gevierd, gebeurde ergens anders misschien een niet te overziene ramp.

En wat viel er deze zomer eigenlijk te vieren? Behalve de laatste paar dagen was het weer barslecht geweest, de oogst was mislukt en die hardnekkige epidemie stak de kop weer op. De koning was geëxcommuniceerd en sir Thomas More geëxecuteerd. We waren toen net in Hanworth. Richard kwam de keuken binnen gelopen. 'Wel, het laatste uur van More moet nu zo ongeveer geslagen zijn.'

Ik vroeg hem een beetje meer respect te tonen. Hoe kon hij zich zo vrolijk maken over de dood van een man die jarenlang trouw zijn land gediend had als kanselier?

Zijn antwoord – wie had hem dat ingefluisterd? – was dat sir Thomas More mensen had opgesloten omdat het ketters waren. En dat hij er zes tot de brandstapel had veroordeeld.

Ik was wanhopig. 'Als hij dat gedaan heeft, dan deed hij het toch niet persoonlijk? Het was de wet.'

Hij haalde zijn schouders op. 'Het is nu toch ook de wet? En nu is hij de ketter.' En dan, zachter: 'Luister, ik weet zeker dat we er na More niet zoveel meer over horen. Vergelijk het met de aanvoerder van een leger die sterft.'

Op de avond van de dood van sir Thomas bracht de deurwachter van de koning diens schotel onaangeroerd terug. Normaal ging Stephen die 's morgens pas ophalen. De wachter had een verbeten trek om de mond. 'De koning was moe na zijn jachtpartij en had geen trek', zei hij. Maar de koning had altijd trek.

'O ja,' voegde hij eraan toe, 'morgen verkassen we.'

'Morgen?' protesteerde Richard. 'Je maakt een grapje, toch?' We waren er nog maar pas en normaal zouden we drie dagen blijven. 'Waarheen?'

De deurwachter haalde zijn schouders op.

'En de koningin?' vroeg Richard.

'Nee', zei de wachter terwijl hij naar de grond keek.

Verleden week werd ik voorgesteld aan Anna Boleyn. De koning had me laten roepen. Dat doet hij soms, maar vraag me niet waarom. Ik zie er sjofel uit en ben altijd sprakeloos wanneer ik voor hem sta. Maar dat lijkt hem niet te deren.

Hij laat er in ieder geval niets van merken. Hij is zelfs enthousiast als hij me ziet. Ik wou dat ik wat meer op mijn gemak was bij hem. Richard wist me te vertellen dat meneer Hill, die in de wijnkelders werkt, vaak hele avonden kaart zit te spelen met de koning.

Zoals meestal stuurde de koning een van de deurwachters om mij te komen halen. 'Zijne Majesteit wenst je te spreken.' Op de kleding van de deurwachter viel helemaal niets aan te merken. Hij leunde tegen de deurpost en kruiste zijn benen en armen.

'Nu?'

Er kwam geen antwoord.

Ik knoopte mijn schort los en liep snel naar mijn kamer. Daar lag Hettie op haar bedplank, die ze onder mijn bed vandaan had geschoven.

'Hettie?' Ziek?

Ze probeerde rechtop te krabbelen, verward en nog half slaapdronken.

'Hettie?'

'Het is niets ernstigs,' zei ze, 'gewoon hoofdpijn.'

Ik knielde naast haar neer. Haar blik was helder toen ze me aankeek. Ze had wel meer last van hoofdpijn. Toen ik weer opstond, streek ik met mijn vingers door haar haren. Het zou wel overgaan. Niets om me zorgen over te maken. Zodra ik kon, zou ik een pasta van rozenblaadjes maken en die op haar voorhoofd aanbrengen. 'De koning wil me spreken.'

'Nu?'

'Ga maar weer liggen,' zei ik, 'ik kan er zo wel bij.'

Maar ze had de kist zelf al opengemaakt en haalde er mijn jurk uit.

Toen ik weer in de keuken was, voelde ik dat de sfeer gespannen was. Zowel Richard als de deurwachter leek overdreven blij dat ik terug was. De deurwachter nam weer zijn nonchalante houding aan. Richard liet zijn suikersculptuur – een boogschutter zo groot als een kind – voor wat ze was en haastte zich naar mij toe. Ik opende mijn armen om hem te omhelzen, maar hij glipte langs me heen en trok de muts van mijn hoofd. Mijn haar viel los over mijn schouders.

'Richard!'

'Vertrouw me.'

'Nee', zei ik. 'Nee. Nee. Nee.' Ik kon zo toch niet voor de koning verschijnen, ik was geen jong meisje meer. Ongehuwd, ja. En dat zal waarschijnlijk altijd zo blijven, ook al denkt Richard van niet.

'Vertrouw me nu maar', zei hij terwijl hij mijn muts achter zijn rug hield. 'Hij vindt je haar veel leuker zo.'

Hij gooide de muts op tafel. Ik probeerde zijn blik te vangen, maar hij was al druk in de weer met mijn haar en schikte het mooi over mijn schouders.

'Ziezo', zei hij en hij kuste me op het voorhoofd.

Ik volgde de deurwachter en besefte dat ik niet wist waar we heen gingen. Ik gokte op de audiëntiezaal, lawaaierig maar niet zo intiem als de persoonlijke vertrekken van de koning. Niet alleen wist ik niet waar we heen gingen, ik had ook geen idee waar we waren. Ik was nog geen vijftig meter van de keukens verwijderd of ik was de weg al kwijt. Hoe was dat nu mogelijk? De jonge deurwachter leek een kei in het vinden van verlaten gangen. In de verte hoorde ik het geluid van mensen die druk aan het werk waren met potten en pannen. Dat moest de hoofdkeuken zijn. Vermoedelijk wilde hij vermijden dat het personeel mij voorbij zag lopen in mijn mooie jurk. Lief van hem dat hij daaraan had gedacht. Of dacht hij aan zichzelf? Het kon ook zijn dat hij liever niet gezien werd in het gezelschap van een vrouwelijk personeelslid van middelbare leeftijd.

Hoe langer ik achter hem aan liep, hoe meer ik de angst voelde opborrelen. Dat was elke keer zo. Ik was niet bang voor de koning, wel voor zijn gevolg. Een zaal vol edellieden en hun bedienden, zoveel mensen die ieder foutje opmerkten. En ik had mijn haar los over mijn schouders hangen. In stilte vervloekte ik Richard. En dan, eerlijkheidshalve, vervloekte ik mezelf omdat ik hem nog maar eens had toegestaan zijn willetje door te drijven. En Mark? Zou hij daar ook zijn? Zou hij een van de vele aanwezigen in de zaal zijn? En wat als hij me zag? Wat zou hij van me denken wanneer hij me met mijn haar los zag, sprakeloos in mijn sjofele jurk?

Uiteindelijk was alles voorbij nog voor ik het goed en wel besefte. Toen ik in de deuropening verscheen, was de koning opgesprongen en op me afgestapt. Die glimlach, zijn rijzige gestalte... Zijn kleren, gemaakt van puur goud dat tot een draad was gesponnen. En zijn schoenen. Toen ik een buiging maakte, concentreerde ik me op de vierkante toppen van zijn purperen schoenen, bekleed met fluweel. En op het tapijt. Ik hoorde muziek. Strijkers... Mark?

'Lucy,' zei de koning, 'Lucy.' Een hand trok me aan mijn arm omhoog en trok me vervolgens mee naar de open haard, die me deed denken aan een grot. Donker en koel. We stonden met onze rug naar de meute gekeerd. Ik met mijn haar los. Ik geloofde het bijna niet toen hij me bij mijn voornaam aansprak. Best wel fijn. 'Hoe gaat het met je?' vroeg hij. Aan zijn gezicht kon je zien dat hij veel in de buitenlucht kwam. Er waren niet veel zonnige dagen geweest, maar toch had hij een gezonde teint. Hij zag er jonger uit dan de vorige keer. Zijn ogen waren van het helderste blauw. Ogen die vastberadenheid uitstraalden.

'Je ziet er goed uit', vervolgde hij. 'Je laatste creaties waren ronduit schitterend. Vooral die rond het midden van de zomer. Adembenemend. Wij zijn je heel dankbaar.'

Ik hoorde mijn stem de gewoonlijke antwoorden geven. *O nee, Majesteit. O ja, Majesteit. Dank u wel, Majesteit. De vriendelijkheid van Zijne Majesteit kent geen grenzen.*

Hij vroeg me wat ik aan het doen was in de keukens en dus ging het gesprek al gauw over de wijding van de drie nieuwe bisschoppen over een zestal weken. En uiteraard over het feestmaal in Winchester ter gelegenheid van deze gebeurtenis. 'Een belangrijk evenement, Lucy. Nee... het is...' Zijn glinsterende ogen leken iets te zoeken op het plafond. 'Wat ik bedoel, Lucy, is dat het een mooie afsluiter van de zomer moet worden. Het moet knallen.'

Het huishoudpersoneel had het ook al over een knallend einde van de zomer gehad. Ze hadden het wel niet over een feest, maar over de dreigende oorlog met Spanje. Voor wie afhankelijk was van goederen die werden verscheept, was dit geen goede zaak.

'Het was een mooie zomer en we moeten die beëindigen in stijl.'

Een mooie zomer? Met alles dat er was gebeurd? Ik bleef glimlachen, maar voelde mijn hart wild tekeergaan. Was hij nu helemaal gek geworden? Hij zag er in ieder geval niet uit als een waanzinnige. De koning zag er even zelfverzekerd uit als anders. Alhoewel. Er was iets veranderd. Toen ik zijn gezicht beter bekeek, ontdekte ik een zekere vermoeidheid.

'Kom mee', zei hij. Toen ik me omdraaide, zag ik een werveling van kleuren. Mensen die allen opstonden. Prachtige stoffen, schitterende hoofddeksels. En dan de parfums... Iedereen keek naar ons. Nee, naar hem. Natuurlijk keken ze naar hem. Het gemompel was gestopt en iedereen hield zijn ogen op de koning gericht. Naast mij hoorde ik het geluid van de gouden stof, toen hij het gebaar maakte waar iedereen op had gewacht. Iedereen ging weer zitten op de stoelen en kussens op de vloer. Niet iedereen was gaan staan. Dat besefte ik nu pas. Eén iemand was blijven zitten en ik kon vermoeden wie. Maar ik durfde haar niet rechtstreeks aan te kijken. Uit mijn ooghoek had ik haar purperen gewaad gezien. De koningin. Naast haar stonden geen gezelschapsdames. Enkel twee mannen. Ook zij gingen weer zitten. De blik van een van hen boorde zich in de mijne. Ik was er zo van onder de indruk dat ik even naar adem moest happen. Zijn haar was zo zwart als de nacht. Even zwart als dat van de ambassadeur van Spanje. Maar een ambassadeur zou nooit op die manier naar een Engelse vrouw kijken. Toen wist ik het. Haar broer. Hij was haar broer. Mark had mij verteld dat ze na het eten altijd nog wat napraatte met haar broer en een of meer van haar vertrouwelingen. Ze hadden het meestal over religie en politiek.

Jammer genoeg leken we ons in de richting van het trio te begeven.

'Anna,' zei de koning, 'dit is mevrouw Cornwallis, onze suikerbakkerin, die al dat lekkers voor ons maakt.'

Ik maakte een diepe, elegante buiging en staarde naar de vloer om haar blik niet te kruisen. De zoom van haar gewaad kreeg al mijn aandacht. Ik hoorde haar stem boven mij. 'Uw danseressen waren prachtig.'

'Ja', zei de koning. 'Ik heb het haar ook gezegd.'

Toen ik de zaal verliet, hoorde ik dat ze het hadden over het feestmaal in Winchester. De muren waren versierd met wandtapijten die, zo meende ik, een of ander Bijbels verhaal vertelden. Ik had niet echt de tijd om ze van dichtbij te bekijken. Op een schrijftafel stond een klok. Een klok die klein genoeg was om op een schrijftafel te staan. Overal verlichtten meerarmige kandelaren de zaal. Terwijl ik door de zaal liep, werd mijn aandacht vooral getrokken door de muziek. Ik vergeleek elke noot om te proberen te bepalen welke Mark had gespeeld. Vier of zes mannen, schatte ik, stonden in een hoek te musiceren. Ik keek niet om.

De ontmoeting met Anna Boleyn speelde zich opnieuw af voor mijn ogen toen ik ze sloot. Haar blik was dezelfde geweest als die van haar broer. Even direct. En helemaal niet hautain of harteloos, zoals ik het me had voorgesteld. Ook niet arrogant. Ze had nochtans de reputatie nogal hooghartig te zijn, maar daar had ik niets van gemerkt. Alhoewel ze haar hoofd wel perfect recht hield, waardoor ze je uit de hoogte leek aan te kijken. Ze had me geamuseerd aangekeken, alsof ze sympathie voor me had. In haar ogen kon ik lezen wat ze leek te willen zeggen. *Hé, hallo. Gezellig met ons allen.* Zoiets. Ik voelde, tegen alle verwachting in, een zekere bezorgdheid om haar. Ik had haar zo'n twee jaar geleden gezien, net voor ze tot koningin gekroond zou worden, toen ze met een sloep, waarop een luifel was gemonteerd, weggebracht werd naar de Tower. Ze was toen in het wit gekleed en de zon had in haar ravenzwarte haar gespeeld. Betoverend. Nu, ondanks haar rijkelijk versierde gewaad, het prachtige hoofddeksel en de vele juwelen, zag ze er bleek en broodmager uit. Niemand had verwacht dat ze haar jeugdige schoonheid zou bewaren als ze ouder werd, maar dit was een regelrechte schok. Ze zag er... vervallen uit. De tere huid van haar hals en rond die grote ogen was droog, gerimpeld en vaal. Gezond gezicht, gezonde geest, luidde het in de volksmond. Toen ik haar had aangekeken, was er iets wat me meteen opviel. Ze had niet veel tijd meer. In haar ogen had ik een zweem van melancholie opgemerkt. Ze zou hulp nodig hebben als ze ooit nog een tweede kind op de wereld wilde zetten. Dat was per slot van rekening haar taak. Haar intelligentie en kennis deden er niet meer toe. Suiker, dacht ik. *Cucharum*. Dat zou haar een gevoel van gelukzaligheid geven. Een blos op haar wangen toveren. Ze zou er meteen stukken gezonder uitzien. Zo hadden alle ingrediënten hun typische eigenschappen. Wie in een keuken staat, kent die als geen ander. Van het ene krijg je een warm gevoel. Het andere eet je het best droog. Een derde is dan weer goed voor neerslachtige mensen of ouderen en wordt het best geserveerd in de lente. Maar suiker kun je met niets vergelijken. Suiker laat je over je hele lichaam tintelen.

In de schaduw van de bomen op de oever vroeg Mark me hoe lang ik al suikerwerk maakte. 'Een eeuwigheid', antwoordde ik. 'Maar vermoedelijk nog niet zo lang als jij zingt.' Sinds mijn twaalfde heb ik altijd in de keuken gewerkt. Toen ik nog een kind was, wist ik helemaal niets van suikersculpturen en dergelijke af. Ik was gefascineerd door tegels. We hadden een buurman die tegelmaker was. Hij had vloeren gelegd in kerken – ook in die in ons eigen dorp –, in kloosters zoals Lewes Priory en natuurlijk ook in huizen. Soms ging hij ter plaatse toezicht houden bij het leggen. Een andere keer werden zijn tegels opgehaald door mannen met lastpaarden of werden ze met sloepen weggebracht. Zijn vloertegels waren roodbruin met honingkleurige tekeningen; een *fleur de lys*, een rozet of een wapenschild. Nabij ons lapje grond lag een kleiput. In de winter was hij de hele tijd aan het graven en in de zomer klopte hij de drogende klei met een hamer in vierkante matrijzen, zo groot als een hand. Wanneer de tegels klaar waren, merkte hij ze met een houten stempel. De afdruk – een leeuw, hert, everzwijn, vogel of vis – werd opgevuld met waterige klei. Zijn ondergrondse bakoven werkte op rijshout en het vullen, branden, afkoelen en leegmaken duurde wel een week.

Maar toen ik twaalf werd, stuurden mijn ouders mij naar het landhuis in de buurt om er in de keukens te werken. Een huis met getegelde vloeren. Donkergroen. Ik had altijd in het grootste huis in het dorp gewoond – mijn vader was landbouwer – maar het landhuis had bakstenen muren, ramen en een leistenen dak. Mijn vaders huis was gemaakt van hout en had een strodak. In de raamopeningen werd jute gehangen om ons te beschermen tegen de kou. Het landhuis was voorzien van keukens, open haarden en schouwen. Thuis kookten we op een vuur in het midden van de ene woonruimte. De rook zocht zijn weg naar buiten via een opening in het dak.

De vrouw die in het landhuis woonde, was negentien. Alice heette ze. De tweede vrouw van de heer des huizes. Ze had zelf geen kinderen. De twee kinderen waren die van haar echtgenoot. Ze was gek op suikergoed en ik mocht haar helpen als ze het klaarmaakte. Om te leren. Ooit doopte ze de bloemen van een rozenstruik in suikersiroop. We keken toe hoe de suiker langzaam droogde en de blaadjes volledig bedekte. Onwaarschijnlijk was het, echte suikerrozen, rozen gemaakt van suiker. We plukten de broze, glinsterende blaadjes om ze te bewaren. Ikzelf heb het nooit geprobeerd. En ik ben het eerlijk gezegd ook niet van plan. Het zegt me niets om een echte roos te bewaren in suiker. Gesuikerde rozen? Rozen namaken in suiker en ze zoveel mogelijk laten lijken op echte rozen, dat heeft me altijd veel meer geboeid. Een roos gemaakt van suiker, zonder er suikerachtig uit te zien. Ja, andere vruchten en planten leenden zich daar perfect toe. Sinaasappels, citroenen, noten en bessen. Die kon je zonder al te veel problemen namaken met suikerpasta. Maar rozen, met die tere blaadjes die allemaal in elkaar lijken te passen? Dat was een ander verhaal.

Ik hield van Alice. Iedereen hield van haar. Ze was de perfecte gastvrouw. Toen de Nevilles kwamen dineren, hebben we ons werkelijk uit de naad gewerkt. Ze waren echt overdonderd door het verrukkelijke suikerwerk. De heer des huizes stelde voor dat ik bij hen zou gaan werken. Het is via de Nevilles dat ik uiteindelijk in de koninklijke keukens terechtgekomen ben. Net voor ik vertrok, bracht ik een bezoek aan mijn zussen. Ze vertelden me dat Alice gestorven was. 'Het was een typisch geval van de zweetkoorts', zei Kate ontroerd. 'Tijdens het middageten was ze nog zo gezond als een vis en 's avonds was ze dood.'

Mark vroeg me of ik mijn werk graag deed.

'In een keuken werken?' vroeg ik. 'Of bedoel je het suikergoed?'

'Beide', antwoordde hij.

'Ik houd ervan eten klaar te maken zoals het hoort', zei ik. 'In de paleiskeukens kun je dat. Ik vind het fijn om de leiding te hebben over een keuken. En geloof het of niet, ik vind het zelfs leuk om met Richard te werken.'

Hij moest lachen.

'Hij is bijzonder kritisch. Moet ook. Ik heb hem opgeleid.' Ook dat had ik fijn gevonden om te doen, Richard opleiden. 'Ik heb geluk. Ik werk voor iemand die mijn werk weet te waarderen en die me aanmoedigt nieuwe dingen te proberen. Wat het ook mag kosten', besloot ik. 'En jij? Houd je nog altijd evenveel van muziek?'

'Ja.' Het was een kort en simpel antwoord. Hij had onmiddellijk geantwoord, zonder te twijfelen, maar toch had ik een bepaalde onzekerheid in zijn stem gemerkt. Nee, geen onzekerheid. Verveling. Dat was het. 'Vroeger niet. Maar dat is lang geleden. Gelukkig maar. Het kon allemaal voorbij geweest zijn toen ik een jaar of twaalf was. Mijn stem was niet meer wat ze geweest was, maar gelukkig speelde ik inmiddels al luit. Anders was ik nu ergens aan het werk als muziekleraar. Meer zou er niet in hebben gezeten voor mij', vervolgde hij. 'En wat die "engelenstem" betreft, ikzelf heb eigenlijk nooit helemaal beseft dat ze zo mooi was. Ik herinner me vooral de zeurderige koordirigenten en het gepest van de andere koorknapen. En de vele lange uren in die koude kerken en kapellen.' Hij schudde het hoofd. 'Het was geen fijne jeugd. Maar welke kindertijd is dat wel?'

Ik antwoordde niet. De mijne. Die van mij viel best mee. Ik wilde hem zeggen dat Richard een vondeling was, maar het was aan Richard om te beslissen of hij het wilde vertellen. En aan wie. Soms gebeurde het dat hij dat deed. *En ik dan? Een arme vondeling!*

Mark vroeg me waar ik vandaan kwam.

'Sussex', antwoordde ik. 'En jij?'

'Hier.' Weer die verveling. 'Londen.'

'Wij woonden niet zo ver van de zee', zei ik toen zonder reden. Of was het omdat we aan de oever van de Theems zaten? Omdat het zo warm was?

'Wij?' klonk het zacht, alsof hij het graag wilde weten maar bang was dat het antwoord wel eens moeilijk kon zijn voor een van ons. Of voor allebei. Ik veronderstelde dat hij meer wilde weten over mijn familie.

'Mijn zussen en ik.'

Hij vroeg me hoeveel zussen ik had.

'Twee', antwoordde ik. 'Ellie en Kate.' Als we naar de zee wilden, moesten we een hele morgen stappen. En een stuk van de middag toen ze nog klein waren. Wanneer we eens geen huishoudelijk werk meer hoefden te doen, liepen we van dorp naar dorp, tot voorbij de oude taxusboom. Meer dan duizend jaar oud, beweerden sommige dorpelingen. De boom was ons vaste herkenningspunt op de heen- en terugweg. Soms gingen we op de takken zitten en dan verzonnen we verhalen over prinsessen, piraten en tovenaars die duizend jaar geleden hadden geleefd. De lange wandeling werd beloond met eindeloos plezier in het water. Maar het is niet zozeer het peddelen in het heerlijke water dat me is bijgebleven. Nee, ik herinner me vooral hoe mooi de zee was. Hoe het licht op de golven schitterde. Iedereen had het altijd over de wrede, diepe zee en de uitgestrektheid ervan. Maar ik, ik vond het vooral prachtig hoe de enorme watermassa op en neer bewoog onder wat op een soepele en glanzende huid leek.

Hij vroeg me waar mijn zussen nu waren.

'Getrouwd', antwoordde ik.

Hij wilde ook weten of ik neven en nichten had. Ja hoor. Het was fijn om het nog eens over hen te hebben. John, Matthew, Christopher, Ed, Lizzie, Izzie, Cecily, Mary, kleine Mary en mijn naamgenoot, Lucy. Ralph, Henry en Maudie had ik niet vermeld, en daar voelde ik me niet echt goed bij. Maar indien ik dat wel had gedaan, dan zou ik me nog veel slechter gevoeld hebben. Ze hadden het dorp nooit verlaten. Hun beenderen rustten er voor eeuwig. Naast die van mijn broer Eddie. Ik vertelde Mark over mijn broers, de tweeling George en Eddie, geboren toen ik elf was.

Wat ik hem niet vertelde over de jongens – niet dat het van belang was, en ik herinnerde het me trouwens pas onlangs – was de opmerking die ik maakte toen ze op de schoot van mijn stiefmoeder zaten. 'Kijk, Ellie!' had ik uitgeroepen. Ik wees naar een geboortevlek naast het linkeroog van Eddie. 'Ze horen bij elkaar. Zie je?' Naast het rechteroog van George zat een soortgelijke vlek. 'Zoiets heb je toch nog nooit gezien!' Maar Ellie reageerde nauwelijks.

Ik vertelde Mark dat ik wel bij hen op bezoek ging. Was geweest.

‘Niet gemakkelijk, vind je ook niet? Om de bezoeker te zijn, bedoel ik.’

Nee. Dat was het inderdaad niet. Mijn zussen hadden hun best gedaan. En daarvoor was ik hun bijzonder dankbaar. En de jongens... Wel, ze waren nog jong en gedroegen zich zoals ze zich altijd gedroegen. Waarvoor ik eveneens dankbaar was. Achteraf bekeken wist ik niet wat ik ervan moest denken. Moest ik nu blij zijn omdat mijn zussen nog wisten wie ik was, of opgelucht omdat de jongens me amper herkenden en me dus ook niet zouden hebben gemist?

Mark vroeg me of ik ooit nog terug wilde naar mijn geboortedorp.

‘Om er te gaan wonen, bedoel je?’

Hij knikte. Om er te gaan wonen.

Ik haalde mijn schouders op. Teruggaan? Ik kon niet teruggaan. Er was niemand meer om voor terug te gaan. Of ze waren in ieder geval niet meer de personen die ik had moeten achterlaten. De kinderen waren geen kinderen meer en mijn zussen waren niet langer de meiden met wie ik die lange wandelingen naar de zee maakte. Misschien waren ze er zelfs helemaal niet meer. Hoe zou ik dat eigenlijk moeten weten? Het had eeuwen geduurd voor ik het wist van Maudie. Ze was al gestorven nog voor ik van haar bestaan afwist. De kinderen van mijn zussen waren echte schatten. Intelligent en vol zelfvertrouwen. Dat merkte je aan wat ze zeiden en deden. Wij, de volwassenen, waren stuntels in vergelijking met de kinderen. Het spreekt voor zich dat het landschap niet veranderd was. Dit was nog altijd hetzelfde als in mijn jeugd. Wat ik er mij van herinnerde was niet wat ik verwachtte nog te zullen weten. Details. Zoals het geluid van de grendel van onze poort. En dat die poort een beetje meegaf als je ertegen duwde. Of de vorm van de stenen van het ruiterpad, die je kon voelen door de zolen van je schoenen heen. Het waren niet echt details die met het landschap te maken hadden. Wat ik mij daarvan herinnerde was dat het helemaal vlak was. Alsof het zich languit leek uit te strekken in de zon. En verdween in de zee. Wat ik er mij van herinnerde leek wel een lang vervlogen droom.

'En jij?' vroeg ik Mark.

'Ik?'

'Heb jij broers of zussen?'

'Nee', antwoordde hij stilletjes. 'Ik was alleen.'

'Dan is er maar één zoals jij', zei ik om hem op te vrolijken.

'Tja.' Hij lachte. Het had gewerkt. 'Zo had ik het nog niet bekeken.'

ꟈ

Wat die suikerroos betrof, maakte ik me niet zoveel zorgen over de manier waarop ik haar zou maken. Het zou best wel lukken zonder gietvorm. Daar was ik zogoed als zeker van. Ik was vooral bezig met de kleur. Rood is geen voor de hand liggende kleur. En rozenrood al helemaal niet. Zeker niet het rood dat ik voor ogen had. Andere kleuren waren eenvoudiger te verkrijgen. Geel, groen, blauw, bruin, oranje, roze en paars. Simpel. En als ze niet helemaal juist waren, kon je ze nog goed krijgen. Maar dan mocht het suikerwerk niet meer opgegeten worden. In de keukens van de Nevilles had ik zelfs geleerd hoe je een goudkleur kon maken met arseen, fijngemalen kwarts en saffraan. Ook weer voor suikersculpturen die niet bedoeld waren om op te eten.

Maar rood? Sandelhout zou te bruin zijn voor de roos die ik wilde maken. En brazielhout zou dan weer te rozig zijn. Ik wilde een bloedrode roos. Bloed? Dat zou te donker worden wanneer het opdroogde. En te eentonig. Gewoonlijk werkten we altijd met echte rozenblaadjes, maar wanneer die in gom verwerkt werden, verloren ze altijd wat van hun kleur. Zelfs dieprood veranderde in een andere kleur, donkerroze. Nee, het was helemaal geen eenvoudige kleur. Maar ik wilde dat mijn roos rood zou zijn.

Anna Boleyn

Dat jaar, 1528, werd Kerstmis in Greenwich gevierd, zoals altijd. Maar nu was ik er ook bij. Ik werd weliswaar op een gepaste afstand van Hendrik en Catharina gehouden. Ik had mijn eigen vertrekken, rijkelijk versierde kamers met zicht op de rivier. Het weinige licht van de decemberzon werd weerspiegeld op het wateroppervlak en verlichtte de hele vleugel van het paleis. De plafonds, groen met oker, leken wel te gloeien. De zwartrode panelen glansden. Het zachte winterlicht maakte de kamers heel sfeervol. Echt iets voor Kerstmis. Dat vond iedereen die er kwam trouwens. Ik was het beu om telkens de 'jonkvrouw' te moeten spelen die zich 's avonds 'terugtrok'. Nu had ik de privacy van mijn eigen vertrekken waar ik, na de deur te hebben dichtgetrokken, plezier kon maken. Waar ik kon dineren of een voorstelling bij kon wonen. Aan de andere kant van die deur, een gang of twee van mijn kamers verwijderd, hield Catharina – die officieel nog altijd de koningin was – zich sterk tijdens de officiële plechtigheden. In het gezelschap van een kardinaal die verging van de jicht... De andere aanwezigen waren al niet veel beter: de Suffolks, de Norfolks, de Poles en de Nevilles, die stijfjes stonden te applaudisseren na elke 'verstrooiing' en die iedereen het beste toewensten met kerst. Wel, als dat hun kerstfeest was, dan mochten ze het houden. Hendrik zat gevangen tussen twee werelden, maar hij deed wat hij kon. 's Avonds laat kwam hij nog eens langs. Maar dan moesten we hem eerst even laten bekomen. Ontdooien. Waarna we hem aan het lachen maakten.

Natuurlijk was niet alles koek en ei. Het paleis daverde nog op zijn grondvesten nadat Thomas More zijn *Dialogue Concerning Heresies* publiceerde. Volgens hem sloten wij onze ogen voor het gevaar dat in Engeland en Noord-Europa op de loer lag. In feite hielden we onze ogen goed open omdat we blij waren met wat we zagen. En ik bedoel daarmee niet dat ik een ketter was. Mijn vrienden trouwens ook niet. Verre van zelfs. Wij hadden alleen de belangen van de Kerk voor ogen. Daarom kon ik me zo opwinden over More. Want volgens hem was je een ketter als je de problemen van de Kerk durfde aan te kaarten. Wat mij betrof waren er goede en slechte priesters, zoals er goede en slechte pausen waren geweest. Ik maakte me alleen druk over de slechte.

Niet zo lang na Kerstmis kreeg ik een exemplaar van *Supplication for the Beggars* van Simon Fish in handen. Het werk was interessant, omdat het de corruptie van bepaalde geestelijken aan de kaak stelde. Toen ik het uitgelezen had, leende ik het boek uit aan Hendrik. En zie! Enkele dagen later kruiste More de degen met Fish in *The Supplication of Souls*. Hij zou het daarbij niet laten. Het was sterker dan hijzelf. Vastberaden was hij om iedereen de mond te snoeren. Al zal hij dat waarschijnlijk niet met zoveel woorden hebben gezegd. *Een gesprek aangaan?* Mij hield hij niet voor de gek. More werd op handen gedragen, in het bijzonder door Hendrik, die hem waarschijnlijk boven zijn eigen enggeestige en gemene vader verkoos. Maar ik? Ik had zo mijn twijfels. De spitsvondige sarcast More ging er prat op dat hij nooit zijn koelbloedigheid verloor. Hij was altijd even vriendelijk. Dat kon niemand ontkennen. Ik maakte me er vooral zorgen over dat hij zichzelf voorloog dat hij helemaal geen fanatiekeling was. De hypocrisie van die ontkenning, die baarde me zorgen. Als je een bloedhekel hebt aan lutheranen, zeg het dan! En loop niet te beweren dat je alleen maar uit bent op het weerleggen van hun beweringen. Ikzelf heb vooral moeite met hypocrieten. En het duurt meestal niet lang voor ik er een herken.

Maar dat was niet het enige probleem dat ik had met More. Er was nog iets, iets wat niets met religie te maken had. Het was de manier waarop hij me aankeek. Die zweem van superioriteit in zijn ogen. Telkens als hij naar me keek, bleef ik hem aanstaren, zonder mijn hoofd weg te draaien. *Je hebt geen idee met wie je te maken hebt*, dacht ik dan. Zo zie je maar. Als je geen mensen kunt aanvoelen, kom je vroeg of laat toch in de problemen. En dan doet die boekenwijsheid er niet meer toe. Met de oude kwezel was hij dan wel weer goede maatjes. Haar gezicht lichtte op als hij er was. Als ze samen waren, zaten ze meestal te kletsen als oude vrienden. En dat waren ze eigenlijk ook.

Toen Hendrik mij het boek van Fish teruggaf, zei hij: 'Weet je, liefste, ik denk dat we er beter op zullen moeten letten wat we lezen in de aanwezigheid van anderen.'

Ik lachte. 'Jij bent toch de koning, of niet soms? Mag je dan niet lezen wat je wilt?'

Er volgde een zuinige glimlach. 'Niet terwijl de vertegenwoordiger van de paus op mijn vingers zit te kijken. Tenminste, als ik een gunstige uitspraak wil verkrijgen.'

Ik haalde mijn schouders op. Volgens mij kon het geen kwaad dat de kardinaal ook eens zag wat er gaande was in de echte wereld.

Uiteindelijk besliste de kardinaal dan toch om de rechtbank samen te roepen op de laatste dag van mei. In Blackfriars. Acht maanden had het geduurd. Gewoon omdat meneer af en toe last had van jicht en een reeks nutteloze gesprekken wenste te voeren met Hare Koninklijke Monsterlijkheid. Weer acht maanden van mijn jonge leven die in rook waren opgegaan. Hendrik en Catharina werd verzocht in persoon te verschijnen op 18 juni. Er hing een gespannen sfeer. De ene dag was Hendrik heel optimistisch over de toekomst en blaakte hij van zelfvertrouwen. Dan had hij het over ons huwelijk, renovatiewerken aan enkele van de paleizen, een reis naar Frankrijk... De andere dag liep je hem beter niet voor de voeten. Dan liep hij over alles en nog wat te foeteren. Het weer, mijn japon, de muziek... Ook de ambtenaren en zelfs onze familieleden moesten het ontgelden. Wanneer hij wegging, had ik geen idee wanneer ik hem een volgende keer zou zien. Dat vond ik veel erger dan zijn wisselvallige humeur. En ook al had hij afgesproken dat hij langs zou komen, dan nog was dat geen zekerheid. Was hij gaan jagen? Speelde hij tennis met Harry Norris? We hadden er het raden naar. Hij kon ook plots voor je staan zonder dat je hem verwachtte. Dan wilde hij dat we samen het avondmaal nuttigden, ook al had ik net gegeten. Soms wilde hij gewoon een partijtje kaart spelen, zelfs als ik de hele dag niets anders had gedaan terwijl ik op hem aan het wachten was.

Dat het een zomer was die we in jaren niet meer hadden gehad, deed er ook geen goed aan. Soms dacht ik dat ik het water van de Theems zag verdampen. De bedienden waren lusteloos en liepen de hele dag te kibbelen. En ik kan je verzekeren dat de dagen lang waren. 's Nachts, wanneer het wat koeler was, liepen ze de hele tijd kabaal te maken. Hoewel ik helemaal niet defaitistisch ben aangelegd, werd ik toch overvallen door een onheilspellend gevoel. Wat als de rechtbank er niet in slaagde om tot een conclusie te komen? Ik had het te warm en ik was te moe om veel na te denken. Hendrik was koning, en wat er ook gebeurde, dat zou hij blijven. In vergelijking met mijn situatie was de zijne al met al zo slecht nog niet. Ik was helemaal nog geen koningin en misschien zou ik het ook nooit worden. En ik vertikte het zijn maîtresse te zijn. Dat meende ik. Als er geen beslissing van de rechtbank kwam, zou ik het moeten opgeven en met iemand anders in het huwelijk treden. Mijn hart kromp ineen bij de gedachte dat ik een stap in het duister zou zetten. Werd het een zachtaardige echtgenoot of een man die paraderend als een haan onbesuisd beslissingen nam?

Misschien was het daardoor dat ik uiteindelijk toegaf. Het was laat 's avonds, ergens in die periode van tweeënhalve week die maar bleef aanslepen, dat Hendrik me bijna smeekte om te mogen blijven. 'Laat me alsjeblieft blijven.'

'Gewoon blijven', zei hij. En hij stak zijn handen in de lucht toen ik wilde protesteren. Hij gaf zich over. 'Stuur me alsjeblieft niet weg. Alsjeblieft niet, Anna.' Er waren enkele adertjes gesprongen in zijn ogen en zijn haar kleefde tegen zijn bezwete voorhoofd. Mijn hart brak. Ook voor mij was het een lange dag geweest. Ik was tot het besef gekomen dat Hendrik en ik er helemaal alleen voor stonden. Ondanks de vele betrokken partijen, de kardinalen, de advocaten, de edellieden en de honderden toeschouwers in Blackfriars.

'Gewoon blijven', zei ik. Ik leende een nachtgewaad van mijn broer en Hendrik heeft het de hele nacht niet uitgetrokken.

Tweeënhalve week later, toen Catharina zoals gevraagd voor de rechtbank verscheen, kondigde zij aan dat volgens haar de rechtbank geen enkele rechtsmacht over haar had en vroeg ze nogmaals om haar zaak door te verwijzen naar Rome. Er werd haar opgedragen drie dagen later terug te keren nadat er over haar verzoek zou zijn gedebatteerd. Die drie dagen waren een hel voor ons. Hendrik liep met afgemeten passen heen en weer door mijn vertrekken en maakte lange wandelingen door de tuinen en langs de rivier. 's Nachts wilde hij niet bij me blijven. Waarschijnlijk ging hij helemaal niet slapen. 'Hoe kan ze mij dit aandoen?' Nu eens hoorde je hem met donderende stem razen, dan liep hij weer de hele tijd te zeuren. Eén ding veranderde echter niet: het ongeloof in zijn blik. Voor deze ene keer koos ik ervoor hem de waarheid te besparen. Aan zijn ringvinger stak de ring van een koppige en op wraak beluste oude draak. Ik was niet van plan nog een enkel woord aan haar vuil te maken. We mochten vooral onze kalmte niet verliezen. De rechtbank had ons gewoon gevraagd drie dagen te wachten. Hoewel ik van nature niet echt geduldig ben, was ik realistisch genoeg om te beseffen dat die enkele dagen niet het einde van de wereld betekenden. Na drie jaar had ik nog veerkracht genoeg. Ik vond haar verachtelijk, maar om nu te zeggen dat ik haar haatte? Het was niet dat ik haar dood wenste of zo. Zij was wanhopig, niet ik. Ik kon rekenen op de onstilbare liefde van haar echtgenoot.

Tijdens de zitting van de rechtbank zat ze op een stoel die was opgesteld onder een baldakijn van goudbrokaat. Identiek aan die van Hendrik, zij het iets lager. De stoel van een koningin. Dat was wat George me vertelde. Het was de eerste keer dat een Engelse koning en koningin voor de rechtbank dienden te verschijnen. Ze zaten recht tegenover elkaar, gescheiden door een zee van opgewonden toeschouwers. Hendrik kwam als eerste aan de beurt en zei wat hij te zeggen had. Hij citeerde opnieuw het vers uit Leviticus en herhaalde dat het met pijn in het hart was dat hij van de lieve Catharina zou scheiden. Blablabla. Vervolgens kwam Catharina aan de beurt. Ze ging staan. Aan de arm van haar escorte schreed ze dwars door de menigte naar Hendrik toe. Ik kan mij het gezicht dat hij trok voorstellen... Hij heeft een hekel aan onvoorziene problemen. Wanneer die toch de kop opsteken, betaalt of beveelt hij iemand om ze op te lossen. Nu kon hij geen kant uit. Iedereen keek naar hem terwijl een onvoorzien probleem in zijn richting waggelde. Toen ze voor hem stond, zette de kamerheer een stap achteruit en knielde ze aan Hendriks voeten. Hij veerde op van zijn stoel en gegeneerd trok hij haar recht. Maar zij viel een tweede keer op haar knieën. Gekrenkt in zijn eer verplichtte hij haar op te staan. Toen nam ze het woord. Ze richtte zich niet tot de rechtbank, zoals ze dat had moeten doen. Nee, ze richtte zich tot hem. Kalm begon ze te spreken met haar verschrikkelijke accent. Haar koele grijze ogen hield ze strak op Hendrik gericht. 'Ik heb nooit tegen je gelogen,' zei ze, 'dat weet je best. Nooit. Jouw broer en ik hebben nooit samen geslapen. Ook nu spreek ik de waarheid. Zeg me, Hendrik, wat ik verkeerd heb gedaan. Waarom je mij de rug toekeert. Zeg het me, alsjeblieft. Je bent de enige die ik heb in jouw land. Ik heb steeds van je gehouden, elke dag van ons huwelijk. En ik zal je ook toegewijd blijven tot de dag van mijn dood. We hadden kinderen samen, Hendrik, en ze zijn allen gestorven. Behalve één. Doe me dit niet aan. Zet me niet aan de deur.' Dan maakte ze een buiging en wenkte ze haar kamerheer. Deze nam haar bij de arm en samen liepen ze in de richting van de dubbele deur waarlangs ze binnen waren gekomen. De *Court Crier* reageerde net te laat. 'Catharina, koningin van Engeland, keer terug om voor de rechtbank te verschijnen!' Hij herhaalde het drie keer, maar de dikke dame en de lichtvoetige jongeman verdwenen in de menigte die hen buiten stond op te wachten. Het waren vooral vrouwen die de koningin waren komen steunen, wist George me te vertellen. En ze juichten haar toe toen ze verscheen.

Toen mijn broer verslag uitbracht, stond ik versteld van het stukje toneel dat ze had gespeeld. Echt iets voor een Spaanse. Ik zei tegen George dat het me nog verwonderde dat ze dat schoothondje van haar niet had meegenomen. Nu, achteraf bekeken, moet ik toegeven dat ik onder de indruk was. Het was een sterk staaltje. En hoewel ze uiteindelijk toch het onderspit heeft moeten delven (hoe kon het ook anders?) heeft het haar meer tijd en bovendien bondgenoten opgeleverd. De tijd die zij won, verloor ik. Voor de bondgenoten gold trouwens hetzelfde.

Ze is nooit teruggekeerd naar die rechtbank. Ook niet toen ze officieel werd ontboden. Indien ze dat wel had gedaan, dan had ze de verschillende getuigenissen moeten aanhoren waaruit zou blijken wat die halfdode jonge echtgenoot van haar had gezegd de morgen na hun huwelijksnacht. Had ze toegegeven en aanvaard wat iedereen wist, dat haar huwelijk met Hendrik voorbij was, dan was die hele vertoning voor niets nodig geweest. Toch?

Hoe dan ook, het was allemaal vergeefse moeite geweest. Ondanks de verklaringen, de rechtsgeldige argumenten en de lange dagen in die verstikkende kamer, verwees Campeggio eind juli de zaak toch door naar Rome. Met andere woorden, we waren terug waar we begonnen waren. We? Wolsey zat in een lastig parket. Zijn inspanning was vergeefs. Hendrik had hem zijn vertrouwen geschonken en Wolsey had dit geschaad. Toen hij meer tijd vroeg, had Hendrik toegezegd. Herhaaldelijk zelfs. En in ruil? Nadat een koning en een koningin voor de rechtbank waren gesleept, nadat de koning was uitgedaagd door de koningin, nadat de bedgeheimen van de koningin – wel of niet pikant – te grabbel waren gegooid... Niets. Hendrik had

Wolsey in volle vertrouwen gevraagd om met een oplossing voor de dag te komen en blijkbaar zei Wolsey nu dat er geen was.

Dat kon hij niet maken. Waarvoor werd hij eigenlijk – rijkelijk – betaald? 'Ik had het je nog zo gezegd', zei ik tegen Hendrik. 'Heb ik je niet gewaarschuwd?' Hij gaf geen antwoord. Hij keek zelfs niet naar mij toen ik het hem zei. Hij zag eruit alsof hij hoofdpijn had. Met half dichtgeknepen ogen en gefronste wenkbrauwen ademde hij traag in en uit. Had ik mijn hand op zijn voorhoofd gelegd, dan zou de denkrimpel mogelijk nog dieper zijn geworden. Aan zijn nauwelijks merkbare reactie zou ik gezien hebben dat hij nog niet klaar was om de waarheid over zijn oude vriend en vertrouweling te horen. Nog niet, maar bijna. Ik moest nog even op mijn tong bijten. Wachten. Iets waar ik het altijd al moeilijk mee had gehad.

Het werd zomer, dus lieten we Londen achter ons en trokken naar Waltham Abbey, Windsor, Reading en vervolgens Langley, om de voorbije maanden zo snel mogelijk te vergeten. De oude kwezel bleef in Greenwich. Vermoedelijk om te bidden. En om handwerkjes te maken. Dat was ze ook aan het doen toen Wolsey haar een laatste keer was komen vragen om voor de rechtbank in Blackfriars te verschijnen. Wat ze opnieuw weigerde te doen. Catharina had bijna een even grote afkeer van Wolsey als ik, zij het om andere redenen. Zij vond bijvoorbeeld – niet ten onrechte overigens – dat een man die de gelofte van kuisheid had afgelegd, geen maîtresse en kinderen behoorde te hebben.

Eind september beëindigden we onze hofreis in Grafton. Onze verblijfplaats was er zo gezellig klein dat er slechts plaats was voor ons en een select gezelschap, of die personen die van vitaal belang waren. De anderen verbleven in of kampeerden rond een landhuis een drietal mijlen verderop.

Zei ik 'een select gezelschap of die personen die van vitaal belang waren'? Ik vraag me af tot welke categorie Wolsey behoorde, want plots stond hij voor de deur, in het gezelschap van Campeggio, die afscheid kwam nemen. Er was nergens plaats voor Wolsey. Harry Norris stelde voor dat hij in zijn bed sliep en verhuisde naar de kamer van mijn broer. 'Wat kon ik anders doen?' luidde zijn verdediging. 'Ik kon hem toch niet op de binnenplaats laten staan?' Ik merkte op dat hij de enige was die er zo over dacht.

Ik speelde de perfecte gastvrouw – en bood de kardinaal zelfs thee met melk aan in de tuin – maar zorgde er wel voor dat hij mijn ongenoegen merkte. (Wanneer deed ik dat eigenlijk niet?) Diezelfde avond kondigde Wolsey aan dat hij 's morgens weer vertrok. (O nee, had ik iets verkeerds gezegd misschien?) Hij moest zogezegd dringend naar een van zijn eigendommen in de buurt. Het dak moest worden gemaakt en nu hij hier toch was... En de herfst die eraan zat te komen... Hendrik zei dat we er alle begrip voor hadden, maar dat we het jammer vonden dat hij weer wegging. (Ik mompelde iets in de zin van opgeruimd staat netjes.) 'We komen je uitwuiven morgenvroeg', zei hij. Ik voelde instinctief dat er iets was veranderd tussen die twee, maar hoewel Hendrik niet langer keek alsof hij schele hoofdpijn had wanneer ik mijn beklag over Wolsey deed, hield hij de lippen nog altijd stijf op elkaar als het de kardinaal betrof. Ik herinner me dat ik op een keer nurks had gevraagd waarom hij nooit een kwaad woord sprak over Wolsey. 'Omdat jij dat genoeg doet voor ons beiden!' had zijn antwoord geluid. Nu besef ik dat ik eigenlijk de hele tijd impliceerde dat het dom was van Hendrik om vertrouwen te hebben in die omhooggevallen slagerszoon. En niemand wordt graag voor dom versleten. Wat wil je? Ik heb nu eenmaal het hart op de tong.

Wolsey en ik zijn nooit goede maatjes geweest. Toen we de allereerste keer de degens kruisten, tijdens een discussie over Harry Percy, had hij een jong ding van nauwelijks meer dan twintig voor zich. Veel te opzichtig gekleed en met een veel te grote eigendunk. Weinig respectvol, om het zacht uit te drukken. Ronduit onbeleefd, als je wilt. Of nog erger, een Boleyn. Nog een Boleyn die het hogerop zocht, deze keer onder het mom van de liefde. Hogerop, waar geen plaats was voor Boleyns. Wolsey luisterde maar naar één iemand en dat was de koning. Hij liet me duidelijk merken dat ik een probleempje was dat snel even voor het middageten moest worden geregeld. Hij was gespeeld geduldig als hij me aansprak, waardoor ik veel zin had hem een klap in het gezicht te verkopen.

Toen Hendrik en ik het steeds beter met elkaar leken te vinden, was de inderhaast ingehouden verwondering van Wolsey telkens heel even merkbaar wanneer hij ons weer eens samen zag. Vol ongeduld wachtte hij op het moment dat ik zou beseffen dat ik geen blijver was, dus was hij heel toegeeflijk en sprak hij me aan met gespeelde eerbied. Ik had hem door, ook al beweerde Hendrik dat hij oprecht was. Enkele jaren later zag hij zich verplicht zijn houding aan te passen. Hij was attent, of probeerde dat toch te zijn. Telkens als ik aan het woord was, leunde hij vooruit om te laten blijken dat hij aandachtig luisterde naar wat ik te zeggen had. Hij concentreerde zich zo sterk dat hij vergat met zijn ogen te knipperen. Maar voor wie erop lette, was de verveling duidelijk merkbaar. Zijn anders zo heldere ogen stonden vaak glazig en meer dan eens liep hij met hangende schouders achter ons aan. Zijn tanden waren geler geworden dan de blonde haardos waar hij vroeger om bekendstond. En zijn gezicht was dooraderd. Ik vraag me af wat hij moet hebben gedacht. Hij, de tweede in bevel na de paus, de tweede in bevel na de koning. Hij, die in zogoed als elk dorp in Engeland eigendommen bezat... Wat moet hij gedacht hebben toen hij lijdzaam moest toekijken hoe een jonge meid van nog geen dertig hem dat allemaal uit handen nam?

Toen hij Grafton zou verlaten, was ik al vroeg uit de veren. 'Het wordt een mooie dag', zei ik tegen Hendrik.

Hij klauterde uit bed, zijn nachthemd helemaal rond zijn lichaam gedraaid, en trok zijn wenkbrauwen op toen hij door het raam keek. 'Denk je?' Het had sceptisch geklonken. En met reden, want het was inderdaad nogal frisjes.

'Herfstweer', zei ik enthousiast.

'Herfstweer', herhaalde hij, nog altijd even sceptisch.

Ik ging op de rand van het bed zitten en kamde mijn haar met mijn vingers. 'Laten we een frisse neus halen, jij en ik alleen.'

Hij keek vragend in mijn richting. Nog altijd met gefronste wenkbrauwen.

'Voor het weer omslaat', zei ik. 'Het zijn onze laatste paar dagen hier. Kom mee. Een halfuurtje maar. Zoals toen we jong waren.'

Het werkte. Dat deed het altijd. Hij was nu helemaal wakker.

Eenmaal buiten viel het best mee. Het was inderdaad herfstweer, maar dan in de goede zin van het woord. En het beloofde ook een mooie dag te worden. De lucht had een scherpe smaak, gerijpt in het lange, natte gras en tussen de eindeloze hagen. In handgalop reden we door het landschap, terwijl onze adem en die van de paarden wolkjes vormden die snel oplosten. Ik nam Hendrik op sleeptouw, verder en verder weg van het huis. *Tot aan dat hakhout daar in de verte! Tot aan de rivier! Langs dit ruiterpad, door die weide, die vallei...*

'Moeten we niet stilaan terugkeren?' vroeg hij een goed

uur later. Hij had niet gezegd 'om Wolsey uit te wuiven', hoewel hij het wel leek te denken. Hij keek schuldig. Ik haalde mijn schouders op, wat zoveel betekende als vragen waarom we terug moesten. Hendrik heeft een hekel aan zaken die gevoelig liggen. Iemand anders moet die maar zien op te lossen voor hem. En dat was precies wat ik deed door niet terug te keren. Wolsey was verleden tijd. En vandaag was de dag aangebroken waarop hij dat zou beseffen. Het was zijn beurt om nu het probleempje te zijn dat snel even voor het middageten moet worden geregeld. Toen we in de vroege middag terugkeerden, was hij vertrokken, en Hendrik heeft hem nooit meer teruggezien.

Vanaf die dag werd de val van Wolsey voorbereid door de *Attorney General*, die hem er een week later van beschuldigde dat hij het gezag van de paus boven dat van de koning had gesteld. De kardinaal was niet langer kanselier en werd vervangen door een weigerachtige More. Hij kreeg huisarrest en mocht zijn woning in Esher niet verlaten. Al zijn andere eigendommen, zelfs zijn grafmonument in aanbouw, werden aan Hendrik vermaakt.

Toen we een dag nadat de officiële aanklacht tegen Wolsey was uitgevaardigd in Londen terug waren, zei Hendrik me dat ik me klaar moest maken voor een boottocht. 'Ik moet je iets tonen', voegde hij eraan toe. Mams en Harry Norris gingen mee met ons. De trip duurde een paar uur. De herfstzon zette de wilgen in vuur en vlam en toverde een prachtige schittering op het water, maar aan onze adem kon je zien dat het kouder aan het worden was. De sloep legde aan langs de witte stenen muren van Wolseys York Place. Hendrik hoefde het niet eens te zeggen. *Dit was nu van ons.*

Het duurde uren voor we de galerijen, tuinen, hallen en suites verkend hadden, maar ik was zogoed als onmiddellijk gevallen voor de schoonheid ervan. Eigenlijk zodra ik had gemerkt dat dit geen koninklijk paleis was met vertrekken voor de koning, kamers voor de koningin en ergens nog een plaatsje voor mij. Dit kon een nieuwe start zijn voor Hendrik en mij. Helemaal voor ons alleen. Hoewel York Place verlaten was, leek de residentie ons op een bijna spookachtige manier te verwelkomen. De deuren openden met een zucht en de planken van de vloer schenen te kreunen onder ons gewicht. Het personeel was nog niet zo lang geleden vertrokken. Er lag nauwelijks stof, enkel in het houtsnijwerk van de stoelen en een fijn laagje op het Venetiaanse glaswerk. De zijdezachte wandtapijten waren onlangs nog uitgeklopt.

We hadden er meteen onze intrek kunnen nemen. Maar waarom zouden we ons tevredenstellen met de smaak van een ander? Diezelfde dag maakten we plannen terwijl we door het huis zwierven. Honderden aannemers hebben een jaar lang de klok rond gewerkt. 's Nachts zag je het canvas oplichten wanneer er verder werd verbouwd bij toortslicht. Een hele buitenwijk van Londen moest eraan geloven. Er werd een vleugel gebouwd voor mij en mijn ouders en langs de oever van de Theems een enorm sportcomplex met bowlingbanen en zowel binnen als buiten tennisvelden. Ons nieuwe paleis kreeg ook een naam: Whitehall. We wachtten vol ongeduld tot we er onze intrek in konden nemen. Toen het eindelijk zover was, waren de pasgepleisterde muren nog warm waar de stukadoors vuurpotten hadden geplaatst om ze sneller te laten drogen.

Nu Wolsey was uitgeschakeld en verbannen naar zijn huis in Esher, leek alles weer mogelijk. En inderdaad, geheel onverwachts kregen we een paar dagen voor ik naar Whitehall zou vertrekken bezoek in Greenwich. Een man die misschien kon helpen met de echtscheidingskwestie. Hij werd vergezeld door Hendriks secretaris, Stephen Gardiner. En hoewel ik niet veel sympathie koesterde voor Stephen – wie wel? – besefte ik heel goed hoe intelligent hij is. De briljante vondst van Stephen was een weduwnaar die besloten had geestelijke te worden, Thomas Cranmer. Vooral zijn hondenogen zijn me bijgebleven. En zijn mening. Volgens hem viel de echtscheiding niet onder het kerkelijk maar onder het goddelijk recht. De paus moest zich er eigenlijk helemaal niet mee inlaten. 'Vraag naar de mening van de theologen aan de Europese universiteiten', suggereerde hij. 'Dat zou ik doen in uw geval.'

Hendrik was onder de indruk. Hij ontbood mijn vader. Niet alleen omdat hij wist dat Papa graag op de hoogte bleef van wat er te gebeuren stond, maar ook omdat hij vast wel sympathie zou hebben voor deze leergierige man, die bovendien nog eens recht voor zijn raap was. Hij had gelijk. Diezelfde middag bood Papa Thomas een kamer aan in Durham House, op dat ogenblik onze Londense gezinswoning. 'We hebben een nieuwe aalmoezenier nodig', besloot hij. En zodoende was Thomas van de ene dag op de andere een van de onzen. En dat is hij gebleven.

Maar wij waren niet de enigen die een getalenteerde nieuwkomer in onze rangen sloten. Ook de andere zijde had er een op de kop weten te tikken: Eustace Chapuys, bijgestaan door zijn persoonlijk uitgekozen staf, die bovendien vloeiend Engels sprak. Rond de veertig was hij, maar hij zag er stukken jonger uit. Stijlvol gekleed, kende veel mensen en altijd heel gemanierd. Tegen iedereen, behalve tegen mij. De kalmte zelf in een crisis, en – laten we eerlijk zijn – de hele ambtstermijn van de man was één lange crisis. Maar hij was altijd even voornaam. En, geloof het of niet, hij viel in de smaak bij Hendrik, die dat niet onder stoelen of banken stak. 'Charmante kerel', lachte hij.

'Ik vrees dat ik je mening niet deel', zei ik. Hendrik streelde mijn gezicht. 'Ach, jij...' kirde hij.

Ja, ik, de enige persoon die Chapuys nooit erkend heeft. Ik vernam zelfs dat hij nog nooit mijn naam had uitgesproken. Als hij het met Hendrik over mij had, dan sprak hij over 'mevrouw'. Voor alle anderen was ik 'de hoer'. Toen ik Hendrik hierover aansprak, antwoordde hij met een joviaal: 'En dan? Hij is loyaal. Een uitstekende eigenschap voor een ambassadeur, vind je ook niet? In het bijzonder voor een ambassadeur met zo'n moeilijke taak als de zijne.'

Moeilijk. Inderdaad. En Catharina maakte de hele zaak elke dag nog moeilijker dan die al was. Ze miste geen enkele kans om te herhalen dat Hendrik heel goed wist dat ze nog maagd was toen ze elkaar het jawoord gaven. Een keer maakte hij de fout zich als een wervelwind om te draaien en haar toe te snauwen: 'Ja. Al goed. Maar toch had dit huwelijk nooit mogen plaatsvinden!' Het maakte geen enkel verschil. Ze hield niet op. Ook voor het feestmaal ter gelegenheid van St. Andrews Day maakte ze geen uitzondering. Nochtans was het haar feest. Zij diende aanwezig te zijn in haar officiële hoedanigheid, aan de zijde van de koning. Het kon me gestolen worden. Als ik moest kiezen tussen het kabaal in de grote hal en het gelispel van de Nevilles, van wie de valse glimlach evengoed een doodsbedreiging kon verhullen, en een plaatsje bij een knus haardvuur in het gezelschap van enkele goede vrienden, dan was er geen twijfel mogelijk. Uiteindelijk had ik zelfs geen zin om de avond met vrienden door te brengen. Ik had het veel te warm en ik voelde me loom. Elk geluid irriteerde mij, zelfs wanneer iemand kuchte of in de open haard een stukje houtskool van de stapel rolde. Het was bovendien ook nog eens de laatste dag van november. Van 's morgens tot 's avonds had het gegoten en ik was de hele tijd in mijn kamer gebleven, die uitkeek op de natgeregende tuinen en daarachter de slijkerige Theems. Het werd winter. Opnieuw.

Hendrik stond verrassend vroeg in mijn kamer. Iedereen veerde op, zo snel dat hun hoofd tolde. Hij gebaarde met zijn hand dat ze konden gaan zitten. Drie stappen, meer had hij niet nodig om bij mij te komen. Hij ging op de vloer zitten en leunde tegen mijn knieën. Ik voelde me zo mogelijk nog lomer worden. Franky keek van mij naar Billy en verliet toen de kamer. Ik legde een hand op Hendriks hoofd, niet zozeer als teken van affectie, eerder omdat ik nergens anders plaats had. Vraag me hoe het gaat, dacht ik. Vraag me hoe het was om de hele tijd opgesloten te zitten, terwijl jij en die Spaanse vetklont vadertje en moedertje speelden.

Maar hij bleef zwijgen, aanvankelijk. Toen hij wel sprak, begon hij onmiddellijk te klagen. 'Ze heeft zichzelf overtroffen vanavond.'

Ik hoefde niet te vragen over wie hij het had.

Zij weer.

Hij liet zijn hoofd in mijn schoot rusten en keek naar het plafond terwijl hij sprak. 'Als ik het haar nog één keer hoor zeggen...'

Plots kookte mijn bloed. 'Hendrik, als ik het *jou* nog één keer hoor zeggen...'

Hij schrok.

'Ik hoor niets anders. Arme Hendrik en zijn moeilijke situatie! En ik dan?'

Hij draaide zich om zodat hij me kon aankijken. Zijn hand rustte op mijn knie. Ik sloeg hem weg. 'Hoeveel feestmalen zal ik nog moeten doorbrengen op mijn kamer? Jezus, Hendrik, hoeveel jaar duurt dit nu al?'

Hij staarde me aan. Zijn ogen had hij tot spleetjes geknepen en om zijn mond lag een verbeten trek.

‘Drie. Drie jaar. Ik was nog een meisje, weet je nog?’ En ik giechelde geforceerd. Of ik maakte een geluid dat op een lach moest lijken. ‘Weet je nog? En nu, Hendrik, wat ben ik nu? Hmm?’ Ik leunde naar voren zodat onze gezichten elkaar bijna raakten. ‘Ik ben bijna dertig.’

Hij deinsde terug en ging rechtop zitten. Het contact tussen ons had hij verbroken.

Ook goed. Ik leunde achterover in mijn stoel. ‘Ik kon al lang met iemand anders getrouwd zijn’, zei ik tegen niemand in het bijzonder. Aan de andere kant van de kamer zag ik het ene, wijd opengesperde oog van Francis schitteren, hoewel hij naar zijn handen zat te staren. Mijn broer, die naast hem zat, hield zijn ogen gesloten en met zijn vingertoppen masseerde hij zijn slapen.

‘Ik kon al kinderen gchad hebben’, zei ik tegen Hendrik. ‘Ik zou een normaal leven kunnen leiden.’ In plaats van dat eeuwige geknoei met die nachtgewaden. Mijn kamermeisje Annie hield haar handen voor haar mond.

‘Je had het me beloofd’, zei ik. ‘Weet je nog? Je hebt het beloofd. Je hebt het verdomme beloofd.’ Het maakte allemaal niets meer uit. Ik stond op. ‘Ik ga slapen.’

George sprong op. Godzijdank. Hij klapte een paar keer in zijn handen. ‘Iedereen naar mijn kamer, alstublieft.’

Het geluid van kleding. Ik was zelf al bij de deur toen Hendrik voor me kwam staan. Hij stak zijn handen in de lucht. Zijn kleine ogen waren nog steeds als van glas, maar toen leek hij ineen te krimpen. Hij wilde iets zeggen, maar kreeg geen woord over zijn lippen. Hij schudde zijn hoofd traag heen en weer, zoals een muilezel dat doet. En zijn handen namen de mijne vast, knepen er zacht in. ‘Je hebt gelijk’, zei hij. Precies wat ik moest horen. ‘Je hebt gelijk’, herhaalde hij. ‘Van nu af aan houd ik me aan mijn beloften. Wat je ook maar wilt, ik doe het.’

Catharina een kopje kleiner maken? Het was het eerste waar ik aan dacht. Ik voelde een rilling over mijn rug lopen. Hij trok me naar zich toe en omhelsde me. Hij drukte me zo hard tegen zich aan dat ik de juwelen op zijn tuniek tegen mijn wang en oor voelde. 'Jij', zei hij, 'bent de enige. De rest kan me gestolen worden.'

De volgende dag, op weg naar Hendriks vertrekken, zag ik een jongen – blijkbaar een bediende – die ik niet kende. Met snelle passen liep hij in mijn richting. Hij droeg een stapel hemden die ik goed genoeg kende. Het waren die van Hendrik. Voor zover ik wist – en als er iemand was die ervan op de hoogte was, dan was ik het wel – was het mevrouw Harris, en alléén mevrouw Harris, die Hendriks kleding verstelde. Wat had dit te betekenen? Diefstal? Van kleren? Die van de koning? Ik wachtte even, zogezegd om de jongen door te laten, en trok een van mijn handschoenen uit. Toen hij voorbijkwam, hield ik hem tegen. Hij stopte onmiddellijk en keek naar de grond. Mijn hand, die op zijn arm rustte, was die met de misgroeide pink. Om een of andere reden waren ronddolende bedienden bang voor de dubbele nagel. Ik legde mijn hand op de stapel hemden.

'Waarom neem je die hemden mee?'

Hij keek me met wijd open ogen aan. 'Ze moeten versteld worden', zei hij met een piepstem.

Ik knikte in de richting waaruit hij was gekomen. 'Mevrouw Harris heeft er toch een kist staan voor kledingstukken die versteld moeten worden?'

Hij hield zijn ogen strak op de mijne gericht. Zijn adamsappel was veel te groot voor zijn schriele hals. 'Deze zijn niet voor mevrouw Harris.'

'Nee? Ah, ik begrijp het. Iemand anders doet het verstelwerk voor de koning.'

Hij reageerde niet, dus moest mijn redenering wel kloppen. 'Juist?'

Hij knikte.

Ik kruiste mijn armen.

Toen hij begreep dat ik wachtte tot hij me zou zeggen wie, fluisterde hij: 'De koningin.'

Ik slikte. 'Wie heeft je naar haar toe gestuurd?'

'De koning.'

Ik griste de hemden uit zijn armen, banjerde naar Hendriks vertrekken en duwde deur na deur met een klap open tot ik hem gevonden had. Hij zat aan zijn schrijftafel met Thomas 'hondenblik' Cranmer, die onmiddellijk opveerde toen ik binnenkwam. Hij verloor zijn evenwicht toen hij wilde buigen. 'Goedemorgen, Thomas', zei ik terwijl ik Hendrik aankeek. 'Je hoeft niet weg te gaan.' Ik gooide de hemden op de schrijftafel.

Hendrik fronste zijn wenkbrauwen. 'Dat zijn mijn hemden.' Hij keek me vragend aan.

'Ja. En je raadt nooit waar ik ze gevonden heb. Op weg naar je ex-vrouw om te worden versteld.'

De denkrimpels op zijn voorhoofd werden dieper. 'En dan? Ik zie niet in waarom dat een probleem zou kunnen zijn.'

Meende hij dat nu? Had hij er echt geen idee van? Als dat inderdaad zo was, dan twijfelde ik eraan of ik het hem duidelijk zou kunnen maken. Ik kon het in ieder geval proberen. 'Je wordt verondersteld haar te hebben verlaten!'

Hij sprong op. Toen hij voor me stond, wist hij niet goed meer wat hij moest doen. 'Anna,' zei hij toen met een zucht, 'ze vindt het fijn om mijn hemden te verstellen. Zo heeft ze iets omhanden.' Hij gebaarde naar de stapel kleren op zijn schrijftafel. 'Het zijn maar hemden.'

'Is dat zo?'

Thomas probeerde weg te glippen. 'Blijf,' zei ik, 'dan zie je wat voor een volslagen idioot hij is.' Ik richtte mij weer tot Hendrik. 'Hemden verstellen is iets wat een vrouw voor haar man hoort te doen. Begrijp je? Welke andere echtelijke plichten...'

'Anna, alsjeblieft.' Zijn lippen had hij uit plaatsvervangende schaamte op elkaar geperst.

'Het zijn niet zomaar hemden', haalde ik uit. 'Het is verraad. Je verraadt me!'

Hij staarde me aan. 'Het zijn hemden die hier en daar wat verstelwerk nodig hebben. En technisch gesproken is ze nog altijd mijn echtgenote.'

'En ik? Wat ben ik dan?'

Ik had hem waar ik hem hebben wilde. En ik vond het fijn om te zien hoe hij zich nu in allerlei bochten wrong. 'Je hebt... Je hebt...' Het was duidelijk dat hij spijt had van zijn woorden. Spijt dat hij me gekwetst had. 'Je hebt... gelijk.'

Hij had weer de juiste snaar geraakt. En hij wist het, want zijn ogen zochten bevestiging in de mijne.

Ik kalmeerde en glimlachte. 'Weet ik.'

Op zijn beurt lachte hij naar mij. 'Je hebt altijd gelijk', zei hij.

We lachten hardop. 'Weet je, Anna,' hij legde zijn handen op mijn schouders, 'ik heb er nooit bij stilgestaan. Het spijt me. Mijn hemden werden vroeger altijd door haar versteld en ze... Wel, het is iets wat ze is blijven doen.'

'Uiteraard is ze dat blijven doen.'

Hij streelde mijn wang en knikte. 'Echt waar.'

'Dat was vroeger, Hendrik. Dingen veranderen. En dan moet alles mee veranderen.'

'Ja. Goed.' Toen hij vooroverboog om me te kussen, herinnerde ik me dat we niet alleen waren. Ik hield hem tegen door mijn vingertoppen op zijn lippen te leggen en keek om, op zoek naar Thomas. Zijn onhandige houding maakte ons alle drie aan het lachen.

ꕤ

Uiteindelijk eindigde het jaar al met al zo slecht nog niet. Het nieuwe parlement, dat in november met de nodige gewichtigdoenerij bijeen was geroepen, had niet nagelaten zijn opmerkingen met betrekking tot de Kerk te formuleren. En die waren niet positief. Blijkbaar was het parlement samengesteld uit bekeerlingen. Slechts één iemand hield er een andere stem op na, maar die was niet relevant, aangezien die stem toebehoorde aan de oude bisschop Fisher, Catharina's vurigste verdediger. Dat hele gedoe met die bespottelijke rechtbank in Blackfriars was afgelopen met een sisser en Wolsey had niets meer in de melk te brokkelen. In december benoemde Hendrik mijn vader ook nog eens tot graaf van Wiltshire en Ormonde en, in januari, tot Zegelbewaarder. Dit betekende dat George burggraaf Rochford werd – en opnieuw deel uitmaakte van de *Privy Chamber* – en ik voortaan door het leven ging als Lady Anna.

Toen hij het nieuws vernam, kwam Papa, bloedserieus als hij was, George en mij manen ons 'dienovereenkomstig te gedragen'. Hij had nauwelijks de kamer verlaten of mijn broer en ik proestten het uit. 'Reken maar dat ik me dienovereenkomstig zal gedragen. Ik begin alvast met een bezoek aan mijn kleermaker', riep George uit.

Ik hoefde geen kleermaker op te zoeken. Er was al een jurk besteld voor het banket waarmee onze nieuwe titels gevierd zouden worden. Dankzij Hendrik had ik al een hele garderobe, maar deze jurk zou anders zijn dan alle andere. Purper. Ik wist best dat er geroddeld zou worden. *Purper? Gaat ze niet een beetje ver?* Maar daar zou het bij blijven.

Het voorbije jaar had ik één ding geleerd. Als ik me kleedde als een koningin, dan werd ik ook zo behandeld.

Gekleed in een jurk van purperen fluweel zat ik naast Hendrik aan het hoofd van de overvolle tafel. Door daar te zitten had ik meteen een eind gemaakt aan de oude gebruiken. Naast mij zaten de dames Norfolk en Suffolk, die zichzelf als de twee belangrijkste vrouwen in Engeland beschouwden. Na de koningin uiteraard. Ook tante Liz, wier gezicht op onweer stond, en Hendriks koudbloedige zus, die met die slijmjurk van een Brandon was getrouwd, zaten aan onze tafel. Ze was niet meer zo mooi als ik me herinnerde. Haar vuurrode haar had veel van zijn glans verloren en ze keek maar zuur. Zij was trouwens niet de enige. Aan de gezichten rond de tafel te zien was ik goed genoeg geweest om Wolsey eruit te werken, maar had ik het niet in mijn mars om koningin te worden.

De vrouw die ze wel als koningin wilden – en die dat belachelijk genoeg nog altijd was – deed haar *acte de présence* tijdens het kerstfeest, toen Hendrik en ik plannen aan het maken waren om begin januari naar Whitehall te trekken. Wanneer ze eens niet aan het biechten was en tijd genoeg had om aan de arm van Chapuys onder de mensen te verschijnen, zag ze er verschrikkelijk uit. Ze was nooit een schoonheid geweest. En haar huidskleur, die met de dag valer werd, zou daar zeker geen verandering in brengen.

'Catharina is alle hoop aan het verliezen', zei mijn neef Nick op een avond, toen we de laatste nieuwtjes aan het uitwisselen waren.

'Waarop hoopte ze dan?' vroeg ik. Waar kon ze op hebben gehoopt?

'Dat hij genoeg van je zou krijgen.'

Ik zweeg enkele ogenblikken. 'Echt?' Ik barstte in lachen

uit. Ik kon het niet helpen. 'Denk je echt dat ze geloofde dat zoiets zou gebeuren?'

'Ja hoor', antwoordde Nick terwijl hij een walnoot kraakte. 'Zo diepgelovig is ze.'

'Ze is vooral zo gek als een deur.' Ik opende mijn mond, zodat hij zich verplicht zou voelen mij de noot te geven. 'Of dwaas. Of beide.'

Hij graaide nog een noot uit de kom.

'Wat denk jij?'

Zijn ogen keken me vluchtig aan. 'Ik denk het niet.'

Wat?

'Maar ik denk wel dat ze niet wil zien wat eigenlijk goed voor haar is.'

'Wel, dat is toch hetzelfde als "dwaas", of niet soms?'

Hij haalde zijn schouders op.

Er waren ook mensen die niet goed wisten wat ze moesten denken over de afwezigheid van Wolsey. Zelfs Hendrik had zijn twijfels. Toen hij midden januari vernam dat Wolsey ziek was – pijn in de borststreek – besloot hij een dokter te sturen. Ik liep de twee toevallig tegen het lijf bij het poorthuis.

'Is dit echt nodig?' Wolsey was nooit ziek. Iedereen wist dat hij zes sinaasappels per dag at.

Noch Hendrik noch de dokter leek te hebben gehoord wat ik had gezegd. Ze probeerden uit te maken wanneer het zou ophouden met regenen. Dan draaide Hendrik zich naar mij toe en vroeg met een ernstig gezicht: 'Weet je wat we hem kunnen toesturen, Anna?'

'Geen idee. Vergif?'

Vreemd genoeg reageerde hij niet. De kalme blik in zijn koele, blauwe ogen veranderde niet. 'Misschien iets wat hem zal opbeuren.'

'Iets duurs dan', luidde mijn sarcastische antwoord. Ook

nu kwam er geen enkele reactie, behalve dan dat twee paar ogen me aanstaarden. De regen verkleurde mijn jurk. Mijn standpunt verdedigen dat Wolsey geen cadeaus verdiende, zou langer duren dan mijn broche losmaken. 'Hier.'

Hendrik gaf het juweel aan de dokter en lachte de man vriendelijk toe. Zoals alleen hij dat kan. Hij deed alsof er niets was gebeurd. 'Zeg hem dat dit van Anna is en dat ze hem een spoedig herstel toewenst.'

Hoewel hij al met een been in het graf stond, herstelde Wolsey inderdaad. Ik betwijfel echter of het feit dat ik hem een spoedig herstel had toegewenst er iets mee te maken had. Hij zal best geweten hebben dat het allesbehalve gemeend was. Zijn miraculeuze herstel kwam er toen Hendrik hem gratie verleende. 'Laten we hem pensioneren', besliste hij, ondanks mijn ongenoegen, dat ik niet onder stoelen of banken stak. 'Hij kan geen kwaad meer aanrichten.' Dat was dan verkeerd gedacht.

Ondertussen begonnen onze stappen vruchten af te werpen. In de lente kregen we nieuws van de verschillende universiteiten waar de verhandeling van Thomas was voorgelegd. Bepaalde theologen gingen akkoord met de stelling dat Hendriks huwelijk ongeldig was, andere dan weer niet. Oxford en Cambridge gaven hem gelijk. De Spaanse universiteiten niet. Uiteraard niet. De Italianen leken maar niet tot een besluit te kunnen komen, ondanks de royale giften aan hun universiteiten. De volgende stap was een brief voor de paus, opgesteld door Papa en George, met het verzoek een uitspraak te doen. In het belang van de vrede in Engeland. Althans, zo hadden ze het geformuleerd. Die zomer reed Billy zowat het hele land rond om bisschoppen, abten en edellieden vriendelijk te verzoeken de brief te ondertekenen. En ook al leverde hij geen enkel resultaat op in Rome, we zouden tenminste weten wie aan onze kant stond. Terwijl we wachtten op het antwoord van de paus, bracht Hendrik het grootste deel van zijn tijd door in zijn bibliotheek. 's Middags sloot hij zich op tussen zijn boeken, overtuigd dat hij een oplossing zou vinden. Er moest een manier zijn om het probleem te omzeilen. Ergens moest een achterpoortje zijn. Als hij alles zorgvuldig kon uitpluizen, zou hij het vinden.

En toen ik hem op een dag niet terugvond in de bibliotheek, zocht ik overal, tot ik hem, druk gesticulerend, plots in een hal zag staan. Er heerste beroering en zijn gezichtsuitdrukking voorspelde weinig goeds. Zijn ogen stonden wild. Hij liep met grote passen heen en weer en kafferde iedereen uit. Ik kon niet horen wat hij zei, maar er bestond geen twijfel over de toon: razend, beschuldigend.

Ik stond bijna naast hem en hij had me nog altijd niet opgemerkt. 'Hendrik?'

Mijn oom was er, Stephen Gardiner, Billy, mijn neef Nick en Chapuys, de Spaanse ambassadeur.

'Hendrik?'

Zijn kleine ogen zochten en vonden mij. Geen begroeting. Geen knikje. 'We hebben ons antwoord.'

Slecht nieuws dus. Ik voelde twee ijskoude handen rond mijn hart.

'Het is een verordening', blafte hij. 'De Heilige Stoel wil dat je van het hof weggestuurd wordt.' En voor het geval ik het niet zou hebben begrepen, voegde hij eraan toe: 'Ik moet je aan de deur zetten.'

Ik lachte, of daar leek het toch op. Mijn hoofd tolde. Dit kon niet waar zijn: een oude verschrompelde vent die vanuit Rome bepaalde wat de koning van Engeland wel en niet mocht doen. Iemand die nog nooit een voet op Engelse bodem had gezet en dat waarschijnlijk ook nooit zou doen.

En wat zou er nu met mij gebeuren? Dat vroeg ik me af. Maar het ging helemaal niet om mij. Ik was niemand. Mijn liefde voor Hendrik, de plannen die ik had voor Engeland, van de tafel geveegd. Een dertigjarige vrouw van vlees en bloed. Niemand?

'Wie denkt hij wel dat hij is?'

'De paus', zei Hendrik, die even vergat waar hij was.

'Ja, en wat wil dat zeggen?'

Niemand verroerde zich. Behalve Chapuys, die zijn rug rechtte. Ik was niet onder de indruk. Hij keek me aan als was ik de duivel in persoon. Vervolgens draaide hij zich ostentatief om en verdween. Iedereen volgde hem met de ogen. Het was ook een buitengewoon gezicht: een ambassadeur die zonder Hendriks toestemming de zaal verliet. Vier of vijf dagen hebben we hem niet meer gezien. Blijkbaar was hij die hele tijd bij vrienden, in Londen. Jammer genoeg is hij daar niet gebleven.

Tijdens die vier of vijf dagen begon het gerucht de ronde te doen dat Wolsey iets met de uitval van de paus te maken had. Ik weet niet wie het verspreidde, maar uiteindelijk vernam ook ik wat er beweerd werd. En het zou kunnen kloppen. Wolsey was genezen en had weer wat krediet opgebouwd. Vermoedelijk was hij zelfs zijn terugkeer aan het voorbereiden. Maar dat zou ik nooit toelaten. Als hij terug wilde keren naar het hof, dan zou dat via Catharina moeten gebeuren, ironisch genoeg de persoon wier leven hij kapotgemaakt had. Wolsey wilde weer orde op zaken stellen. Terug naar vroeger. Ik praatte met mijn oom over wat ik had vernomen. Als ik degene was die Wolsey het meest haatte, dan bekleedde mijn oom een verdienstelijke tweede plaats. En als een gerucht de ronde deed, was hij meestal een van de eersten die het opving. Als hij het al niet verspreid had...

Ja, hij had het vernomen en – nog beter – was iemand aan het bewerken in wie Wolsey een blind vertrouwen had.

'Bewerken? Wie geniet er dan het vertrouwen van Wolsey?'

Hij grinnikte. 'Wie denk je?'

Ik had geen idee.

Een hint: 'Het is nog niet zo lang.'

Nog altijd niets.

'Zijn dokter.'

Natuurlijk.

Hij lachte. Weerzinwekkend nasaal. 'Begint het je te dagen, Anna? Ik bedoel maar dat de dokter nogal vaak in het gezelschap van de corpulente ex-kardinaal vertoefde de laatste tijd.'

Dat was zo. 'En?'

'Geef me wat tijd. Resultaten vragen nu eenmaal tijd.' Vanuit de deuropening voegde hij eraan toe: 'Beste kerels, die dokters. Vind je ook niet?'

Welgeteld één dag duurde het voor hij het beloofde resultaat boekte. Mijn oom tikte me op de schouder en nam me terzijde. 'Ons vermoeden was juist', zei hij. Wolsey had de paus inderdaad een brief gestuurd, waarin hij de Heilige Vader met aandrang verzocht Hendrik te excommuniceren. Tenzij hij mij opgaf.

'Kun je dat bewijzen?'

'Nu wel.' Zijn dunne lippen vormden een glimlach. 'Ik heb de getuigenis van een dokter die onlangs een stuk rijker is geworden.'

Zoals gewoonlijk wilde Hendrik het er met mij niet over hebben. Hij verliet zelfs het vertrek zonder me een blik te gunnen. Maar de volgende morgen was alles weer in kannen en kruiken. Er was een arrestatiebevel opgesteld voor Wolsey. 'Hoogverraad', zei Hendrik zakelijk. Hij suggereerde dat het zijn idee was geweest. Ik zweeg. Het was evident dat ik niets op het spel wilde zetten. Ik zorgde ervoor dat mijn houding even nonchalant was als die van Hendrik. Maar diep vanbinnen juichte ik. Ik juichte me te pletter. Zo luid dat ik het Hendrik nauwelijks hoorde zeggen: 'Hij verblijft in Cawood.'

Cawood Castle was Wolseys paleis in Yorkshire. Hendrik maakte zich zorgen over de praktische kant van een arrestatie zo ver weg.

'Cawood?' Ik had een idee. 'Laat Harry Percy het arrestatiebevel uitvoeren.'

Hendrik staarde me lange tijd aan. Uit het lood geslagen omdat ik de naam van mijn ex genoemd had. Uit zijn houding kon ik niets opmaken en zijn gezicht was uitdrukkingsloos.

'Hij is per slot van rekening de graaf die er het dichtst bij woont', voegde ik er schouderophalend aan toe. 'De graaf van Northumberland. En een graaf kun je toch best een arrestatie toevertrouwen...'

'Mmh. Ja.' Hendrik gaf het op en masseerde zijn ogen met zijn vingertoppen. Hij had duidelijk niet veel geslapen. 'Jazeker.'

Ik liep op wolkjes toen ik de kamer verliet. Harry, ik stuur je dit met de meeste genegenheid van de wereld, dacht ik. Rechtvaardigheid was geschied.

Maar Wolsey was me te snel af. Hij stierf nog voor hij voor de rechtbank verschenen was. Voor hij geëxecuteerd zou worden. Hij had er dan ook alles aan gedaan om de reis zo traag mogelijk te laten verlopen. In november stierf hij in zijn bed. In Leicester. Hij had uit zijn laatste reis gehaald wat er uit te halen viel. Langs de kant van de weg stonden mensen hem op te wachten om hem toe te juichen. Blijkbaar waren ze zijn absurde rijkdom vergeten die hij tientallen jaren na elkaar ongestoord had weten te vergaren. Het volk zag in hem geen despoot die nu wegens zijn machtsmisbruik voor de rechter diende te verschijnen. Nee, wat ze zagen was een zieke oude man. En ze sloten hem in hun onzekere harten.

Lucy Cornwallis

Herfst 1535

Wanneer ik gemberkoek maak, krijg ik het altijd warm omdat ik dan de hele tijd in de weer ben. Het tochtte in de keukens van The Vyne, dus leek gemberkoek een goed idee. Veel had ik toch niet omhanden, behalve de nieuwsgierigheid ondergaan van het personeel van lord Sandys. Om de verveling tegen te gaan, was een pot boven het vuur net wat ik nodig had. Om lang en krachtig in te roeren, van oost naar west, want dat brengt geluk. Om er gekruid broodkruim in te mengen met een droge rode wijn, tot je een mooi, glanzend deeg krijgt. Ik ademde de scherpe geur in van gember vermengd met de rondere, meer bloemige geur van anijszaad en de houtgeur van kaneel. Normaal was dit een klusje voor Kit, die gespierde armen had omdat hij het was die de suiker vermaalde. Het rollen en het vullen van de vormen deed ik.

Nog een nachtje slapen en we zouden vertrekken uit Hampshire. Voor de rest van het jaar zouden we het westen laten voor wat het was. De terugkeer naar Windsor was het officiële einde van de zomer. Hoewel die eigenlijk al een tijdje voorbij was. Telkens als de deur openwaaide – de hele dag door omdat niemand erop lette dat ze niet goed in het slot viel – zag ik alleen maar natte kasseien. En dat was al weken zo. Niet dat we het niet hadden zien aankomen, want het regende al op Hemelvaartsdag. Door de regen hadden we geen braambessen kunnen plukken en nu was het te laat. Na het feest van Sint-Michael bracht zoiets ongeluk. De hele zomer hadden we door de modder geploeterd om kletsnat van de regen van landhuis naar landhuis te trekken. De luisterrijke stoet miste zijn effect volledig door het miezerige weer.

Je zou denken dat wie een volledig nieuwe galerij kan bouwen voor een vierdaags bezoek van de koning, niet op een deugdelijk slot voor de keukendeur zou besparen. Maar goed, ik kan hier tenminste de handen uit de mouwen steken. In Wolf Hall had ik een hele week lang helemaal niets omhanden, omdat de Seymours zelf een suikerbakker hadden ingehuurd. De keuken stond letterlijk volgestouwd met kisten suikergoed en marsepein. En hoewel de kok er heel beschermend over deed, slaagde ik er toch in hem over te halen mij het suikerwerk van dichterbij te laten bekijken. Ik vroeg hem wie het gemaakt had; hij noemde een vrouw die, volgens hem, in Bristol woonde. Ik bedankte hem uitvoerig omdat hij me het suikergoed had laten zien. Dat kostte me weinig moeite nadat ik had gezien dat ze het oude type suikerpasta gebruikte en die door iemand in de gewenste vorm had laten uitsnijden. Zo te zien had nog niemand haar het alternatief getoond. Voor mij was zo'n zes of zeven jaar geleden een nieuwe wereld opengegaan toen Bartolomeo Scappi, de kok die kardinaal Campeggio vergezelde, mij een en ander bijbracht. Ik schaam me er een beetje voor dat de maanden die zo verontrustend waren voor iedereen, zo plezierig en interessant voor ons waren.

Echter, toen ik naar het suikerwerk uit Bristol keek, werd ik overstelpt door een vlaag van nostalgie. Vroeger maakten ook wij suikerfiguren met vloeibare, kokende suiker. Dan moesten de op elkaar passende gietmallen voortdurend omgedraaid worden om de binnenkanten met een mooie egale laag suiker te bedekken. Vervolgens werd een warme naald gebruikt om het vacuüm door te prikken. Nu gaat het er helemaal anders aan toe en werken we met houtsnijwerk of negatieven gemaakt van gips waarin de pasta aangedrukt wordt. De oude methode heeft trouwens nog een ander nadeel. Het kleuren van een doorzichtige suikeroplossing is geen evidente zaak. Aan onze witte pasta kan heel eenvoudig kleurstof toegevoegd worden. Of je kunt natuurlijk ook de buitenlaag schilderen. De laatste tijd werkte ik met gemalen rozenblaadjes, die onmiddellijk aan de suiker werden toegevoegd. Ik begon met een kleine hoeveelheid en verkreeg een zachtroze kleur. Door meer rozenblaadjes te gebruiken werd de pasta rood. En dan dieprood.

Rozen zijn sterk. Zelfs wanneer het weer het laat afweten, zijn ze er nog. Ik ben op zoek gegaan naar de mooiste rode tinten. De blaadjes die ik plukte, stak ik voorzichtig in mijn zakken om ze in mijn kamer in een bokaal te bewaren. Als ik wist dat ik wat tijd voor mezelf had, nam ik er vaak handenvol van mee naar de keuken.

De gietmallen van de vrouw uit Bristol waren oud en waarschijnlijk had ze ze geërfd. Maar daarom waren haar suikersculpturen niet minder mooi. Ze stelden koning Arthur en de ridders van de ronde tafel voor en waren bijzonder gedetailleerd en prachtig verguld. Ook bepaalde details van de enorme schijven marsepein had ze verguld. De gouden vogel in het midden van elke cirkelvormige plak was indrukwekkend. De marsepein zelf was echter een beetje te geel en iets te vettig naar mijn smaak. Ze had de amandelen en de suiker te lang opgeklopt.

Hier in The Vyne sjabloneerde Richard enkele dagen geleden een blauw-zilveren *fleur de lys* op een perfect witte marsepeinen achtergrond. Het eerste wat ik zag toen ik die morgen de keuken binnenkwam, waren twee enorme bossen korenbloemen onder onze tafel.

'Blauw?' vroeg ik.

'Met zilver', antwoordde hij zonder op te kijken van zijn werk. 'Combineert goed, denk je ook niet?'

'Waar heb je die korenbloemen vandaan?' Ik ging op mijn knieën zitten om ze van dichterbij te bekijken. De bloemen waren prachtig. Zo intens blauw, bijna paars. Het was al een tijdje geleden dat ik er nog had gezien. Tegen eind augustus hadden we onze hele voorraad al opgebruikt en nergens konden we aan nieuwe korenbloemen komen. Daarom hadden we enkel rood, geel en groen suikerwerk kunnen maken, met rozenblaadjes, meeldraden van krokussen en spinaziesap.

Richard kneep in een doek met daarin een dikke massa – korenbloemblaadjes die hij in rozenwater vermalen had – en ving het vocht op in een kom. Gezien de inhoud van de kom moest hij al een tijdje bezig zijn. Een aangename verrassing, want het grootste deel van de zomer had Richard voor alles royaal de tijd genomen. Meestal zat hij met gekruiste armen op een stoel en dan hield hij zijn benen geen moment stil. Voortdurend vroeg hij wat de volgende bestemming was. En die daarna. Wie daar allemaal zouden zijn en wat wij er moesten doen. Tenminste, wanneer hij in de keuken was. Wanneer we in een kleiner huis of in een portierswoning verbleven, liep hij meestal ergens buiten rond in de tuin. Maar bij gelegenheid, meestal voor een dag of drie, was hij zoals nu met de korenbloemen: kalm en ijverig.

'Richard?' vroeg ik nogmaals. 'Waar heb je ze vandaan?'

'Ik heb ze besteld.'

'Huh?'

Hij grijnsde kwajongensachtig. 'Ik heb er iemand om gevraagd. Om ze mee te brengen voor mij als hij er zag. Ze komen uit Norrisland.'

'Ah.' Van die Silvester hoe-heet-ie-ook-alweer gekregen dus. 'Is sir Henry hier?'

'Ja. Om te vieren.'

Vieren? Paniek! Wat was ik vergeten?

'Er hangt liefde in de lucht.' Hij zag er zelfvoldaan uit, zoals hij daar stond met een glimlach op zijn gezicht en in zijn handen een lekkende blauwe doek. 'Als de geruchten juist zijn, en dat zijn ze, horen we binnenkort de huwelijksklokken luiden.'

Ik kon hem niet meer volgen. 'Voor wie dan?'

'Wel,' klonk het speels, 'sir Henry.'

'Ah.' Goed zo. Sir Henry was een vriendelijke man en verdiende het gelukkig te zijn. Hij was al een tijdje weduwnaar.

'En Meg Shelton.'

'Meg Shelton?'

Geen antwoord. Hij nam de kom van de tafel. Op de rand zaten blauwe spatten, duidelijk zichtbaar in het kaarslicht.

'Maar...'

Hij keek me aan, met de kom gevaarlijk scheef in zijn handen.

'Was ze niet... Zei je niet dat...'

Hij knipperde zelfs niet met zijn ogen.

'Meg Shelton', stamelde ik. 'En de koning?'

'O.' Hij zette de kom opzij. 'O. Dat? Dat was niets. Jaren geleden.' Hij lachte samenzweerderig, hoewel ik niet inzag met wie hij zou samenzweren. 'De koning rekent het zelfs tot zijn verdienste hen te hebben samengebracht.' Hij leek even na te denken over wat hij net had gezegd. Beste vriend en ex-minnares? Hij kon wel eens gelijk hebben.

Om de ene of de andere reden vroeg ik: 'En zij?'

'Meg? Blond en opgewekt. En vriendelijk.' Ik wachtte op een kwinkslag, maar die kwam niet. 'Ja, vriendelijk', zei hij ernstig.

Wanneer mijn grootvader me zei dat ik ogen had zo blauw als korenbloemen, dan was mijn zus er altijd als de kippen bij om eraan toe te voegen: 'En haar met de kleur van stro.' Mijn beide zussen waren gespeeld jaloers op mijn blonde haren. Zouden zij al grijze haren hebben? Als ze er nog geen hadden, dan zouden ze die na deze zomer wel krijgen, want de oogst beloofde niet goed te zijn dit jaar. Eigenlijk had ik geluk. Voor mij was het enige nadeel aan een natte zomer een modderige zoom. En het nu en dan eens een beetje koud hebben wanneer we naar het volgende landgoed reisden. Zullen ze in het dorp genoeg te eten hebben na de zomer? Wordt er gefeest? Of zullen ze het moeten zien te rooien met wat ze krijgen? Gewoonlijk werd er altijd luidkeels gezongen wanneer de laatste karren van de velden terugkeerden en werd een mooie slinger gemaakt van de laatste korenaren.

Nog even en het was weer *Hallowtide. Allantide.* Voor mij was dat altijd al het echte einde van het jaar. Op die dag worden de doden herdacht. De hele dag lang, tot laat in de avond. Het was mijn lievelingsfeest toen ik nog een kind was. De enige dag van het jaar die ik met mijn moeder mocht doorbrengen. Ik, alleen ik en mijn moeder. Op die dag werden de klokken na het avondgebed extra lang geluid. Speciaal voor de overledenen. En de hemel spreidde zijn nachtelijke kleed uit over het kerkhof, dat gevuld was met de klanken van de kerkklokken. De kerk zelf baadde in het licht van de vele kaarsen. Een keer – waarschijnlijk omdat de oogst zo goed was geweest – werden twee dames uit een ander dorp in Sussex geboekt om harp te komen spelen. Wanneer ik er niet meer ben, zal niemand nog denken aan mijn moeder. Dan zal niemand nog voor haar bidden. Zij was het enige kind van haar ouders. En ik dat van haar. Ik vraag me eigenlijk af of mijn zussen en mijn broer nog aan mij denken, ook al leef ik nog.

In mijn kamer, bij het haardvuur, vertelde Richard me dat Hallowtide dit jaar zonder kaarsen gevierd zou worden. 'Maakt deel uit van de veranderingen.'

'Kaarsen?' Ik stond versteld. 'Wat is er plots mis met kaarsen?'

'Wil je het echt weten?'

'Ja.' Hettie zat achter mij. Ik beeldde me in hoe ze beurtelings naar Richard en mij keek.

'Wel, blijkbaar kunnen we niets meer doen voor de doden. Ofwel gaan ze naar de hemel, ofwel niet. Je mag zoveel voor ze bidden als je wilt, je helpt ze er niet mee door de hemelpoort.'

'En het vagevuur dan?'

Richard lachte. Tenminste, dat dacht ik. 'Weet je het dan nog niet? Er is helemaal geen vagevuur.'

Belachelijk. 'Al die jaren bestond het wel en nu ineens niet meer?'

Hij haalde zijn schouders op. 'Of het heeft nooit bestaan.'

Ik leunde achterover. 'Wel, ik kan me voorstellen dat meneer pastoor op zijn minst verwonderd zal zijn als hij dat verneemt.'

'Ik denk dat meneer pastoor ondertussen al wel een en ander gewend is.' En hij voegde eraan toe: 'Je weet toch wat de moraal van dit verhaal is, niet? Vergeet de doden en denk aan je eigen ziel.'

'O. Maak je geen zorgen. Dat doe ik al,' antwoordde ik, 'want er is niemand anders die voor me zal bidden.'

'Voor mij ook niet.'

Waarschijnlijk dachten we allebei hetzelfde. Voor Hettie ook niet.

༄

'Wat kijk jij terneergeslagen', was het eerste wat Mark gisteren tegen me zei.

'Is dat dan zo duidelijk?'

'Toch wel.' Hij keek me bezorgd aan.

Uit een groot, plat, vierkant stuk marsepein, met aan de boven- en onderzijde een harde laag blauwe suiker, was ik kleine, hapklare ruitjes aan het snijden. 'Dat was sarcastisch bedoeld, Mark. En ik kan me best voorstellen dat het opvalt.' Ik had geen zin om hem er meer uitleg over te geven. 'Soms ben ik gewoon terneergeslagen.' Als hij het dan toch zo wilde noemen.

'Echt?'

'Ja.'

Hij nam een van mijn ruitvormige snoepjes van de tafel en bekeek het aandachtig. Een laagje wit goud met een babyblauw korstje.

'Zijn je handen schoon?' De koning was nogal gesteld op hygiëne. En de voorproevers hadden ook oog voor de afwerking. Ik wilde niet dat ze een vingerafdruk zouden zien.

Hij legde het stukje snoepgoed terug bij de andere. Ik zag dat zijn vingers schoon waren. 'Ben jij dat dan nooit?' vroeg ik.

Zijn blauwe ogen onder hun zwarte wenkbrauwen keken me vragend aan. 'Ben ik nooit...'

'Terneergeslagen.'

Hij keek geamuseerd en probeerde niet te lachen. 'De laatste tijd niet. Nee.' Hij keek weg. 'Lucy? Wat is er dan zo slecht aan vandaag?'

Als je een slechte dag hebt, draai dan je schort binnenstebuiten, zeiden de koks van de Nevilles altijd. 'Niets. Vandaag is een dag zoals alle andere. Misschien is het dat wel. Ik word gewoon neerslachtig van het vele reizen. Vooral wanneer het de hele tijd regent. Ik ben moe.' Maar hoe dat kwam, wist ik niet. Overdreven veel werk had ik niet gehad, maar ik was uitgeblust. Ik wilde gewoon naar huis, maar had geen idee waar dat was. Of juist wel. Nergens. 'Ik ben een oude vrouw geworden.'

Dat ik zoiets dacht en het ook nog had uitgesproken terwijl hij erbij stond, verbaasde me.

Maar hij weerlegde mijn sombere gedachten. 'Hoe oud ben je dan wel? Dertig?'

'Zesendertig.'

'Even oud als de koningin!' Alsof dat me zou opbeuren. Hij had geen flauw benul wat zesendertig betekende. Hij was jong. En bovendien een man. Ik had evengoed honderdenzes kunnen zeggen. Of zestien. 'En er is niemand die haar een oude vrouw vindt', zei hij.

Ik wel. Eén troost: ik lijk in de verste verte niet op haar, ik heb geen donkere haren en zie er niet uit alsof ik mijn beste jaren heb gehad.

'Ze is op haar hoogtepunt', zei hij.

'Waarom slaagde ze er dan niet in kinderen te baren?'

Ik vroeg hem hoe oud hij was en zijn antwoord luidde zevenentwintig. Twee jaar ouder dan Richard.

'Maar ik heb me nooit jong gevoeld', zei hij. 'Ik heb geen jeugd gehad. Ik weet ook niet of zoiets mogelijk is – jong zijn – als je opgroeit aan het koninklijke hof.'

Hoe was hij er toch in geslaagd om zichzelf te blijven terwijl hij opgroeide in het paleis? Omringd door intriges. Met als rolmodellen die gladjanussen van de *Privy Chamber*. Door niet op te vallen. Ik herinnerde me dat ik hem ooit gevraagd had hoe hij George Boleyn zou omschrijven. 'Een beest', had Richard eens opgemerkt. 'Sluit de kamerdeuren van uw dochters. En van uw zonen. De jacht is open!' had hij eraan toegevoegd. Mark had het op 'vurig' gehouden. 'En ik veronderstel', zei hij, 'dat hij van mij denkt dat ik een... wel, een denker ben.'

Zo zag ik Mark ook, mijmerend. Met een zekere hartstocht in zijn stem zei hij: 'Lucy, ik vind het naar dat je je neerslachtig voelt.'

Dat deed me wel iets. En ik glimlachte. 'Dan zullen we er alles aan moeten doen dat dat niet meer gebeurt', zei ik.

Toen hij weg was, werkte ik verder aan mijn roos. In een hoekje van de keuken mengde ik wat van mijn rozensuiker met gom en boetseerde een bloemblaadje. Eentje maar. Ik moest drie keer opnieuw beginnen voor de bovenkant dun genoeg was om er het kaarslicht door te zien schijnen. Toen ik het rozenblaadje voor de vlam hield, besloot ik dat ik deze roos aan Mark zou geven.

Als herinnering aan het bloemblaadje dat hij uit mijn hand genomen had tijdens een van zijn vorige bezoeken? Of zou ik hem de roos geven als herinnering aan zijn allereerste bezoek aan de suikerbakkerij?

Zijn nieuwsgierigheid had de mijne aangewakkerd. Ik zou koste wat het kost een suikerroosje maken, maar dan eentje dat voor het grootste deel zonder suiker was gemaakt. Binnenkort zou ik hem kunnen verrassen.

ꙮ

Het weer in november was een ramp. Regendruppels zorgden er zelfs af en toe voor dat het haardvuur siste. Ik lag gezellig in bed, maar kon de slaap niet vatten. Het was een ongewone dag geweest. Deze morgen bleek het geheim dat ik voor iemand bewaarde geen geheim. En 's middags had ik al een ander om te bewaren. Het mijne.

Het was Richard die me de last van het eerste geheim van de schouders nam. Hij zat naast een berg notenschelpen, gemaakt van suiker en gekleurd met kaneel. 'Goed,' zei hij, 'tijd om die aan elkaar te kleven.'

'In elke noot moet een gedicht gestopt worden', zei ik en ik wees naar een stapel papier.

Hij nam het bovenste vel van de stapel.

'Ze moeten eerst nog in tweeën gevouwen worden', voegde ik er bij wijze van hint aan toe.

'Gedichten in onze walnoten?' Hij staarde me met grote ogen aan. 'Van wie komt dat idee nu weer?'

'Van mij.'

'Van jou?'

'Ja. En?' *Van wie anders?*

Hij bekeek het gedicht dat hij in zijn hand hield. 'Wel, ja...' zei hij uiteindelijk. 'Een goede vondst.' Lachend vroeg hij vervolgens wat er mis was met de gewone vulling.

'Niets.' Anders werden zaadjes met een jasje van suiker in de notenschelpen gestopt. 'Ik wilde eens iets anders proberen. Je vindt het maar niets, ik zie het.'

'Toch wel', zei hij. Ik had de indruk dat hij naar woorden zocht. 'Ik vind het een reuze-idee. Ik vind het gewoonweg... Waarom heb je me niets verteld?'

Ik wist niet wat ik daarop moest zeggen. 'Ik zeg het je nu. Je was er waarschijnlijk niet toen ik eraan dacht om het te doen. Het is ook niet de eerste keer dat me zomaar iets te binnen schiet.'

Hij stak een hand in de lucht. *Ho maar!*

'Ze houden toch van poëzie, mag ik hopen?' Ik maakte me plots zorgen.

'Ja hoor. Zeker weten. Begrijp me niet verkeerd. Het is

een schitterend idee.' Zijn ogen gleden over de regels tekst.

'Heb jij ze geschreven?'

Ik lachte. 'Natuurlijk niet.'

'Weet ik veel. Ik kom de keuken binnen gelopen en er ligt hier plots een stapel gedichten te wachten op mij. En die? De schelpen zijn toch jouw werk?'

Ja, die had ik gemaakt. Het werkje had me twee volle dagen gekost. Twee dagen waarop Richard absoluut aan de suikersculptuur voor het paleis van Greenwich wilde werken. 'Ja. De noten zijn van mij. Maar ik schrijf geen gedichten.' Ik schreef helemaal niet. Dat wist hij nochtans.

'Van wie zijn ze dan?'

'Geen idee. Ik heb aan de *Master of Revels* gevraagd of hij me er enkele kon bezorgen. En dit zijn ze.'

Richard doorbladerde de stapel gedichten. 'Wel, hij moet het in ieder geval een heel goed idee hebben gevonden. Zo'n stapel...'

'Vandaar.' Ik knikte naar de enorme berg notenschelpen.

'Denk je dat de koning er ook enkele schreef?'

'De koning?'

'Hij neemt zijn dichtkunst heel ernstig.'

'Echt waar?'

'Zeker weten.'

Ik wist dat hij muziekstukken schreef. Dat had Mark me gezegd. Hij wist me trouwens ook te vertellen dat ze helemaal niet slecht waren.

'Maar', zei Richard, 'zij niet.'

Zij.

'Weet je het dan nog niet?' vroeg hij.

Daar gingen we weer. Ik keek hem scheef aan. Hoe zou ik wat dan ook weten? En waarom zou ik het willen weten?

Uiteraard negeerde hij mijn blik. 'Ze heeft zich in de nesten gewerkt, als je het mij vraagt.' Hij genoot zichtbaar toen hij het vertelde. 'Ze was zijn gedichten aan het voorlezen. Misschien zelfs enkele uit die stapel hier.' Hij tilde de gedichten op en hield ze voor mijn gezicht. Het begin van zijn verhaal beloofde niet veel goeds voor het vervolg. Het liefst had ik gehad dat hij ophield met vertellen.

'Terwijl ze zijn gedichten voorlas, waarschijnlijk met een hand op het hart, vervormde ze haar stem. Stel je voor.'

Dat deed ik. Jammer genoeg.

'Iedereen vond het hilarisch – Billy Brereton, Franky Weston, iedereen. En hij was er nochtans ook bij. De koning! Ze deed het' – hij pauzeerde even om de ernst van de scène te benadrukken – 'terwijl hij ernaar zat te kijken. En uiteraard kon hij haar voorstelling maar matig appreciëren. Ik bedoel, komaan, als er een iemand is die niet verdraagt dat hij het mikpunt van spot is, dan is hij het wel. Dat weet toch iedereen. Dus is hij met een uitgestreken gezicht opgestaan en heeft hij de kamer zonder nog een woord te zeggen verlaten.' Richard ging zelfvoldaan zitten. 'Niet dat ze zich eraan stoorde, hoor. Zijn vertrek maakte het alleen maar erger, zei Silvester. Daarna is ze begonnen over de manier waarop hij danst. Ook al was iedereen inmiddels gegeneerd in haar plaats.'

'Ze is niet goed bij haar hoofd', zei ik ongewild hardop.

'Al een tijdje liet ze het niet meer na om in het bijzijn van iedereen ongezouten haar mening te geven. En daar had hij al een gloeiende hekel aan. Nu gaat ze nog een stapje verder door hem zo te kleineren. Omdat ze het kan, nu ze macht en lef genoeg heeft om het te doen.'

'Als je gelukkig bent met iemand, doe je als vrouw zoiets niet', zei ik. Dit was ronduit beschamend. Ze was overmoedig geworden.

'Is ze eigenlijk ooit gelukkig geweest?' vroeg Richard zich af.

Misschien was ze altijd al roekeloos geweest. Per slot van rekening had ze de koningin buitenspel gezet. Om zoiets te doen moet je wel lef hebben. En nu dit. Het kon niet anders of dit zou zich tegen haar keren.

'Silvester beweert dat ze het ver aan het drijven is met de koning. Een week of wat geleden zei ze doodleuk tegen sir Henry dat hij toch zoveel beter gekleed liep dan de koning. Iedereen heeft het gehoord. Geen goed idee. De koning was er dan wel niet bij, maar daarom zal hij het haar niet minder kwalijk nemen als hij verneemt wat ze gezegd heeft. Integendeel. En als je iets achter zijn rug om doet... Het was sir Henry dit en sir Henry dat. Hoe elegant hij wel niet was. Helemaal anders dan de koning, die, zo zei ze het, eruitziet alsof hij opgezet is.' Richard bulderlachte. 'Wat eigenlijk niet gelogen is. Hij begint er inderdaad zo uit te zien, vind je ook niet?'

'Richard!'

'En gisteren, toen de koning een anekdote vertelde tijdens het diner, geeuwde ze ostentatief – net voor de pointe van het verhaal – en zei ze dat ze ging slapen! Als je je dat al kunt permitteren!'

Ik was niet overtuigd. 'Kan ze het zich wel permitteren?'

Hij keek me aan. 'Dat hangt ervan af hoe lang ze nog doorgaat, denk je ook niet?' En toen vroeg hij: 'Lucy?'

'Wat?'

'Het is bijna Kerstmis...'

'Nog zeven weken.'

'En jij maakt alweer gemberkoek?'

'En citroensukade. Maar die is al klaar.'

Om die te maken, had ik de schil van de citroenen in laten koken met suiker. Het was eens iets anders dan een suikersculptuur. Ook al was het bijna Kerstmis, in de keuken kon ik me altijd uitleven. Ik had ook gezoete citroenen gemaakt, een heerlijke combinatie van zoet en zuur.

'Er wordt binnenkort weer twaalf dagen lang feestgevierd. Twaalf dagen zullen de tafels weer overvol moeten staan met allerlei lekkers. Waarom maak je dan zoveel gemberkoek?'

'Omdat je het er warm van krijgt.'

'Ja. En het is goed tegen misselijkheid', zei hij. 'De koningin is zwanger.'

'Richard!'

'Hoe lang dacht je het nog verborgen te kunnen houden voor je het mij zou zeggen?'

'Ik heb het je niet gezegd.'

Hij lachte.

'Niemand mag het weten', protesteerde ik. 'Het is geheim.'

'Nee hoor', zei hij op een toontje alsof hij tegen een klein kind bezig was. 'Dat is het niet.'

'Werd het officieel aangekondigd?'

'Nee.'

Ik wist het omdat dokter Butts me was komen opzoeken. *Mevrouw Cornwallis. Ik ben dokter Butts, de arts van de koningin. Kan ik u even spreken?* Hij vroeg me of ik wist welke kruiden hielpen tegen misselijkheid. Gember dus. Hij leek blij dat te vernemen. *Prachtig. De koningin zou de volgende paar maanden zeker baat hebben bij een dieet met meer gember. Als u begrijpt wat ik bedoel.* Hij had geknipoogd en was daarna onmiddellijk weer vertrokken. Na eerst zijn vinger op zijn lippen te hebben gelegd.

'Hoe is het aan het licht gekomen?' vroeg ik.

'Hier kun je nu eenmaal niets lang geheimhouden. Als de koningin bedlegerig is, dan heeft ze verzorging nodig. Moet ze overgeven, dan zal iemand het moeten opruimen. En dan die enorme hoeveelheden gemberkoek...' Ik moet er doodsbang uit hebben gezien, want hij zei meteen dat het niet vanwege de gemberkoek was dat iedereen ervan op de hoogte was. 'Kom zeg! De gemberkoek heeft er niets mee te maken. Ze kan zelf haar mond niet houden. Zeker niet wanneer het over zoiets gaat. Ze legt voortdurend haar handen op haar buik en loopt de hele dag te glunderen.'

'Maar om het zo vroeg al rond te bazuinen...' zei ik. 'Er kan nog van alles gebeuren.' Of niet gebeuren.

'Ja,' zei hij, 'maar ze barst nu eenmaal van het zelfvertrouwen.'

Zesendertig was ze. Mijn leeftijd. Nu ik eraan dacht, mijn stiefmoeder was ook ongeveer van die leeftijd toen ze de jongens op de wereld zette. Het was mogelijk. Het was perfect mogelijk. Toen ik nog jong was, ging ik ervan uit dat ik zelf ooit op een dag kinderen zou hebben. Twee of drie dochters, babbelkousen, en een zoon. Dat dacht ik. Toen. Meisjes en een kleine broer. De meisjes zouden een witte huid en donkere, amandelvormige ogen hebben en niet snel om de tuin te leiden zijn. De jongen, blond, zou een volhardend karakter hebben. Het was duidelijk dat ik mijn inspiratie haalde bij de donkere ogen van mijn zussen en het stroblonde haar van mijn broers. Origineel. Misschien was ik gewoon gelukkig met wat ik had. Naarmate ik ouder werd, veranderde mijn dagdroom. Het werd een zorgeloos slapend baby'tje met een grappig neusje en donzige slapen.

Op een zomeravond, verleden jaar, zaten Richard en ik op de trap achter een of ander groot huis, ik weet niet meer waar. Joseph was bezig met het uitpakken van onze voorraden, samen met Kit, Stephen en Hettie. De wolken zagen eruit als gigantische dotten slagroom.

'En hoe zit het met jouw liefdesleven?'

Ik was van het landschap aan het genieten toen hij zijn

vraag stelde. Richard staarde me aan.

'Wat zeg je?'

Hij leek zich te realiseren wat hij net had gevraagd, sloeg zijn armen om zijn knieën en keek weg.

'Ik heb je niet begrepen.'

Hij zweeg en zocht duidelijk naar om zijn vraag anders te stellen. 'Wel... Waarom ben je nooit getrouwd?'

'Richard!' Zoiets vroeg je toch niet. Hij krabbelde echter niet terug en uiteindelijk besloot ik te antwoorden. Waarom ook niet? 'Ik weet het niet. Het is gewoon zo.'

'Nooit verliefd geweest?' Hij was bloedserieus.

'Richard...' Ik probeerde weigerachtig te klinken, maar gaf opnieuw antwoord op zijn vraag. 'Nee.' En ik probeerde het hem uit te leggen. 'Ik was altijd aan het werk.'

Hij lachte. Op zijn gezicht las ik ongeloof. 'Jij,' zei hij terwijl hij een streng haar achter mijn oor stak, 'hoe kun jij nu niet getrouwd zijn?'

'En jij?' vroeg ik. 'Jij hebt vast keuze genoeg.'

'Je bent een schat', zei hij.

'Waarom dan? Omdat ik geloof in jou?'

Toen Mark die middag langskwam, was hij heel ingetogen. Om een gesprek aan te kunnen knopen, vroeg ik hem of het waar was dat iedereen het wist van de koningin. Ik geloofde mijn oren niet toen ik mezelf de vraag hoorde stellen. Wat zou ik zeggen als hij me vroeg wat iedereen verondersteld werd te weten? Maar Richard was een betrouwbare bron en Mark wist wat ik bedoelde. 'Dat ze zwanger is?'

Blijkbaar was iedereen er inderdaad van op de hoogte.

Verder niets. Hij zweeg. En dat was ongewoon. Hij glimlachte zelfs niet.

'Wat denk je ervan?' vroeg ik. Ik moest wel, wilde ik het gesprek op gang houden.

Hij knikte. 'Een goede zaak.' Krachtig. Ernstig. 'Goed voor haar.'

Er viel opnieuw een korte stilte. Geen van ons zei het, maar we dachten het wel: *cruciaal*. Om het gesprek over een andere boeg te gooien, vroeg ik hem of hij ooit aan kinderen had gedacht. En hoeveel hij er zou willen. Zouden ze muzikaal aangelegd zijn?

Hij deed een beleefde poging om te glimlachen, maar bleef naar de grond staren. 'Ik word nooit vader.'

'Nee? Waarom niet?'

De glimlach bevroor op zijn gezicht. Hij kon of wilde geen antwoord geven. 'Och, ik weet het niet', zei hij uiteindelijk. 'Wie zou mij als man willen?' Hoewel hij nog altijd lachte, zag ik dat hij het meende.

'Mark, wie zou jou niet willen?' Hij mocht niet zo over zichzelf denken. Dat kon ik niet toelaten. Hij zag er niet slecht uit, was lief en eindeloos getalenteerd. En dan voelde ik dat ik bloosde, dus voegde ik er snel aan toe: 'En met al die mooie meiden hier...'

Zijn glimlach verdween en hij zuchtte. 'Ik weet het niet...' Het klonk alsof hij zich overgaf, maar dat leek alleen maar zo. Zijn blik zei genoeg. 'Dat is het nu net. Hier. Voor de mannen is het een spel. De ene leuke meid na de andere. Maar zo zit ik niet in elkaar, Lucy.'

Ik zonk weg in zijn grote, diepblauwe ogen. 'Wel,' zei ik, 'dat is toch goed?'

'Denk je?' Zijn blik hield me nog altijd vast. Hij keek nu bijna smekend.

'Ja', hoorde ik mezelf lachend zeggen. Ik lachte hem niet uit, ik lachte om de andere mannen. 'Ja', herhaalde ik. 'Ik denk van wel.'

ꕤ

Toen ik de deur opende, hoorde ik de stem van Richard. 'Eindelijk.' Waar haalde hij het lef vandaan? Wanneer hij ging eten, duurde het anders ook lang genoeg. En dan zijn getater met die honderden eensgezinde roddeltantes in de Grote Zaal. Hij knoopte zijn schort los. Op de muur achter hem zag ik zijn schaduw. Dansend in het kaarslicht. Naast hem – ik zag het nu pas – zat Mark.

Ik voelde hoe mijn hart een sprongetje maakte.

'Wat was het?' Hij doelde op het eten.

'Reiger.'

En weg was hij, met zijn lepel al in de hand.

Mark. Ik kon maar niet geloven dat hij echt was. Ook al kwam hij elke dag langs. Hij, een slanke jonge man met een zachte huid, die zomaar uit het niets kwam opgedoken om mij op te zoeken. Ik, een vrouw gekleed in een schort. Al vijfentwintig jaar. Een vrouw met wimpers die samenkleven van de suiker en vingertoppen met bruine karamelvlekken.

Ik hoorde de voetstappen van Richard wegsterven toen hij de trap op liep. Mark keek in de richting van het geluid. En dan naar mij.

'Restjes', zei ik schouderophalend en ik gebaarde dat hij moest gaan zitten. Richard kreeg dan wel twee maaltijden per dag, hij had er geen moeite mee om wat ik overliet ook naar binnen te werken. Ik at niet in de keuken, mijn eten – beter dan wat in de keukens geserveerd werd – werd naar mijn kamer gebracht. 'Hettie eet als een vogeltje. En wat Richard overlaat, is voor Kit en Stephen wanneer ze terug zijn.'

Terwijl ik het over Stephen had, merkte ik de borstel op die hij achteloos tegen een werkbank had laten staan. Mark keek zwijgend toe hoe ik hem terug in de hoek zette. 'Brengt ongeluk', zei ik.

'Ja?'

'Ja.' Soms maakte ik me zorgen om hem. 'Vegen na zonsondergang. Weten jullie mannen dan niets?'

'Blijkbaar niet.'

'Het probleem is dat het nu al in de namiddag donker wordt. En Stephen houdt daar allemaal geen rekening mee.'

Mark was een van de favorieten van de koning en hij was *mij* komen opzoeken. Hij kwam bovendien geregeld langs. Een mooie jongen, opzichtig gekleed. Een wisselkind. Een prins. En ik voelde me een koningin in zijn bijzijn. Nooit lette ik zo op mijn houding als wanneer hij er was. Ik liep op wolkjes. Sinds mijn kindertijd had ik me niet meer zo gevoeld. Mijn stap was zeker. De laatste tijd maakte ik me ook om niets nog echt zorgen. Ik was weer een jong meisje en genoot daar nu meer van dan toen. Ik vroeg me af of hij me ook zo zag. Of hij dat meisje in mij zag. Ik vroeg me af wat hij in mij zag.

Je bent zo wijs, Lucy.

Ach, wist hij maar hoe alles was veranderd.

Buiten miezerde het. Beneden kon je de gebruikelijke geluiden horen. Zware voorwerpen die werden versleept. Een harde klap van iets wat omviel, mensen die aan het werk waren. Ik deed het even rustig aan om mijn eten te laten verteren en maakte van de gelegenheid gebruik om een praatje te maken met Mark. De verloren tijd haalde ik wel in wanneer de jongens terug waren.

'Als ze je maaltijden naar je kamer brengen, zijn er dan af en toe zoetigheden bij?' vroeg hij.

'Taart en fruit?' Ik schudde mijn hoofd. 'Die zijn voorbehouden voor de secretarissen en de klerken. Niet voor de koks. Ik denk dat zelfs meneer Bricket en monsieur Doux er geen krijgen.'

'Monsieur wie?'

'Monsieur Doux.' Kon ik maar de hele dag met hem zitten kletsen en lachen. Elke dag. Geluk hoefde je niet ver te zoeken. 'Monsieur Doux is de Franse kok van de koning. Meneer Bricket is de... wel, de Engelse kok.'

'En wat doet die monsieur Doux?'

'Loopt wat Frans te wezen.' Dat was eigenlijk het enige wat ik over hem wist. 'Het moet in ieder geval iets zijn wat niet iedereen kan.'

Ik wilde hem kussen. *Praten, Lucy, dan denk je aan iets anders.*

'Ik werk met meneer Bricket. Af en toe. Dan wordt er druk vergaderd om het menu van de koning samen te stellen. Meneer Bricket, een van de artsen van de koning, lord Thomas Grey of wie er ook de maaltijden opdient op dat moment, en ik.' Ik grijnsde trots.

'Weet je wat hij vandaag gegeten heeft?'

'Nee.' En dat kon me hoegenaamd niets schelen. Ik was gefascineerd door zijn kaaklijn. Zijn hals. Misschien kon ik hem verrassen met een kus. Als ik mijn hoofd schuin hield... De enige die verrast was, was ik. Omdat ik iets voelde wat ik nooit gedacht had ooit te zullen voelen: verlangen. Ik had er lang over gedagdroomd, maar nu was het er zomaar. Heel onverwachts. Het overviel me. Mijn huid tintelde helemaal. Het was ongelooflijk.

'Zwaan', zei hij. 'Deze morgen. En daarnet zeehond.' Hij keek zelfvoldaan. En daar had hij alle reden toe. Mark van de *Privy Chamber*. In dezelfde kamer terwijl de koning eet. Ik was ongelooflijk trots in zijn plaats. Trots dat hij in zo'n goed blaadje bij de koning stond dat hij erbij aanwezig mocht zijn.

Wat als hij me nooit was komen opzoeken? Wat zou er gebeurd zijn als ik er toen net niet was geweest? Wat als hij Richard tegen het lijf was gelopen in plaats van mij? Die zou hem vast snel een of twee dingetjes getoond hebben vooraleer hij hem naar buiten werkte. Wat wel of niet gebeurde kon toch af en toe gewoon van een stom toeval afhangen. Ik wilde aan Mark vragen of hij er ook zo over dacht. Of hij besefte dat het anders had kunnen zijn. Ik wilde het vieren. Samen met hem.

'Soms ga ik een praatje maken met de tuinier als hij aan het werk is. Een Vlaming. Vriendelijke kerel. Jammer eigenlijk dat de groenten nauwelijks nog herkenbaar zijn wanneer ze op een bord liggen. Wortels en komkommers worden uitgekerfd om met de verschillende stukken een hert of wat dan ook te maken. En van radijsjes maken ze dan weer...' Hij haalde zijn schouders op.

'Sterretjes', gokte ik. 'Bloemknoppen. Roosjes.'

'En nog is er een halve bloementuin nodig om de schotels af te werken.'

'Sleutelbloemen', wist ik nog van toen ik in een andere keuken werkte.

'Viooltjes.'

'Kappertjes en olijven.'

'Weet je,' veranderde ik van onderwerp om verder te kunnen praten, 'ik was deze morgen net in de bakkerij toen ze de broden voor de honden kwamen halen.'

'De broden voor de honden?'

'Honderdentwee broden. Elke dag. Voor die windhonden.'

Hij lachte en keek me ongelovig aan. 'Dat meen je niet.'

'Toch wel. Gouden hoefijzers voor de paarden en vers brood voor de honden. Wij moeten het doen met granen. Verschrikkelijk hoe gerst tussen je tanden blijft zitten.'

Het gesprek viel dan toch stil. Ik legde mijn handen in mijn schoot. Was er nog iets wat ik kon vragen? 'Hoe vorderen de motetten?' Hij was een reeks motetten aan het schrijven voor Anna Boleyn.

'O, dat.' Hij zag er gegeneerd uit. Zoals altijd. Tegelijkertijd leek hij ook blij omdat iemand het hem vroeg. 'Gaat wel.'

Hij zei me dat zijn boek een paar van haar favoriete motetten zou bevatten en een paar die hij zelf had geschreven.

'Is het zoals woorden schrijven?'

'Een beetje.'

Richard had ons een week geleden horen praten over het boek, en toen Mark weg was had hij zich afgevraagd waarom Mark dat boek eigenlijk voor haar schreef.

'Het is een mooi gebaar', antwoordde ik.

Hij was marsepein aan het vergulden en keek zelfs niet op toen hij me vroeg: 'Zou jij een kookboek met recepten voor suikergoed schrijven voor de koning?'

'Richard toch. Dat is appelen met peren vergelijken. De koning kookt niet, maar zij speelt wel muziek.' En ik voegde eraan toe dat de koning de hele tijd geschenken kreeg. Zelfs onze schappen lagen vol met het vele fruit dat hij toegestuurd kreeg.

Zijn irritatie bereikte het peil van de mijne. 'Dat is niet hetzelfde. Ik bedoelde een geschenk waaraan je zelf hebt gewerkt. Iets persoonlijks.'

Ik zei hem dat zoiets vaak gebeurde. Men liet iets speciaal maken of men gaf iets persoonlijks weg. 'Herinner je je dat hondje nog? Voor Anna Boleyn? Dat behoorde vroeger aan iemand anders toe. Dat was een persoonlijk geschenk.'

'Hovelingen.'

Ik wist niet wat hij daarmee bedoelde.

'Mark is niet echt een hoveling.'

'Hij is een van de vertrouwelingen van de koningin', zei ik. *De koningin.*

'Dat denkt hij toch.'

Typisch Richard. Ik besloot toen wijselijk te zwijgen.

Maar toch polste ik bij Mark. 'Denk je dat ze het weet te appreciëren dat je haar jouw motetten geeft?'

Een twinkeling in zijn ogen. 'O ja. Ze is een geweldig goede muzikant.'

Hij had me verkeerd begrepen, maar ik ging er niet verder op in. Waarschijnlijk vond ze het inderdaad een leuk geschenk. Hij was altijd zo vriendelijk, zacht, gul. Wie kon daar nu aanstoot aan nemen? Als hij een cadeau voor je meebracht, dan kon je daar toch alleen maar blij mee zijn?

'Het wordt anders wel tijd dat iemand haar opbeurt.'

Richard zei dat de koning en Anna Boleyn elkaar al een tijdje niet meer spraken, terwijl ze net door het dolle heen zouden moeten zijn nu ze weer zwanger was. Ik vermoedde dat het was omdat er zoveel afhing van deze zwangerschap dat ze alle twee zo lichtgeraakt waren.

'Van muziek word je rustig', ging Mark verder. 'Het was fijn om de koning weer eens te horen zingen gisteren. Met sir Peter Carew. Het was lang geleden.'

'Mark?' Pas nu hij me verwachtingsvol aankeek, besefte ik dat ik het gesprek zou voeren dat ik al zo lang met hem wilde. Mijn instinct zei me direct te zijn. Vriendelijk, maar direct. Gewoon gaan. Niet rond de pot draaien. 'Denk je dat je hier ooit nog weggaat?'

Het verbaasde me dat hij helemaal niet verrast keek. Alsof hij die vraag verwachtte. 'Wel, weet je,' – een glimlach die er niet echt een was – 'de laatste tijd heb ik met het idee gespeeld, ja.'

Ik knikte alsof dit het antwoord was dat ik had verwacht. Maar eigenlijk kwam zijn openhartigheid aan als een klap in het gezicht. Ik voelde ook opluchting. Al bij al was ik blij dat ik het gevraagd had.

Hij had duidelijk niet veel zin om meer te zeggen, dus

besloot ik nog een stapje verder te gaan en te vragen wat al de hele tijd op mijn lippen lag: 'Zou je het erg vinden als je ergens muziekleraar zou moeten worden?'

Hij dacht na.

'Je hebt me ooit eens gezegd dat er voor jou niet meer in zou zitten. Dat klonk toen niet echt alsof je stond te springen om het te doen.' Ik lachte nerveus.

'Heb ik dat gezegd?' vroeg hij vrolijk. 'Echt? Eigenlijk zou ik soms niets liever willen. Een eenvoudig leven, ver van hier.'

'Een eenvoudig, gelukkig leven', vulde ik aan.

Hij knikte en had een dromerige blik in zijn ogen. 'Misschien. Ooit.' Hij draaide zich naar mij toe. 'Maar jij zou hier toch nooit weg willen gaan? En dit allemaal moeten achterlaten?'

Wat allemaal moeten achterlaten? Ik was niet langer nerveus. 'Toch wel', zei ik.

'Echt waar?' Zijn gezicht klaarde op.

'Ja.'

'Zou je Richard achterlaten?'

'Richard? Ja hoor.' Waarom niet? Ik had Richard alles geleerd wat er te leren viel.

Mark staarde me aan, leunend met zijn kin op één hand. Zijn elleboog op tafel.

'En zou je naar huis gaan? Naar het dorp bij de zee?'

Het dorp lag een heel eind van de zee. Ik had een andere vraag verwacht.

'Dat hangt ervan af.' Ik wilde een andere optie best in overweging nemen.

'Ja...' Hij wendde peinzend zijn blik af.

Ik besloot het erop te wagen. 'Ik ben niet te oud, Mark, om een gezin te stichten.'

Zijn ogen schoten terug. Onmiddellijk. En zijn blik

boorde zich in de mijne. 'Nee. Natuurlijk ben je dat niet.'

Die ogen... zo blauw. Hoe mooi zouden jouw kinderen wel niet zijn?

'Ik ben even oud als de koningin.' Ons persoonlijke grapje.

Hij lachte zijn tanden bloot. 'Ja. Inderdaad.'

Het bleef eventjes stil, maar dan vroeg ik: 'Zou je het zien zitten? Een leven ver van hier.' Een normaal leven. Een gezinsleven.

Hij had blijkbaar zijn adem ingehouden, want hij blies hard voor zich uit. 'Er is ondertussen een muziekboek beschikbaar, gedrukt door Wynkyn de Worde. Er zullen er nog meer volgen. Als ik les kan geven in een gezin waar ze een bibliotheek hebben, kan ik ook de nieuwste stukken inoefenen.' Vrolijk voegde hij eraan toe: 'Ik zou in ieder geval bijleren, want hier blijft het beperkt tot Fairfax en Cornish, kerkmuziek. Anderzijds...' Mijn hart sloeg een slag over. 'Voor een musicus verzinkt alles in het niet in vergelijking met het koninklijke hof van Engeland. Daarom komt iedereen hierheen: Vlamingen, Italianen, zelfs Fransen.' Zijn ogen schitterden. 'Het gerucht doet de ronde dat in Frankrijk – aan het hof – de koormeester geen noot muziek kan lezen. Zelfs niet als hij bloednuchter is.'

Ik lachte zuinig.

'De beste musici, de beste componisten, de beste leraren, allemaal komen ze hiernaartoe.' Plots veerde hij op. Hij kruiste zijn armen en ging voor het raam staan. Terwijl hij naar het donkere raam keek, zei hij: 'Weet je, Lucy, wat meneer Bricket is voor jou, dat is meneer Van Wilder voor mij. En op een dag word ik de nieuwe meneer Van Wilder.' Voor ik goed en wel doorhad wat hij bedoelde, glimlachte hij naar mij. In zijn ogen school een trieste blik. 'En ik weet wat je denkt, Lucy...'

Is dat zo?

'Je zou het fijn vinden.'

Iets wat op een lach leek, ontsnapte me. Maar ik moest me geen zorgen maken. Hij had het niet gehoord. Hij ging weer zitten. Met zijn grote ogen keek hij me aan.

'Meneer Van Wilder is verantwoordelijk voor alles. Werkelijk alles. Hij benoemt musici, bestelt de stukken, repeteert... Jarenlang al bespeelt hij het orgel in de kapel. Sinds de Italiaan er niet meer is. En ik... ik heb geen zin om dat allemaal te doen. Ik wil gewoon kunnen zingen en luit spelen.'

'En motetten schrijven.'

'En motetten schrijven.' Op zijn gezicht verscheen de glimlach weer. Hij steunde met zijn handen op de bank, spreidde zijn vingers en staarde ernaar. 'Meneer Lewes bouwt een nieuw orgel in het atelier in Bridewell.' Hij keek weer naar mij. 'Dat is het goede nieuws. Het slechte nieuws is dat ik er wel eens de volgende veertig jaar voor zou kunnen zitten.'

Ik huiverde bij de gedachte aan Mark voorovergebogen over een klavier in het eeuwige halfduister van een kapel. Bijziend, met grijs haar. Overwerkt en betweterig. Niet langer de jongen met de fluwelen blik.

'Mark, luister.' Hij knikte. Ik wilde mijn handen op zijn wangen leggen. 'Je hebt geluk. Weet je waarom?'

Hij sloot zijn ogen. 'Daar zijn verschillende redenen voor.' Vreemd genoeg had hij diep ongelukkig geklonken.

Niet rond de pot draaien, Lucy. 'Je hebt geluk omdat je weet wat je wilt. Veel mensen weten dat niet.'

Hij opende zijn ogen weer. 'Het loopt hier vol met mensen die weten wat ze willen. Daarom zijn ze hier.'

'Nee, wat zij willen is... alles.'

Er volgde een diepe zucht. 'En ik wil nog zoveel meer. Jezus, Lucy, welk leven staat me te wachten? Kan ik het wel?'

Hij sprong op. 'Het spijt me', zei hij en hij zette een stap achteruit. 'Je bent lief om zo te willen luisteren, maar ik zou je hier niet mee lastig mogen vallen. Ik vrees dat dit niet echt de gezelligste babbel ooit was. Sorry.'

Nog voor ik kon reageren, was hij alweer verdwenen.

Anna Boleyn

Nu Wolsey er niet meer was, hoefden we ons geen zorgen meer te maken om ongunstige pauselijke uitspraken. Hendrik legde ze gewoon naast zich neer. Simpel. Maar daar was Thomas More dan weer niet gelukkig mee en hij bleef er maar over doorgaan. Het werd zo erg dat Hendrik hem bijna aan de deur zette en hem zelfs duidelijk maakte dat het ontbreken van zijn handtekening op onze brief voor de paus niet onopgemerkt voorbij was gegaan. Blijkbaar was de charme van Billy niet voldoende geweest om More te overtuigen. Diens antwoord was steevast dat hij nooit een geheim had gemaakt van zijn standpunt in de kwestie van de echtscheiding. More wist heel goed dat Hendrik niet van hem verlangde dat hij zijn standpunt veranderde. Hij wilde gewoon More aan zijn kant hebben. Zijn geliefde vriend, die door iedereen werd gerespecteerd.

More was zeker competent genoeg, maar hij was geen Wolsey. Als iemand ook maar een beetje met de ellebogen werkte, zou al snel blijken dat hij plaats zou moeten ruimen. Die iemand kwam er inderdaad. In 1530. En het was iemand die bereid was werkelijk alles te doen om zijn doel te bereiken: Thomas Cromwell. Tom. Hebzuchtig, ondernemend, rijk en lid van de *Privy Council*. Hij had de knepen van het vak geleerd van zijn vroegere baas, niemand minder dan Wolsey. Cromwell beheerde vroeger zijn aardse zaken.

Cromwell met zijn varkenskop en Cranmer met zijn hondenogen. Ze pasten bij elkaar. En ook weer niet. Maar ze vormden wel een fantastisch team. Hoewel de ideeën altijd van Cromwell leken te komen; hij was de man die niet losliet wanneer hij zijn tanden in iets zette.

Ik vond Tom best een geschikte vent. Dat kan ik niet ontkennen. Ik houd van mensen die oplossingen aanreiken. Zeker als het oplossingen voor mijn problemen zijn. Zoals die echtscheiding er een was. Eigenlijk, als ik eerlijk ben, moet ik zeggen dat Tom een fijne kerel is, verstandig ook. Een eigenschap die ik altijd al wist te appreciëren in een man. Belezen en goed op de hoogte van alles. Vriendelijk en een interessante gesprekspartner. En het kon best zijn dat hij ooit de rechterhand van Wolsey was geweest, maar voor geestelijken had hij daarna nooit tijd. Toen ik hem ontmoette, was hij een veertigjarige weduwnaar. Hij had het leven ten volle geleefd; deed dat nog altijd. Zijn huis in Londen getuigde van een verfijnde smaak, zonder dat het blijk gaf van een hunkerend verlangen naar het pompeuze van een paleis. Het deed je eerder denken aan goed gezelschap en lekker eten. Een man met klasse, iemand die niet louter rijkdom nastreefde. Een man van zijn tijd.

Vlak voor hij de sterke man werd, kon je zo van zijn gezicht aflezen wat hij dacht. *Waar zijn we mee bezig?*

Ik kon hem geen ongelijk geven.

Met Thomas Cromwell aan zijn zijde liet Hendrik de vertegenwoordigers van de Kerk voor zich verschijnen. Van Canterbury tot Westminster, allemaal. Deze keer was het menens. En dat scheen helemaal niet naar hun zin. Ze waren aarzelend afgezakt naar Londen en stonden nu in vol ornaat in de audiëntiezaal. Hendrik maakte meteen duidelijk waar het hem om ging. Een schadevergoeding van honderdduizend pond voor de kosten die hij had moeten maken tijdens zijn onderhandelingen met Rome. 'En als hiermee niet ingestemd wordt, dan zou het best wel eens kunnen dat er gerechtelijke vervolgingen komen voor de samenwerking met die verrader van een Wolsey. Ben ik duidelijk genoeg?'

Meer dan genoeg. Er kwam een vriendelijk verzoek of in ruil enkele van de privileges die onlangs waren ingetrokken, weer konden worden ingesteld.

'Nu jullie het toch ter sprake brengen, nee', blafte Hendrik. 'En trouwens, ik word hoofd van de Kerk in Engeland.'

Bisschop Fisher, die nog altijd achter Catharina stond, beet van zich af toen de wet op papier werd gesteld. Een mager mannetje met een perkamenten huid dat bevend van woede zijn standpunt verdedigde. Ik kan het me zo voorstellen. Het parlement, in paniek, voegde er een zinnetje aan toe. *Voor zover de wet van God dit toelaat.* Geen probleem, er was toch geen kat die wist hoever dat was.

Toen de clerus uiteindelijk gevraagd werd of er nog bedenkingen waren, durfde niemand een woord te zeggen. Algemene stilte. Uiteindelijk was het Warham, de aartsbisschop van Canterbury, die het woord nam. 'Dan beschouwen we dit als goedgekeurd.'

En dus hadden we ons doel bereikt. Toch leek niemand echt door het dolle heen. Ook Hendrik niet. Hij zou pas tevreden zijn als hij wist dat het volk zijn beslissing steunde. Hij was dan wel koning, hij wilde absoluut de goedkeuring van het volk. En dan vooral die van More. Op diens gedrag viel niets aan te merken. Hij verscheen tijdens de zittingen van het parlement en zette, zoals dat van hem vereist werd, de standpunten van Hendrik uiteen. Wanneer iemand hem naar zijn persoonlijke mening vroeg, dan antwoordde hij: 'Die is u allen welbekend.' Tijdens de dagen die volgden, vermeed hij zijn vriend Chapuys. De vertegenwoordiger van de keizer was de laatste persoon die hij wilde zien. Uiteindelijk is Chapuys er toch in geslaagd uit te vissen waar hij More kon vinden. Uit goede bron heb ik vernomen dat deze hem toen gevraagd zou hebben om toch enig begrip aan de dag te leggen.

Ik had het in ieder geval goed begrepen. More was op zijn post gebleven, hoewel hij eigenlijk liever zijn ontslag had ingediend. Waarom? Heel eenvoudig. Hij en zijn aanhangers dachten waarschijnlijk dat ze veel meer konden bereiken door van binnenuit te werken. Door te blijven. Zijn vriendelijke zelfbeheersing was geen instemming. Het was tactiek. Hendrik hield van More. En ondanks hun meningsverschillen vertrouwde hij hem. Meer dan alle anderen die me ooit hadden gekleineerd. Met andere woorden, als er iemand was die de situatie weer recht kon trekken, of de schade beperken, dan was More het. Zo moeten mijn vijanden erover hebben gedacht. Hij zou Hendrik vast weer op het rechte pad krijgen. Wat mij altijd is blijven verwonderen, is dat die zogezegd intelligente en wereldwijze mannen mij toen zo hebben onderschat.

Jammer dat bisschop Fisher zijn verontwaardiging niet voor zich had gehouden. Had hij maar het voorbeeld van Mores schijnbare fatsoen gevolgd, dan zouden zijn naasten nu nog geleefd hebben. Iemand had aanstoot genomen aan Fishers woorden, want een week of zo na zijn uiteenzetting in het parlement werd bij hem thuis gif gemengd in de soep. Zeven doden. De bisschop – die steeds genoegen nam met een kleine portie – is toen alleen maar zwaar ziek geweest.

Kwade tongen beweren dat ik achter de aanslag zat. Wel, dat ze het dan bewijzen. Stel dat ik de opdracht gaf, zou ik mijn slag dan niet eerder slaan in de keuken van iemand anders? Die van Catharina bijvoorbeeld?

In het geval van Fisher was het de kok geweest die het giftige poeder in de soep had gemengd. Maar tot op vandaag weet niemand in opdracht van wie hij dat deed. Hendrik is bang om ooit ziek te worden en hij heeft een heilige schrik om te worden vergiftigd. Omdat de dader heel eenvoudig en snel kan toeslaan. En omdat de dader zowat iedereen kan zijn. Zijn theorie werd bewezen door de daad van Fishers kok. Als de kok van een bisschop al een gifmenger bleek, wie viel er dan nog te vertrouwen? Volgens Hendrik kon geen straf zwaar genoeg zijn. Behalve een. In een vlaag van inspiratie veroordeelde hij de kok tot de dood door hem in Smithfield in een vat met kokende olie te laten zakken.

Wat mij betreft waren er zeker nog die zijn lot mochten delen. Het was een troost dat die niet alleen mij een kwaad hart toedroegen. De meesten hadden ook een hekel aan Tom. Enkelen haatten zelfs elkaar. Oom Norfolk en zijn oude makker Charlie, bijvoorbeeld, die van de ene dag op de andere hopeloos met elkaar overhooplagen. Niemand begreep wat eigenlijk het achterliggende probleem van hun vete was. Misschien hadden ze nooit samen aan het hoofd van de Raad mogen staan. Het was niet de eerste keer dat de beste vrienden elkaars grootste vijanden werden.

Ik ben nooit zo naïef geweest te denken dat iemand altijd mijn kant zou blijven kiezen omdat we bloedverwanten zijn. Het was dus geen verrassing voor mij toen mijn neef Nick plots mijn gezelschap begon te mijden. Hij bracht meer en meer tijd door met die jongen van de Nevilles. Blijkbaar had hij de kant gekozen van die lugubere oude families: de Nevilles, de Staffords, de Poles. Families voor wie de paus nooit alleen maar bisschop van Rome zou zijn, wat volgens Hendrik en mij wel het geval was. Engelse families die er niet aan mochten denken de Bijbel ooit in het Engels te moeten lezen.

Was ik gekwetst door Nicks houding? Het was een schok, maar die duurde niet lang. Wat stelde hij per slot van rekening voor? Nick Carewe was niet belangrijk. Bovendien zou ik binnenkort koningin zijn. Uiteraard zou ik er de voorkeur aan gegeven hebben geliefd te zijn. Dat zou alles zoveel gemakkelijker hebben gemaakt. Maar goed, als zij niet wilden inzien wat ik voor het land betekende, dan was dat hun probleem. Niet het mijne.

Dat is het verschil tussen Hendrik en mij. Een ervan. Hij hecht belang aan wat anderen over hem denken. Ik niet. Als je daar je tijd aan moet spenderen... En trouwens, mensen zijn toch wispelturig. Dus wat voor nut heeft het je er druk over te maken? En nog iets, Hendrik heeft snel het gevoel dat je hem verkeerd begrijpt. Ik heb daar niet echt problemen mee. Als er iets is wat ik goed kan, dan is dat mezelf duidelijk maken.

Neem nu sir Henry Guildford, de toenmalige *Controller of the Household*. Waarover onze laatste woordenwisseling precies ging, weet ik niet meer. En dat doet er ook niet toe. Guildford stak niet onder stoelen of banken dat hij niets van me moest hebben. Zijn minachtende blik sprak boekdelen. Aangezien ik binnenkort koningin zou worden, kon ik zijn insubordinatie niet tolereren. Ik meen mij te herinneren dat onze laatste discussie over het lawaai van de verbouwingen ging. Daar gingen onze woordenwisselingen wel vaker over. Ik wist best dat sir Henry Guildford niet verantwoordelijk was voor de verbouwingen, maar aangezien hij *controller* was, zal hij wel geweten hebben wie dat wel was. Ik deed mijn beklag en zijn antwoord was – zoals altijd – totaal ongepast.

'Waarom ben je altijd zo met mij? Word je het niet stilaan moe?'

Hij fronste zijn wenkbrauwen en keek me aan met een

koele blik. 'Ben ik hoe?'

Ik deed alsof ik het juiste woord zocht om hem niet te schofferen. 'Wel, laten we het houden op *niet bijster hulpvaardig*.'

Hij sperde zijn ogen helemaal open. 'Als mijn werk je niet bevalt, dan moet je dat maar met de koning bespreken.' Nog even en hij had 'of de koningin' gezegd. Ik denk dat hij het niet deed omdat ze er niet was. Catharina was op bezoek bij dat onnozele kind van haar.

'Luister,' zei ik, 'zodra ik het voor het zeggen heb, kun je opkrassen.'

Hij kruiste zijn armen en gebaarde met zijn kin in mijn richting. 'Ik bespaar je de moeite. Ik dien mijn ontslag in.'

Het laatste dat we van hem hoorden, was de ongelooflijke klap waarmee hij de deur dichtsloeg.

Het was niet de eerste keer dat iemand in mijn bijzijn een deur dichtsloeg. Tante Liz was er een kei in en Charlie kon er ook wat van. Oom Norfolk sloeg de deur zowat uit haar hengsels, telkens als ik volgens hem niet leek in te schatten hoe belangrijk zijn mededelingen wel waren. De Norfolks en de Suffolks slaan nu eenmaal met deuren. Maar Guildford? Die oervervelende vent? Hij? Met een deur slaan? Ontslag nemen? Daar had ik geen rekening mee gehouden. Niemand blijkbaar. Toen hij weg was, vulde de kamer zich dan ook met iets wat ik maar al te goed kende: opwinding.

'Goed zo', zei ik snel. 'Opgeruimd staat netjes.' En ik ging weer zitten. Ik leunde achteruit en kruiste mijn enkels. Opdracht volbracht.

Hendrik zal binnen enkele minuten geweten hebben wat er was gebeurd, maar blijkbaar was hij eerst met Guildford gaan praten voor hij bij mij langskwam, want het duurde een halfuur voor hij er was. De uitdrukking op zijn gezicht was er een van bezorgdheid en vermoeidheid. Zo zag ik hem wel vaker de laatste tijd. Ik werd er zelf moe van. Hij hurkte naast mijn stoel, legde zijn hand op mijn arm en fluisterde: 'Anna, hoe kon je?'

Onwetendheid veinzen had totaal geen zin. Ik was tenslotte Guildford niet met zijn 'Ben ik hoe?' 'Weet je wat hij heeft gezegd?'

Hij liet zijn hoofd op zijn borst zakken, zoals hij deed wanneer hij nadacht. 'Niet veel, als ik het mag geloven.'

Geloven? Het ging mij vooral om wat hij niet had gezegd. 'Het is zijn attitude', snauwde ik. 'Hij is gewoon een moeilijke vent.'

'Anna,' – hij fluisterde nog altijd – 'dat niet iedereen ons huwelijk toejuicht, is toch niets nieuws voor ons? Als je nu gewoon...' Hij streelde mijn hand. 'Ik bedoel maar dat het voor iedereen moeilijke tijden zijn.'

'Vertel mij wat.'

Hij lachte. 'Ik weet het. Maar als je nu eens bepaalde mensen ontweek in plaats van...'

Ik draaide in mijn stoel zodat ik recht tegenover hem kwam te zitten. 'Hendrik, als we die kleingeestigheid voortdurend door de vingers zien, houdt het nooit op. Ze hebben jaren de tijd gehad om eraan te wennen en er is niets veranderd. Het is beter hun te tonen wie het hier voor het zeggen heeft.'

Hendriks knieën kraakten toen hij opstond.

'Ik durf te wedden dat hij zijn ontslag weer heeft ingetrokken.'

'Nee. Toch niet.'

'Ook goed. Het was toch een nietsnut.'

'Je hebt gelijk', zei Hendrik, maar hij was niet overtuigd.

'Wel, dan rest me niets anders dan een vervanger te zoeken.'

Ik kon maar niet begrijpen waarom Hendrik per se wilde

dat iedereen achter hem stond. Als hij het Hoofd was van de Kerk in Engeland, waarom kon hij dan zijn huwelijk niet ongeldig laten verklaren? Het was een staatszaak. Zo noemde hij het. 'Het is niet zo dat wie het luidst roept vanzelf gelijk krijgt. Deze situatie moet met de nodige omzichtigheid benaderd worden.' Soms mompelde hij: 'Als we maar een manier vonden om haar te overtuigen haar vraag aan Rome in te trekken...'

Dat zou ze toch nooit doen.

Of: 'Kon ze maar met iets instemmen. Om het even wat.'

Het bleef maar duren. Puur tijdverlies. Tijd die ik niet had.

Ik heb nooit spijt gehad van eender welke confrontatie of wat ik ooit zei over iemand die ik verachtte. Ook niet dat ik mij liet ontvallen dat ik Catharina het liefst aan een touw zou zien bungelen en dat een goede Spanjaard er een is die op de bodem van de zee ligt. Eén ding krijg ik echter maar niet uit mijn gedachten tijdens mijn laatste dagen. Een grap die ik uithaalde met Billy tijdens een picknick in het park van Windsor. Hendrik en ik waren die morgen opgestaan met een heerlijk lentegevoel. Het zou een mooie dag worden. Net alsof de hemel pas was geverfd. Ideaal voor een picknick. Dus zei Hendrik dat we buiten zouden eten, en halfweg de middag stonden ze er. Vier tafels met prachtig tafellinnen, volgestouwd met een schitterend zilveren servies, roze en oranjegeel suikergoed, rozenrode snoepjes die eruitzagen als parels en gekruide marmelades. In het midden stond een spectaculaire suikersculptuur van een zwaan.

Zelfs Tom is toen langsgekomen. Ook hij was in een goed humeur. En hij werkte de ene lekkernij na de andere naar binnen. Daarna ging hij languit in het gras liggen om te tonen hoe moe hij wel was na alweer een dag hard werken.

Het was op die dag dat ik voor het eerst Mark Smeaton opmerkte. Wanneer de muzikanten even pauzeerden, bleef hij verder spelen. Ik weet niet waarom en ik weet ook niet of iemand hem gevraagd had te blijven, maar hij paste op de ene of de andere manier wel bij de sfeer met zijn bleke huid en zijn donkere haar.

De hele namiddag bleven we zitten in de schaduw van enkele eiken, waarvan de kruinen werden gestreeld door een zachte lentewind. Tot de laatste zonnestralen de hemel verlichtten. Dat was ongeveer het moment dat ik had uitgekozen om nog eens halfzuchtend en halfjammerend aan Hendrik te vragen waarom hij nog altijd niet gescheiden was.

Zacht kuste hij me op de neus. 'Wat ben jij toch ongeduldig.'

'Dertig. Dat ben ik. En iedereen weet ondertussen wel dat ik voorbestemd ben om de jouwe te worden. Met andere woorden, de mannen staan niet in een rijtje te wachten tot je me aan de deur zet.'

Hij overdekte mijn haar met kussen. 'Dat doe ik nooit. Dat weet je best.'

'Tenzij je Billy meetelt.'

Billy zat met gekruiste benen voor ons en keek op. Van alle jongens was Billy met zijn blonde lokken de mooiste. Met grote ogen keek hij ons vragend aan. Hij had duidelijk niet gehoord wat ik had gezegd en, zoals dat mijn bedoeling was geweest, lachten we om zijn onschuld. Hij glimlachte. Sommigen zeiden dat hij iets kwajongensachtigs had wanneer hij lachte, maar het was pure onschuld. Ik zie hem nog altijd voor me zoals hij daar toen zat. Levend en wel. Zou hij dat nog zijn als ik die opmerking niet had gemaakt?

In juli, vijf jaar geleden, deed hij het toch. Hendrik liet Hare Verleptheid staan. Na al die tijd. Vier jaar lang hadden we haar op sleeptouw genomen. Ze ging overal mee naartoe, maar trok zich altijd in haar vertrekken terug. Aan het hof was ze de koningin, thuis de echtgenote. Hendrik zocht haar alleen op om te praten over de ongeldigverklaring. Maar ze heeft er nooit mee willen instemmen. Eerder dat jaar hadden we heel even een kans op slagen gehad, toen die lijkwitte dochter van haar weer een van haar ingebeelde ziektes had en aan haar bed gekluisterd lag. Catharina had aan Hendrik gevraagd of Hare Ziekelijkheid bij ons verzorgd mocht worden. 'Waarom ga jij niet naar haar toe?' vroeg Hendrik. 'En blijf gerust bij haar.'

Catharina sloeg haar ogen neer. 'O nee,' fluisterde ze, 'ik zou je nooit verlaten.' Jammer genoeg had men haar goed ingelicht. Als ze bij Mary introk, zou dat beschouwd worden als een feitelijke scheiding.

In maart sloot hij dan toch een compromis. Mary werd in Richmond ondergebracht en haar moeder haastte er zich naartoe om haar te verzorgen. In mei ging Hendrik nog een stap verder en besloot hij gezinnetje te spelen. Mary, die weer helemaal beter was, kwam naar Windsor. Ze had een kleurloos gezicht, knieën met eeltplekken van het bidden en sprak beter Latijn dan Engels. Een volstrekt nutteloos wicht. Maar ze wist nu tenminste hoe de vork in de steel zat. Hier zou ze zien dat de wereld veranderd was en dat zij en haar moeder verleden tijd waren. Fijn vond ze het allerminst. Zoveel was duidelijk. Maar ze moest vroeg of laat toch weten waar ze stond? Of niet soms?

Midden juli heeft Hendrik haar voorgoed verlaten. We waren die dag vroeg vertrokken uit Windsor om naar Woodstock te gaan, zonder het haar te zeggen. Uiteindelijk was het heel eenvoudig geweest. Het was gebeurd! Er was een bericht achtergelaten dat ze binnen een maand uit Windsor moest vertrekken. We waren nog maar net vertrokken of ze had al een boodschapper achter ons aan gestuurd, die ons 's avonds inhaalde. Hij durfde me niet aan te kijken en rammelde zijn bericht voor Hendrik af. De essentie was dat de koningin het jammer vond dat ze geen afscheid had kunnen nemen en dat ze ons het allerbeste toewenste. Maar Hendrik wilde het niet horen. 'Ik hoef haar wensen niet!' brulde hij.

De jongen was uitgeput en zijn benen hadden getrild toen hij knielde. Nu was het de beurt aan zijn onderlip, maar daar stoorde Hendrik zich allerminst aan. 'Ik wil niets meer van haar horen! Nooit meer! Het is gedaan. Luister eens goed, jij. Ik wil je hier nooit meer zien! Begrepen?' Hij waaierde met zijn hand alsof hij een vervelend insect wegjoeg. Terwijl de jongen achteruit wegkrabbelde, donderde Hendrik: 'En zeg haar dat ze tegen midden augustus moet zorgen dat ze daar weg is.' Hij blafte nog een ongewoon bevel naar de deurwachters: 'Gooi hem eruit!'

Ze maakten er een hele vertoning van. Maar dat was alles wat het was. Een vertoning. Ze zullen er achteraf wel voor gezorgd hebben dat hij iets te eten kreeg en een plaats om de nacht door te brengen. Ze waren geen beesten.

Als Hendrik haar dan toch niet meer wilde zien, moest iemand anders maar op haar inpraten om haar te doen afzien van haar zaak. De meesten hadden dat sowieso al gedaan. Iedereen, ook Wolsey, had minstens één weinig benijdenswaardig gesprek met Hare Weerbarstigheid achter de rug. Naast vele edellieden was ook mijn oom Norfolk eerder dat jaar bij haar langs geweest. Nadien was hij verslag komen uitbrengen bij mij. 'Je moet erbij geweest zijn om het te geloven. Ze zou nog liever branden. Echt waar.'

'Liever dan mij te geven wat ik wil?' Ik kon mijn oren niet

geloven. Het was belachelijk.

Zijn ogen schitterden. 'Liever dan toe te geven dat haar leven tot nu toe een grote leugen is geweest.'

Ik was ook getuige van bewondering voor Catharina. Mijn neef Nick had het over de kracht van haar 'geloof'. Niemand had het ooit over mijn geloof gehad. Niemand had ooit op die manier gesproken over de jaren die ik had opgeofferd. Maar de koppigheid van die Spaanse koe zag iedereen als geloof.

Verdere pogingen werden ondernomen nadat ze Windsor had geruild voor Easthampstead. Uiteindelijk trok Charlie Brandon het kortste strootje voor het ultieme gesprek. Waarna hij bij Hendrik verslag diende uit te brengen. Hij treuzelde toen hem een stoel aangeboden werd. Uiteraard... Hij knikte naar mij. Niet dat hij mij een blijk van erkenning wilde geven, maar hij hield tenminste de schijn hoog. Zijn vrouw deed zelfs dat niet. En die had koninklijk bloed. Hij zei niets, wat zijn manier was om ons duidelijk te maken dat het slecht nieuws was. Ik was niet verrast. Helemaal niet. Maar toch was ik ontgoocheld. Hendrik steunde met zijn ellebogen op tafel, kruiste zijn vingers en hield zijn handen voor zijn voorhoofd. Toen nam Charlie het woord. 'Eerlijk gezegd,' zei hij tegen Hendrik, die zijn gezicht verborg, 'denk ik dat ze je blijft gehoorzamen zolang het haar verbond dat ze denkt te hebben met de twee hogere machten niet schaadt.'

Hendrik keek hem vermoeid aan. 'Laat me raden, de paus en de keizer.'

Charlie schudde zijn hoofd. 'God en haar geweten.'

Hendrik rondde de scheiding van tafel en bed af door haar onder te brengen in The More, een elegante bouwval die ooit aan Wolsey had toebehoord.

Daar zat ze dan, comfortabel geïnstalleerd met een paar

honderd personeelsleden. Het jaar vorderde en in november verscheen ze een laatste keer in het openbaar als koningin tijdens een banket in Holborn. Hendrik was er ook, zij het in een afzonderlijke hal. Hij heeft haar zelfs niet even ontmoet. Met Kerstmis stuurde ze hem een geschenk, een gegraveerde gouden beker, die hij prompt terug liet sturen.

Op nieuwjaarsdag 1532 nam ik eindelijk mijn intrek in de vertrekken die vroeger bewoond werden door de Spaanse martelares. Een vreemde ervaring. Het zicht op de rivier was anders dan dat waar ik de laatste jaren aan gewend was geraakt. Ik bevond mij op een ander punt ten opzichte van de rivier en mijn kamers lagen nu een verdieping hoger. Het was jaren geleden dat ik nog door deze ramen had gekeken. Toen ik nog een van de hofdames van Hare Heiligheid was en de dagen dagdromend doorbracht, denkend aan Hever of Harry Percy. Catharina verbleef graag in Greenwich, vooral omdat haar vertrekken op wandelafstand – of in haar geval waggelafstand – lagen van haar geliefde broeders van het Observatory. Ik vraag me af hoeveel keer ik die wandeling maakte met haar. En hoeveel keer ik uitvluchten verzon om geen uren achter Hare Lijvigheid op mijn knieën te hoeven zitten bidden. Ze hoopte begraven te worden in het Observatory. Pech gehad. Ze woonde niet langer meer in Greenwich.

Die eerste dag miste ik mijn oude verblijf. Ik had er zoveel leuke momenten beleefd. Mijn nieuwe vertrekken deden me te veel aan haar denken. Zij had hier al die jaren gewoond. Maar daar ging het niet om. Of ik mijn nieuwe vertrekken nu wel of niet graag zag, deed er niet toe. Ik moest stilaan beginnen met de voorbereidingen, wilde ik mijn taak als koningin opnemen. Uiteraard ging Hendrik akkoord en hij huurde nieuw personeel in om mij daarin bij te staan. Ik zag die dag zoveel nieuwe gezichten dat het mij toen onmogelijk scheen ooit iedereen bij naam te kennen. Die eerste dag in Greenwich voelde ik me alsof ik ronddobberde op een vlot, ergens op zee.

Maar Hendrik snelde me te hulp. Hij kwam bij mij wonen. Binnen een paar dagen waren mijn vertrekken onze vertrekken geworden. En al snel hadden we genoeg aan enkele kamers. We sloten de tussendeuren van de andere vertrekken, zodat we maar een beperkt aantal personeelsleden om ons heen hadden. We waren thuis. Voor de allereerste keer. Hendrik had het druk. Samen met Tom bestuurde hij het land. Maar dat deed hij van huis uit. De tafels en de vloeren van mijn vertrekken lagen vol met allerlei documenten. Tom had er geen enkel probleem mee. Zolang hij maar kon werken. Voor hem was dat het enige wat echt telde. Ze schreven een wetsontwerp dat moest leiden tot een verdere belemmering van de relatie van de Kerk met Rome. Nieuwe bisschoppen zouden geen belastinggeld meer doneren aan de Heilige Stoel. Hendrik had in Tom een goede leermeester gevonden. In februari begon hij meer en meer zijn opwachting te maken in Westminster en dat bleef hij doen tot over de wet gestemd was.

Toen hij na de eerste zitting terugkwam – te vroeg – was ik net een jurk aan het passen. Ik had meneer Matte gevraagd langs te komen om me te helpen. Hendrik kwam binnen en zag me staan, gekleed in een fluwelen jurk met goudborduursel. Hij was de hele dag met staatszaken bezig geweest en ik zuchtte gespeeld: 'Het leven van een vrouw kan soms knap lastig zijn.' Het had gewerkt. Op zijn gezicht verscheen een glimlach en hij gaf me zelfs een complimentje. Hij vond dat de jurk mijn figuur alle eer aandeed.

'Jaja... Hoe ging het er in Westminster aan toe?'

'Luidruchtig.'

Toen hij de derde keer naar Westminster ging, voerde hij

een nieuwe manier van werken in. Vanaf die dag moest iedereen opstaan wanneer de stemmen werden geteld. De ja's gingen aan de ene kant van de zaal staan en de nees aan de andere. Het werkte perfect.

Des te beter, want Tom was alweer met iets anders bezig, iets wat stukken gevoeliger lag. Hij vroeg zich af of de Kerk een betrouwbaar oordeel kon vellen in zaken van ketterij. Uiteraard niet. Wie gezond van geest was, zou dat alleen maar beamen. De Kerk was vermoedelijk de allerlaatste partij die men kon vertrouwen in zaken die betrekking hadden op zogezegde afvalligen. Verleden jaar nog werd het testament van iemand als ketters bestempeld omdat het niet toeliet dat enkele geldzuchtige priesters hun deel van de koek kregen. Het lichaam van de overledene werd opgegraven om te worden verbrand. Op die manier hoopte de Kerk dus de harten van het Engelse volk terug te winnen. De man, William Tracy, had een verwarde, angstige jongen achtergelaten, Richard. Ik nodigde hem uit om naar Greenwich te komen. Ik zou voor hem doen wat ik kon. Mijn interesse voor Richard was niet louter uit menslievendheid. Ze was ook bedoeld als signaal aan de Kerk: stop met die barbaarse praktijken. En hoe reageerde de Kerk? Door die boodschap te negeren. Zelfs toen Tom de kwestie van de kerkelijke rechtbanken opwierp – misschien juist daarom – werd de man die de weduwe van Simon Fish het jawoord gaf, verbrand te Smithfield. Mensen werden nu blijkbaar niet alleen tot de brandstapel veroordeeld voor het stellen van vragen en het lezen van boeken. Ook het feit dat je bepaalde personen wel of niet kende, kon het verschil maken tussen leven en dood.

Toen het Pasen werd, was de chaos zelfs merkbaar in de kapel van het paleis van Greenwich. Peto, die aan het hoofd stond van Catharina's geliefde Observanten, had het lef een preek af te steken die rechtstreeks tegen Hendrik gericht was. Als hij zijn plannen doorzette, zou hem hetzelfde lot wachten als Achab. Zijn bloed zou worden opgelikt door de honden. We bleven zitten terwijl hij sprak. Het was nog altijd een preek. We luisterden zonder te verpinken. Ik staarde naar Peto, in stilte wensend dat hij mijn blik zou kruisen. Uiteraard zorgde hij ervoor dat zoiets niet gebeurde. Belachelijke vent, met zijn verachtelijke ideeën over vrouwen. Helemaal opgefokt in zijn preekgestoelte. Ik suste mezelf met de gedachte dat zodra hij een voet op de begane grond zette, wij hem te grazen zouden nemen.

Maar dat deden we niet. Het was niets om ons druk over te maken, vond Hendrik. 'Gewoon een melodramatische oude broeder', zei hij. Dat had hij gedacht. 'Geen geloof aan hechten', vervolgde hij. Het was absurd. Een vertegenwoordiger van God had mij tijdens de misviering vergeleken met Jezebel. Hendrik strafte hem. 'Hij blijft in Lambeth Palace tot ik vind dat hij er lang genoeg is gebleven.' Ik dacht aan mijn vader, die ons ook altijd op die manier strafte toen we klein waren. *In de hoek! En je blijft daar staan! Denk maar eens na over wat je hebt gedaan!*

Plots leek het best grappig.

En dat was het de volgende zondag ook. Een van Peto's broeders vond dat hij nog wat olie op het vuur moest gieten, maar hij werd onderbroken. Door een van de andere broeders die het lef had te veronderstellen dat hij met zijn tussenkomst Hendrik een gunst bewees. 'Wanneer het kind geboren wordt uit overspel,' riep hij, 'kan er geen sprake zijn van erfopvolging. Wie er toch mee instemt, verloochent de Heer!'

'Je verdient het in een dichtgenaaide zak in de Theems gegooid te worden!' riep iemand vanuit de kerkbanken. We draaiden ons allen om en zagen dat het Essex was.

'Ik twijfel er niet aan dat u met uw dreigementen indruk maakt op bepaalde mensen,' antwoordde de broeder, 'maar mag ik u erop wijzen dat, ook al worden wij in een zak in de Theems gegooid, wij broeders evengoed in de hemel komen?'

Achter de schermen deed Thomas More ondertussen zijn uiterste best om de nodige steun te vinden om te stemmen tegen de volgende stap van Hendrik. En dat deed hij door te doen wat die broeder had gedaan: door te beweren dat de koning hun later dankbaar zou zijn. Alsof Hendrik niet wist wat hij deed. More gedroeg zich als een snob. *Wie zijn wij? Wie zijn wij in vergelijking met een duizendjarig pausdom?* Hij dacht niet meer rationeel. Geloofde hij nu echt dat om mijn persoontje het pad geëffend zou worden voor de ongelovige? Dat dit het einde van de beschaving betekende? Hij ging zo op in zijn antiketterse schrijfsels dat hij niet meer at en sliep. Hij redeneerde niet meer als een normaal mens.

Ik zweeg tegen Hendrik. Ik hoefde ook niets te zeggen. Thomas More was het noorden kwijt en dat zou Hendrik snel genoeg zelf beseffen. Toen het parlement na het paasreces opnieuw bijeenkwam, handelde Hendrik in enkele dagen tijd de kerkelijke kwestie af. Na al die jaren waren we er eindelijk. George vertelde me dat Hendrik eerst de eed voorlas die prelaten aflegden wanneer ze hun ambt opnamen. 'Zie je wat ik bedoel?' vroeg hij aan het parlement. 'Ze zijn maar voor de helft onze onderdanen.' Je kunt nu eenmaal niet twee meesters dienen, een paus en een koning. Thomas More, die aanvoelde dat hij de slag aan het verliezen was, nam het woord. Hendrik mocht eenvoudigweg niet de bevoegdheid krijgen om bisschoppen te beletten arrestaties van ketters uit te voeren. Wat More echt wilde, was de bevoegdheid om zelf ketters te arresteren. In alle lagen van de bevolking. Hij deed zich voor als de expert op het vlak van ketterij en steunde daarvoor op de honderden, duizenden woorden die hij over het onderwerp had neergepend. Als hij zijn zin kreeg, hoeveel lijken zou hij dan niet opgraven?

Hendriks ontgoocheling in More zette een domper op de overwinning die er een week later kwam. De Kerk had zich overgegeven. Vanaf nu moest de koning instemmen met elke kerkelijke wet. Eén meester, iemand die kennis van zaken had: de koning. Het was zoals het moest zijn. Zoals het altijd al had moeten zijn. Diezelfde dag kwam More naar Whitehall om zijn ontslag in te dienen. Toen de deurwachter meldde dat More was aangekomen, antwoordde Hendrik dat deze hem moest komen opzoeken in de tuin. Hij zei geen woord en gunde me geen blik toen hij de kamer verliet. Ik liep naar een van de ramen en wachtte. Niets. Toen ik mij naar de andere vleugel haastte en naar buiten keek, zag ik hem bij een zonnewijzer staan. More kwam aangelopen, maar Hendrik begroette hem niet tot hij een buiging had gemaakt. More overhandigde hem iets – het grootzegel vernam ik achteraf – en maakte een tweede buiging, voor hij zich omdraaide en vertrok. Uiteraard heb ik niet gehoord wat ze zeiden. Ik ben ervan overtuigd dat het niet veel zal geweest zijn. Als er al iets werd gezegd.

Toen kreeg ik nog koude rillingen van Hendriks stilzwijgen. Maar nu ik hier zit, omgeven door niets dan een dodelijke stilte, besef ik hoe onheilspellend zijn weigering om een woord te zeggen wel was. Tot dan toe was Hendrik altijd een spraakwaterval geweest. Hij praatte graag. Roddels, vertrouwelijke gesprekken, debatten... Er was niemand met wie hij niet wilde praten. Lange geanimeerde gesprekken of een vriendschappelijk praatje. Van Chapuys tot gewone mensen van het volk die hem kwamen vragen een oordeel te vellen in hun geschillen. Door met de partijen te spreken, slaagde hij erin ze weer te verzoenen. Ook met Catharina had hij jarenlang geprobeerd tot een oplossing te komen door met haar te praten. Hoewel ik vond dat hij veel te veel geduld aan de dag legde en zijn manier van doen met Catharina me razend maakte, was ik tegelijkertijd ontroerd door zijn rotsvaste overtuiging dat voor alles een oplossing te vinden was, als je maar bereid was erover te praten. Vooral als je wist hoe hij was opgevoed. Zijn vader had nooit echt met hem gepraat. Behalve dan om hem terecht te wijzen of om bevelen te blaffen. Maar door zijn geloof in de mens en zijn gulheid had hij zijn vader overklast.

Hendrik en More hadden elkaar alles gezegd wat er te zeggen viel. Ik zag toen niet in wat de gevolgen zouden zijn van hun laatste ontmoeting, maar ik voelde wel mee met Hendrik. Het werd stilaan een gewoonte dat hij vroeg of laat de degens moest kruisen met zijn vertrouwelingen: zijn ex-vrouw en haar dwaze dochter die als morele overwinnaars uit de arena waren gestapt, die ijdeltuit van een zus van hem en haar immer koelbloedige echtgenoot... Maar dit was een harde klap. More was zijn mentor geweest.

We hebben er niet meer over gepraat tot 's avonds. En dan nog bleef het bij een vage verwijzing. Naar de dansende koppels kijkend, nam ik zijn hand vast en leunde in zijn richting. 'Niet iedereen is sterk genoeg om veranderingen tot een goed einde te brengen', fluisterde ik. Het was niet mijn bedoeling om More de grond in te boren. En het was ook geen vleierij. Het was ook de waarheid niet. Want Hendrik was niet sterk genoeg; niet zonder More en mij. Maar toch was hij bereid ermee door te gaan. Veranderingen doorvoeren, ook al zou hij er een dure prijs voor betalen. Dat had ik begrepen toen ik hem die middag door het raam had gadegeslagen. Ik voelde me week worden. 'Het spijt me', zei ik en ik streelde zijn oorlelletje met mijn lippen.

'Het is het waard', luidde zijn antwoord.

'Ben je daar nog altijd van overtuigd?' Ik was niet aan het vissen naar wat hij echt dacht. Het was een gemeende vraag. Ik was onder de indruk van wat ik had zien gebeuren.

Hij legde zijn arm om me heen en woelde met zijn neus en kin door mijn haar. 'Meer dan ooit.' Ik draaide mijn gezicht naar het zijne. Onze voorhoofden raakten elkaar.

'We zijn er bijna', fluisterde hij. 'Binnenkort kunnen we ons leven leiden en dit allemaal achter ons laten.'

Ik geloofde het. We hadden onszelf die toekomstvisie aangepraat. Wie zou het oude, Vaticaangezinde Engeland missen dat bovendien een Spaanse koningin had? Het Engeland waar de goddelijke monarch gehuwd was met een bejaarde prinses van het zevende knoopsgat? Het is pas veel later dat ik me ben gaan afvragen hoe we in godsnaam zo naïef konden zijn.

Op het moment zelf leek het nochtans heel eenvoudig. Hoe sneller ik koningin zou zijn, hoe beter. Dan kon iedereen het beginnen te aanvaarden. Niemand zou het dan nog in zijn hoofd halen om langs de kant van de weg verwijten te staan roepen naar een koningin. 'Hoer!' riep men mij na, omdat ze geloofden dat ik dat was. Wat kon ik anders zijn? Ik had geen adellijke titel en ik was niet gehuwd. En toch reed ik mee aan Hendriks zijde. De hoer van de koning die aan het volk werd getoond. Van de achterliggende politieke reden voor het jarenlange afstel begrepen ze natuurlijk niets. Ik heb altijd gedacht dat zodra ik met hem gehuwd zou zijn, ik niet langer als een 'hoer' beschouwd zou worden. Dat ze zouden ophouden. Maar zoals ik al zei: naïef.

We zouden in het huwelijksbootje stappen als Warham de pijp aan Maarten gaf. De oude aartsbisschop van Canterbury was het laatste officiële obstakel en hij was die zomer bedlegerig geworden. Het was duidelijk dat hij het niet lang meer zou rekken. Niet nodig om gif te gebruiken. Geduld zou volstaan. Thomas stond klaar om zijn plaats in te nemen en hij zou Hendriks vroegere huwelijk onmiddellijk ongeldig verklaren. Maar tot dan bleef alles voor ons zoals het was. Onze hofreis hebben we die zomer vroegtijdig stopgezet. Het onthaal in de dorpen was allesbehalve aangenaam. Ik was nochtans goed voorbereid op ons jaarlijkse rondje paraderen in het gezelschap van de adel, en nu zou niemand mijn prachtige jurken zien. De kleren die mijn hofdames en ik genaaid hadden om uit te delen aan de armen, werden in de kisten teruggestopt. De rest van de zomer zouden we thuis doorbrengen. Er zijn ergere dingen. Het enige waar ik het moeilijk mee had, was dat Hendrik de tijd die hij nu overhad doorbracht met zijn dochter. Ik kon maar niet begrijpen waarom hij nog naar haar omkeek.

Die zomer verliep zelfs thuis niet helemaal vlekkeloos. Op een namiddag, in Hanworth, terwijl we met een groepje nogal klungelig koersbal aan het spelen waren, kwam oom Norfolk plots naar me toe.

'Heb je even, Anna?'

Hij kwam me zeggen dat de vrouw van Harry Percy een verzoek tot echtscheiding had ingediend.

Dat begon tijd te worden, dacht ik bij mezelf, maar dan voegde hij eraan toe: 'En jij wordt genoemd in de zaak.'

'Ik?'

Zijn priemende oogjes keken snel rond. 'Niet zo luid. Ze roept als grond daarvoor een *precontract* in.'

Met andere woorden, ze beweerde dat, hoewel Harry en ik elkaar nooit officieel het jawoord gaven, we elkaar wel beloofd hadden dat te doen en dat we dus, wettelijk gezien, gehuwd waren. Volgens de wet was een speciale vrijstelling nodig om een precontract te verbreken. En zoals algemeen bekend was, hadden we die nooit gekregen. Wolsey had onze relatie verbroken. Zijn woord was genoeg. Toen wel nog.

Ik voelde mijn maag ineenkrimpen. 'Wat zegt Harry?'

Oom Norfolk probeerde op mijn gezicht af te lezen wat ik dacht. 'Percy zegt dat er niets van aan is.'

Ik zuchtte opgelucht.

Hij fronste zijn wenkbrauwen. 'En de waarheid is...?'

Dat wisten enkel Harry en ik, maar ik reageerde furieus. 'Moet je dat nog vragen? Denk je echt dat ik alles wat ik ondertussen heb meegemaakt, zou ondergaan als ik gehuwd was geweest?' Mijn hart hamerde in mijn borstkas, maar dat kon evengoed van verontwaardiging zijn. 'Weet Hendrik hiervan?'

'Nog niet.' Hij nam me bij de arm toen ik me omdraaide. 'Waar ga je naartoe?'

'Het hem vertellen.'

'Niet in jouw staat.'

Ik boorde mijn blik in de zijne. 'En dat is? In welke staat bevind ik me dan?'

Hij dacht waarschijnlijk eerst aan 'onthutst' of 'angstig', maar koos uiteindelijk voor: 'Dronken.'

'Denk je nu echt dat ik hier een beetje zal zitten ontnuchteren terwijl iemand anders hem dit vertelt?'

Hij verpinkte niet. Er stond te veel op het spel. 'Anna, wees voor één keer voorzichtig. Een goede raad...'

'Nee. Ik heb geen goede raad nodig. Ik ga nu naar hem toe en ontken alles.'

Toen ik het hem zei, luidde zijn antwoord: 'Ik wou dat je me dat eerder had gezegd.'

'Ik zeg het je toch! Er was geen precontract! Vraag het aan Harry.'

Hij zuchtte. 'Wel, veel keus hebben we niet. Ik vrees dat er toch een onderzoek komt.'

'Wat een ongelooflijke teef!'

Hendrik zag er ontgoocheld uit. 'Anna, de waarheid moet aan het licht komen.'

'De waarheid zal ook aan het licht komen', antwoordde ik. In stilte bad ik opdat Harry me niet zou laten vallen.

En dat deed hij niet, ook al was de prijs die hij daarvoor betaalde gehuwd blijven met die heks. Hij ontkende het bestaan van een precontract tussen ons en haar verzoek tot echtscheiding werd afgewezen. Ze zat aan hem vastgekluisterd. En hij aan haar. En aan Northumberland. Mijn broer had hem een bezoek gebracht net voor zijn verhoor. 'Hoe ging het met hem?' vroeg ik in alle onschuld. George aarzelde.

'George?'

'Hij was straalbezopen.'

'Toen hij verhoord moest worden?'

'Maak je geen zorgen. Hij kon zich nog duidelijk uitdrukken.'

'Waarom zeg je dan dat hij straalbezopen was?'

'Anna,' zuchtte George, 'hij is altijd straalbezopen.'

Hij moet gemerkt hebben dat ik maar weinig begrip kon opbrengen voor die laatste opmerking, want hij probeerde nog een en ander duidelijk te maken: 'En... niet gewassen.'

Ik stond versteld. Vroeger had hij altijd zo'n verzorgd voorkomen.

'Hij huilde', ging George voorzichtig verder, nu hij zag dat het me begon te dagen. 'Hij huilt veel.'

Later, in augustus, kwam Hendrik de kamer binnen terwijl ik me aan het aankleden was. Hij stopte en opende zijn armen.

'Warham?' vroeg ik.

Hij knikte.

Ik wilde in zijn armen springen, maar hij hield me lachend tegen. Hij zette een stap achteruit en keek me aan. Zijn glinsterende blik maakte zich los van de mijne en gleed over mijn haar, mijn gezicht en mijn nek.

'We kunnen trouwen', zei ik luchtig.

'We kunnen de volgende stap zetten.' Hij had mijn wenkbrauwen omhoog zien gaan en haastte zich om eraan toe te voegen: 'Er is nog iets wat we eerst moeten doen. Het hoeft niet lang te duren.'

Instinctief keek ik naar de kamermeisjes.

Hij lachte. 'Niet dat.' En hij trok me naar zich toe. 'Ik ben van plan daar alle tijd voor te nemen.' Vervolgens verduidelijkte hij wat hij had bedoeld. Ik zou een adellijke titel krijgen. Hij zou trouwen met de markiezin van Pembroke. Een titel en een inkomen. 'Kan dat zomaar?' Ik had zo mijn twijfels.

'Als ik het zeg, dan kan het', lachte hij. 'Of niet soms?'

Ik moest nu zelf ook lachen. 'Ik vind het een fijn idee, maar waarom zouden we ons die moeite nog getroosten?'

Hij zei me dat een huwelijk en een kroning wat tijd in beslag zouden nemen. Niet veel, maar toch... Zelfs in dit geval. Vooral in dit geval. Omdat hij er lang genoeg op had moeten wachten, wilde hij dat het een mooi feest zou worden. Een adellijke titel zou van mij een geschikte kandidate maken. Een titel en geld. Ik zou de gelijke zijn van de andere vrouwen van adel. 'En,' voegde hij er nog aan toe, 'op die manier kun je mee naar Frankrijk als een edelvrouw.'

'Frankrijk?'

'Was ik dat vergeten te zeggen?' Hij grijnsde plagerig. 'We gaan naar Frankrijk. Op staatsbezoek. Ik vind dat Frans mijn toekomstige echtgenote moet ontmoeten. Ik wil de jaloezie in zijn ogen zien.'

Frans, onze bondgenoot. Nog iets waarmee we indruk konden maken op de paus.

Op de eerste september, in de audiëntiezaal van Windsor, werd ik tot markiezin benoemd. Een vreemd gevoel om door je minnaar in de adelstand verheven te worden. Om te moeten knielen voor hem en dan weer overeind te komen als markiezin. We stonden recht tegenover elkaar en iedereen keek naar ons. Geloof het of niet, maar ik kreeg geen woord over mijn lippen. Ik lachte niet naar hem en we wisselden geen enkele blik. We zouden dit doen zoals het hoorde. Als koning en onderdaan. Want dat waren we. En op de ene of de andere manier was het een opluchting om het zo te kunnen doen.

Ondanks alles wat nog op me afkwam – het huwelijk, de kroning – denk ik dat dit een van mijn mooiste momenten in de audiëntiezaal van Windsor was. Misschien wel omdat Hendrik en ik voor het eerst iets konden doen zoals het behoorde gedaan te worden. Ook, misschien, omdat ik wist dat ik er oogverblindend uitzag. Hendrik had zijn manshoge spiegel laten brengen die morgen, om te gebruiken terwijl ik me aankleedde. Op het gepolijste staal zag ik een vuurrode gedaante die me aanstaarde met ogen die op edelstenen leken. Ik straalde. Het was me meteen duidelijk toen ik het zag. Vuurrood was mijn kleur. Die kleur leek speciaal gemaakt voor mij. En ik voor die kleur. Hij paste wonderwel bij mijn tere, blanke gezicht. Een krachtige kleur voor een sterke vrouw. We zouden het goed doen samen.

In de *Presence Chamber* keek ik zelfverzekerd voor me uit zonder ook maar iemand aan te kijken. *Is dit wat je verwachtte? Wel, het is in ieder geval wat je krijgt. Kijk maar goed.* Ze deden me niets, al die starende ogen. De edellieden met hun twijfels en haarkloverijen, ze konden me gestolen worden. Voor mij telde alleen Hendrik. Ik hield mijn ogen strak op hem gericht. Zijn blik was zo intens dat hij er bijna wild uitzag. Die morgen, toen ik voor de spiegel stond, had Annie aanstalten gemaakt om mijn haar op te steken, maar ik had haar tegengehouden. Ik zou voor hem verschijnen met mijn haar los, als een waterval die over mijn schouders liep. Ik zou voor hem verschijnen zoals een bruid dat doet. Een bruid in een vuurrood gewaad.

De dag waarop we naar Frankrijk vertrokken, was begonnen met een blik op de glinsterende dauwdruppels op het gras. Ik vond het moeilijk om mijn ogen af te wenden van die perfect blauwe lucht. Op het beslagen raam tekende ik met mijn vinger twee krulletjes die elkaar boven- en onderaan raakten. Mijn eigen hart had lang aangevoeld als het koude hartje dat ik net had getekend. Het was al lang geleden dat ik nog echte fysieke opwinding had gevoeld, maar vandaag leek wel het begin van mijn nieuwe leven. En er kon geen betere plaats voor uitgekozen worden: Frankrijk. Ik meende de geur al op te kunnen snuiven. Het hout, de kruiden, alles rook er anders.

Maar nog voor we konden vertrekken, doken de problemen alweer op. De Spaanse had besloten de koninklijke juwelen niet terug te geven. Het waren niet eens de hare. Die juwelen behoorden toe aan de koningin van Engeland, wie er ook koningin was. Niet aan haar. Zowel Hendrik als ik vond het een goed idee om mij de juwelen te laten dragen tijdens ons eerste staatsbezoek. Maar Catharina weigerde om ze terug te geven. Dus moest hij haar bevelen het wel te doen. Het zoveelste ongepaste verzet.

En toen leek alles ineens vergeefs te zijn geweest. Ik was er klaar voor, maar we kregen het bericht dat niemand mij wilde ontvangen. Een koningin hoort te worden ontvangen door een koningin. Op de ene of de andere manier verwonderde die tegenkanting ons eigenlijk niet; de vrouw van Frans was de nicht van Catharina. Toen ook de zus van Frans, de koningin van Navarra – en mijn vriendin toen ik nog in Frankrijk woonde –, toch niet beschikbaar bleek, stelde de Franse koning zijn maîtresse voor. Hendrik heeft hem dan een en ander duidelijk gemaakt. *Ik denk niet dat je het helemaal begrijpt.*

We zouden wel een oplossing vinden. Dat deden we altijd. Ik zou in Calais blijven en Hendrik zou alleen verder reizen om Frans te ontmoeten. Maar op de weg naar Dover lag alweer een struikelsteen klaar. We waren gestopt in Canterbury om er de nacht door te brengen. Voor het avondeten hadden Hendrik en ik afgesproken in de ommuurde tuin van de abt. Op die manier hadden we wat privacy. De avondlucht rook naar oude munten. We roddelden wat over onze reisgenoten en lachten met de oude abt. Plots kwam een eenvoudig geklede vrouw uit de struiken op ons af. God weet waar ze vandaan kwam en hoeveel ze van ons gesprek had opgevangen. Ze kwam met een zekere tred op ons af. Dit was in ieder geval geen verloren gelopen tuinier. Hendrik stopte. Mijn hart klopte in mijn keel. Wie was dit? De jonge vrouw maakte een diepe buiging voor Hendrik en negeerde mij straal. Ze was blond en had een breed, uitdrukkingsloos gezicht. In haar kleine, helderblauwe ogen zag ik even een glinstering.

Hendrik verraste me door haar naam uit te spreken. 'Elizabeth.' Kalm wendde hij zich naar mij. 'Anna, dit is Elizabeth Barton.' Vervolgens stelde hij me aan haar voor. Hoe weet ik niet meer – *Lady Anna? De markiezin? Mijn aanstaande?* – want ik besefte nu wie ze was. De zogenaamde Heilige Maagd van Kent. De vrouw over wie ik zoveel had gehoord, over wie zoveel te zeggen viel. De vrouw die openlijk sprak over wat ze in een trance van God zelf had vernomen. Over het ongenoegen van God over de fout die de koning maakte met mij. Over de rampspoed die deze fout met zich mee zou brengen. Dit was de vrouw die ook bekendstond als de Gekke Non van Kent.

Ik moet zowat de laatste geweest zijn die de twijfelachtige eer had haar te ontmoeten. Omdat ze er niet meer onderuit konden, hadden Hendrik en Tom haar al enkele keren audiëntie verleend. In de praktijk waren het uiteraard Catharina en die dochter van haar, die er altijd bij zat voor spek en bonen, die haar verwelkomden. En bisschop Fisher. In amper enkele maanden had ze zowat overal naam gemaakt. Heilige Maagd, Gekke Non, namen genoeg.

Hendrik zou Hendrik niet geweest zijn als hij zelfs tijdens de enige ogenblikken die we samen hadden, niet bereid zou zijn geweest te luisteren naar wat de vrouw te zeggen had. Waarschijnlijk had een van haar volgelingen haar de sleutel van de tuin bezorgd. Eigenlijk hadden we haar gewoon de rug moeten toekeren. Iemand zo overvallen kon gewoon niet. Als ze ons iets te zeggen had, moest ze dat maar doen tijdens een audiëntie. En als iedereen wat minder nieuwsgierig en goedgelovig was en die audiënties haar een paar keer geweigerd werden, zou het probleem zich wel vanzelf oplossen.

'Elizabeth,' zei Hendrik, 'wat fijn je weer eens te ontmoeten.'

Ik stond versteld van de vriendelijkheid die hij telkens weer aan de dag legde, zelfs jegens hen die dat niet verdienden. En van haar zelfverzekerdheid.

Haar weigering om mij aan te kijken bood me de kans haar goed op te nemen. Voor een getormenteerde mystica zag ze er behoorlijk goed verzorgd uit. Waarschijnlijk dankzij de vele baden die uit het lood geslagen priesters voor haar hadden laten klaarzetten. Het was me meteen duidelijk dat ze niet zo bijzonder was. Gewoon een meid die begrepen had dat ze een goed leven kon leiden zolang haar gezwets nog verwarder was dan dat van de clerus. Vroeger was ze misschien een gewone bediende geweest, maar nu lag Canterbury aan haar voeten.

'Majesteit,' zei ze verrassend zakelijk, 'ik moet het u zeggen. Als u doorgaat met dit huwelijk, verliest u uw troon binnen een maand.'

Moest ze nu niet zoals gebruikelijk in zwijm vallen? Geen spektakel? Misschien bewaarde ze dat voor wie gemakkelijker beïnvloedbaar waren.

'Elizabeth,' zei Hendrik, 'veel mensen luisteren naar wat je te zeggen hebt...'

'Ik heb geen enkele interesse in die "veel mensen". De enige om wie ik geef, bent u. U zou moeten luisteren naar wat ik te zeggen heb.'

Ik barstte bijna in lachen uit. Niemand durfde Hendrik op die manier aan te spreken.

Hij bleef kalm. 'Dat doe ik ook. Dat doe ik altijd. Maar nu komt het nogal ongelegen. Je moet ons excuseren...'

Dat deed ze niet. Ze verhief haar stem. 'In de ogen van God bent u niet langer meer koning zodra u uw huwelijksbeloften aflegt.'

Hendrik zuchtte.

'En' – weer op een zakelijk toontje – 'u zult een verschrikkelijke dood sterven.'

'Nee, *jij* zult een verschrikkelijke dood sterven', mompelde ik. Je hoefde geen zieneres te zijn om dat te zien aankomen.

We lieten het incident rusten en reisden verder naar Frankrijk. Zodra we Engeland achter ons hadden gelaten, liep alles op wieltjes. In Frankrijk toonde Frans zijn goede wil en keerde met Hendrik terug naar Calais. Ik wachtte hem op in een goudkleurige jurk met vuurrode splitmouwen en hij troonde me onmiddellijk mee naar de dansvloer. Het overgrote deel van de week is hij mij voortdurend ten dans blijven vragen.

Toen Frans weer vertrok, besloten we nog enkele weken in Calais te blijven. Daar had ik wat meer ademruimte. We vertoefden er in het gezelschap van vrienden. Enkel vrienden. En familie. Mijn broer en mijn zus. Geen oom Norfolk en geen afkeurende blikken van mijn vader; zij waren er deze keer niet bij. Langs de kust van Calais maakte de herfst stilaan plaats voor de winter. En of het nu pijpenstelen regende of niet, het waren fijne dagen. Je kon er mijlenver de zee zien verdwijnen achter de horizon en toch was Engeland dichtbij. Elke dag vulden mijn ogen zich met tranen van geluk. En ik voelde me zoals toen we vertrokken uit Londen. Ik leefde. De moeilijke jaren lagen achter ons. Het was alsof het verleden niet bestond. Nooit bestaan had. En de liefde van de enige man die iets voor mij betekende groeide. Mijn toekomst zag er rooskleurig uit. Het huis waar we verbleven was het einde. Onze slaapkamers lagen naast elkaar en waren met elkaar verbonden door een tussendeur. Niemand wist wat we 's nachts wel of niet deden. We beseften het zelf nauwelijks, want we leefden in een roes van geluk en trots. Geluk met elkaar en trots omdat de week die we met Frans hadden doorgebracht een waar succes was geworden. De enige reden waarom we elkaar het jawoord nog niet hadden gegeven, was omdat ik de boot had afgehouden. Hendrik had voorgesteld om in Frankrijk te trouwen, maar ik was vastbesloten mijn overwinning te vieren waar ik zo lang had gevochten: in Engeland.

We keerden terug naar Londen als koning en koningin, in elke zin van het woord, behalve de officiële en – voor ons – irrelevante. Het was enkel nog wachten op de officiële plechtigheden. De zeelucht had ons goed gedaan en die nacht brachten we eindelijk als man en vrouw door. Ik hield hem niet tegen en gaf me over aan zijn omhelzingen. We hadden jaren gewacht. Al die tijd. En nu was het moment aangebroken.

Elizabeth, ik had het veel vroeger moeten weten – kunnen weten – dat ik zwanger was. Waarschijnlijk begon je al binnen enkele dagen na onze thuiskomst te groeien in mijn buik. De geur van de zee was vermoedelijk zelfs nog waarneembaar in onze haren. Je had zeven jaar moeten wachten op dit ogenblik en je was vastbesloten geen tijd te verliezen.

Een kleine week later begonnen de dromen die me ook nu, wetend wat ze betekenen, zouden vertellen dat ik zwanger ben. Te samenhangend om een echte droom te zijn. Ik droomde over plaatsen die ik kende, maar nooit over mensen. Het waren scènes uit mijn jeugd. Onmiddellijk herkenbaar. Maar zonder Mary en George. Zelfs geen glimp van de ogen van Mary die verveeld naar het plafond keken wanneer Papa haar een standje gaf. Geen George en geen honden die als een wervelwind over de ophaalbrug stormden. Wanneer ik droomde van Hever, zag ik ieder detail. *Kijk! Dit was er altijd al, maar je hebt het nooit opgemerkt.* Natuurlijk had ik het nooit gezien. In Hever werd geleefd, het was geen schilderij dat je in alle rust kon bekijken. En wie kon zich nu in godsnaam alle verborgen hoekjes en ieder klein detail herinneren? Een kussen, op een stoel bij het raam, waarvan een draadje loszat. Een haarfijn barstje in een van de luiken van de slaapkamer van mijn ouders. In mijn slaap herontdekte ik het huis waar ik mijn kindertijd had doorgebracht. Ieder detail ervan.

Je vader en ik gaven elkaar het jawoord in januari, zodra we wisten dat je eraan kwam. Letterlijk. 'Laten we morgen trouwen', zei Hendrik toen hij het vernam. We waren net wakker en zaten recht in ons bed.

'Nee, echt', drong hij aan met een lach op zijn gezicht. 'Waarom niet?'

Ik deed eerst alsof ik lang nadacht en keek hem dan aan. 'En Catharina dan?'

Hij had zijn antwoord al klaar. 'Dat huwelijk is ongeldig verklaard. Het heeft nooit bestaan. Ik ben een vrij man.'

Dat was nieuw. 'Waarom heb je me dan zeven jaar laten wachten?'

'Omdat de echtscheiding wel moet worden uitgesproken. Dat ontken ik niet. Het moet gebeuren zoals het hoort. Op papier. Maar voor ons maakt het geen enkel verschil.' Hij haalde zijn schouders op. 'Dus wat denk je ervan? Morgen?'

'Hendrik, ik vind het vervelend dat ik me, wel... als een vrouw moet gedragen, maar ik heb niets om aan te trekken.' Typisch iets voor een man om te denken dat je een huwelijk in één dag tijd rond krijgt.

'Toch wel.'

'Niet waar.' Ik dacht dat ik het me wel zou herinneren als ik een trouwjurk had gepast.

'Wel waar.'

'Niet.'

Hij legde zijn handen op mijn wangen. 'Weet je waar ik al heel lang van droom? Een bruid in een vuurrode jurk.'

Dus was ik dat de volgende dag. Mijn huwelijk in Engeland ging door, zoals ik het had gewild, maar een triomfantelijke overwinning was het niet. En toch bleek die geheimdoenerij achteraf haar nut te bewijzen. Precies zoals Hendrik het had voorzien. Soms beweerden we dat we elkaar het jawoord gaven de eerste dag na onze terugkeer uit Frankrijk, zodat later zou blijken dat je geen onecht kind bent. Een andere keer zeiden we dat we in maart waren getrouwd, omdat het toen officieel amen en uit was voor Catharina. Enkel die paar mensen die aanwezig waren tijdens onze kleine plechtigheid kennen de waarheid: een van Hendriks kapelaans, dokter Lee, Harry Norris, die bruidsjonker was, mijn kamermeisje Annie en onze twee getuigen, George en Billy. George was er uiteraard van op de hoogte en Harry en Annie natuurlijk ook. We hadden het hun gezegd de dag ervoor, niet lang nadat we beslist hadden ermee door te gaan. We hadden afgesproken dat de plechtigheid nog voor zonsopgang zou plaatsvinden. Ik denk dat George en Harry die nacht helemaal niet zijn gaan slapen. Even voor vijven ging Harry de nietsvermoedende dokter Lee wekken en George kwam mij opzoeken. Ik was al wakker en lag gewoon nog wat te dommelen en Annie veerde onmiddellijk overeind, dus vertrok George om Billy te wekken.

'Wacht,' zei ik, 'ik ga met je mee.'

'Waarom?'

Ik wist het niet. Misschien wel omdat ik, als ik dan toch voor dag en dauw en gekleed in een vuurrode jurk in het huwelijksbootje zou stappen, ook naast het bed wilde staan van een nietsvermoedende getuige wanneer die wakker werd gemaakt. Met andere woorden, als ik mijn overwinning niet kon vieren, dan zou ik in ieder geval toch een beetje plezier beleven aan dit *non-event*. Of was het omdat het Billy was? Waarschijnlijk was het idee om hem eens goed te grazen te nemen te verleidelijk om dit zomaar voorbij te laten gaan. 'Om hem te verrassen', zei ik.

'Dat moet wel lukken, denk ik.' Hij had er duidelijk niet op gerekend dat ik met hem mee zou gaan.

'Is hij alleen?' vroeg ik.

'Ja hoor.' Daar had hij voor gezorgd.

Hij wachtte terwijl ik in mijn linnen onderkleed en jurk

geholpen werd en Annie mijn haar kamde dat we de avond ervoor met een aftreksel van rozemarijn hadden gespoeld om het extra te doen glanzen. Daarna slopen we alle twee door de gangen van Whitehall naar de kamer van Billy. Op de ene of de andere manier had George een sleutel van zijn vertrekken weten te bemachtigen. Misschien hadden de jongens wel allemaal een tweede sleutel van elkaar gekregen. Binnen slaagde hij erin een verwonderde kamenier het zwijgen op te leggen. De anderen beseften niet eens dat we er waren. Samen slopen we voorzichtig naar het bed en George knikte. *Doe maar, als je het echt zo graag wilt.* Ik duwde het gordijn opzij en leunde voorover. George zorgde ervoor dat ik genoeg zag en hield de kaars boven mijn hoofd. Het licht danste in het afgesloten baldakijnbed. Het rook er vaag naar modder of stro. Billy lag op zijn zij, met zijn gezicht naar de andere kant. Zijn haar was onweerstaanbaar mooi in het kaarslicht. Ik raakte zijn gouden lokken even aan met mijn vingertoppen en fluisterde: 'Billy.' Mijn eigen haar streek over zijn deken. Hij draaide zich om en keek over zijn schouder.

'Anna?'

'Billy,' – ik hield een vinger op zijn lippen – 'het is mijn trouwdag en ik zou willen dat je mijn getuige bent.'

Lucy Cornwallis

Winter 1535-1536

Ik hoorde een gedempte stem mijn naam roepen.

Een tweede keer.

Het was Richard.

Hoe lang had het geduurd voor ik wakker werd?

In het donker hoorde ik Hettie rusteloos bewegen.

'Lucy?' klonk het nogmaals vanachter de deur.

'Het is meneer Cornwallis', fluisterde een stem die kwam uit de richting waar Hettie lag.

'Ik weet het.' Waarom noemde ze hem toch steevast 'meneer Cornwallis'?

Hij moest mijn stem gehoord hebben, want de deur werd geopend en een streep gouden licht tekende zich af op de muur. Ik ontwaarde een silhouet en even later voelde ik hoe iemand op mijn bed ging zitten. Toen hij de kandelaar op de grond zette, zag ik zijn gezicht en rook ik die typische geur van mannen die gedronken hebben. Ik kende die van Kit en Stephen, maar dat Richard die nu verspreidde terwijl hij hier naast me zat in mijn kamer, 's nachts, was een schok. 'Heb je gedronken?'

'Ik ben zo nuchter als wat.' Hij klonk ook zo.

'Hoe laat is het eigenlijk?' vroeg ik hem slaperig.

'Geen idee.'

Het haardvuur was volledig uitgedoofd en de lucht rond mijn bed was ijskoud. Nu ik rechtop zat, wist ik weer waar ik was. *Dit is mijn kamer in Greenwich. En dat daar is mijn venster in Greenwich.* Ik vroeg me af of het nog nacht was of bijna ochtend. Een ijskoude winterochtend die zich pas op het allerlaatste moment aankondigde. Ik herinnerde me nu ook dat ik de avond ervoor doodmoe was geweest. Het was gisteren dan ook de dag na Twelfth Night, een dag na de drukste van onze twaalf drukste dagen van het jaar. Een dag waarop we niets anders hadden gedaan dan opruimen. 'Richard...'

'Ik weet het. Sorry. We zijn allemaal kapot.' Hij zat voorovergebogen.

'Wat is er?'

'Ze zijn nog altijd feest aan het vieren.'

'Wie? Waar?' Ik hoorde niets. Het enige geluid dat ik kon waarnemen, was het ruisen van de bomen en het geklots van de rivier.

'De groten der aarde', zei hij. 'En de minder groten.'

Hij zuchtte. 'De drukte houdt nooit op.'

'Daar houd je toch van?' *Dus rot op en laat me slapen.*

Ik ging weer liggen en draaide me op mijn zij, in de hoop dat hij de hint zou begrijpen.

'Ik hield ervan. Vroeger', zei hij.

Met mijn ogen dicht vroeg ik hem: 'Richard, wat scheelt er?'

'Ach, je weet wel,' – hij moest het blijkbaar kwijt – 'als je iemand al een hele tijd niet meer gezien hebt en je kijkt er echt naar uit om die persoon weer eens te ontmoeten – een halfuurtje maar, na het feest – en dan blijkt dat die iemand geen tijd heeft... Plots is er een feest en dan is er de hele avond geen moment meer vrij om even bij te praten.' Hij voegde eraan toe: 'Dat zal jou wel nooit overkomen zijn, zeker?' Ik hoorde aan zijn stem dat hij probeerde zijn opmerking luchtig te laten klinken. 'De immer koelbloedige

Lucy die nooit haar hart verpandt.'

Man, zeg! 'Je zou nog versteld kunnen staan.'

'Versteld staan van wat? Ben je van plan met Kit te trouwen misschien?'

Hij herstelde zich onmiddellijk. 'Het spijt me. Je bent een mooie meid. En lief. Je hebt behoefte aan rust. Wij allebei.'

Hij was weer eens onmogelijk te peilen. Om die momenten zo vlug mogelijk achter de rug te hebben, sprak je het best alleen over praktische zaken. Ik draaide me weer om en vroeg hem of hij in mijn kamer wilde blijven slapen. Misschien was dit wat hij wilde. Per slot van rekening had hij jaren in mijn kamer geslapen, tot hij er een kreeg toegewezen voor hem alleen. Wat niet wegnam dat hij nog af en toe last had van nachtmerries.

'Dank je, maar dat is niet nodig. Ik ben een grote jongen.' In zijn ogen zag ik een vreemde schittering. 'Jammer genoeg', voegde hij er ten slotte aan toe.

Ook op zijn tuniek zag ik nu iets fonkelen. Een broche, zilverkleurig. Ik stak mijn hand uit om ze aan te raken.

'Een cadeautje', zei hij.

'Daar kun je toch niet mee rondlopen, Richard. Dat weet je toch?' Zilver was voor heren. Dit was vragen om moeilijkheden.

'O, ik draag ze maar af en toe', zei hij grijnzend en hij haalde zijn schouders op. 'Discreet dan nog.'

Ik gaf het op en draaide me weer op mijn zij.

'Nee,' zei hij en hij legde zijn hand op mijn schouder, 'ik moet je iets vertellen.'

'Wat?' vroeg ik met mijn gezicht in mijn kussen.

'De oude koningin is dood.'

'Welke oude koningin? We hebben helemaal geen oude koningin.'

'Catharina is dood.'

Ik krabbelde overeind. De koude lucht in de kamer deed me huiveren. 'Wat? Hoe weet je dat?'

Hettie sloeg een kruisteken. Dat hoorde ik zonder het te zien.

'Blijkbaar is er een boodschapper langs geweest deze middag.'

'Dood? Hoe?'

Hij schudde traag het hoofd, alsof hij nadacht. 'Geen idee. Ze was ziek.'

'Is dat zo?'

'Ik weet het niet. Ze was oud.'

'Zo oud nu ook weer niet, Richard. Hoe oud was ze eigenlijk? Vijftig?'

Hij boog voorover om de kandelaar op te pakken. Zijn gezicht verdween weer achter een schaduwmasker.

'Nee! Wacht!'

'Dat is alles wat ik weet', zei hij. Het klonk defensief.

'Maar iemand moet hun toch zeggen wat er gebeurd is. De feestvierders, bedoel ik. Ze moeten het weten.'

Hij liet de kandelaar een beetje zakken, waardoor ik de sombere uitdrukking op zijn gezicht kon zien. 'Ze weten het. Juist daarom vieren ze feest.'

Het raakte kant noch wal en het enige wat ik kon doen, was herhalen wat hij had gezegd. 'De koningin is dood.'

'De oude koningin', verbeterde hij.

'De koningin', herhaalde ik. Want dat was ze. Die hele schijnvertoning was niet aan mij besteed. Ik trok mijn deken op en hield mijn twee vuisten gebald uit machteloze woede. Koningin Catharina was tot koningin gekroond en dat was ze gebleven tot aan haar dood.

Tot nu.

Ze was er niet meer.

Nu was er Anna Boleyn.

Richard probeerde me te kalmeren. 'Ik denk dat bepaalde mensen blij zijn omdat ze eigenlijk in de weg liep.'

Ik lachte verontwaardigd. 'Ze liep helemaal niet in de weg, want ze zat ergens ver van hier weggestopt.'

'En toch liep ze nog altijd in de weg. Luister maar naar je eigen woorden: de koningin. En je bent niet de enige die er zo over denkt.'

'Veel verschil heeft het anders niet gemaakt.'

'Het had gekund', fluisterde hij. 'Het had gekund.'

'En toch hebben ze haar mooi ergens in een hoekje weggestopt. En nu kom je vertellen dat ze haar dood aan het vieren zijn?' De koningin had nooit een vlieg kwaad gedaan. Integendeel. De koning had haar verlaten, gevangengezet en verboden haar dochter nog te zien. Ik zag hoe Richard diep ademde. 'Zeg het me, hoe kan iemand zoiets doen?'

Ofwel sloeg hij zijn ogen neer ofwel sloot hij ze. Ik kon het niet goed zien. 'Omdat de koning het wil.'

Richard toch. 'Dat meen je niet.'

Zijn glazige ogen waren nu op het raam gericht. 'De koning is er bij. Hij viert mee. En zij danst.'

Richard ging staan. 'Dat doet ze nog uren als ik Silvester mag geloven.'

Ik hield hem niet tegen toen hij wilde vertrekken. Aan de andere kant van de overloop hoorde ik een deur in het slot vallen. Ik staarde door het raam, stevig ingepakt in mijn deken. Hettie wilde iets zeggen, dat voelde ik. Maar ik had geen zin om te moeten antwoorden. Op de binnenplaats was nergens een teken van leven te bespeuren. Nergens zag ik licht achter de ramen en de deuren waren allemaal dicht. Zwarte muren. En daar vlakbij een rusteloze rivier.

Net voor Kerstmis, toen ik hier amper een jaar was, had

de koningin mij laten roepen. Dat was twaalf jaar geleden. Ik was toen even oud als Richard nu. Zij had ongeveer de leeftijd die ik nu heb. Ik vond haar oud. Toen. De koning was net dertig geworden dat jaar. Die dag besefte niemand dat ze, hoewel ze al bijna twintig jaar koningin was, aan haar laatste zorgeloze jaren bezig was.

Haar dochter was de reden waarom ze me wilde zien. De prinses was pas vijf jaar oud en te jong om de feesten bij te wonen. De koningin wilde dat ze toch een idee had van de beloofde lekkernijen die de nieuwe suikerbakkerin op tafel zou toveren. Ik diende een paar stukken suikergoed langs te brengen of iemand te sturen met enkele versnaperingen. Geoffrey, die toen mijn hulpje was, liep even later achter me aan met een kistje waarin twee suikersculpturen van adellijke vrouwen begraven waren in bloem. Om ze te beschermen tegen schokken. Ik was zo nerveus door het vooruitzicht om voor de koninklijke familie te moeten verschijnen, dat ik, vreemd genoeg, kwaad was. Ik denk dat ik me in het nauw gedreven voelde. Met een list in de val gelokt. Ik was een suikerbakkerin en was hierheen gekomen om suikergoed te maken. Waarom konden ze me dat dan niet laten doen? Ik reageerde me af op Geoffrey en keek hem donker aan. Arme Geoffrey. Ik twijfel eraan of hij minder nerveus was dan ik. En dan moest hij die kist nog dragen.

We kwamen aan bij haar kamer en zodra men ons had aangekondigd, veranderde het beklemmende gevoel in een van verrassing. De koningin was volslank en klein van gestalte, minstens een hoofd kleiner dan de andere vrouwen in de kamer. En toch leek het of ze nog altijd hoger boven me uit rees toen ik na mijn buiging weer rechtop stond. Ze had een vriendelijke blik in haar ogen en toonde belangstelling voor mijn werk. Misschien was het doordat ze haar hoofd licht schuin hield of door haar glimlach, maar ze had iets meisjesachtigs. Ondanks haar figuur dat haar meer op een matrone deed lijken. De prinses was een kleinere versie van de koningin. En slanker. Ook zij hield haar hoofd een beetje schuin en, net als haar moeder, had ze haar vingers losjes in elkaar gehaakt. Het was geen klein kind meer. Ze had dezelfde meisjesachtige, levendige glimlach. Moeder en dochter. Ze hadden zussen kunnen zijn. De koningin sprak snel wanneer ze tegen haar dochter praatte. Ik meende te begrijpen dat het over suikergoed en feesten ging. Engels met een zwaar accent. Spaans. Daarna schakelde ze ook over op die taal en werd Mary plots Maria. De ogen van de prinses flitsten heen en weer van haar moeder naar de suikersculpturen en terug. Ook zij had, net als de koningin, ogen die de kleur hadden van een Engelse hemel.

Ze keken vol bewondering naar de twee dansende dames die ik had gemaakt. Nu ik eraan denk, het waren eenvoudige beeldhouwwerkjes van suiker. Koningin Catharina heeft nooit de sculpturen gezien die gemaakt worden met het nieuwe type suikerpasta dat glanst als was het verse sneeuw. Die worden pas gemaakt sinds de komst van Anna Boleyn. Glimmend, in verschillende lagen. Met vergulde details en sprookjesachtige kleuren. De beeldjes die ik van koningin Catharina aan haar dochter moest laten zien, zagen eruit als bevroren water en waren uit één stuk gemaakt. Bovendien waren ze niet al te groot. Opdat ze gedragen zouden kunnen worden door kleine handjes.

Wat weet ik af van Spanje? Sinaasappels en citroenen met hun glanzende en zachte, leerachtige schil die een intense geur verspreiden als je er het allerfijnste gaatje in prikt; granaatappels die er zonverbrand uitzien en volgepropt lijken met kleine robijnen; en koningin Catharina met haar bijna kleurloze ogen, melkwitte huid en gouden haren. Ik moest even glimlachen toen ik eraan dacht hoe ironisch het was dat zij de Spaanse was en niet Anna Boleyn. Zij heeft haren die even donker zijn als die van een Arabische en een karakter dat al even zuur is als een hele kist citroenen. Vreemd dat Anna Boleyn, de streng kijkende dochter van een omhooggevallen edelman, nu onze koningin was. Natuurlijk beperkt mijn kennis zich niet tot citroenen, sinaasappels en granaatappels. Signore Scappi, de kok van kardinaal Campeggio, leerde me ook een en ander over dit land. Hij vergezelde de kardinaal die naar Engeland was gekomen om de bewering van de koning over de echtscheiding te onderzoeken, en verbleef maanden bij ons. Een beste kerel, die signore Scappi ('noem me toch Bartolomeo'). En hij wist altijd van die interessante dingen te vertellen, ook al viel van zijn Engels in het begin nauwelijks iets te maken. Scappi was een hartverwarmende man met grijzende slapen, die nu eens ernstig was en je dan weer met fonkelende hazelnootogen kon toespreken.

Toen ik hem voor het eerst ontmoette – hij kwam naar de keuken om zich voor te stellen aan Richard en mij – zei hij met zichtbare belangstelling: 'U houdt niet van de koningin.'

Mijn mond viel open. 'Toch wel, signore Scappi.'

Hij schudde zijn hoofd. 'U wel, ja. Maar de Engelsen.'

'Ik ben een Engelse. De Engelsen houden van hun koningin.'

Hij knikte. Ernstig. 'Maar de anderen niet.'

Ik probeerde het uit te leggen. 'Iedereen... houdt van haar, signore. Ze willen gewoon... Die mensen, die anderen willen...' Ik wist zelf niet wat ze juist wilden, hoe moest ik het hem dan uitleggen? 'Ze willen gunsten verwerven. Of verandering. Misschien wel beide. Voor die mensen – die anderen – betekent Anna Boleyn gunsten, verandering.'

Dat was het zo ongeveer.

Hij zei: 'De koningin, zij kan niet...' Hij hield zijn hand voor zich met de palm naar beneden en liet die dan wat zakken. *Zich gedeisd houden. Op de achtergrond blijven.* 'Weet u waarom? Haar moeder. Haar moeder is een koningin die huwt met een koning. Samen: "de katholieke koningen". Aragon en Castilië samen zijn Spanje. Haar moeder...' – daar had je die hand weer, maar nu maakte hij een vegende beweging – 'de Arabieren uit Granada.' Hij keek me met opgetrokken wenkbrauwen en een tevreden blik in zijn ogen aan. Ik had nog niet de helft begrepen van wat hij zei. 'Haar moeder. Opnieuw en opnieuw.' Er volgden nog meer vegende bewegingen van zijn hand en enkele goedkeurende knikjes. 'Sterk.' Hij grijnsde. 'Sterk met de man ook.' Nu haalde hij zijn schouders op. 'U weet wel... mannen.'

Richard keek me geamuseerd aan.

Signore Scappi ging verder met zijn uitleg. 'De koningin weet van echtgenoten. Het is niets. Een meisje? Het is niets. Maar een huwelijk? Alles. Een land: alles.'

Hoe langer hij bij ons was, hoe beter zijn Engels werd. Na een tijdje kende ik het volledige verhaal. Hij vertelde me dat de koningin de jongste telg was van een groot en gelukkig gezin. Ze was sterk in talen, muzikaal en kende het evangelie. Hij vertelde me hoe ze op zestienjarige leeftijd haar land moest verlaten om naar Engeland te komen om te trouwen. Zes maanden na haar huwelijk was ze al weduwe. Een weduwe in een vochtig kasteel op de grens met Wales. Ze kon niet terug en hier kon ze ook geen kant uit, want ze zat op zwart zaad. Haar vader beweerde dat hij haar geld gestuurd had en haar schoonvader vroeg haar waar de achterstallige belastingen bleven. Ze woonde zeven jaar in een oud huis langs de Theems en verstuurde regelmatig brieven – *Mijn gezelschapsdames vergaan van de honger* –

met de vraag om voedselpakketten op te sturen. In al die tijd was één enkele zwarte jurk het enige wat ze zich kon veroorloven, wist signore Scappi mij te vertellen. Wat hij me niet hoefde uit te leggen was hoe ze zich gevoeld moest hebben toen haar niet onaardig ogende achttienjarige schoonbroer haar vroeg om zijn koningin te worden. Zijn eerste officiële handeling als koning. *Allemaal blij. Allemaal goed,* zou signore Scappi in zijn eerste dagen op Engelse bodem gezegd hebben. Ik dacht eerder aan de ridder op het witte paard.

Plots kreeg ze nieuwe jurken. Veel. Nieuwe paleizen. Ze waren allebei opgegroeid in de schaduw van die sluwe, gierige oude koning, en nu waren ze vrij. Allebei. Dit was hun nieuwe Engeland. En de toekomst zag er veelbelovend uit.

'Het zijn goede vrienden', zei signore Scappi.

'Waren', verbeterde ik.

'War?' vroeg hij.

'Waren. Nu niet meer', probeerde ik uit te leggen.

Hij begreep het, lachte triest en zei dan: 'Zij is een goede vriend.'

Ja. Ooit konden ze het goed met elkaar vinden. Vroeger zag je ze samen lachen, plezier maken en soms zaten ze urenlang, tot diep in de nacht, met elkaar te praten. En zelfs nadat haar huwelijk met de koning op de klippen was gelopen, bleef ze van hem houden. Ook al was ze razend op hem om wat hij haar aandeed met haar dochter. Ook al daagde ze hem uit door bijvoorbeeld haar juwelen niet terug te sturen en het koninklijke doopkleed dat ze van Spanje had meegebracht achter te houden. Ook al vreesde ze hem. Ze had alle redenen om hem te vrezen. Zeker toen hij goede maatjes werd met de hardvochtige Anna Boleyn, haar beruchte broer en hun onstuimige vrienden.

Ik kon me niet voorstellen wat er door je heen moet gaan wanneer je ineens van je ridder op het witte paard verneemt dat je weggestuurd wordt. Wanneer je zonder familie en zonder enig comfort weggestopt wordt in een of ander kasteel. Richard had van meneer Hill, die verantwoordelijk was voor de wijnkelders, vernomen dat ze een brief had gestuurd met het verzoek haar wat wijn te laten brengen. Hij kreeg van de koning te horen dat hij haar nieuwe wijn moest toesturen. Ze zou wijn krijgen. Maar die zou ondrinkbaar zijn.

'Waarom zou hij zoiets doen?' Ik moest het weten.

'Omdat zij het hem moeilijk maakt.'

'Zou jij dat dan niet doen?'

Hij lachte. 'Tuurlijk wel!' Vervolgens voegde hij eraan toe: 'Ik vraag me af of ze nog lang het been stijf houdt. Misschien moet ze stilaan gaan capituleren en denken aan een kloosterleven.'

'Ze is een getrouwde vrouw', zei ik. Geen non. 'Een koningin.' Zoals haar moeder. En een vechter. Dat was haar moeder ook. Ik had hem moeten zeggen dat dit niet ging om het been stijf houden. Ze was aan het vechten voor haar leven.

En nu hoefde ze dat niet meer te doen. Na deze kille winternacht was alles voorbij. Ik wou dat Mark bij me was. *Waarom ben je hier niet? Slechts een paar muren scheiden ons van elkaar. Muren, deuren, poorten. Ik zal je morgen pas zien. Dat duurt nog uren. En dan die stilte. Houd je nu een vinger op een snaar gedrukt? Want zo klinkt de stilte: jij die niet speelt.*

'Ik kom me verontschuldigen', zei hij de dag nadat hij zijn hart had gelucht. Hij had Richard niet eens aangekeken, maar Richard hield zijn ogen wel op mij gericht.

'Ik ben gekomen om me te verontschuldigen', herhaalde Mark.

Richard legde zijn borsteltje op tafel en verliet de ruimte.

'Hoeft niet', antwoordde ik. Helemaal niet nodig. Waarom zou hij zich moeten verontschuldigen?

Hij keek naar de grond en zette enkele stappen in de richting van mijn werkbank. Hij legde een hand op het blad. 'Toch wel', zei hij zacht. 'Lucy, ik heb tegen je gevloekt.'

Jezus, Lucy.

Ik bleef maar roeren met mijn spatel. 'Dat kwam door mij.'

Hij schudde het hoofd. 'Ik zoek geen uitvluchten. Of eigenlijk wel...' Zijn hulpeloze glimlach was vertederend. 'Ik slaap slecht. Ik lig de hele tijd te piekeren.'

'Waarover dan?'

'Of ik mezelf niet belachelijk maak. Daar denk ik vaak aan.'

'Dat doe je niet. Jezelf belachelijk maken.' Ik liet de spatel rusten. 'Je bent geen dwaas, Mark.'

Hij zette een stap achteruit en begon heen en weer te lopen. 'Dank je. Lief dat je dat zegt.' Soms kon hij overdreven beleefd zijn.

'Nee,' zei ik, 'ik meen het.'

En dan legde hij zijn kaarten op tafel. 'Weet je nog hoe we uren zaten te kletsen over niets toen ik hier in het begin langskwam?'

Ging het over niets? Ik veronderstelde van wel.

'Wel, dit klinkt misschien vreemd,' – daar had je die glimlach weer – 'maar daar verlang ik naar terug. Het waren fijne momenten. Niet dat ik terug wil naar hoe het toen was...' Hij leunde tegen de muur en kruiste zijn armen. 'Ik verlang ernaar om hier te zijn. Om gewoon hier te zijn.'

Mark, ik vraag niets liever!

En toch was het ook wat ik net niet wilde. Wij twee, hier,

in de keuken. Hij, mager en vermoeid en ik druk in de weer met marsepein. Mijn suikerroos ergens onafgewerkt weggeborgen in een doos. En Richard buiten, zittend op de trap.

ꙮ

Het kon natuurlijk erger. Het kon nog kouder zijn. En waaien. Het kon regenen. De everhuiden die onze bagage beschermden waren vochtig, maar dat was omdat de lucht dat ook was. Het regende niet. En echt waaien kon je het ook niet noemen. Het water van de rivier vertoonde enkel een zachte rimpeling. Hoe dan ook, februari was eigenlijk niet het ideale tijdstip om te gaan varen. Niet dat reizen over land comfortabeler zou zijn, maar goed. Ik bewoog mijn tenen om ze op te warmen. Ze voelden aan alsof ze elk moment konden afbreken. Waren we verhuisd van Whitehall naar Hampton Court en niet van Greenwich naar Whitehall, dan zouden we dwars door Londen zijn getrokken. Langs King's Road. Modder en gespuis, zoals Richard altijd met een kwinkslag zei. Hoewel hij er nu vast geen grapjes over zou maken. Het had bijna het hele jaar geregend. En wat het gespuis betrof, ook dat was niets om je vrolijk over te maken.

Waarom moesten we eigenlijk verhuizen? Waarom nu? Wat was er mis met Greenwich? Zelfs op een dag als vandaag zagen de muren er prachtig robijnrood uit en leken de erkerramen wel van fluweel. Het paleis was even oud als ik en de tand des tijds had er nog geen enkele invloed op gehad. Dat kon je van mij niet zeggen. Het was dan misschien niet zo sprookjesachtig als het oude paleis van Richmond, dat van die mooie torentjes met sierlijke windwijzers had, maar het was veel eleganter dan het statige Hampton Court en een stuk stijlvoller dan het uitgestrekte Whitehall.

Whitehall.

Als we er dan toch naartoe moesten, waarom konden we dan niet een beetje voortmaken? Het was niet echt weer om in een boot te zitten wachten.

Richard, waar blijf je? Hoelang nog? De oever stond vol mensen. Maar voor zover ik kon zien, was Richard daar niet bij. En muzikanten zag ik ook al niet. Tenminste, dat dacht ik, want ik had geen idee hoe een muzikant gekleed liep wanneer hij een boottocht over de Theems moest maken. Ik zag niemand die ook maar een beetje op Mark leek. Kon ook niet, niemand zag eruit zoals Mark.

Ik voelde de kriebels in mijn buik al. De kriebels die ik zou voelen wanneer ik hem zou zien. Áls ik hem zou zien.

Meneer Brown wreef in zijn handen, vouwde ze samen en ademde vervolgens uit in de holte tussen zijn handpalmen. Hij keek me aan met een pijnlijke blik in de ogen. Meneer Brown, de schilder die instond voor het onderhoud van de wapenschilden, was een fijne man. Ik lachte begrijpend en keek naar zijn handen. Zijn hoofd draaide in de richting van de menigte op de oever en hij leek naar één bepaald punt te kijken. Iets ergerde hem. Een van de honden van de koning was erin geslaagd te ontsnappen uit zijn kennel. Alweer. Het beest, dat ik niet herkende, rende vrolijk door de menigte.

'Waar blijft Richard?' vroeg meneer Brown. Hij had duidelijk zin in een praatje. Het leek erop dat het nog even zou duren voor we konden vertrekken. Richard had blijkbaar niet veel haast.

Ik probeerde hulpeloos te kijken. 'Hij heeft het druk. We wisten het maar op het allerlaatste moment.' Nu was het mijn beurt om geërgerd te kijken. Ik wilde dat hij beaamde wat ik zei. Dat ook hij vond dat er te weinig tijd was voor de voorbereidingen.

Hij fronste zijn wenkbrauwen en knikte nauwelijks merkbaar. 'Gelukkig is Joseph er ook nog.' Hij knikte naar Joseph, die chagrijnig kijkend voor Hettie en mij zat. 'Ja, dat is waar', antwoordde ik. Voor Joseph was mijn kostbare roos gewoon een van de zovele suikerwerkjes. Een kleintje. Eentje dat niet moeilijk in te pakken was. Het lag ergens tussen de vele andere zoetigheden in een van de kisten op de boot. Wachtend om te worden afgewerkt. Nog een bloemblaadje of twee...

Meneer Brown knikte naar Hettie. 'Voel je je niet lekker?'

'Nee.'

Arme Hettie. Ze had in bed moeten liggen, want ze was snipverkouden. Ze had een loopneus en zag er bleek uit. Net nu iedereen ons leek te willen aanstaren. Vooral de *Royal Watermen* die ons niet kenden. Twee vrouwen, geen edelvrouwen maar ook niet van de andere soort. Of toch? Enkele opportunisten leken zich klaar te maken om te onderhandelen, tot de *Sergeant Porter*, die aan het hoofd van de kruiers stond, hen op andere gedachten bracht. Nochtans zagen we er met onze saaie mantels helemaal niet zo uit.

De meeste zwanen hadden zich teruggetrokken in de mist, gestoord door onze aanwezigheid. Slechts een paar hielden de wacht, minachtend kijkend naar de beroering op de oever, met een gemene flikkering in hun ogen. Zelfs de zwanen leken ineengedoken en verveeld te wachten. *Komaan, Richard. Het blijft maar duren.* We werden verondersteld voor de koning te vertrekken. We moesten al aan het werk zijn voor hij aankwam. En niet dat we niets te doen hadden. Vastenavond zat eraan te komen. Achter ons lag de prachtige staatsieboot van de koning, aangemeerd langs de *Privy Steps*. Boven aan de trap langs de kade hielden stenen beesten de wacht, hun muil bevroren in een woeste grom.

Ik vroeg me af wie ons vanuit de koninklijke vertrekken stond gade te slaan terwijl we ons warm ingeduffeld klaarmaakten voor het nakende vertrek.

In de menigte zag ik even de kleuren van Richards kleren. Hij kwam redelijk snel naar ons toegelopen, en tegelijk scheen hij gewoon een ommetje te maken. Richard zag er nooit gehaast uit. Hij maakte zich nergens zorgen om. Ik zag dat hij geen mantel droeg en dat hij toch die broche weer had opgespeld. Hopelijk merkte niemand anders het. Hij sprong op de boot en ging recht tegenover mij zitten. Ik kon niet vragen wat ik eigenlijk wilde vragen, dus zei ik maar dat hij het koud zou hebben. Alhoewel het meelevend was bedoeld, klonk het beschuldigend. Hij keek me sceptisch aan, schudde zijn hoofd en kruiste vervolgens zijn armen. Zijn handen stak hij onder zijn oksels.

Daarnet, in de keuken, had ik hem gevraagd of hij iets voor me wilde doen. Dat vond hij grappig, want volgens hem deed hij de hele dag niets anders. Hij was in een vrolijke bui. Daarom vond ik ook dat ik het hem kon vragen.

Ik had net vernomen dat we naar Whitehall zouden verhuizen, naar de officiële koninklijke residentie. Daarom ging ik ervan uit dat iedereen mee zou verhuizen. Niet zoals wanneer we met een select gezelschap voor het weekeinde vertrokken naar een van de jachtverblijven. Toen Richard weer in de keuken opdook na een korte afwezigheid waarvoor hij geen verklaring had afgelegd, zag hij er bijzonder opgewekt uit.

'Silvester komt ook mee.'

Silvester. Die page van sir Henry Norris. De vriend van Richard.

Ook? Kwam niet iedereen mee?

Mark.

Ik vroeg het hem.

'Alleen de koning en zijn gevolg', antwoordde hij. 'De koningin en haar hofhouding blijven hier. De koningin is ziek.'

Maakte Mark nu deel uit van het gevolg van de koning of van de koningin? Ik vroeg of Richard navraag kon doen of Mark meekwam.

Hij lachte.

Ik voelde me alsof ik poedelnaakt voor hem stond. 'Heb ik iets grappigs gezegd misschien?'

'Jij en Smeaton', grinnikte hij.

Ik voelde mijn maag ineenkrimpen. *Hij wist het.*

Wat weet je er dan van, Richard? Wat weet jij van de liefde?

'Jullie zijn zo'n zonderling stel.'

Iets in zijn houding deed me twijfelen. Wist hij het dan toch niet? Ik voelde me triomfantelijk. En alleen.

'Vind je?' Ik vroeg het hem poeslief, opdat hij verder zou praten.

'Alsof jullie in een eigen wereldje leven', ging hij verder, nog altijd even vrolijk.

Ik besefte dat hij niets doorhad. Nog niet. Mark en ik konden voorlopig verder in alle rust in ons wereldje leven. Fijn. Want ik wilde nergens anders zijn.

'Kun je het even uitvissen?' vroeg ik.

Richard protesteerde. 'Hoe dan?'

'Hoe zou ik dat moeten weten? Jij bent degene die overal een mannetje heeft.'

Hij haalde zijn schouders op. 'Dat zal dan wel zeker.' Hij klonk niet overtuigd.

Ik had hem het grootste deel van de ochtend niet gezien, maar ineens was hij er.

'Niet eenvoudig', begon hij zonder dat ik hem iets had gevraagd. 'Niet iedereen is op de hoogte van het doen en laten van meester Smeaton. Of beter, niemand is ervan op de hoogte. Ik heb hem moeten opwachten.'

'Wát heb je?' Zoiets hoorde je niet te doen. Mannen opwachten in het paleis.

Hij schudde het hoofd. 'In de kapel.'

'Ah.' In de kapel mocht het. Kon hij eigenlijk niet gewoon aan iemand vragen of de muzikanten meekwamen? Welke muzikanten mee verhuisden? Dat was wat ik verondersteld had dat hij zou doen. Vragen stellen. Een gesprek aanknopen. Niet dat hij normaal over muzikanten zou spreken, maar dat wist toch niemand.

'En wat heb je dan gezegd wanneer je hem zag?'

Richard keek me ongelovig aan. 'Ik zei: Lucy wil weten of je meekomt naar Whitehall.'

'Dat meen je niet!'

Aan zijn stem merkte ik dat hij zijn geduld aan het verliezen was. 'Dat was toch wat je wilde weten? Of niet soms?'

Het had onschuldig geklonken. Ik wilde het antwoord horen. Dat was voor mij het belangrijkste.

'Hij zei dat hij gevraagd had of hij hier kon blijven.'

'Of hij hier kon blijven?'

'Dat zei hij.'

'Waarom dan?'

'Weet ik veel.'

'Heb je het hem niet gevraagd?'

'Luister, hij was een beetje van de wereld weg. Of nee... gehaast. God weet waarom. Hij moest in ieder geval geen koffers pakken.'

Richard die hem in een hinderlaag had gelokt. Mijn fout. 'Heb je gezegd dat jij meekwam?'

Hij dacht na. 'Waarschijnlijk niet. Toch niet met zoveel woorden. Ik heb hem gevraagd of hij meekwam naar Whitehall. Daaruit kon hij toch afleiden dat wij gaan.'

'En heeft hij anders nog iets gezegd?'

'Waarover?'

'Eender wat.'

Opnieuw dacht hij even na. 'Nee, dat was het ongeveer. Tot ziens en zo.' Hij keek verveeld naar de menigte aan de wal.

'Richard, zag hij er ziek uit of zo?' Dat moest de reden zijn.

Iets op de oever leek zijn aandacht te hebben getrokken. Richard draaide zijn hoofd weer in mijn richting. Het duurde even voor hij antwoordde. 'Het is de koningin die ziek is', zei hij. 'Smeaton denkt waarschijnlijk dat hij haar kan bijstaan als ze iets nodig heeft. Samen uit, samen thuis, weet je wel.' Het klonk niet als een sneer. Hij gaf gewoon zijn mening. 'Maar ik betwijfel of iemand haar nu nog kan helpen. En weet je wat ik ook denk?'

Deze boot. De andere boten. De staatsieboot. Onze koffers... We lieten haar achter. Nu begreep ik het. Dat was wat er gebeurde. Ik had ook door waarom. De beloofde baby was er niet gekomen. Het prinsje-van-de-laatste-kans. Dus moesten we allemaal vertrekken. Stroomopwaarts. Zonder haar.

'Ik denk niet dat hij er goed aan doet met haar geassocieerd te blijven. Het beste dat hij kan doen is vertrekken, met ons mee. Het slechtste, blijven.'

'Richard,' – dit ging even te snel voor mij – 'wanneer is het misgelopen?'

'Tien dagen geleden', fluisterde hij.

'Waarom heb je me dat niet verteld?' Ik was nog stiller dan hij was.

'Dat heb ik gedaan. Deze morgen. Ik zei toch dat ze ziek was.'

Ziek? Ziek. Het klonk anders wanneer het op een fluistertoontje werd gezegd. Zwaarder.

De begrafenis van koningin Catharina was tien dagen geleden. Hij keek naar beneden terwijl hij sprak. 'Ik heb het zelf pas vanochtend vernomen, toen ons gezegd werd dat we onze koffers moesten pakken. En "ziek" was alles wat ik wist. Maar...'

Maar de boot, boten, en de koning die verhuisde met zijn hele gevolg. Dat zou hij niet doen als ze ziek was, gewoon ziek. Hij zou bij haar blijven, haar helpen. Wachten.

Het is uit. Voorbij.

'Ik denk niet dat iemand het vroeger geweten heeft. Als Silvester er niet van op de hoogte was, dan was niemand dat. Van de mannen, bedoel ik. Ze is tien dagen aan een stuk niet uit haar kamer gekomen. En de vrouwen zeiden niet veel. Enkel dat ze "ziek" was.'

Ze was de baby kwijt. Zo zacht als boter was hij. En dodelijk rood. Waar was hij nu? Wat gebeurt er met die verloren kinderen? Worden ze gehouden om in een doek te worden gewikkeld en begraven? Of wat? Verbrand? En wie doet dat? Ik had het gerucht opgevangen dat Anna Boleyn koningin Catharina had vergiftigd. Ik kon er niets aan doen dat ik het hoorde. Iedereen had het erover. Wat ik wel met zekerheid wist, was dat terwijl de koningin pas gestorven was, de koning uit zijn zadel gelicht werd en twee dagen buiten westen bleef, tot hij, net als in een sprookje, plots weer wakker werd. Sedertdien hinkte, kreunde en raasde hij. Niet iets wat je van een koning zou verwachten. Toch niet van de koning die hij was. En op de dag dat de koningin in haar graf te rusten werd gelegd, veranderde de baby van haar rivale in blubber.

Wat dacht zij, Anna Boleyn, daar allemaal van? Anna Boleyn, leeg, ergens achter een van de ramen, starend naar buiten. En zelfs als ze niet keek, dan hoorde ze ongetwijfeld wel de vloerplanken kraken, deuren die dichtgeslagen werden, mensen die aan het inpakken waren of die vertrokken.

Mark was daarbinnen, bij haar. Bij haar. Daarbinnen.

Anna Boleyn

Ik kon nooit lang een geheim bewaren, Elizabeth. Dat lijkt te veel op liegen. Maar met jou, tijdens die eerste maanden, toen je nog onzichtbaar was voor de buitenwereld, had ik geen keus. Ik was de enige die het mocht weten. Voor zo'n klein meisje was je groot nieuws – het grootst mogelijke nieuws – en ik ben nooit nonchalant geweest. Wel optimistisch. Toen nog. Voor mijn volgende zwangerschappen me voorzichtiger maakten. Ik twijfelde er niet aan dat je zou blijven leven. Het zal je dan ook niet verwonderen dat ik nu en dan iets liet doorschemeren. Een vage hint.

Mijn eerste echte triomftocht volgde drie maanden later. Op die dag voelde ik je ook de eerste keer bewegen, vlak voor ik eindelijk in het openbaar erkend zou worden als Hendriks zwangere echtgenote en toekomstige koningin. George was naar Frankrijk gestuurd om naar de mening van Frans te polsen en hij was teruggekeerd met goed nieuws. Toen werd alles maar ineens aangekondigd. Dat Hendrik en ik elkaar het jawoord hadden gegeven, dat ik zwanger was en dat ik tot koningin gekroond zou worden.

De jurk die ik zou dragen om op de vooravond van Pasen naar de mis te gaan, was ongezien in Engeland. Het had een maand geduurd om hem te maken. En ik had hem laten bezetten met diamanten. Alleen diamanten deze keer. Er zaten diamanten in mijn haar. Ze parelden over mijn schouders. De steen aan mijn halsketting was een prachtstuk. Mijn polsen waren getooid met diamanten. Mijn vingers ook. In een tros hingen ze op mijn borst en rond mijn middel was een ketting van diamanten aangebracht.

Toen Annie me in mijn jurk hielp, heb ik je de allereerste keer voelen bewegen in mijn buik. Ze maakte een haakje vast aan de achterkant van mijn nek en merkte dat ik iets te gretig inademde. 'Sorry, heb ik je geprikt?' vroeg ze afwezig.

Toen jij en ik die avond mijn vertrekken verlieten om naar de mis te gaan, ging dat niet onopgemerkt voorbij. Trompetblazers voor ons, en zestig hofdames in ons kielzog. Iedereen keek ons met open mond aan. Er was niemand die dit had zien aankomen, of toch niet alles tegelijk. Het huwelijk, klaar; de baby, onderweg; de kroning, gepland binnen een zes weken. Toen ik naderde, merkte ik hier en daar enthousiasme op de gezichten. Niet overal natuurlijk. Toen Hendrik het nieuws aankondigde, stelde hij voor dat iedereen me maar moest feliciteren na de misviering. Toen moesten ze wel. Allemaal. Sommigen waren zo onder de indruk dat hun hoofd ervan tolde, anderen waren dan weer nerveus of letten goed op wat ze zeiden. Het had best een fijn moment kunnen zijn, maar na een tijdje was ik letterlijk uitgeput. Ik had geen last meer van misselijkheid, maar mijn jurk zat zo strak dat ik wanhopig verlangde tot ik hem kon uittrekken en languit in een bad kon gaan liggen.

Ik bleef lang in mijn bed liggen de volgende morgen, zogezegd omdat ik verkouden was. Hendrik leek er niet zo mee te zitten, maar mijn moeder stond als de weerlicht naast mijn bed te kakelen dat ik iets moest eten. Eten is goed als je verkouden bent, niets eten helpt als je koorts hebt. Op haar vraag werd mij een maaltijd toegestuurd uit de *Privy Kitchen*. Nadat ik haar naar buiten gewerkt had, zette ik het dienblad aan de kant. Maar dan kwam George de kamer binnen. Hij ging op mijn bed zitten en probeerde me op te vrolijken met de laatste roddels. Ik heb dan maar toegegeven dat ik gewoon nog even in mijn bed wilde blijven liggen.

Een uurtje.

Terwijl ik nog wat rustte, beeldde ik me in dat ik het geroep van mijn hofhouding niet hoorde. Het geluid van de stemmen van de diensters die met elkaar aan het praten waren. Het lawaai dat mijn pupillen maakten. Het gemompel van mijn kapelaans en mijn dokter. Dat ik het geklepper van hoeven en de geluiden uit de keukens niet hoorde. Een hele entourage, al die mensen, druk in de weer. Ik luisterde naar de stilte van Engeland achter die stemmen en geluiden. Was het stilte? Of waren de kerken gevuld met de gebeden voor 'Koningin Anna', zoals Hendrik het had bevolen. Wist het Engelse volk wel wie ik was? Waren er eigenlijk mensen die ver van Londen en onze gewoonlijke routes woonden die het hadden over de dood van koningin Catharina? *Is het waar dat koningin Catharina gestorven is?* Zeer waarschijnlijk.

Mijn oom Norfolk en zijn *partner in crime*, Charlie, waren drie dagen voor haar dood naar haar toe gestuurd om Catharina te zeggen dat Hendrik en ik elkaar het jawoord hadden gegeven en dat we tegen het einde van de zomer een kind verwachtten. Ze zeiden haar dat ze weer prinses-douairière was, zoals ze zoveel jaar geleden ook was geweest, toen Hendriks broer was gestorven. Haar reactie? Ze was niet ondergeschikt aan de koning, zei ze tegen een bedremmeld kijkende Norfolk en Suffolk. Ze was zijn echtgenote en dus niet onderworpen aan zijn beslissingen. Tot de paus daar anders over oordeelde, bleef zij koningin van Engeland. En zo zou ze ook worden aangesproken door haar gevolg. Ik vond dat nutteloze verzet van haar toen best grappig. Alsof het ook maar iets uitmaakte hoe ze haar aanspraken. Want haar gevolg was samen met haar verbannen naar Bedfordshire. Nu begrijp ik waarom ze zich zo heeft verzet. Voor haar dochter. Als Catharina aanvaardde dat haar huwelijk met de koning in feite nooit een huwelijk was geweest, dan was de prinses een buitenechtelijk kind. En ook de ronkende titel 'Lady' die ze voortaan zou dragen, zou daar niets aan veranderen. Ondanks haar diepgewortelde geloof moet Catharina lang daarvoor geweten hebben dat het voor haar voorgoed voorbij was. Hendrik zou nooit meer van haar houden, of haar opzoeken. En haar oppermachtige maar drukbezette neef had alsmaar minder tijd voor die oude tante die hij nooit heeft gekend, die jaren geleden uitgehuwelijkt werd. Ze had geen toekomst meer. Ik denk dat ze dat wel aanvaardde. Voor zichzelf. Maar niet voor haar dochter.

Aan de hoorzitting voor de echtscheiding was bewust weinig ruchtbaarheid gegeven, ondanks de aanwezigheid van de aartsbisschop en heel wat vooraanstaande geestelijken. De zitting vond plaats in Dunstable, dicht bij de residentie van Catharina. Op die manier kon ze zich zonder al te veel ceremonieel verplaatsen wanneer haar aanwezigheid vereist was. Uiteraard weigerde ze de hoorzitting bij te wonen. Ze had een beroep gedaan op Rome en daar bleef ze bij zweren. Hoewel dit ondertussen verboden was voor eender welke onderdaan van de koning. Maar goed, haar standpunt kenden we. Ergens in de laatste week van mei keerde Thomas terug uit Dunstable. In Lambeth Palace kondigde hij aan dat de echtscheiding een feit was.

Ik was er klaar voor. De volgende dag bracht de staatsieboot van de koningin mij naar de Tower. De traditie vereist immers dat de toekomstige koningin er enkele dagen voor haar kroning haar intrek neemt. Na de plechtigheden zou ik in Westminster tot koningin van Engeland gekroond worden. In boten uitgerust met zonneschermen en versierd met prachtige tapijten, leken de vertegenwoordigers van alle stadsgilden elkaar te willen verdringen voor een plaatsje naast de staatsieboot. Aan land zou het niet anders zijn. Ook daar zou het duwen en trekken worden om een glimp van de nieuwe koningin op te vangen. En de straten zouden vol gebroken glas liggen, omdat geen enkel raam bestand bleek tegen het aanhoudende gebulder van de kanonnen. Daar, op het water, kon ik mezelf niet eens horen lachen.

Hendrik was er al, klaar om het volk te groeten. Toen hij me aan wal geholpen had, legde hij zijn grote handen op mijn buik. We waren veilig thuis. En ik moet toegeven dat ik opgelucht was toen ik al die lachende mensen op het water hoorde.

De Tower, vroeger zo vochtig en groezelig, zag er een jaar na aanvang van de renovatiewerken heel anders uit. De volgende dag werden de feestelijkheden voortgezet. Mannen werden tot ridder geslagen, alsof dit niet de kroning van een koningin-gemaal was, maar die van een volwaardige regent. De boodschap van Hendrik, hoe ongeloofwaardig dit nu ook mag klinken, was duidelijk: hij en ik waren evenwaardig.

De dag dat ik de Tower verliet en met veel vertoon naar Londen zou terugkeren, begon met een valse noot, want ik had een aanvaring met Papa. Mams bevond zich in de kamer van mijn ouders en was zich aan het aankleden. Zonder enige verklaarbare reden was Papa naar mijn vertrekken gekomen, wat op zich al ongewoon was. Gewoonlijk was hij redelijk afstandelijk. Vanuit de aangrenzende kamer hoorde ik hem heen en weer lopen terwijl ik in mijn wit-met-gouden jurk geholpen werd. Om de zwelling van mijn buik te verhullen was mijn jurk voorzien van een extra stuk stof. Ik moet toegeven dat ik de verandering van mijn lichaam allesbehalve fijn vond. Ik was mij erover aan het beklagen toen Papa plots door de deuropening blafte: 'Je zou jezelf gelukkig moeten prijzen!'

Het was de toon die het hem deed. Gemeen.

Geluk. Alsof alles me zomaar in de schoot was geworpen. Het had zeven jaar geduurd voor ik de man van wie ik hield had kunnen huwen. Bovendien was er een afscheiding van Rome nodig geweest. Ik had mezelf zeven jaar lang weggecijferd en had hard gewerkt om te staan waar ik toen stond. Ik wilde bovendien dat mijn eerste kind een wettig kind zou zijn. Hoe durfde hij zo uit de hoogte te doen alsof ik een of ander dwaas wicht was, zoals mijn zus. Alsof ik dankbaar moest zijn. Wel, ik was helemaal niet dankbaar. Razend, dat was ik. Zelfs op die vreugdevolle dag. Onder het fijne laagje vernis was ik razend op al die hufters. Ook op mijn vader, die – dat zag ik op dat moment in – er ook een was.

Ik rukte me los uit Annies handen en stampvoette naar de deur om mijn gal te spuwen. 'Je bent gewoon jaloers. Dat ben je.' Op mijn succes.

Hij rolde met zijn ogen, zijn zwarte Boleynogen. 'Begin niet.'

'Jij bent begonnen.'

Achter me hoorde ik de stem van George. 'Anna...'

Goed geprobeerd, George, maar hij heeft het gezocht.

Mijn vader keek over mijn schouder: 'En jij...'

De kracht van zijn stem maakte me zo mogelijk nog kwader. *Wat had George hiermee te maken?* Ik keek mijn vader recht in de ogen. 'Jij wat?'

Hij keek van mij naar George en weer naar mij. Ik zag dat hij niet wist *wat*. En dat hij ons niet kon uitstaan.

George stak zijn arm achter mij langs en trok de deur dicht. Kalmweg. 'Nu is niet het moment', zei hij alleen maar.

Ik draaide me als een wervelwind om. Gekwetst. Maar hij bleef rustig. 'Ik wil het niet horen. Niet nu. Vergeet het. Laat hem maar even gaarkoken in zijn eigen vet.' Hij glimlachte triest maar liefdevol en wees naar de sluiting van mijn jurk die nog niet was vastgemaakt. 'Kleed je nu maar eerst verder aan.'

Hij had gelijk. De mensen kwamen kijken naar de jurk. Daar maakte ik mij geen illusies over. Ik was bijna koningin en moest er als een halfgodin uitzien. Een wit-met-gouden jurk, waarvan het corsage bezet was met juwelen. Op mijn voorlopig nog ongekroonde hoofd een delicate halve cirkel van edelstenen. Een enkele streng parels rond mijn nek, zo groot als blinde ogen, en eronder een enorme diamant. Ik maakte me geen zorgen dat het volk niet zou krijgen waarvoor het gekomen was. Ik zou boven de massa uittorenen wanneer ik naar Westminster gedragen werd. Een processie, een halve mijl lang, waaraan zowat iedere ridder, bisschop en ambassadeur in Engeland zou deelnemen. Iedereen die iemand was, zou erbij zijn. En ik zou in het middelpunt van de belangstelling staan.

En inderdaad, de Londenaars keken hun ogen uit. Maar meer dan wat staan gapen met ogen die bijna uit hun kassen rolden, deden ze niet. Ellenlange straten vol starende ogen tussen de verschillende opvoeringen op de kruispunten en aan de stadspoorten: straatvoorstellingen, toespraken en kinderkoren, waarvoor ik telkens weer – ondanks de druk in mijn blaas – moest stoppen om handjes te schudden en vriendelijk te glimlachen. Maar tussen die verschillende opvoeringen in was het enige geluid dat ik hoorde het getinkel van de zilveren belletjes van de overkapping van de koets. Dat en het getrappel van de hoeven. Tot de hofnar van de koning zich niet langer kon inhouden en zich onder de toeschouwers begaf. 'Zijn jullie hoofddeksels aan jullie hoofden vastgegroeid misschien?' En toen zag ik hier en daar iemand die, zij het met tegenzin, zijn hoed afnam. Het bleef maar duren voor Hendrik in Westminster Hall aankwam. Ik verlangde naar een knuffel, en de zoetigheden die ik voorgeschoteld kreeg hadden nog nooit zo lekker gesmaakt. De warme wijn was heerlijk. En dan zwijg ik er nog over dat ik eindelijk een andere jurk kon aantrekken, voor ik me via een achterpoort naar de rivier begaf om er de boot te nemen naar Whitehall. Naar bed. Ik kon nauwelijks nog een stap verzetten. Doodop was ik.

De volgende dag was het zover. En nu verplaatste ik me te voet. De wandeling van Westminster Hall naar de abdij gebeurde in een heel ander gezelschap dan gisteren: de abten van Engeland, de monniken van Greenwich en het koor van de koninklijke kapel. De kleinste jongens legden de meeste ernst aan de dag. Ik merkte Mark Smeaton op, die hen angstvallig in het oog hield. Achter mij liep slechts één oude vrouw: mijn grootmoeder, die mijn vuurrode sleep droeg. Ja, het was de stoutmoedige hertogin-douairière zelf die Engeland wilde tonen wie de Norfolks waren. Haar stiefzoon, mijn oom, had laten weten dat hij voor zaken naar Frankrijk moest en, zoals altijd, had zijn exvrouw Liz een andere afspraak. Wat mij betrof, kon ze rustig sudderen in haar eigen bittere gal. Let op mijn woorden: zelfs voor haar eigen begrafenis zal ze haar kat sturen. Maar hun zoon kwam wel, de immer vriendelijke Hal. Hij was speciaal van Parijs naar Londen gereisd. Ik weet niet of ik er echt goed aan heb gedaan om hem een kushandje toe te werpen toen ik hem zag. Hal was een knappe man geworden en had mij vanuit de menigte een betoverende glimlach geschonken.

In stilte dankte ik God voor de trage pas van mijn grootmoeder. Mijn fluwelen kleren waren loodzwaar en ik was bovendien zwanger. Ik voelde me loom onder het goudkleurige zonnescherm. We volgden de rode loper naar binnen tot aan de troon, waar een plichtsbewuste Thomas de kroon in zijn handen hield. Met de veel te grote kroon op mijn hoofd – de mijne was nog niet klaar – moest ik erop letten dat ik rechtop bleef zitten tijdens het hele Te Deum.

Het banket in Westminster Hall viel tegen. Ik zat alleen aan een tafel op een verhoog, zodat ik iedereen goed kon zien. De genodigden hadden het best naar hun zin. Ik zag hoe mijn broer ieders aandacht had terwijl hij blijkbaar een grap aan het vertellen was, want even later hoorde ik het gelach van de jongens tot aan mijn tafel. Meg Shelton zag er dan weer onzeker uit, niet wetend hoe ze moest reageren op wat iemand haar had toegefluisterd. Harry Norris snelde haar te hulp en begon met haar te praten. Hendrik was er niet bij, want een koning woont de kroning van zijn koningin nooit bij. Omdat het haar kroning is. Ik wist echter dat hij stond toe te kijken achter een gordijn op de bovenverdieping, vermoedelijk in het gezelschap van Tom Cromwell. Ze hielden alles in de gaten en zaten elkaar waarschijnlijk schouderklopjes te geven en geluk te wensen met het succes van hun onderneming. Toegegeven, deze triomf was minstens zoveel die van hen als die van mij.

Ik deed wat er van mij werd verwacht en proefde van de meeste schotels. Tot ik zure oprispingen kreeg. Ik wilde niets liever dan mijn ellebogen op tafel laten rusten om met mijn handen mijn hoofd te kunnen ondersteunen. Nog nooit was ik zo blij geweest met de laatste gang, de suikersculpturen. Tot ik ze zag. Eerst had ik geen idee wat ik ervan moest denken. Het waren schepen, enorm veel schepen. Ik was vermoeid en de diepere bedoeling van de suikerbakkerin was me niet helemaal duidelijk. Hoe kon het toekomstige bewind van Anna Regina – dat welvaart en stabiliteit zou brengen – geassocieerd worden met een vloot van die omvang? Puur nautisch machtsvertoon. Of moesten de schepen de bedreigde Armada van Catharina voorstellen misschien?

Niemand anders leek zich dat af te vragen en iedereen bewonderde de glinsterende sculpturen. Ze schitterden nog meer dan anders doordat ze van ongekleurde suiker waren gemaakt. Ik stelde vast dat ze onbemand waren. Dat, en de spookachtige bleekheid van de schepen, maakte ze nog adembenemender dan ze al waren. Beter dan perfecte replica's. De genodigden staken hun handen uit om ze aan te raken. Met haar vingertop rolde Meg een kleine witte ton over het bevroren dek. Een fijn rooster dat het tuigage voorstelde, maakte een knisperend geluid wanneer de Franse ambassadeur er met zijn vinger tegen tikte.

ഌ

Nadat ik me door de officiële ceremoniën had weten te spartelen, was ik vast van plan om mijn kroning ook op mijn manier te vieren. Dit zou mijn zomer worden. Want in augustus wachtte mij het kraambed. Juni en juli brachten we feestvierend door, zowel in Whitehall als in Greenwich. Zonder geestelijken. Maar op een bepaalde dag ontvingen we een bericht dat ons plezier dreigde te vergallen. De zus van Hendrik was gestorven. Het was niet echt een verrassing, want ze was al een tijdje ziek en niemand was in staat geweest om te bepalen wat de oorzaak van haar ziekteverschijnselen was. Charlie was akkoord gegaan om tijdens mijn kroning de honneurs waar te nemen als *High Constable of England* en hij was die dag dan ook de processie voorgegaan, maar 's avonds was hij alweer vertrokken naar Suffolk. Sindsdien hadden we hem niet meer gezien of gehoord.

We betuigden ons medeleven en lieten onze condoleances overmaken. Ik had niet de minste moeite om Hendrik ervan te overtuigen dat onze picknick annuleren niets zou oplossen. Niemand stribbelde tegen. Hendriks zus, die niet eens zoveel ouder was dan ik, was vastgeroest gebleven in de gebruiken van een tijd die ver achter ons lag.

Met haar dood telden de rangen van mijn vijanden weer een lid minder. En dat is nooit een slechte zaak. Ik had me echter nooit zorgen hoeven te maken over haar. Ze droeg me geen warm hart toe, maar dat was het dan ook. Ze schaarde geen troepen achter zich of zo. Zoals de Gekke Non, als ik de geruchten mocht geloven. In haar geval waren het dan wel geen troepen, maar de Exeters. En God wist wat de Exeters bekokstoofden. Ze hadden geschitterd door afwezigheid tijdens mijn kroning. En dat was op zich al verdacht. Dat de Gekke Non in Canterbury als een waanzinnige tekeerging was tot daaraan toe. Dat ze de beste vriendjes was met de Exeters was iets anders, want hun mening over de plaats die ze innamen in de troonsopvolging kon – met reden – als verraderlijk gedachtegoed beschouwd worden. Tijdens mijn eerste zomer als koningin had ik een gevoel van onmin met die hele situatie. Ze irriteerde me zelfs. Ik wilde de zaken onmiddellijk aanpakken zoals ik dat altijd van plan was geweest: met aandacht voor de details. Ik zou niets over het hoofd zien.

Dus sprak ik met Tom Cromwell over de Gekke Non. Ik

sprak hem aan in de *Privy Gallery* en vroeg hem of ik me zorgen moest maken over haar. Ik had beter moeten weten, want hij antwoordde op zijn eigen typische manier. Zelfvoldaan zei hij: 'Als iemand zich zorgen over haar moet maken, dan ben ik dat wel.'

'Ook goed', antwoordde ik. 'En maak je je zorgen?'

Zijn grote hoofd met lillende wangen schudde krachtig heen en weer. 'Nee', zei hij op neerbuigende toon. Hij scheen het zelfs grappig te vinden.

Ik vertelde hem wat ik had gehoord.

'Denk je dat ik dat allemaal niet weet? Dat en zoveel meer?' vroeg hij. Zijn ogen fonkelden en zijn lippen glansden in het licht.

Met zijn hand maakte hij een beweging die mij gerust moest stellen. 'Alles is onder controle.' En dan weer die zelfvoldaanheid. 'Wat dacht je dan dat ik de hele dag zit te doen?' Uit een stapel documenten haalde hij een pamflet tevoorschijn. 'Zie je dit?'

'Wat is het?' Hij wist heel goed dat ik niet in staat was de krabbels in het Latijn te ontcijferen.

'Dit', antwoordde hij, 'is de preek die onze beste Peto op dit moment afsteekt in Amsterdam over de geldigheid van het eerste huwelijk van de koning.' Hij stak een vinger in de lucht om me het zwijgen op te leggen. 'Niet druk over maken. Je was er zelf bij toen hij je Jezebel noemde.' Toen hij plots leek te beseffen tegen wie hij het had, voegde hij eraan toe: 'Als je mij toestaat het erover te hebben.'

Dit maakte me om de ene of de andere reden aan het lachen.

'We kennen allemaal zijn mening en we weten ook dat we hem niet op andere gedachten zullen brengen. Ik denk niet dat je wakker ligt van Peto's beweringen?'

Belachelijk. Ik lachte smalend.

'De man is zo gek als een deur. Maar wat mij interesseert, is te weten wie hem geld toestopt om die preken te houden.' Hij stak het pamflet omhoog dat hij tussen zijn wijs- en middelvinger hield. 'Met andere woorden, wie hiervoor heeft betaald.'

'Wie dan?'

Hij keek me aan alsof ik net iets grappigs had gezegd. 'Geef me wat tijd', zei hij terwijl hij het pamflet tussen de andere documenten van de stapel terugstak. 'Ik heb dit pas deze morgen gekregen.' En net toen ik dacht dat ons gesprek voorbij was, zei hij: 'Het zou best wel eens Thomas More kunnen zijn.'

'More?' Het kon kloppen. Zijn standpunt was overduidelijk, ondanks zijn stilzwijgen. En bovendien was hij niet aanwezig geweest tijdens mijn kroning.

Opnieuw stak Tom zijn vinger in de lucht. 'Het zou kunnen. Maar wie het ook is, het is belangrijk dat je beseft dat het mij nooit om één bepaald iemand te doen is, één dwaze vrouw of één man met principes. Anna, jij neemt die dingen persoonlijk. Maar het gaat nooit om wat die ene persoon op dat ogenblik zegt. Ze zijn met meer. En ik wil het hele nest.' Hij draaide zich om en verdween.

Elizabeth, liefste schat, je werd geboren twee weken nadat ik mij had teruggetrokken om me voor te bereiden op jouw geboorte. Jij en ik samen hebben hun het plezier ontzegd om ons een hele maand lang in die kamer in Greenwich op te sluiten als kippen in een ren. Blijkbaar wilde je net als ik niet zomaar zitten toekijken terwijl het leven verder gaat. Ik kan me inbeelden dat hun bedoelingen heel oprecht waren, door een plaatsje voor me vrij te maken waar ik me veilig zou voelen en zoveel zou kunnen rusten als ik maar nodig achtte. Misschien denken andere vrouwen daar zo over, maar ik ben niet zoals de andere vrouwen. Ondanks de luxe had ik er een bloedhekel aan. De zware gordijnen bleven dicht, op bevel van de vroedvrouwen, en de vuurpot brandde dag en nacht, alweer op bevel van die vroedvrouwen. Wat ik nog het meest van alles haatte was het gezelschap. Vrouwen. Alleen maar vrouwen. Daar vond ik niets aan. Vooral het gezelschap van één vrouw in het bijzonder stuitte me tegen de borst. Dat van de echtgenote van mijn broer. Ik mocht George niet zien, maar Jane Parker was elk uur van de dag bij me. De vrouw die hij niet had gewild, die niemand wilde, maar ik – op mijn zwakst – zat ermee opgescheept. En ze wist het. Wanneer ze maar kon, kwam ze op mijn bed zitten. Onbeschaamd drong ze zich op. Overtuigd dat dit een privilege was dat zij, de schoonzus, als enige had. Wanneer ik ook wakker werd, altijd was ze er. En het beetje licht dat doordrong in die naargeestige kamer leek wel te worden opgeslorpt door haar ogen, die me voortdurend aanstaarden. Ze vond de opgelegde gezelligheid van ons samenzijn het einde en keek ernaar uit om ook tijdens de dramatische apotheose een rol te spelen. En wat nog erger was, ze vertrouwde me van alles toe over George. Wanneer ze dat deed, speelde ze de echtgenote die ten einde raad is: gefronste wenkbrauwen en rollende ogen. Wij, twee meiden, tegen hem. Wel, ik was niet tegen hem. Nooit geweest. En ik zou het ook nooit zijn.

Ik miste mijn broer en onze vrienden, maar dat ik Hendrik niet zag, was ondraaglijk. We waren sinds ons huwelijk niet meer van elkaar gescheiden geweest. En nu ineens, wanneer ik hem het meest nodig had, mochten we elkaar een hele maand lang niet meer zien. Maar ik wist dat hij niet veraf was, in hetzelfde gebouw. Het was raar om me tevreden te moeten stellen met nieuwtjes. Om alleen maar te mogen horen wat hij en de jongens aan het doen waren. Niet veel, maar zoveel meer dan ik aankon. Het waren alledaagse dingen, een maaltijd, een tenniswedstrijd, maar wel dingen waar ik ongelooflijk naar verlangde. Telkens als er een bericht over Hendrik kwam, hing ik aan de lippen van de boodschapper.

Het leven van de jongens ging verder zijn gangetje. Ze wachtten tot de tijd voorbijging, tot iemand hun plots een antwoord kwam geven op de vragen waar ze al zo lang mee zaten. Het kind leeft, of niet. De koningin maakt het goed, of niet. Een prinsje, of niet. Meer hadden ze niet te doen: spelen en wachten. En ik, ik zat opgesloten. Ik had moeite om te ademen en voelde me opgezwollen. En het enige vooruitzicht dat ik had, was een afmattende bevalling.

Miste Hendrik me? Evenveel als ik hem? Zag je de pijn in zijn ogen? Het gewicht dat hij moest torsen? Of had hij een leven dat druk genoeg was, zodat hij enkel op de kalme momenten aan mij moest denken? En wanneer hij tijd had, miste hij me dan? Ik had tijd over, ondanks de inspanningen van mijn gezelschapsdames. Wat mij betrof, kon het getater van vrouwen de bijtende humor van George en de wrange snedigheid van Harry niet vervangen. En ook de muziek die de dames speelden, kon me amper enige afleiding bezorgen. Hoe goed ze ook waren. Ze oefenden op de luit en het virginaal. Speciaal voor mij deden ze hun uiterste best, maar hun inspanningen deden me alleen maar denken aan Mark Smeatons zangstem, het gemak waarmee hij zong. De perfectie. Hoe het geluid van zijn stem mij, voor ik het goed en wel besefte, in zijn macht had. Terwijl ik mijn teruggetrokken leven achter die gesloten gordijnen leidde, was het geluid dat ik het meest hoorde dat van mijn kam. Behalve mijn haar wassen en kammen, konden de dames voorlopig niet veel meer voor me doen. 'O, laat me', kirde mijn schoonzus.

Soms deed ik alsof ik sliep, of viel ik echt in slaap. Op die momenten, en wanneer ik weer wakker werd, was het stil in de kamer. Dan kon ik aan Hendrik denken en me dicht bij hem voelen. In stilte praatte ik tegen hem. Hele gesprekken voerde ik met hem. Op een dag heb ik Annie zelfs gevraagd of ze me een van zijn hemden kon bezorgen. Een dat hij al gedragen had. Ik heb het later die middag gekregen. Een van zijn tennishemden, zijdeachtig, dun linnen, doordrongen van zijn geur. Wanneer ik het tegen mijn wang hield, had ik het gevoel, ergens diep vanbinnen, dat alles weer goed was. De vrouwen lachten om me, dat wist ik heus wel. Het was ook overduidelijk, want ze hielden maar niet op. Ze maakten er ook geen geheim van. Integendeel. Nu hadden ze nog een reden om vrolijk te zijn, want ik was dan toch menselijk.

Elizabeth, dat je geen jongen bent, geloof maar niet wat men je daarover zou kunnen vertellen. Het is gemakkelijk om aan te nemen dat je vader en ik er kapot van waren. Dat de geboorte van een dochter een schande was, een enorme klap om te verwerken. Daar is niets van aan. We waren ontgoocheld, dat wel. Maar alleen omdat, als je een jongen was geweest, je een oplossing geboden zou hebben voor een heel pak van onze problemen. En dat je een meisje bent, heeft in ieder geval geen extra problemen gecreëerd.

Dus het nieuws dat overal in het land aangekondigd zou worden was: geen prins deze keer, maar een gezonde dochter. De toekomst zou... wel, nooit veraf zijn en er nog altijd even rooskleurig uitzien als hij altijd al had gedaan. Hendrik was gek op jou, zijn perfecte dochter met het blinkende neusje. Hij was het die jou je naam gaf: die van zijn moeder, toevallig ook die van mijn moeder.

En ik? Wel, ik zag de verrassing in de vele ogen van onze bezoekers. Maar hun verrassing verdween in het niets bij de mijne. Ik had nooit gedacht dat ik dit moederinstinct zou hebben. Ik had zelfs het omgekeerde gevreesd. Maar ik kon je wel opeten. Ik verdronk in die helderblauwe ogen van jou, elke keer als je me aankeek. En wanneer ik je aanraakte, voelde je huid onder mijn vingertop aan als warme melk. Het vertrouwen dat je me schonk was grenzeloos en je sliep op het ritme van mijn hart. De rest van de wereld bestond niet voor jou. Er was enkel je moeder. Je *kende* me.

Ik wilde niet dat je een min zou hebben. Ja, ik. De vrouw voor wie de zwangerschap zo vervelend en weerzinwekkend was geweest. Ik dacht aan de praktische kant, want ik had altijd melk bij me. Maar niemand wilde er iets van horen. Ik denk dat ze in gedachte al met mijn volgende zwangerschap bezig waren. Die van – mogelijk – de prins. In hun ogen was mijn werk met jou gedaan.

Toen je drie dagen oud was, werd je, in de armen van je overgrootmoeder, meegenomen om te worden gedoopt. Je was gekleed in hermelijn en purperen fluweel, en via de galerij die zo vaak gebruikt was geweest door Catharina, werd je naar de broeders Observanten gebracht. Want daar stond, speciaal voor jou, een doopvont van puur zilver. Mijn grootmoeder is een vrouw die weet hoe je een entree maakt. En haar aanwezigheid gaat nooit onopgemerkt voorbij. Ik had graag even lang geleefd als zij, om op mijn beurt in de voetsporen van de onverschrokken en gevreesde vrouwen van het geslacht Norfolk te treden. Nu zul jij dat moeten doen. Jij alleen. Voor Oma maakte het niets uit dat je een meisje bent. Dat las ik op haar gezicht toen ze je terugbracht. Per slot van rekening was zij ook een meisje geweest. Haar gezicht zal niemand zich nog herinneren wanneer ze sterft, want er bestaan geen portretten van haar. Het zal de wezelkop van mijn oom zijn die de volgende generaties als vertegenwoordiger van de Norfolks zal aanstaren. Maar zij is degene die deze familie gemaakt heeft tot wat ze is. Wanneer ik in haar ogen keek, zag ik dat we allebei hetzelfde dachten. Een sterke vrouw is verschillende mannen waard. Toen al kon je zien dat je een sterke vrouw zou worden. In haar geruststellende ogen las ik dat er zeker een zoon moest komen, maar dat dit wel op het geschikte moment zou gebeuren.

Als een volgende zwangerschap betekende dat je een broer zou krijgen, dan aarzelde ik geen seconde. Het zou je veiligheid alleen maar ten goede komen. In december, in de kalme periode net voor Kerstmis, werd je van mij weggerukt om te worden toevertrouwd aan de ervaren Margaret Bryan. Je werd naar Hatfield gebracht, waar je je eigen gevolg had. Het was tijd voor jou om niet langer mijn baby te zijn en prinses van Engeland te worden. Hendrik stuurde jouw halfzus met je mee om voor je te zorgen. Op die manier zou ze ook leren wat haar plaats is: na jou. Ik zorgde ervoor dat er ook iemand meeging om haar in het oog te houden, mijn tante, Anne Shelton. Ze had een hekel aan Mary, en Mary aan haar. Tegen Kerstmis droomde ik weer van Hever. Ik weet het eraan dat ik je had moeten laten gaan. Maar slechts drie maanden na jouw geboorte was ik alweer zwanger.

ꝏ

Het zou fijn geweest zijn om het even wat kalmer aan te doen, maar de oude Spaanse zeug, met haar aangeboren instinct voor slechte timing, besloot net nu om ons het leven weer eens zuur te maken. Ze hoopte dat Hendrik haar niet zou vergeten tijdens de kerstperiode. Ze stuurde ons de boodschap dat Buckden – het vochtige en kille Buckden – haar gezondheid geen goed deed, en dat ze, nu de winter voor de deur stond, behoefte had om te verhuizen. Dat het de bedóéling was dat haar verblijf in Buckden haar geen goed zou doen, zal ze wel nooit hebben durven denken. Hendrik las haar brief voor. Ik had hem gevraagd om dat te doen. Zijn gezicht bleef volledig uitdrukkingsloos terwijl hij las. Ik voelde iets wat het midden hield tussen beklemdheid en woede en was me al aan het voorbereiden om hem straks weer eens te overtuigen dat hij het hard moest spelen met haar. Maar zodra hij klaar was met lezen, verfrommelde hij de brief en zei: 'Wel, als ze wil verhuizen, dan kan dat.' Hij leek niet eens lang te hoeven nadenken voor hij besloot waar naartoe. 'Somersham', luidde het. Zelfs ik was verrast. Ik was nooit in Somersham Castle geweest. Waarom zou ik ook? Maar ik weet waar het ligt. Vlak bij Ely. Niet zo ver van de Noordzee. Hendrik begon het te begrijpen.

Het enige probleem was dat ook Chapuys het begon te begrijpen. Op de ene of de andere manier had hij – zoals altijd trouwens – snel weet van het plan en hij vroeg dan ook om door Hendrik in audiëntie ontvangen te worden. Alleen Hendrik. Maar daar was ik het niet mee eens. Hendrik en ik waren partners, vooral wat deze zaak betrof. Het ging hier nog altijd om een vrouw die aanspraak maakte op mijn titel. Toch besliste ik dat een plechtig stilzwijgen mijnerzijds wel zou volstaan. Misschien intimideerde het hem zelfs. Dus woonde ik het gesprek bij. En hij – zoals altijd – negeerde me.

'Nee', zei hij toen Hendrik bevestigde dat ze naar Somersham zou verhuizen. 'Ze is ziek en zwak, en het is er nog erger dan in Buckden. Als dit plan wordt uitgevoerd, kunnen wij niet anders dan het afkeuren.' Hij schonk mij een donkere blik, zoals alleen Spanjaarden dat kunnen. Hilarisch.

Ik wilde hem een klap in het gezicht verkopen zodat hij weer een beetje redelijker werd. Dit waren toch zijn zaken niet? Wat had dit met Spanje te maken? Catharina had sinds haar jeugd geen voet meer op Spaanse bodem gezet. En nu was ze een oud vrouwmens. Ze was een Engels probleem en een Engels probleem werd met een Engelse oplossing aangepakt. En die was een kil en vochtig kasteel. Tot mijn grote verbazing verroerde Hendrik zich niet. Hij zuchtte niet, protesteerde niet en keek zelfs niet boos. Alsof de bezwaren van Chapuys er helemaal niets toe deden. Hij haalde zijn schouders op. 'Fotheringhay, dan maar.'

Ik hield mijn adem in en wachtte op de reactie van Chapuys.

De Spaanse ambassadeur leek uit het lood geslagen, gedesoriënteerd. 'Waar is dat?'

'Northamptonshire', zei Hendrik luchtig. Door de manier waarop hij het had gezegd, leek het wel een warm en rustgevend oord.

Chapuys wist niet – kon ook niet weten – hoe het er in werkelijkheid was. Hoe kon een Spanjaard zich Northamptonshire voorstellen?

Catharina woonde hier echter al lang genoeg en had genoeg gereisd om te weten dat het aanbod om naar Northamptonshire te verhuizen geen helpende hand was die haar werd gereikt. Dus antwoordde ze zoals ze dat altijd deed: met een weigering. Je zou denken dat ik het ondertussen wel gewend zou zijn – en dat was ik ook – maar ik kon er alsmaar minder geduld voor opbrengen. We waren ondertussen jaren verder. Ik was de vrouw van Hendrik, de koningin van Engeland en de moeder van de troonopvolgster. En bovendien zou ik binnenkort nog een Tudortelg op de wereld zetten. Die hele situatie met Catharina had allang opgelost moeten zijn. Men had al het mogelijke en het onmogelijke gedaan om die tot een goed einde te brengen. En toch probeerde zij nog altijd roet in het eten te gooien. Er waren nog altijd mensen – heel veel zelfs – die haar de koningin noemden. Mensen die geloofden dat Engeland nóg een koningin had en nóg een prinses. Alsof ergens nog een tweede koninkrijk bestond.

Hendrik zei me dat ik belachelijk deed. 'Jij bent koningin', zei hij. 'Dat hele gedoe ligt achter ons.'

'Dat is inderdaad waar ze is,' zei ik, 'achter ons. Ze blijft ons maar achtervolgen.'

Het werd tijd dat ze nog eens bezoek kreeg van iemand die haar zou zeggen dat ze eens moest gaan doen wat haar werd bevolen. Niemand die zoiets beter zou kunnen dan Charlie. Dit klusje was hem op het lijf geschreven. Het was niet omdat hij nog maar pas getrouwd was dat hij op zijn luie krent kon blijven zitten. Integendeel. Het was een reden temeer om hem als vrijwilliger aan te wijzen. Na drie maanden te hebben gerouwd om het verlies van zijn vrouw was hij hertrouwd. En zijn nieuwe bruid was niemand minder dan de veertienjarige verloofde van zijn eigen zoon. Wanneer hij er met gefronste wenkbrauwen over aangesproken werd, zei hij met een uitgestreken gezicht dat ze bijzonder rijp was voor haar leeftijd. En eigenlijk had hij gelijk, want dat was ze. Hij vergiste zich echter door te denken dat ik, en samen met mij nog vele anderen, me zorgen maakte om Kate Willoughby. Zij is uitgeslapen genoeg. Op heel wat vlakken was haar jawoord een geschenk uit de hemel. Door haar denkt hij aan de gevolgen van zijn daden. Niet onmiddellijk iets waar hij vroeger om bekendstond. Ze heeft iemand van hem gemaakt, weliswaar op latere leeftijd, maar op zich is dat al een hele prestatie. En zo realiseerde ze nog wel een en ander. Door met haar te trouwen heeft hij zichzelf verbeterd. Ook zij gaat erop vooruit. Ze bloeit open, maar dat had iedereen al een hele tijd zien aankomen.

Het was ook niet het feit dat hij na drie maanden al hertrouwde dat me zorgen baarde. Nee, ik had medelijden met de zoon van Charlie. Het verraad van zijn vader en het verlies van Kate eisten duidelijk hun tol. En de jongen was al ziek. Hij was ongeveer even oud als Fitz en blijkbaar leden ze aan dezelfde kwaal. Beide jongens hoestten bloed op. Voor Hendrik en mij was het een marteling om Fitz zo te zien. En we konden hem niet helpen. Het enige wat we konden doen, was ervoor zorgen dat hij zoveel mogelijk plezier beleefde aan de jaren die hem nog restten. Toen hij die herfst, na een trip naar Parijs, bij ons op bezoek kwam in het gezelschap van zijn jeugdvriend Hal, trouwde hij met Maria, mijn nichtje en Hals jongere zus. Zo kon hij rekenen op de steun van een familie en toekomstplannen maken. De zoon van Charlie was een ander verhaal. Zijn familie werd bij hem weggerukt en zijn toekomst de grond in geboord.

Hendrik liet Charlie bij zich komen en gaf hem de opdracht.

'Nu?' was het enige wat Charlie kon uitbrengen. Ongetwijfeld zag hij het hele, dagen durende drinkgelag voor Kerstmis in rook opgaan.

'Nu', antwoordde Hendrik opgewekt. Zijn enthousiasme impliceerde dat dit een cruciale onderneming was die hij toevertrouwde aan zijn trouwste edelman.

En dus reed Charlie door het koude decemberweer naar de residentie van Catharina, waar hij – dat wist hij al voor hij vertrok – niet zou hoeven rekenen op een warm onthaal. Om het mild uit te drukken.

Dat een vrouw misnoegd was om hem te ontmoeten, was niet iets wat Charlie vaak overkwam. Tenminste, als je mij niet meerekende.

Het duurde bijna een hele week voor we iets van hem vernamen. Het leek wel of hij ergens tussen het koninklijke hof en het kille kasteel opgeslokt was door het landschap. Kate zag er maar beteuterd uit. Ze was dan wel geen alleenstaande jongedame meer, ze moest wel de gezelligste weken van het jaar zien door te brengen zonder haar echtgenoot, en bovendien zonder enig nieuws van hem te ontvangen. Haar nieuwe stiefzoon daarentegen ging volledig uit de bol. En hoestte daarna, vermoedelijk als gevolg van zijn enthousiasme, behoorlijk wat bloed op in zijn zakdoek.

Op de dag van de winterzonnewende kregen we uiteindelijk toch een brief. Hendrik las hem aandachtig en vertelde me vervolgens in grote lijnen wat erin stond. 'Ze heeft zichzelf opgesloten', zei hij met een verbeten trek om zijn mond.

Ik had niet door wat hij bedoelde. 'Waar dan?' Ik stelde me een opgetrokken ophaalbrug voor.

Hij keek me aan. 'In haar vertrekken.'

Ik was nog altijd niet helemaal mee. 'Waar is Charlie?'

'Aan de andere kant van de deur', zei hij, terwijl hij de brief voorzichtig op zijn schoot legde.

'Kan hij ze niet inbeuken?' vroeg ik lachend.

Hij zuchtte geïrriteerd. 'En hoe zou ze dat opvatten, denk je?'

'Weet ik veel, maar het is in ieder geval beter dan achter een gesloten deur te blijven staan', beet ik terug. 'Wat staat hij daar eigenlijk te doen?'

'Praten', antwoordde hij kort.

'Ja, maar luistert ze wel naar wat hij te zeggen heeft?'

Hendrik zei niets meer.

Ik nam de brief van zijn schoot. 'Charlie heeft het grootste deel van haar personeel de laan uit gestuurd', las ik. Ik beeldde me opnieuw een ophaalbrug in, deze keer gevuld met Catharina's gevolg dat somber kijkend het kasteel verliet.

Hendrik vroeg zich hardop af waarvoor dat nodig was.

'Omdat ze haar maar blijven steunen, Hendrik. Ze blijven haar als koningin beschouwen. Zonder haar gevolg is ze...' Bijna had ik 'niets meer' gezegd, maar dat zou niet juist zijn geweest. '...heeft ze niet zoveel reden meer om zich zo belangrijk te voelen.' Ik gaf hem de brief terug en vroeg: 'Wat ga je zeggen dat hij moet doen?'

'Blijven proberen.' Hij perste zijn lippen op elkaar. 'Ik wil haar daar weg.'

Ik zocht Kate op, om te zien of ze ook een brief had ontvangen. En dat bleek inderdaad het geval te zijn. 'Zal hij tegen Kerstmis terug zijn, denk je?'

Ik kon alleen maar mijn schouders ophalen.

Kerstmis kwam en ging voorbij zonder dat we Charlie zagen. Ik dacht eigenlijk al niet meer aan hem. Tot ik Kate in de *Presence Chamber* zag in het gezelschap van enkele andere meisjes. Met een glas in de hand luisterden ze naar Mark Smeaton, die aan het spelen was op een virginaal. Ik vroeg me af of Charlie nu ook warme wijn aan het drinken was in het kasteel zonder bedienden.

Drie dagen later ontvingen we nog een schrijven. Er waren problemen geweest. De ontslagen bedienden hadden zich voor de ophaalbrug verzameld en waren naar het dichtstbijzijnde dorp vertrokken. Daar vertelden ze hun wedervaren. Het verhaal bereikte ook andere dorpen. Op kerstdag begaven talloze groepjes dorpsbewoners zich naar het kasteel, waar ze tegen de schemering aankwamen. Daar, voor de slotgracht, zouden ze de vrouw beschermen die hun koningin was. Misschien wisten ze niet beter. Wie zou hun, zo ver van het koninklijke hof, het tegenovergestelde zeggen? De priesters hadden de opdracht gekregen dat te doen, maar die vertelden de mensen natuurlijk wat ze hun wilden wijsmaken.

'Dit is belachelijk', protesteerde ik. Charlie in de val, met voor hem een menigte boze dorpsbewoners en achter hem een gesloten deur. Charlie was nu niet bepaald mijn beste vriend, maar dat betekende niet dat ik moest toestaan dat de helft van Bedfordshire een eenzame edelman kon bedreigen. En niet zomaar een edelman, maar de hertog van Suffolk. Trouwens, die brute loyaliteit irriteerde me. En ook dat men haar bleef zien als een zieke en getormenteerde vrouw die groot onrecht was aangedaan.

Hendrik lachte alleen maar. Maar hij was niet blij met de situatie. 'Arme Charlie', zei hij. Hij wachtte even voor hij verder ging en zei dan: 'Ik denk dat hij het best gewoon naar huis komt.'

En dat deed hij. Op de eenendertigste. Hij zag er verfomfaaid uit. En onder zijn ogen zaten donkere kringen. De gelijkenis met zijn zoon was treffend.

Voor Charlie was het een kerstperiode geweest om snel weer te vergeten. Maar goed, hij had het achter de rug. Voor Hendrik en mij ging het gewoon door. De Spaanse zou het niet zo lang meer rekken, maar die dochter van haar was er ook nog. Net als haar moeder hield Mary het been stijf. Ze was vastbesloten de strijd voort te zetten. Geloof me, ik heb het geprobeerd met Mary. Ik heb het geprobeerd toen ik met je vader trouwde en toen ik tot koningin gekroond werd. Ik heb haar een ellenlange brief gestuurd waarin ik haar vroeg om de situatie te aanvaarden zoals ze was. We hoefden niet voortdurend oude koeien uit de sloot te halen. Een schone lei, weet je wel. En ik denk niet dat het geen gul aanbod was dat ik haar deed. Maar Mary deelde mijn mening niet. Haar antwoord was, laten we zeggen, nogal aan de felle kant.

Dus veranderden we maar van tactiek. Hard tegen onzacht. Hendrik liet haar weten dat ze, als ze de situatie niet wilde aanvaarden, haar moeder niet meer zou zien. En dat ze niet meer hoefde te rekenen op de liefde van haar vader. En opnieuw kwam er een bits antwoord. Haar verdriet was te groot voor woorden, maar ze had geen keus.

Hendrik had gemengde gevoelens. Ik zag het. Enerzijds was hij geschokt, maar dat probeerde hij te verbergen. Hij was naïef geweest om te denken dat iedereen uiteindelijk wel zou toegeven. Ook Mary. En anderzijds denk ik dat hij dit antwoord wel had verwacht. Hij moet geweten hebben dat ze even koppig is als haar moeder. Maar dat maakte het er natuurlijk niet eenvoudiger op voor hem.

Ik moest snel handelen. Ik drong erop aan dat hij haar aan haar woord hield. 'Stuur haar naar Hatfield', zei ik, 'en maak haar tweede in lijn voor de troonopvolging. Na Elizabeth. En, wat je ook doet, ga haar niet opzoeken. Geef niet toe aan haar theatrale gedoe.' Ik zei hem dat ze een keus had gemaakt en dat hij haar nu maar de gevolgen moest laten voelen. Eens kijken hoe die haar zouden bevallen. Hij antwoordde niet. Zijn ogen stonden dof en hij trok zich weg van mij. Alsof het mijn schuld was! 'Luister,' zei ik, 'ze kan je dochter niet zijn als ze niet bereid is het leven te aanvaarden dat je nu leidt.' Als ze niet bereid is de familie die je nu hebt te aanvaarden, bedoelde ik. 'Als ze niet bereid is jouw autoriteit te aanvaarden', voegde ik eraan toe. Dit zou hij beter begrijpen. En plots rechtte hij zijn rug. 'Als je ook maar een duimbreed wijkt, zet je de deur op een kier. En dat is om problemen vragen.' Ik had hem niets meer dan de waarheid gezegd.

'Je hebt gelijk', zei hij uiteindelijk. Op een manier alsof hij mij hiermee een enorme dienst bewees. Maar het was in zijn belang dat ik het hem had voorgesteld.

Ik had me erop geconcentreerd om zo te klinken dat ik een oplossing aan het zoeken was voor het probleem dat zich voordeed. Eigenlijk kon ik haar ook gewoon laten afmaken. Ik ben nogal praktisch aangelegd, weet je nog? Meer en meer raakte ik ervan overtuigd dat haar dood wellicht de meest praktische oplossing zou zijn. Het was haar eigen schuld. Veel andere opties had ik niet meer.

Rond deze tijd, na een van zijn ritten naar Hatfield, kwam Hendrik me niet opzoeken toen hij weer thuis was. Toen ik vernam dat hij terug was, moest ik hem zelf gaan zoeken. Ik vond hem in zijn badkamer. Harry Norris was bij hem en zat op een laag, met tegels bezet muurtje. Hij veerde op toen ik binnenkwam. Achter hem zat Hendrik in de verzonken badkuip. Zijn gezicht was lijkwit. In paniek vroeg ik hem: 'Wat is er? Is er iets met Elizabeth?' Hendrik tuitte zijn lippen. 'Elizabeth maakt het goed', zei hij kortaf. Hij keek me niet aan toen hij antwoordde en draaide me zijn rug toe.

'Je weet het toch zeker? Hendrik? Zeg me dat je me niets verzwijgt.'

'Elizabeth maakt het goed.'

Mary! Natuurlijk! Die was ik al vergeten. 'Is er dan iets mis met Mary?' probeerde ik.

Hij keerde zich weer naar me toe, keek me eindelijk aan en schudde dan zijn hoofd. 'Er is veel mis met Mary.' In zijn stem klonk terughoudendheid.

Ik stapte over de gladde, beslagen tegels naar de trappen van de badkuip. 'Ik heb je gezegd dat je Mary haar zinnetje niet mocht laten doordrijven.'

Zijn blik zocht de mijne en zijn ogen keken me vol wantrouwen aan. 'Dat deed ik ook niet.' Met zijn twee handen streek hij zijn haar achterover, weg van zijn natte voorhoofd, en zei: 'Ik... heb haar gezien.' De blik in zijn ogen veranderde. 'Ze stond me te bekijken, Anna.' Hij keek me nu smekend aan. 'Op een balkon dat uitgeeft op het binnenplein. Ze zag hoe ik me klaarmaakte om te vertrekken en knielde met haar hoofd gebogen. En ik moest haar de rug toedraaien en wegrijden.'

'En heb je het gedaan?' Ik wendde me naar Harry. 'Heeft hij het gedaan?'

Harry, die niet durfde te bewegen, knikte alleen maar.

Als Hendrik niet in zijn bad had gelegen, had ik hem een klap in het gezicht verkocht. Stomkop. Typisch iets voor een man om daarin te trappen. Eventjes knielen, een hoofdbuiging maken en wachten tot je het gewenste effect bereikt. Hendrik had toegehapt.

Hoe razend ik op dat moment was, is met geen woorden te beschrijven. Het was niet dat ene stukje theater dat me boos maakte – ze mocht wat mij betrof zoveel knielen als ze wilde – maar de hele situatie die ongenadig bleef voortduren. Ik had het gevoel dat de muren op me afkwamen. Beeld je in dat je de man van je dromen vindt en dat je tegen alle verwachtingen in met hem kunt trouwen. Dat je met hem een kind krijgt en een tweede van hem verwacht. Beeld je in dat je tegelijkertijd helemaal aan de top staat, om er te doen wat je wist dat je altijd beter zou doen dan eender wie. En beeld je vervolgens een krankzinnig oud wijf in dat beweert dat niets van dit alles ooit van jou was. Dat alles van haar is. En, ongelooflijk maar waar, dat ze de steun krijgt van het volk. Ze heeft het behekst. En jij, hoe intelligent je ook bent, slaagt er maar niet in de betovering te verbreken.

Zo dicht bij een perfect leventje. Zo dichtbij. Maar 'zo dichtbij' betekent evenveel als 'net niet'. Ik voelde me opgelicht. Bestolen. Ze had het leven gestolen dat ik had kunnen leiden. Zij, de Spaanse en die dochter van haar. Op het ritme van mijn hartslag hoorde ik *zij, zij, zij*. Mijn prins was naar me toe gekomen met zijn oude bruid en een kleurloos kind aan zijn arm. Het had nooit zo mogen zijn. Was hij maar nooit met haar getrouwd. Had hij zichzelf maar niet willen bewijzen toen hij zeventien was. Had hij toen maar niet de ridder op het witte paard gespeeld door met haar te trouwen.

Soms speelde ik met donkere gedachten. De Spaanse en haar dochter waren ook maar mensen van vlees en bloed. Als het helemaal de slechte kant uit ging, zouden twee lijken niet zo moeilijk op te ruimen zijn.

Lucy Cornwallis

Lente 1536

Dit was mijn plaatsje. Een trap waarop ik graag ging zitten, ergens in een doorgang die niemand leek te kennen. Een van de vergeten hoekjes van Whitehall. Vreemd eigenlijk als je eraan dacht: hoe drukker het binnen de muren van het paleis was, hoe meer kans je had om een stil plekje als dit te vinden. Wanneer ik voorover leunde, kon ik een glimp opvangen van de Theems. De machtige rivier zag er onbeweeglijk uit, maar niets was minder waar. Zonder het minste geluid te maken, stroomde het water in de richting van Greenwich, terwijl de staatsieboot, licht wiegend, meegevoerd werd. Tijdens mijn occasionele minuutjes alleen heb ik, toen ik voorover leunde, de gekleurde vlek die de boot moet voorstellen al gezien. Nu wij allemaal, het hele koninklijke gevolg, te Whitehall verbleven, leek het wel of de koning alleen maar in Greenwich wilde zijn. Met kisten vol suikergoed. *Een banket voor tien graag, mevrouw Cornwallis. Verpakt, voor op de boot.*

Banket voor twaalf.

Acht.

Het waren kleine banketten, die bijna een dagelijkse gewoonte waren geworden. Het viel niet mee om het bij te houden.

Ik had Richard gisteren in alle onschuld gevraagd wat er zo speciaal was aan Greenwich.

'Jane Seymour', antwoordde hij. 'Hij gaf Cromwell de opdracht om te verhuizen opdat zij en haar familie in zijn etagewoning kunnen verblijven.'

'Haar familie?' Ik begreep het niet.

'Bezoeken gebeuren in het bijzijn van iemand van haar familie', zei Richard. 'Dat maakt het meteen duidelijk, dunkt me. Jane Seymour is meer dan zomaar een maîtresse.'

Ik had het nog altijd niet begrepen en stelde hem de vraag wat ze dan wel was. Hij schudde zijn hoofd. 'Heb je Jane Seymour eigenlijk al gezien? Ik weet het, ik weet het, ik hoor het je al zeggen: "Uiterlijk is niet alles", en gelijk heb je – gedeeltelijk toch. Maar Seymour met die vissenkop van haar? De koningin is geen schoonheid, dat kun je niet ontkennen maar... Is er iets?'

Ik schrok. 'Wat zeg je?' vroeg ik.

'Je ziet er zo... Gaat het wel?'

'O,' zei ik, 'ik ben gewoon... moe. Die...' Ik gooide mijn spatel op de keukentafel omdat ik er even genoeg van had. Alles leek zoveel moeilijker de laatste tijd. Onmogelijk zelfs. Het ging gewoon niet zoals ik het wilde.

Hij kwam naar me toe, zo voorzichtig dat ik op mijn hoede was voor wat hij ging zeggen.

'Het is perfect', zei hij toen.

'Maar het wil maar niet blijven...'

'Kijk!'

'...kleven.'

'Het kleeft, Lucy', zei hij alsof het de normaalste zaak van de wereld was. 'Kijk maar', klonk het geruststellend. Het zag er goed uit.

Ik keek naar de puinhoop die de keuken geworden was en zuchtte. 'Het is niet gemakkelijk om alles op tijd klaar te krijgen.'

'De vastentijd begint.' Ik hoorde aan zijn stem dat hij

glimlachte terwijl hij die woorden uitsprak. 'De minst drukke periode van het jaar. Ga maar.' Een voorzichtige, vriendelijke glimlach sierde zijn gezicht. 'Een beetje verse lucht zal je goeddoen. Neem wat tijd voor jezelf. Je bent inderdaad... moe.'

Op die dag ontdekte ik dus mijn trap.

Gisteren waagde ik me aan een bezoek aan de kok van de koningin. Ik liep naar de twee identieke *Privy Kitchens* en opende de deur van de keuken van de koningin. De kok was net een jongen een standje aan het geven toen ik binnenkwam. '...en ik zal het je geen tweede keer zeggen!' Ik onderbrak hem en hij was duidelijk verrast om mij te zien. Ik vroeg hem of de koningin misschien enkele versnaperingen wenste. Aangezien de twee hofhoudingen – die van de koning en die van de koningin – nu blijkbaar afzonderlijk hun bestellingen doorgaven. Niet dat ik dit hardop zei. Ik zei hem er ook niet bij dat ik mijn orders kreeg van de keuken van de koning, maar niet van die van de koningin. Hij staarde naar de vloer alsof hij nadacht, maar toen hij me weer aankeek, scheen hij mijn vraag alweer vergeten te zijn.

'Moet er suikergoed zijn voor de koningin?' herhaalde ik. Ik besloot het toch te zeggen: 'Want de laatste tijd wordt het allemaal naar Greenwich gestuurd.'

Hij zag er bezorgd uit. 'Ze is niet zo'n zoetekauw. Dat is ons allen welbekend.'

Hoe moest ik dat nu weten? Hij was haar kok.

Hij zuchtte. 'Misschien iets voor de hofdames.'

'Iets in het bijzonder?' Voor een feest of een banket? Ik betwijfelde dat er feesten of banketten gepland waren, maar ik moest het gewoon vragen.

Hij schudde het hoofd. 'Gewoon... Wat jullie haar altijd bezorgen.'

Een dag of wat geleden hadden Mark en ik het nog over

Anna Boleyn. Zonder dat daar aanleiding toe was, vroeg hij me of hij het haar moest zeggen.

'Haar wat zeggen?' vroeg ik.

Hij bloosde. 'Je weet wel, wat ik voor haar voel.' Hij beet op zijn lip.

Haar openlijk steun betuigen? Het vooruitzicht deed me huiveren. Nee. Geen goed idee. Dat zou ik hem gezegd hebben als zijn lip niet direct weer tussen zijn tanden uit was gegleden. 'Tja. Wie weet nu hoe je een koningin vertelt dat je waanzinnig verliefd op haar bent. Het is niet iets waar ik veel voor heb kunnen oefenen.' Op zijn lip zag ik de indruk die zijn tanden hadden achtergelaten.

Mijn instinct vertelde me dat ik moest lachen, maar dat deed ik niet. Wat was dit? Waanzinnig verliefd op Anna Boleyn? *Waanzinnig verliefd op Anna Boleyn? Hoe lang al?* Maar op datzelfde ogenblik besefte ik dat ik het antwoord wist. Altijd al.

Zij was het dus.

Zij was de ware.

Niet ik.

Mijn hart sloeg een slag over. Ik wilde het uitschreeuwen. Op mijn gezicht moet de ontzetting duidelijk te zien zijn geweest. En Mark zat daar maar met zijn grote ogen naar mij te kijken. Hij legde zijn hart bloot en had geen enkel vermoeden. Hij vroeg *mij* om advies. Ik begreep het. Voor hem was ik een goede vriendin bij wie je alles kwijt kon. Dat was ik al die tijd geweest, het hele voorbije jaar. Maar meer niet. En hier zat hij dan. Te wachten tot ik hem raad gaf. Erop vertrouwend dat ik hem zo goed mogelijk zou bijstaan.

Dat gezicht, die ogen. Ik bleef maar staren naar hem, alsof hij zou verdwijnen als ik weg durfde te kijken. Zou ik dat haar, die huid dan nooit aanraken? Nee. Niet meer. Het zou niet gebeuren. Alles waarvan ik had gedroomd, niets ervan zou ooit bewaarheid worden. Ik was degene die zou verdwijnen als ik wegkeek. En hoewel ik dat nog niet had gedaan, wist ik al hoe het zou voelen. Het zat klaar en wachtte tot ik alleen was. Het nam alle tijd. Kon dat ook doen. Het had mij gekozen en zou bij me blijven. Mijn hele leven lang.

Maar ondertussen was Mark er nog. Te wachten op mijn advies. Ik moest hem raad geven. Goede raad. Want hij verdiende het. Omdat – *eerlijk wezen, Lucy* – niets van dit alles zijn schuld was. Hij bleef zijn gevoelens trouw. En hij was discreet geweest. Moedig. Ik kon het hem niet kwalijk nemen. Ik was het die een fout had gemaakt. Ik had hem verkeerd begrepen. Hoe had dat kunnen gebeuren? Hoe kon ik zo'n stomme fout maken? Hoe kon ik ooit gedacht hebben dat hij gevoelens voor mij zou hebben? Waarom zou hij? Ik was een oudere vrouw die nooit verder gekeken had dan de vier muren van haar keukens. Die niets wist en niets te zeggen had.

Maar voor hem was ik een hartsvriendin. En dat was op zich beter dan niets. Als goede vriendin kon ik nog altijd rekenen op zijn respect. Hij kon het nog altijd fijn vinden om met mij te praten. Over wat dan ook. Dat moest ik zien vast te houden. Want het was dat of niets.

Op die manier zou alles lijken zoals het was. Hij mocht niets merken. En als ik wilde dat hij de pijn niet waarnam, dan mocht ik die niet voelen. Toch niet voor ik alleen was. Dus verdrong ik hem. Hij was er nog wel, maar ik voelde hem minder op die manier. *Zie je wel, Lucy? Het lukt je al. Het is doenlijk. Je zult het overleven. Het is mogelijk. Voorlopig toch.*

En onverwachts was er dan toch dat sprankje hoop. Het was Mark die een fout maakte. *Het was Mark die een fout maakte.* Want wat betekende hij voor haar? Niets. Hij liep met zijn hoofd in de wolken. Die dingen gebeuren nu eenmaal, en ze zijn best te begrijpen. Zij was oogverblindend en hij genoot het voorrecht voortdurend bij haar te zijn. Maar hij betekende niets voor haar. En dat zou hij binnenkort wel merken. En daarna? Wie zou hem daarna opvangen? Misschien zou hij dan beseffen wat liefde is, of kan zijn, en waar hij ze al de hele tijd kon vinden.

Zou het voor mij zo moeilijk zijn om de tweede viool te spelen? Naast een koningin? Zou het zo moeilijk zijn om te wachten en te zien hoe het verder zou lopen? Ik had ervaring met wachten. Vroeg of laat zou hij met zijn neus op de feiten gedrukt worden. Eerder vroeg dan laat waarschijnlijk. Vroeg zou beter zijn.

Hij vroeg me of hij het haar zou zeggen. 'Ja', besloot ik. 'Ja, natuurlijk. Je moet het haar zeggen. Wacht.' Ik liep naar een rek om de roos te halen die ik van plan was geweest hem te geven. De bloem zat verpakt in mousseline en ik gaf hem het pakje. 'Geef haar dit.' Daar lag ze dan eindelijk, mijn roos in zijn hand. Ik knikte – *maak maar open* – en keek toe hoe de witte stof van de rode bloemblaadjes werd getild. Met de top van zijn vinger raakte hij een van de bloemblaadjes aan en keek me ongelovig aan. Zijn gezicht was een en al verrukking.

'Dat kan ik niet doen', zei hij vervolgens. 'Dit kan ik haar niet geven.'

'Dat kun je wel', zei ik.

ꝏ

Richard flapte het eruit zodra hij voorbij de deuropening was. 'Je weet het nog niet, zeker?' Hij sprak snel maar zacht en leek het niet tegen mij te hebben. Zijn manier om tijd te winnen, ook al was het maar enkele tellen. Op zijn gezicht viel geen enkele emotie af te lezen. Zijn lippen waren wit en zijn haar lag plat als dat van een kind. Hij was nerveus. Zo had ik hem nog nooit gezien. Hij knipperde met zijn ogen toen hij bemerkte dat ook Stephen en Kit er waren en trok me mee naar buiten. De suiker op de lepel die ik vasthield, viel langs mijn schort op de grond. Buiten, boven aan de trap, boorde hij zijn blik in de mijne. Zijn ogen stonden wild en deden me denken aan een roofdier. 'Smeaton is gearresteerd', zei hij.

'Gearresteerd?' Het leek wel een woord dat werd gesproken in een andere taal. Een woord waarvan ik de betekenis niet kende en ook niet kon afleiden door een verband te leggen met Mark. Ik vroeg zelfs niet wat de reden voor zijn arrestatie was. Er was niets waarvoor hij gearresteerd kon worden. Het moest een vergissing zijn.

'En hij niet alleen. Ze zijn allemaal gearresteerd.'

Wie? De muzikanten? Dit had niets met Mark te maken. Vermoedelijk ging het om schulden, een vechtpartij of iets dergelijks en hadden ze iedereen meegenomen.

'Norris, Brereton, en – God, Jezus – zelfs haar eigen broer.'

Hoewel hij fluisterde, klonk het alsof hij het luidkeels stond te roepen: 'Voor overspel, Lucy. Met de koningin.'

'Maar je zei net "haar broer". Je kunt toch niet met je broer...'

Hij staarde me aan.

'Of wel?' Maar daar ging het niet om. Het ging om Mark. Haar broer deed er niet toe. *Vergeet de broer.* Mark. 'Mark?'

Hij gaf geen krimp.

'Mark zou nooit...' jammerde ik, maar nog voor ik mijn zin kon afmaken, onderbrak hij me: 'De aanklacht luidt verraad.'

Verraad. Tyburn! Nee! Dit was te gek voor woorden. Iemand moest er iets aan doen. 'Richard,' – *kalm blijven* – 'dit kan niet waar zijn. Iemand heeft je iets op de mouw gespeld.'

Hij schudde zijn hoofd.

'Maar...'

'Denk na', zei hij. 'Hoeveel vijanden hebben ze niet?'

'Maar Mark heeft geen...'

'Mark heeft er niets mee te maken. Het gaat niet om Mark. Hij werd er gewoon bij gesleurd om het erger te maken.'

Erger. Dat ze aangeklaagd werd voor overspel met haar eigen broer, was dat nog niet erg genoeg? Ik keek hem ongelovig aan en in zijn wilde ogen las ik dat er nog meer was.

'Maar die aanklacht kunnen ze nooit hard maken. Hij zal gewoon zeggen dat... Zij zegt vast dat ze...'

'Hij heeft al bekend.'

In een flits zag ik Mark vertrekken uit de suikerbakkerij. Hij ging rechtstreeks naar de koningin. Ze kuste hem en nam hem mee naar haar slaapkamer. De deur ging dicht. Nee. Niets van! 'Het is niet waar. Waarom zou hij zoiets toegeven?'

Richard had zijn mond al geopend om iets te zeggen, maar besefte dat hij een fout had gemaakt en zweeg.

'O', zei ik toen ik begreep wat hij had willen zeggen. Ze hadden hem gemarteld. mijn hart begon te bonzen als een bezetene. 'O nee! Nee! Richard, nee!' Die perfecte vingers van Mark. Die welgevormde knokkels. Zijn lange, rechte rug. En die schouderbladen die veel weg hadden van engelenvleugels. Zijn zilverachtige huid. Hij was bang voor pijn, herinnerde ik me nu.

'Ik weet niet of ze het hebben gedaan', fluisterde Richard ongemakkelijk. 'Ik weet niet of ze zo ver durven te gaan.'

'Als ze iemand zouden martelen, dan zou het zeker Mark

zijn. Er is niemand die het voor hem kan opnemen.'

'Waar ga je heen?'

Ik stond al onder aan de trap. 'Cromwell.'

Hij lachte. Of slaakte hij een gil? Hij hield zijn hand voor zijn mond. 'Wat ga je doen?'

'Hem vermoorden.' Ik produceerde een krankzinnig gelach. En dan serieus: 'Met hem praten.'

'Lucy, praten zal niet helpen. Niet in dit geval.'

'Wel,' riep ik, ineens heel zeker van mezelf, in de richting van de trap, 'dan zal ik smeken.'

Ik wist ongeveer waar ik hem kon vinden en volgde het spoor van mannen gekleed in Cromwelllivreien. Ik bleef maar doorlopen en vermeed elk oogcontact. Ik liep zonder na te denken verder, voorbij trappen en deuren. Mijn rok sloeg ritmisch tegen mijn benen. En toen was ik er. Aan het einde van een lange gang met aan elke deur een lijfwacht werd ik voor een gesloten deur tegengehouden. 'Heb je een afspraak?'

'Ja.' En nog voor hij het had gevraagd: 'Mevrouw Cornwallis, suikerbakkerin van de koning.'

Terwijl hij achter de deur verdween, staarde ik naar mijn klompen en dacht ik, vreemd genoeg, aan de suiker die daarnet op de grond was gevallen. Zonder een woord te zeggen hield de lijfwacht de deur even later voor me open. Binnen zat een man achter een tafel. Cromwell. Zwaargebouwd. Hij bekeek me van top tot teen. Ik had mijn schort en mijn kapje nog aan. Mijn kleren zaten vol spetters en mijn handen kleefden. Maar goed, hij zag er zelf niet al te best uit, ondanks zijn verfijnde kleren. Onder zijn ogen zaten paarse kringen.

'Hebben wij een afspraak?' vroeg hij. En daarmee bedoelde hij dat we er geen hadden. Maar hij was te nieuwsgierig geweest om me weer weg te sturen.

'Mark Smeaton, de muzikant, is onschuldig', zei ik.

'Ik kan dit niet met u bespreken.' Hij stak een vlezige hand in de lucht en knikte in de richting van een van zijn medewerkers.

'Nee, wacht!' riep ik. Het werkte. 'Wat als ik u iets kan vertellen?'

Hij reageerde niet onmiddellijk. 'Wel, dat hangt ervan af wat het is.'

Precies. Ik wist niet wat het zou opleveren, maar ik ging voort: 'Hij bracht elke nacht met mij door. Dat is al maanden zo, bijna een jaar. Vraag maar na bij mijn bediende. Bij mijn assistent.' Mijn hart klopte in mijn keel. Dit was zoveel als vragen om hen meineed te laten plegen. 'De *Sergeant Proctor* zal het bevestigen.' Ik kon bijna horen wat het hoofd van de wacht zou zeggen: *O, hij? Hij woonde daar bijna.* 'Iedere nacht', herhaalde ik. Om er zelfverzekerder uit te zien hield ik mijn hoofd recht en stak ik mijn kin vooruit. 'We hebben geen enkele nacht gemist.'

Cromwell staarde me aan. Wat dacht hij nu? Dus dit is de vrouw die onze nagerechten maakt als ze even niet van de liefkozingen van een man ligt te genieten. De vrouw die elke morgen na alweer een wilde nacht naar de keuken komt en die met haar kleverige vingers mijn gemberkoek maakt. Zoiets moet het ongetwijfeld geweest zijn. Toen ik even wegkeek, zag ik de glinstering in de ogen van een van zijn medewerkers. Een andere klerk probeerde krampachtig niet te lachen. Wat had ik gedaan? Mijn reputatie! Die was nu gemaakt... En het was mijn eigen fout. Het gerucht zou zich als een lopend vuurtje verspreiden. Tot Mark het zou opvangen. *Naar het schijnt ben je nogal een zoetekauw.*

Tenminste, dat is wat er zou gebeuren als ze me geloofden. Ik vroeg hun te geloven dat een jongeman als Mark het zou aanleggen met een vrouw als ik.

Iets wat hij niet had gedaan.

Ik sloot mijn ogen en bereidde me voor op de bulderlach van Cromwell, die ongetwijfeld zou volgen. In zijn stem ontwaarde ik enkel een glimlach toen hij reageerde. 'Onze beste Smeaton is blijkbaar een drukbezet man, nietwaar?'

Ik opende mijn ogen en zag Cromwell inderdaad zelfvoldaan lachen. Fijne lippen en kleine ogen.

Zwijn.

'Het spijt me dat ik het u moet zeggen, mevrouw Cornwallis, maar het is ook mogelijk – wanneer men nog energie genoeg heeft – om overdag overspel te plegen.'

Met andere woorden, ik was niet genoeg voor Mark. Ik, met mijn kleverige vingers en mijn kleren vol glinsterende suikerkorsten. Zij, met haar delicate handen en haar corsage vol juwelen. 'Zeg me welke dagen', antwoordde ik.

'Excuseer?'

'Zeg me welke dagen, ik weet zeker dat de data daarin staan' – ik knikte naar de stapel papier op zijn schrijftafel – 'en ik zal u zeggen waar we op dat ogenblik waren.'

Hij zuchtte. 'U bent lid van de hofhouding van de koning en hij maakt – of maakte – deel uit van het gevolg van de koningin. Ik hoef u waarschijnlijk niet te vertellen dat de twee hofhoudingen onlangs redelijk wat tijd doorbrachten op verschillende locaties.'

'Gescheiden door een rivier', vulde ik aan.

Hij fronste zijn wenkbrauwen, kon me niet meer volgen.

'Mensen kunnen wegglippen. Het is niet eens zo moeilijk. Mensen die' – *zeg het* – 'verliefd zijn, doen die dingen. Om samen te zijn.'

'En ze brengen ook tijd door in de slaapkamer van de koningin!' riep hij met luide stem. 'Ik hoef u dit niet uit te leggen, maar ik zal het toch doen, in de hoop dat we het hier dan bij kunnen laten. Iemand heeft gehoord hoe de jongeman de koningin zijn' – hij zuchtte – 'liefde verklaarde.'

Ik beet op mijn lip. Ik had hem naar haar toe gestuurd.

'Gehoord?'

'Bedienden', zei hij. 'Die komen zowat overal.'

'Ik heb hem gezegd dat hij het moest doen. Haar zeggen wat hij voor haar voelde.'

Voor het eerst zag Cromwell er verbaasd uit. 'Jij?' De glimlach gleed weer over zijn gezicht. 'Ongelooflijk.'

'Liefde', zei ik, 'is geen overspel.'

'Mevrouw Cornwallis', zei hij verveeld. 'Hij heeft alles bekend.'

'Na te zijn gemarteld.'

Hij verplaatste een stapeltje documenten. 'Dat is een ernstige beschuldiging. Marteling is, zoals u wellicht zult weten, een illegale praktijk.'

'Ja,' zei ik, 'dat weet ik.'

Zijn blik boorde zich weer in de mijne. 'U denkt waarschijnlijk dat we nog in de middeleeuwen leven.' *Nietwaar, keukenmeid?* 'Smeaton leek mij overtuigd van zijn eigen schuld. Er komen rechtszaken, mevrouw Cornwallis, zoals dat volgens de wet ook hoort te gebeuren. Deze zullen openbaar zijn en u bent uiteraard welkom als u ze wilt bijwonen. Er rest mij nu voorlopig niets meer dan u te bedanken voor uw hulp. Ik zal ervoor zorgen dat de jury op de hoogte wordt gebracht van de aanzienlijke appetijt en de twijfelachtige moraal van meneer Smeaton.'

Ik zette een stap naar voren. Geschrokken deinsde hij achteruit. 'Neem zijn bekentenis af, schrijf op wat jullie nodig hebben en laat hem gaan. Verban hem. Hij is van geen enkel belang voor jullie. Hij is niemand.' Ik merkte dat ik een hand voor mijn mond sloeg om mijn trillende onderlip te verbergen. 'Luister. Alstublieft. We zouden een eigen leven beginnen. Weg van het hof. We waren van plan om te trouwen en kinderen te krijgen. Als u dat nog kunt geloven...'

Hij had geen krimp gegeven en had zelfs niet met zijn ogen geknipperd.

'Wanneer jullie klaar zijn met hem, in welke staat hij ook is, geef hem dan terug. Laat me hem meenemen.'

'Smeekbedes moeten aan de koning gericht worden.'

'Dan stap ik naar de koning.'

'Nee!' Hij veerde op en kwam achter zijn schrijftafel vandaan. Toen hij bij me stond, staarde hij naar de punt van zijn schoenen en keek me vervolgens weer aan. Hij zag er nog vermoeider uit dan toen ik binnenkwam. Met een zachte stem zei hij: 'Ik zal eerlijk met u zijn. Het is belangrijk dat u naar mij luistert. Kunt u dat?' Hij wachtte tot ik knikte. 'Wat het ook is dat u hebt gepland met Smeaton, het gaat niet door. En dat zult u moeten aanvaarden. Maar er is iets wat ik wel voor u kan doen.' Nu was hij het die knikte. Om zijn woorden kracht bij te zetten. 'Ga niet naar de koning. De koning is een boze en opvliegende man en wil hier niets mee te maken hebben. Hij wil er zelfs niet aan denken. Aan deze mannen. Aan hun vrouwen. Niet na wat ze met de zijne hebben gedaan. Je zou olie op het vuur gieten.'

'Gelooft hij het dan?' vroeg ik met een piepstem.

'Natuurlijk gelooft hij het. Maar laat me het hebben over wat ik voor u kan doen. Het is ook het enige wat ik voor u kan doen. Maar het is tenminste iets. Ik kan ervoor zorgen dat de straf van Smeaton omgezet wordt. Dat hij niet de dood van een verrader hoeft te sterven. Voor de anderen gebeurt dat sowieso, want het zijn stuk voor stuk edellieden. Zij zullen niet worden opgehangen en gevierendeeld, maar ze sterven met hun hoofd op het blok. Smeaton daarentegen...' Hij trok zijn mondhoeken naar beneden. 'Ik kan de straf laten omzetten. De koning verleent hem geen gratie, neem dat van me aan. De omgezette straf is het beste wat ik voor u kan doen. Maar ik kan ze verkrijgen. Ik beloof het u.'

'Dank u wel', zei ik.

Ik was vastbesloten niet in huilen uit te barsten tot ik alleen was, maar ergens langs de lange rij lijfwachten in de gang slaagde ik er niet langer in mijn tranen in bedwang te houden. Gelukkig wisten ze nog niet wat er binnen was gezegd.

Dat was de stoeipoes van Smeaton.

Geloof het of niet.

Ik huilde terwijl ik door het paleis liep, maar dat kon me hoegenaamd niets schelen. Hoe luider, hoe beter. De wereld moest het weten. Dit was een goddeloze plek.

Ik liep naar mijn trap en bleef daar. De hele dag en de hele nacht. Dat was niet mijn bedoeling toen ik daar was aangekomen. Ik ben gewoon niet meer weggegaan. Naarmate de uren vorderden, werd het stiller in het paleis. Ik hoorde ergens een deur dichtslaan. Het bloed dat suisde in mijn oren. Voetstappen. Mijn maag die gromde. Toen de zon weer opkwam, was ik zo stijf dat ik me afvroeg of ik ooit nog zou kunnen opstaan.

Ik kon het nog.

En ik ging naar de keuken.

Anna Boleyn

Elizabeth, na jouw vertrek naar Hatfield had ik er tijdens die eerste en donkere dagen van januari dringend behoefte aan om opgevrolijkt te worden. Die puinhoop met Catharina en Mary raakte maar niet opgeruimd en de eerste zwangerschapskwaaltjes hielpen ook niet om me beter te voelen. De redding kwam uit onverwachte hoek. Van mijn neef Francis. Ik was verrast hem te zien. Hij was al een tijdje in Frankrijk en ik had hem een hele poos niet meer gesproken. Zoals altijd, maakte hij een grootse entree door de deur open te stampen. Alleen, deze keer was het omdat hij een doos droeg. Hij glimlachte kwajongensachtig, maar toch had ik de lichte aarzeling opgemerkt. Op hetzelfde moment zag ik mezelf in zijn ene onbedekte oog. Ik zag er niet uit als mezelf. Ik was ouder. Vermoeid. Nadat we elkaar hadden begroet, zette hij de doos neer aan mijn voeten. 'Van lady Lisle', zei hij.

Ik lachte, maar het leek meer op kreunen. *Alweer.* Honor Lisle, die in Calais woonde, wilde koste wat het kost dat haar dochters deel zouden gaan uitmaken van mijn gevolg. Het maakte echter niet uit hoeveel geschenken ze nog stuurde. Er waren geen plaatsen meer vrij. Ik hurkte naast de doos en maakte ze open. Ik schrok toen een harig diertje, niet groter dan een vuist, achteruitkrabbelde toen ik het deksel helemaal van de doos nam.

'Het zou een hond moeten voorstellen', zei Francis, die meekeek over mijn schouder.

'Een hond?' Het beestje zag er heel anders uit dan mijn vorige honden.

Mijn hofdames hielden hun adem in.

Ik stak een vinger uit om de zijdeachtige, bruine vacht te strelen. Het hondje beefde.

Ik ook. 'O, Francis. Je had hem moeten dragen.' Ik keek hem vragend aan. 'Hem?'

Hij knikte.

'Hij is doodsbang.'

'Gaat wel over.'

Ik haalde hem voorzichtig uit de doos en uit de richting van mijn hofdames klonken verwonderde kreetjes. Het hondje waagde het me even aan te kijken met zijn glanzende oogjes.

'Pixie,' zei ik, 'ik noem je Pixie.'

∞

De lente verdreef de winter. Tom had geen winterslaap gehouden. Hij was de hele tijd druk in de weer geweest. Uit zijn handen ontvingen we de Act of Succession, de wet die de troonopvolging regelde. Onze kinderen – die van Hendrik en mij – zouden op een dag op de troon komen te zitten. Pittig detail: van Mary was nergens sprake. En er was nog iets wat ik bijzonder apprecieerde: een clausule die bepaalde dat elke loochening van deze wet, zij het schriftelijk of mondeling, beschouwd zou worden als hoogverraad. Dat was nog eens een wet.

Dat was meteen ook het einde van de Gekke Non. Tom

had nu vrij spel om stappen tegen haar te ondernemen. Uiteraard zou hier en daar eerst wat stroop om de mond gesmeerd moeten worden, om te zien waar we eigenlijk mee te maken hadden, want ze had al enkele hooggeplaatste vrienden. Uiteindelijk heeft ze in de gevangenis toegegeven dat haar 'visioenen' eigenlijk maar verzinsels waren. Vermoedelijk had ze ingezien dat haar spel uitgespeeld was. En ze besefte waarschijnlijk ook dat ze zou sterven zoals ze had geleefd. Ze was berucht. Dat was altijd haar bedoeling geweest. Ik vertrouwde erop dat ze dus ook een passende dood zou sterven. Samen met de vier geestelijken die haar altijd hadden gesteund, werd ze door een paard naar Tyburn gesleept. Daar werden ze opgehangen tot de dood er bijna op volgde en weer losgemaakt. Met bloeddoorlopen ogen en kokhalzend stonden ze op het podium, klaar om onthoofd te worden. Ik kan niet zeggen dat ik ook maar het minste beetje medelijden met haar had. Ik walgde van haar. Ze had alleen maar geteerd op de angst van de gewone mensen en niets anders gedaan dan leugens verkopen. Ze zag er misschien zachtaardig uit, maar ze verspreidde de stank van het oude, bijgelovige Engeland.

Was er een verschil tussen een gekke non en een gerespecteerde bisschop? Fisher gaf openlijk zijn mening over de opvolgingswet. En hij werd alleen maar naar de Tower verbannen. Daar kreeg hij een vertrek toegewezen waar hij opgesloten zou worden, zodat hij kon nadenken over zijn dwaasheid. Ik was verrast te vernemen dat de oude kraker nog leefde. De paus betuigde zijn steun door hem tot kardinaal te benoemen en hem de rode kardinaalshoed toe te zenden. 'Als hij niet oplet,' zei Hendrik me, 'heeft hij straks geen hoofd meer om zijn hoed op te zetten.'

'En More?' Want dat verwonderde me. Hendrik had Fisher laten vervolgen, maar More niet.

‘Och.’ Hij keek naar de grond alsof hij zich schaamde. ‘Ik liet Fisher opsluiten om hem bang te maken.’ Vervolgens keek hij me aan en glimlachte geforceerd. ‘Hij draait wel bij.’

Het gerucht deed de ronde dat Catharina de paus had gesmeekt zijn dreigement om Hendrik te excommuniceren niet uit te voeren, en dat ze eveneens het verzoek aan Spanje had gericht om Engeland de oorlog niet te verklaren. Ik denk dat het inderdaad zo is gegaan, want ik had eerder al vernomen dat wanneer iemand kwaad over mij sprak in haar bijzijn, zij die persoon vroeg om in plaats daarvan voor mij te bidden. Ze beweerde dat ik hun gebeden op een dag zou nodig hebben. Twee jaar geleden heeft de paus Hendrik dan toch in de ban van de Kerk gedaan. Hij gaf hem het bevel zijn nieuwe vrouw en dochter de deur te wijzen en terug te keren naar Catharina en Mary. En de kosten te betalen voor de hoorzitting. Ik hoef de reactie van Hendrik waarschijnlijk niet te beschrijven. Blijkbaar geloofde Catharina dat hij zou doen wat de paus van hem verlangde, want ze liet alles inpakken en wachtte tot hij haar kwam halen. Zoiets begrijp ik niet. Ik besef tenminste wanneer iets voorbij is, wanneer iemand een besluit heeft genomen. Ik zal mijn spullen niet meer inpakken.

ര

Mijn tweede kind werd verwacht in september. Net zoals jij. Begin juli kreeg ik weeën. Zwak en onregelmatig. Het was een rustige dag en ik had niets bijzonders te doen. Ik kon gemakkelijk beweren dat ik hoofdpijn had en mij samen met Annie terugtrekken in mijn vertrekken. Ik vertelde niemand de waarheid en dacht dat het wel over zou gaan. Ik wandelde rond, ging zitten, ging liggen. Ik ging weer zitten, wandelde weer wat rond en ging weer liggen. Pixie deed moeilijk. Normaal lag hij opgekruld in mijn schoot of naast me op mijn bed. Maar die dag moest ik hem voortdurend oppakken, weer op de grond zetten, aaien, opzij duwen. En toch was ik dankbaar voor zijn aanwezigheid, zijn warme vacht en meelevende ogen. Naarmate de dag vorderde, voelde ik me onzekerder. Ik vroeg me af of de frequentie en de kracht van de weeën toenamen en dacht uiteindelijk dat het zo hoorde voor ze weer konden afnemen. Ik maakte mezelf wijs dat ik moest wachten tot ze overgingen. *Nog even wachten,* zei ik in stilte tegen de baby. *Daarbinnen ben je veilig*. Na een tijdje vroeg Annie me of het ging. 'Mmmm.' Het zou wel lukken. Daar zag het niet naar uit, maar dat wilde ik niet toegeven, want dan zou het echt zijn.

Tegen de avond was het duidelijk dat de weeën niet meer zouden wegtrekken. Mijn buik was hard. Annie had mijn moeder, mijn zus en Meg laten roepen. Mijn schoonzus niet, godzijdank. Niemand anders mocht mijn kamer binnenkomen. Ook de vroedvrouw niet. 'Misschien is het niets', zei mijn moeder. Dat dacht ik ook. Misschien had ik mij vergist in de datum. Hoe kon het anders dat de baby er al aankwam? Ik had het erover met Meg, maar herinner me niet meer tot welk besluit we zijn gekomen. In stilte vroeg ik me af of een baby van zeven, misschien acht maanden kon overleven. Kon hij vroeger geboren worden als hij er klaar voor was? Waarom zou hij anders nu al komen? Misschien werden gezonde prinsjes wel vroeger geboren. Dat zou het wel zijn.

Het was niet 'niets'. Tegen middernacht voelde ik dat de baby eraan kwam. Een gevoel van ongeloof overstelpte me. Louter ongeloof. Geen woede. Kon dit zomaar gebeuren? Met mij? Tijd om te wanhopen was er ook niet, want er stond mij een zware taak te wachten en ik voelde hoe mijn lichaam zich nu klaar begon te maken.

De enige aan wie ik dacht, was Hendrik. Wanneer de pijn te hevig werd en ik mijn ogen sloot, zag ik hem in het schitterende licht van de zon. Zijn optimisme, het vertrouwen dat hij in me had, zijn geluk om de komst van nog een baby. De gedachte dat dit alles er straks niet meer zou zijn, was verschrikkelijk.

En dan was er nog de afwezigheid van Pixie. Niet dat ik hem op dat moment bij me wilde, natuurlijk niet. Het was gewoon zijn afwezigheid die me parten speelde. Omdat die er was. Er waren ogenblikken waarop ik wilde vragen waar hij was, waar ze hem hadden opgesloten, of er iemand bij hem was. Maar ik deed het niet. Ik gaf me over aan de pijn en toen ze er eindelijk in slaagden om het lichaampje uit me te trekken, hoorde ik geen baby huilen. Ze namen het kind mee, weg van mijn bed. Ik hoorde enkel de vloerplanken kraken toen mijn zus met iets in haar armen de kamer verliet. Het was een meisje. Mijn moeder had het me eindelijk gezegd nadat ik het herhaaldelijk had gevraagd. Na lang aandringen heeft ze me ook gezegd dat het meisje er perfect had uitgezien.

Ik deed wat mijn moeder me zei dat ik moest doen en sliep. Wakker blijven had geen zin. Ik weet niet wie Hendrik op de hoogte had gebracht, maar toen ik wakker werd, zat hij naast mijn bed. De uitdrukking op zijn gezicht veranderde niet toen hij zag dat ik mijn ogen opende. Er was eigenlijk geen uitdrukking. We keken elkaar aan. Minutenlang. Uiteindelijk zei hij: 'Die dingen gebeuren.' Ja. Dat zal hij geweten hebben. *Het was gebeurd met haar,* wilde ik zeggen. *Maar met mij hoort zoiets niet te gebeuren.* Maar toch was het gebeurd. Met haar en met mij. De twee ongelukkige koninginnen van Engeland. Allebei vervloekt.

Er werd geen enkele officiële mededeling gedaan. Het volk moest zelf maar zijn conclusies trekken. En ik keek iedereen recht in de ogen terwijl ze dat deden. Ik hoefde niemand verantwoording af te leggen. Ik was zo snel ik kon teruggekeerd naar het hof. Een week of wat later al. En hoewel ik allesbehalve vrolijk rondliep, begon het onheilsgevoel van net na de misgeboorte weg te ebben. Rampen gebeuren nu eenmaal, herhaalde ik bij mezelf. En die konden mij evengoed overkomen als haar. Er waren wel meer vrouwen die hun kind verloren bij de geboorte. En wat gebeurd was, was gebeurd. Zo zag ik het. Niet het verleden, maar de toekomst was van belang.

Wat Hendrik dacht, wist ik niet. Ik zag hem niet zo vaak meer. Hij was attent en joviaal wanneer we in elkaars gezelschap vertoefden, maar wanneer hij anderen ging opzoeken, nam hij me niet mee. Ik moest bij de vrouwen blijven. Alsof ik nog altijd hoogzwanger was. En het waren niet alleen de jongens die hij opzocht. Naarmate de zomermaanden vorderden, werd het mij duidelijk – en blijkbaar mij niet alleen – dat hij vooral het gezelschap van één bepaald meisje bijzonder op prijs stelde. Een van de jongedames in mijn gevolg. Niets speciaals. Een ingetogen zeventienjarige meid. Ik begrijp zelfs niet wat hij in haar zag. Maar hij was in ieder geval aangetrokken tot haar. Onnozele vent. Ik vernam dat ze samen gingen paardrijden en kon me heel goed voorstellen hoe ze de avond doorbrachten. 'Ga maar wat rusten, lieve schat.' Ik hoor het hem nog zeggen terwijl hij opstond. Daarna liep hij over de dansvloer naar haar toe, zoals een bij die haar weg zoekt naar een bloem. Wat moest ik doen? Hem achternalopen en op de schouder tikken, om te vragen of hij zin had om met mij te dansen? Hem zeggen dat ik niet meer hoefde te rusten en dat ik zelf ook best wel een dansje wilde wagen?

Ik kon het maar niet geloven. Ik kon niet geloven dat hij viel voor haar. Een zeventienjarige. En waarom deed hij het? Hij had mij, zijn minnares, als vrouw. Was het daar niet allemaal om te doen geweest de voorbije zeven jaar? Had hij dan niet wat hij wilde? Waarom zou hij plotseling behoefte hebben aan iemand anders? En dan nog zo'n onopvallend wicht. Het is juist dat we geen *minnaars* waren in die periode. Hendrik en ik sliepen niet samen. Maar dat was alleen maar omdat ik toen nog snel moe was.

Wanneer hij bij haar was, leek hij zelf weer zeventien. Pocherig. Een haantje. Mij wimpelde hij meestal af. 'Ik wil het er niet over hebben', of 'Mag een man nog een beetje plezier maken?' Plezier maken? We hadden net een kind verloren. De zeventienjarige jongen die Hendrik leek te zijn geworden, kende ik niet. En ik kon hem bovendien niet uitstaan. Ik kon hem wel slaan. Ik wilde de man van wie ik hield terug. Ik miste hem verschrikkelijk.

Een keer zei hij: 'Catharina heeft nooit zoveel geklaagd.'

'Daarom zit ze ook opgesloten in Kimbolton', schreeuwde ik terug.

En er was niemand die me *au sérieux* nam. Het gebruikelijke antwoord dat ik kreeg, was nauwelijks een antwoord te noemen: 'Anna...' Meestal ging dit dan nog gepaard met een schouderophalen. Wat ze daarmee bedoelden, daar had ik het raden naar. *Het is nu zo?* Niemand nam me ernstig, mijn vrienden niet en mijn familie niet. Zelfs op de steun van George hoefde ik niet te rekenen. 'Het is niets', zei hij. 'Dat is nu eenmaal het leven van Hendriks koningin.' En doodleuk voegde hij er nog aan toe: 'En dat is eigenlijk het leven van elke vrouw, niet?'

Niet deze koningin. Niet deze vrouw.

Maar er werd mij een helpende hand gereikt. Het was totaal onverwachts dat ik de hulp ook aanvaardde, niet dat ze mij werd aangeboden.

Niemand minder dan mijn schoonzus maakte gretig van de gelegenheid gebruik om het luisterend oor te spelen. En ik stortte mijn hart maar wat graag uit. Jane Parker luisterde met grote ogen en knikte heftig. Vervolgens zei ze de juiste dingen en uiteindelijk briefde ze me door wat dat kreng zich had laten ontvallen wanneer ik er niet was. Met die woorden wakkerde ik het vuur van mijn verontwaardiging nog meer aan. Op een keer zei ze me dat ze zin had om haar te vertellen wat ze van haar dacht. Ik antwoordde haar dat ik haar niet zou tegenhouden.

Wat ze uiteindelijk tegen dat vrijpostige serpent heeft gezegd, weet ik niet, maar Hendrik wel. Het meisje was gaan uithuilen bij hem en het duurde dan ook niet lang voor hij als een razende tegen me tekeerging over Jane. We gingen erop vooruit. Hij praatte weer tegen me. Ook al mocht hij dat wat rustiger doen.

Ik ging in de verdediging en snauwde hem toe dat ik daar niets mee te maken had. En dat hij dat maar al te goed wist. Ik kon het niet nalaten eraan toe te voegen dat ik ervan onder de indruk was dat Jane had durven zeggen wat iedereen dacht. Ik had nauwelijks de tijd gehad om in te ademen voor hij alweer bij de deur was. Dat was niet de bedoeling geweest. Later besefte ik dat ik er waarschijnlijk niet al te best meer uitzag wanneer ik stond te roepen en te tieren. Vroeger wel. Dan was ik op mijn best. Misschien zag ik er in het algemeen niet meer zo goed uit als vroeger. Na twee zwangerschappen in twee jaar zag ik eruit alsof ik altijd doodop was en mijn haar had zijn zijdeachtige glans verloren.

Dus besefte ik dat ik zou moeten doen wat iedereen me had gezegd dat ik moest doen: afwachten. Jane Parker hoefde niet meer te wachten. Hendrik had haar verteld dat ze haar biezen kon pakken. Ik kon daar misschien kwaad om zijn, want hij had per slot van rekening een van mijn hofdames de laan uit gestuurd, maar in feite had hij mij een dienst bewezen. Mijn broer vertelde me dat ze mij de schuld gaf. Ze kon het niet verkroppen dat ik haar zomaar had laten wegsturen, terwijl ze voor me opgekomen was. 'Ik denk niet dat je nog op haar hulp hoeft te rekenen', zei hij smalend. 'Ik denk dat we er allebei vanaf zijn', voegde hij er vervolgens aan toe. Hij zag er opgelucht en tegelijk gespannen uit. 'Weer iets waar we ons geen zorgen meer over hoeven te maken.'

Pas anderhalf jaar eerder had ik als motto 'De Gelukkigste' gekozen, en hier zat ik dan. Dankbaar omdat er weer iets was waar we ons geen zorgen meer over hoefden te maken. *Concentreer je op wat belangrijk is*, berispte ik mezelf. Als koningin had ik een taak te volbrengen – één taak – en ik was, tot mijn grote ontzetting, tot de vaststelling gekomen dat ik me er niet echt schitterend van kweet. Twee zwangerschappen en een pracht van een dochter in twee jaar was zeker niet slecht. Maar ik zou het nog beter moeten zien te doen. Mijn gezondheid was erop achteruitgegaan en ik was niet meer van de jongste, dus nam ik een besluit: ik zou rusten en me niet langer druk maken over Hendrik. En wat bleek? Die feeks was inderdaad niet meer dan een zomers verzetje geweest. Toen de herfst in het land was, verwelkte zijn aandacht voor haar.

ꝏ

Hendrik had het druk. In oktober werd de orde van de broeders Observanten ontbonden. Op zijn en Toms bevel. Ja. De favoriete broeders van Catharina werden eruit geschopt. De kapel waarin de troonopvolgster een jaar eerder was gedoopt, werd omgebouwd tot een molen. Wanneer ik door het raam naar de tuinen keek en die overdekte gang zag die nergens meer naartoe leidde, raakte ik gedesoriënteerd. Alsof ik net wakker was geworden in een andere wereld. Ik was twee keer zwanger geweest in die twee jaar sinds ik getrouwd was. En ik was van het toneel verdwenen. Mijn aandacht werd opgeslorpt door mijn zwangerschappen en herstel. Ik wist niet meer wat er gaande was.

Ook van het bezoek van de admiraal van Frankrijk, in november, bleek ik niet op de hoogte te zijn. Tom beschreef het als de banden tussen Engeland en Frankrijk die werden aangehaald. Ik zei het niet hardop, maar ik wist helemaal niet dat de banden aangehaald moesten worden. Mijn oom en Charlie waren de gastheren, in Bridewell. Ze konden het goed vinden met de admiraal. Ik vernam dat alles gesmeerd liep. Waar ik wel mee zat, was dat De Brion me niet was komen opzoeken. Zelfs geen beleefdheidsbezoekje. En nog erger, dat Chapuys was uitgenodigd om samen met de admiraal te dineren. *Chapuys?* Bepaalde zaken veranderden blijkbaar niet.

Hendrik kwam op de late middag naar mijn vertrekken. Op dat tijdstip was een bezoek van hem uiterst ongewoon, dus was mijn nieuwsgierigheid meteen gewekt. Hij keek als een geslagen hond.

'Wat is er?' Ik wilde weten wat er scheelde, onmiddellijk. Hij fronste de wenkbrauwen. 'Niets.' Hij nam me bij de arm en troonde me mee naar een stoel bij het raam, zodat we wat privacy zouden hebben.

'Wat is er dan?' herhaalde ik.

'Niets,' zei hij terwijl hij door het raam tuurde, 'het is gewoon...'

Het was gewoon De Brion die het over een verloving had

gehad tussen dat bleke bastaardkind Mary en de dauphin.

'Zeg me dat het een grap is. Zeg het me!'

Dat deed hij niet. Hij zei me dat, indien Mary niet beschikbaar was, de tweede keus van Frankrijk gevallen was op de dochter van de keizer. De Spanjaarden hadden al laten weten dat ze het aanbod met veel plezier aanvaardden.

Wat betekende dit? Hendrik nam weer eens die hulpeloze houding aan waar ik zo'n pesthekel aan had. Dat deed hij nu al bijna tien jaar als de echtscheiding, Catharina of de houding van anderen tegenover mij ter sprake kwam. Hulpeloos: de machtigste man van Engeland, zo niet van de wereld.

Ik was vooral koppig. En dat was niet gespeeld. Ik kon geen discussie voeren met Frankrijk als Frankrijk weigerde er een te voeren met mij. Maar ik kon wel weigeren om Mary naar voren te schuiven als verloofde voor de dauphin. Ik was onheus behandeld en zou het been stijf houden. 'Stel een verloving voor tussen Elizabeth en hun kleine, Charles', zei ik tegen Hendrik.

Hij wilde iets zeggen. *En Mary dan?*

Ik stak een hand in de lucht, draaide me om en liep vervolgens weg. Geen discussie.

Terwijl het voorstel door de admiraal naar Frans werd gebracht, moest ik aan het thuisfront alweer een andere crisis bezweren. Nadat Hal, Fitz en Maria op een natte decembermiddag langs waren gekomen, sloop George mijn kamer binnen. Letterlijk. Toen hij binnen was, sloot hij zacht de deur en leunde ertegen. Hij maakte geen aanstalten om dichterbij te komen. Zijn blik zocht de mijne. Er was iets wat hem parten speelde. Mijn hart bonsde in mijn keel, want ik zag dat het geen goed nieuws was dat hij bracht. Ik stond op, excuseerde me jegens mijn hofdames en liep op hem af. De cirkel waar ik net deel van had uitgemaakt sloot zich weer. Bij wijze van begroeting schonk hij me een halve glimlach. 'Het is Mary', fluisterde hij terwijl Mark Smeaton viool speelde. Hij had het over onze zus. Wanneer hij op die onheilspellende manier 'Het is Mary' zei, dan had hij het over haar. 'Ze is terug.'

'En?' Het beloofde weinig goeds. Ze was voor de geboorte van mijn tweede kind hierheen gekomen om daarna weer te vertrekken.

Ik had geen idee wat dit onaangekondigde bezoek te betekenen had.

'Ze is getrouwd', zei hij, 'en zwanger.'

Zwanger. Mijn zorgeloze zus, die helemaal geen trek had in meer kinderen.

'Getrouwd?' vroeg ik verbaasd. Ze was weduwe. Ik had geen weet van huwelijksplannen. En ik denk dat ik van zoiets toch op de hoogte zou zijn. Er zou een huwelijk voor Mary geregeld moeten worden, ergens in de toekomst, maar dat was nog niet gebeurd.

'Met William Stafford', zei George vanuit zijn mondhoek terwijl hij naar iemand lachte aan de andere kant van de kamer. Maria. Haar gezichtje klaarde op.

'Een Stafford?' Ik kende die naam maar al te goed, ook al wenste ik dat dit niet het geval was. Het was de naam van de hertog van Buckingham. Hij was al meer dan tien jaar dood, maar de schandvlek was nog altijd niet uitgewist. Hendrik liet gewoonlijk geen edellieden executeren, dat weigerde hij te doen, maar voor Stafford, die openlijk aanspraak had gemaakt op de troon, had hij een uitzondering gemaakt. Omdat het moest gebeuren. 'Wie is die William Stafford?'

'Een of andere soldaat.'

Een of andere *nul*. 'Ze is de zus van de koningin!'

'Niet zo luid.' Hij lachte naar Mark Smeaton. Om te laten

blijken dat er niets aan de hand was.

'Ze kan toch onmogelijk met hem getrouwd zijn?' Dit kon niet waar zijn. Waarom deed ze toch altijd zo stom? Deed ze het eigenlijk met opzet of was het heus omdat ze er niet bij nadacht?

Met zijn ogen op de anderen gericht, zei George: 'Wel, ik hoop voor haar dat ze het wel is, want ze is hoogzwanger.'

De oudste telg van de Boleyns, die hier zomaar kwam binnenvallen om een beetje te paraderen. Iedereen zou de vermoedens die ze al hadden over de Boleyns weer eens bevestigd zien: dat we compleet losgeslagen waren en onszelf geen enkele zelfdiscipline oplegden of wilden opleggen.

'Waar is ze?'

'Bij Mams.'

'Hoe reageert Mams?'

'Ze heeft haar handen meer dan vol om Papa in bedwang te houden.'

Papa en zijn korte lontje... Ik kon me inbeelden dat hij razend zou zijn. Volgens hem waren onze huwelijken allemaal van een twijfelachtig allooi. Mary zat volledig aan de grond na haar eerste huwelijk, mijn puinhoop was niet te overzien en de vrouw van George had het bevel gekregen het koninklijke hof te verlaten. En nu dit. Mary had zomaar, in haar eentje, beslist om een gewone soldaat het jawoord te geven. Alsof het er allemaal niets toe deed met wie ze trouwde. Ze zou het nooit leren. Ik zag het zo voor me: Mary die vrolijk naar iedereen lachte, om vervolgens te staan janken. En Papa met zijn opvliegende karakter zou het alleen maar erger maken.

'We moeten haar hier weg zien te krijgen. Wat wil ze?' vroeg ik.

'Ik weet het niet. Ik denk dat ze het zelf niet eens weet.'

Nee, natuurlijk niet. Zo zat Mary niet in elkaar. 'Ze moet hier weg. Voor Papa haar te zien krijgt. Zorg dat ze verdwijnt, George. Geef haar wat ze maar wil.'

En ik voegde eraan toe, zodat het duidelijk zou zijn: 'Ik wil haar niet zien.'

Ik veronderstelde eerst dat Mary de reden was waarom Hendrik enkele dagen later op een avond bij me langskwam. Ik maakte me net klaar om te gaan slapen en Annie bracht hem naar de slaapkamer. Ik bleef zitten op mijn bed en hij bleef in de deuropening staan. Ik begreep meteen dat dit niets met mijn zus te maken had. Om zijn mond speelde een verbeten trek en ik voelde hoe de paniek mijn keel dichtkneep. 'Is er iets met Elizabeth?'

Hij schudde het hoofd, maar zijn uitdrukking veranderde niet. En ik hoorde hem niet 'Het is niets' zeggen. 'Anna...'

Mijn hart klopte in mijn keel.

'Pixie!'

De afwezigheid van Pixie was plots overdonderend. Ik wilde 'Maar hij is hier ergens' zeggen, hoewel ik wist dat dit niet zo was. Ik had hem al een uur niet meer gezien. Ik wist dat hij hier niet was. Zonder te weten waar hij was, wist ik dat het niet hier was. Hendrik bleef bij de deur staan terwijl hij me vertelde wat er was gebeurd. Hij zag er verslagen uit. Pixie was boven aan een trap onder iemands voet – die van een stalknecht – terechtgekomen en was naar beneden gevallen.

Ik wachtte tot hij me zou vertellen dat hij nog leefde, maar dat deed hij niet. 'Ik had bij hem moeten zijn', was alles wat ik kon uitbrengen. Niemand zou alleen moeten sterven. God weet hoeveel pijn en angst het beestje had moeten doorstaan die laatste ogenblikken. En waar was ik? Waar was de enige persoon die hij bij zich zou hebben gewild? 'Waarom heeft niemand me iets gezegd?'

'Ze waren' – hij beet op zijn lip – 'bang.' Nu begreep ik waarom Hendrik zelf was langsgekomen. Ze hadden het hem gevraagd. Pixie was nog zo klein. En zo jong. Een baby'tje. Ik bedekte mijn gezicht met mijn handen en huilde bittere tranen. Hendrik kwam naar me toe en omhelsde me. Hij wiegde me zacht heen en weer. Met zijn gezicht in mijn haar vroeg hij: 'Wil je dat ik blijf?'

De manier waarop hij me vasthield, had iets afstandelijks. Ik trok me weg, droogde mijn tranen, snoot mijn neus en zei hem dat het wel zou gaan.

Ik veronderstel dat het niet te vermijden was: tegen februari had hij een nieuwe vlam. Dat het Meg was, moest de klap verzachten. Mijn broer had haar handig naar voren geschoven, gezorgd dat ze werd opgemerkt, dat ze beschikbaar was. Dat ze altijd even bevallig voor de dag kwam. Hij vond het een schitterend idee en ik moest toegeven dat ik hem dankbaar was. Meg stond aan onze kant en bovendien was ze smoorverliefd, ik meende te weten op Harry Norris. En ze was discreet. Dat hielp. Het enige probleem was dat niet iedereen zo betamelijk was. De jonge Franky Weston, bijvoorbeeld, overstelpte haar plots met vragen. Hij moest duidelijk nog veel leren.

De aandacht die Franky nu had voor Meg, viel in het niet vergeleken met het feit dat ik al snel besefte dat ik me toch niet zo goed voelde bij de hele opzet. Was dat zo onredelijk? Eigenlijk had Hendrik aan onze relatie moeten werken, vind je ook niet? Ik wist dat ik niet de gemakkelijkste was – George zei het ook: *hij mag niet naderen* – maar hij zou er niet van sterven als hij het nu en dan eens probeerde. Toch? Hij had wat meer zijn best mogen doen. Een eerste stap zetten. Of voorstellen om elkaar halfweg te ontmoeten. Of hij iets meer over de helft. In plaats daarvan bracht hij zijn middagen door in bed met mijn nicht.

In die periode kregen we bezoek van de secretaris van De Brion, maar er was nog geen nieuws omtrent mijn voorstel. Ik bleef maar aandringen bij Hendrik om wat meer druk uit te oefenen, maar het leek hem allemaal niets uit te maken. Ik begon het gevoel te krijgen dat ik in zijn ogen niet eens meer bestond. In de ogen van vele anderen ook niet trouwens. Ik werd wel in de gaten gehouden, daar was ik zeker van, maar ik werd gemeden. Toen ik in de spiegel keek, kreeg ik het gevoel dat ik werkelijk had opgehouden te bestaan. Ik zag eruit als een schim. Ik sliep slecht en kon elk uur de klokken horen slaan. Mijn ogen waren dooraderd en mijn lippen gezwollen. En mijn huid was bijna doorzichtig. Mijn enige lichtpuntje was jij, Elizabeth, dat ik je kon komen bezoeken. Want voor een keer kon het. Ik was niet zwanger, de reis zou nu niet meer te lastig zijn. Ik leefde voor die bezoeken. Weet je nog hoe lady Bryan je droeg toen ik aankwam? Herinner je je de knerpende sneeuw onder onze laarzen, in de tuinen? Zul je het later nog weten? Ik durf te wedden dat je je Pixie nog herinnert.

Soms beeldde ik me in hoe Hendrik vroeg: 'Waar is Anna?' en dat iemand hem antwoordde: 'Bij je dochter.'

Je dochter, weet je nog?

Je vrouw, bij je dochter.

Hij bezocht je ook. Uiteraard met veel uiterlijk vertoon. Daar is hij goed in. Lady Bryan vertelde me dat, toen hij langskwam met de Venetiaanse ambassadeur, hij letterlijk met je pronkte: *Mijn perfecte kleine meid. Het evenbeeld van haar vader.*

Niet zoals die andere. Mary was blijkbaar aan het wegkwijnen. Haar moeder schreef Hendrik tot tweemaal toe een brief en smeekte hem of ze haar mocht bezoeken, haar verzorgen. Tweemaal werd haar verzoek geweigerd. Hendriks manier om te zeggen: *Zie je? Ik kan ook koppig zijn.*

Het werd lente en Tom was de nodige regelingen aan het treffen voor een doorlichting van iedere religieuze instelling. Geen aparte onderzoeken meer. Nu zouden ze allemaal onder toezicht staan: wat ze geloofden, wat ze praktiseerden, hoe ze in hun bestaan voorzagen. En als ze niet in hun bestaan konden voorzien... wel, dan hielden ze gewoon op te bestaan. Tom had er zich in vastgebeten en zou niet meer lossen. Hij genoot ervan. Ik was minder overtuigd. En dat leidde tot meer dan één discussie. Ik ben een hervormer. Ik wil mensen wijzen op hun fouten. Het is niet de bedoeling dat ze worden uitgeroeid.

Niet dat ik voor een zachte aanpak ben, helemaal niet. Het was op mijn bevel dat de kolf met bloed uit Hailes Abbey werd onderzocht. Ze bevatte zogezegd het bloed van Christus en dat bloed was al die tijd op miraculeuze wijze vloeibaar gebleven. De kolf werd geopend en de inhoud aan een onderzoek onderworpen. De bevinding luidde dat het eendenbloed was. Blijkbaar vulden de monniken de kolf op geregelde tijdstippen bij. Ik ging later in het jaar zelf naar Syon Abbey, om de nonnen hun vet te geven. Hoe konden ze gebeden opzeggen in een taal die ze niet eens begrepen? Dat wilde ik wel eens weten. Hoe kon dat beschouwd worden als communiceren met God? Hoe kon het hen niet deren dat ze niet wisten wat ze zeiden? Niet een van de nonnen keek me niet zuur aan. Wat het bloed van Hailes Abbey betreft, was het precies hetzelfde verhaal. Was men mij dankbaar omdat ik de oplichterij aan het licht had gebracht? Nee hoor, ik werd genegeerd. De kolf werd opnieuw gevuld en de pelgrims keerden terug. Voor ik Syon

Abbey verliet, gaf ik elk van de nonnen een exemplaar van het Engelse gebedenboek. Zorg dat jullie weten wat jullie zeggen wanneer er gebeden wordt, zei ik hun. Of stop ermee.

Bepaalde mensen kun je echter onmogelijk iets bijbrengen. Omdat ze niet willen dat hun iets wordt bijgebracht. In die mensen steek ik geen tijd. In mei werden Houghton, de prior van de London Charterhouse, en vier van de vrijmoedigste kartuizermonniken geëxecuteerd. We hadden meer dan genoeg geduld met hen gehad. Ze stierven niet voor hun geloof. Dat deed niemand toen ik koningin was. Dit had niets met God maar alles met mij te maken. Met Hendrik en mij. Ze staken niet onder stoelen of banken dat ze de suprematie van Hendrik loochenden. Volgens hen was hij niet het hoofd van de Kerk en ik niet zijn vrouw. Deze mannen hadden zichzelf boven Hendrik geplaatst door zijn woord te loochenen. Wie waren zij om dat te doen? Waren zij koningen? Dit was geen godsdienst. Dit was politiek. En vuile spelletjes. Een van hen verspreidde het gerucht dat Hendrik een affaire had gehad met mijn moeder. Daarvoor, en voor de rest van hun vunzige en opzwepende uitspraken, stierven ze in Tyburn. Tom regelde alles. Ze werden naar de plaats van executie gesleept en opgehangen tot ze bijna dood waren. Ze werden weer bijgebracht, zodat ze getuige zouden zijn van hun eigen castratie. Daarna werden hun ingewanden eruit gesneden en werden de ontmande geestelijken gevierendeeld. Hun lichaamsdelen werden overal in Londen geplaatst zodat iedereen ze zou zien.

Papa, George en mijn oom woonden de executie bij. Ze hadden Fitz meegenomen. Ik denk dat Fitz geen nee durfde te zeggen. Hij was verzwakt en ik vermoed dat hij is meegegaan, gewoon omdat hij niet veel andere dingen meer kon doen. Hij deed wat volgens hem zijn plicht was: de dood bijwonen van de mannen die afbreuk hadden gedaan aan het gezag van zijn vader. Het was heel toevallig dat ik het te weten kwam dat hij was meegegaan. Ik was Maria tegen het lijf gelopen en ze zag er nog bezorgder uit dan anders.

'Fitz is uitgeput', zei ze toen ik haar vroeg wat er scheelde. 'Ik denk dat het te zwaar voor hem was.'

'Wat dan?'

Ze staarde naar de grond. 'Tyburn.'

Toen ik wist hoe hij daar was beland, zei ik haar dat ik de schuldigen erover zou aanspreken. De eerste die ik in de gangen tegenkwam, was mijn oom. 'Denk jij eigenlijk ooit na voor je iets doet?'

Hij stopte en draaide zich naar mij. Hij fronste één wenkbrauw.

'Met Fitz naar Tyburn rijden?'

Hij kwam langzaam naar me toe en toen hij bij me stond, zei hij op sarcastische toon: 'Wil je niet dat iemand ons samen ziet, misschien?'

'Fitz is zwak. Hoe konden jullie het in jullie hoofd halen om hem mee te nemen?'

Hij zette ostentatief een stap achteruit en kruiste zijn armen voor zijn borst. Hij hield zijn hoofd scheef en staarde me aan met die valse glimlach van hem. 'Waarom ineens die bezorgdheid voor een van de andere kinderen van de koning?' Zijn glimlach verbreedde. 'Al eens gedacht wat jij Mary allemaal aandoet?'

Zijn schijnbare loyaliteit aan de bastaarddochter van Hendrik en Catharina verraste me, maar ik liet me niet uit het veld slaan. 'Minder dan ik wil', repliceerde ik onmiddellijk. 'Als ik kon, stuurde ik die kleine martelaar ook naar Tyburn.'

Hij lachte en schudde zijn hoofd. 'Je bent echt door en door slecht, weet je dat?'

'Nee hoor,' zei ik, 'ik ben gewoon een mens. En ik ben geen hypocriet. Jij daarentegen zou eender wie aan een touw laten bungelen als het jou zou uitkomen. Eender wie. Van loyaliteit heb je waarschijnlijk nog nooit gehoord. Je hebt geen hart, geen ziel. En het enige wat ik je hier zie doen, is rondlopen in de gangen. Wat doe jij hier eigenlijk? Welk nut heb je? Ik zal niet degene zijn die een kopje kleiner wordt gemaakt als Hendrik zijn geduld verliest. Nee, want ik ben de koningin. Denk er maar aan wat er met Stafford is gebeurd. Niemand staat boven Hendrik. En zeker zo'n arrogante ellendeling als jij niet.' Ik draaide hem de rug toe en liet hem verbouwereerd achter.

De manier waarop Hendrik enkele uren later mijn *Privy Chamber* binnenkwam, voorspelde weinig goeds. Hij stak onmiddellijk van wal, zonder zich te bekommeren om de andere aanwezigen. 'Heb jij Norfolk een arrogante ellendeling genoemd?'

Ik probeerde mijn zelfgenoegzame glimlach te onderdrukken. De woorden, uitgesproken door een rood aangelopen koning, klonken me als muziek in de oren. 'Het is niet meer dan de waarheid.' George had zijn hoofd weggedraaid. Ik wist heel goed dat hij op zijn tanden beet om niet te lachen.

'Dat is hij niet. Hij is een gerespecteerde edelman.'

'Een oude wezel is het, een schoft', protesteerde ik. 'En trouwens, ik ben de koningin. Waarom sta je hem hier eigenlijk te verdedigen?'

Met zijn handen op zijn heupen stapte hij heen en weer. 'Je gedraagt je anders niet als een koningin', tierde hij.

'Bedoel je dat ik niet alleen maar dwaas zit te lachen terwijl ik naast je zit? Luister eens hier,' riep ik, 'je wist dat ik geen doetje was toen je met me trouwde. En dat was precies wat je wilde, als ik het me goed herinner!'

'Wel, dat is dan nu niet meer zo.'

Die kwam hard aan.

'Ik veronderstelde', ging hij verder, 'dat je een koningin zou worden. Wanneer je had wat je wilde. Wanneer je was waar je wilde komen. Ik veronderstelde dat je zou kalmeren en volwassen worden. Je was een intelligente meid, Anna. Zo scherp van geest. Ik leefde alleen maar om naar jou te luisteren, weet je dat? Maar nu? Wanneer je je mond nog eens opendoet, dan is het alleen maar om te vitten over die of die of die!'

Ik sprong overeind. 'Niet waar! Je luistert gewoon nooit meer naar me! Wanneer heb je onlangs nog eens de tijd genomen om te luisteren naar wat ik je te zeggen heb?' Ik hoorde hoe mijn broer, of iemand anders, inademde.

'Misschien', zei hij, 'had ik wel geen tijd omdat ik moest luisteren naar de vele klachten over jou.'

'Dat moet je niet. Daar gaat het nu net om. Waarom zeg je hun niet gewoon dat ze oprotten met hun klachten. Heb je er al eens aan gedacht dat jij je niet als een koning gedraagt?'

Terwijl ik het zei, besefte ik dat ik te ver was gegaan. Tijdens de onaangename stilte die viel, staarde hij me aan. Ik betwijfel het of hij met zijn mond vol tanden stond, ik denk eerder dat hij wilde dat ik zijn verontwaardiging voelde. Vervolgens, net voor hij zich omdraaide en vertrok, sloot hij zijn ogen en mompelde hij in zichzelf: 'Wanneer houdt dit ooit op?' Uiteraard had hij het luid genoeg gezegd opdat iedereen het zou horen.

ꟸ

Voor bepaalde zaken luisterde hij wel nog naar me. Wanneer het om bepaalde mensen ging. Fisher, de bisschop, was zo iemand. Hoe lang zou Fisher nog op onze kosten in de Tower blijven wonen, vroeg ik. Het was duidelijk dat hij niet zou inbinden en de situatie aanvaarden. Kardinaalshoed of niet, hij beschouwde zichzelf als de vertegenwoordiger van de paus. Ik voelde geen enkele blijk van sympathie voor hem. Waarom zou ik ook? Hij zou niet aarzelen om *mij* ter dood te brengen.

In juni werd hij berecht, terwijl Hendrik en ik in Hanworth waren. Hij werd schuldig bevonden. Hendrik kon er niet meer tussenkomen, zelfs niet als hij dat had gewild. Of toch, hij zette zijn straf om. Geen Tyburn voor Fisher, hij zou worden onthoofd op Tower Hill. Ondanks de vele meningsverschillen die Fisher en ik hadden, eindigt ons leven blijkbaar op dezelfde plaats. En binnen hetzelfde jaar. Er werd mij verteld dat hij op zijn paasbest gekleed was. Klaar om zijn Schepper te ontmoeten. Het opwindendste moment van meer dan zeventig vrome jaren. Hij zou toch binnenkort vanzelf de pijp uitgegaan zijn, dus hij kreeg gewoon een duwtje in de rug. Maar ik? Hoeveel jaren zal ik mislopen? Fisher had geen dochter die hij moest achterlaten. Geen enkele van die mannen had een dochter.

Wel, ik hoop dat God onder de indruk was van de moedige houding van Fisher. 's Avonds trok ik zelf mijn mooie kleren aan om een mis bij te wonen. We zouden er bidden voor zijn zielenrust. Voor zijn arme, misleide ziel. Niet dat er voor mij een mis zal worden gehouden, want als hij nog had geleefd, zou hij vanavond niet voor mij bidden. Daar ben ik van overtuigd.

Fisher had geluk. Er waren tragere en wredere manieren om te sterven. Drie kartuizermonniken werden onlangs rechtop staand geketend. Zonder voedsel of water, zonder het recht zich te wassen of te rusten, dienden ze te wachten op hun dood. Vergeet niet dat het verraders waren. Dat hadden ze ook bekend. Ik ben geen verrader. En ik heb ook niet gedaan wat Tom beweert. Mijn dood komt Hendrik gewoon bijzonder goed uit, omdat hij dan met iemand anders kan trouwen en de plooien met Spanje gladstrijken. En dan te bedenken dat hij dat nooit voor mij heeft willen doen, de vorige koningin ter dood laten veroordelen. Hij was te bang voor Spanje. Ik heb geen land dat voor me op zal komen. Dit is mijn land. Hoe zou alles nu geweest zijn als Catharina jaren geleden was gestorven? Zouden Hendrik en ik gelukkig geweest zijn zonder die dikke Spaanse vlieg die ons de hele tijd rond de oren zoemde? Boze tongen beweren dat ik haar heb vergiftigd, maar op haar manier heeft zij mij vergiftigd.

Hoe groot de verontwaardiging van het volk ook was toen Fisher stierf, ze verdween in het niets bij de verbolgenheid over de dood van More. En raad eens wie al even verontwaardigd reageerde? Hendrik. Plotseling zat ik achter de veroordeling van More. Hoe kan ik achter de dood van More hebben gezeten? Hield ik misschien zijn hand vast toen hij het arrestatiebevel ondertekende? Ik kon me niet eens meer herinneren wanneer ik nog eens zijn hand had vastgehouden. Hendrik was weer zijn hulpeloze zelf. Hij zei niets en vertrok. Twee dagen lang wilde hij me niet spreken. 'Op valkenjacht', werd mij gezegd, of: 'Hij is al gaan slapen.' Uiteindelijk hebben we toch gepraat – hij kon ook niet anders – maar hij weigerde me aan te kijken. Ik was onzichtbaar voor hem. Maar hij kon me wel horen. Daar zorgde ik voor.

Die dag was hij weer op valkenjacht geweest. Hij was al heel vroeg vertrokken, nog voor ik wakker werd. Ik wachtte hem op, maar hij keerde niet naar zijn vertrekken terug met de anderen. Harry Norris was daar wel. Met Meg. Die twee zag je de laatste tijd wel vaker samen. Ofwel was Hendrik haar moe, ofwel – wie weet? – was hij zo grootmoedig geweest om haar aan zijn beste vriend te laten.

'Waar is Hendrik?' vroeg ik aan Harry.

Hij keek rond; zijn aandacht was volledig bij Meg geweest. 'O,' – gegeneerd – 'hij moet nog in de stallen zijn.' Hij glimlachte verontschuldigend. 'Sorry.'

Ik wuifde zijn excuses weg. Het kwam me zelfs beter uit dat Hendrik in de stallen was. Daar hadden we wat meer privacy.

Hij stak net de binnenplaats voor de stallen over. 'Stop met me de schuld in de schoenen te schuiven voor de dood van More.'

'Anna,' – hij veegde een lok haar, nat van het zweet, van zijn voorhoofd – 'het is een lange dag geweest.' Hij vertraagde zijn pas niet.

Ik kon hem niet meer bijhouden. Dat was ook niet nodig, want mijn stem draagt ver. 'Het zou je wel goed uitkomen, nietwaar, als de dood van More mijn schuld zou zijn?'

Nu stopte hij wel. Hij draaide zich zelfs om. 'Daar geef ik je de schuld niet van.'

Zijn ogen schitterden helderwit in zijn met modder bespatte gezicht.

'O, dus ik heb niets meer met zijn dood te maken?'

Hij zuchtte. Aan de manier waarop hij lachte, merkte ik de opgekropte woede. 'Uiteraard heb je *iets* met zijn dood te maken.'

Nu zou het komen. Nu zou ik weten waarom hij zo deed. 'En wat heb ik er dan mee te maken?'

Hij zette een stap in mijn richting. 'Als jij er niet was geweest, dan zou dit allemaal niet zijn gebeurd.'

Op mijn beurt zette ik enkele stappen in zijn richting.

'Als ik er niet was geweest, dan was je huwelijk nog altijd onbestaand.'

Hij draaide met zijn kleurloze ogen en liep stampvoetend weg. Ik kon hem niet achternalopen omdat mijn jurk dat niet toeliet, dus probeerde ik te kalmeren door wat heen en weer te lopen op het binnenplein.

ꕥ

Vreemd genoeg kregen we, net nu onze relatie op haar dieptepunt kwam, wat respijt. Misschien beseften we allebei dat het zo niet verder kon en dat de enige manier om het weer goed te maken, een stap achteruit zetten was. Het hielp uiteraard dat we niet in het paleis waren. Onze hofreis viel tegen door het slechte weer, maar onze gastheren deden alles wat ze konden om ons in de watten te leggen. Met de executie van More in het achterhoofd deden ze hun uiterste best om indruk te maken op Hendrik. Ik had nog nooit zoveel portretten van hem gezien. Blijkbaar deden de schilders gouden zaken.

We begonnen opnieuw het bed te delen, misschien wel omdat we niet thuis waren. Nu iedereen zo dicht op elkaar leefde, sprong des te meer in het oog dat we in afzonderlijke bedden sliepen. We ervoeren dat het best meeviel om weer met elkaar samen te leven. De opluchting was duizelingwekkend. Toen George uit Frankrijk terugkeerde met het antwoord op mijn voorstel – nee – kon me dat hoegenaamd niet deren. Die avond werd er feestgevierd en ik nam deel aan het vertier. Wie had nu de Fransen nodig? De lafaards.

Er kwam nog meer slecht nieuws. Spanje had Tunis veroverd. De keizer viel niet te stoppen en dat zag er niet zo goed uit voor Engeland. Ik vertelde het niet aan Hendrik, ik zou het niet gedurfd hebben, maar het was alsof hij het me wel had horen zeggen. *Niets van aantrekken*. Omdat het zomer was, ook al voelde de temperatuur winters aan. Omdat we met vakantie waren, hoefden we even aan niets te denken. Tot we weer thuis waren.

Nu en dan kwam Tom langs en hij leek het best naar zijn zin te hebben. Maar toch leek hij nog altijd aan het werk. Ik vernam via Harry, die het zelf opgevangen had via Meg toen ze even niet oplette, dat hij met het idee speelde om die ziekelijk bleke Mary weer troonopvolger te maken.

Wat?

Het verraad van Frankrijk? Tot daaraan toe.

De oorlogsdreiging van Spanje? Was te verwachten.

Maar dit? Waarmee was hij bezig?

Er was maar één manier om dat uit te vissen. Hoewel het al laat was, liep ik naar de gastenkamer die voor hem was klaargemaakt. Op een passend antwoord van Hendrik hoefde ik toch niet te rekenen. Tom zat rechtop in bed. Voor hem lagen zijn papieren uitgespreid over de dekens. Hij zag er in de verste verte niet vermoeid uit. Als er gewerkt moest worden, werd er gewerkt. Ook als het 's avonds laat was. Nog voor ik de deur helemaal had dichtgeduwd, confronteerde ik hem met wat ik had vernomen.

'Anna,' zei hij terwijl hij op de rand van het bed ging zitten, 'je bent pragmatisch genoeg om dit te begrijpen. Elizabeth is nog geen twee jaar oud. Het duurt nog jaren voor ze zal trouwen. Ik heb *nu* een oplossing nodig, en of je het leuk vindt of niet, er is interesse voor Mary.' Hij stak een hand in de lucht om me het zwijgen op te leggen. 'Ik moet roeien met de riemen die ik heb.'

Ik zei niet: *het is het principe*. Het woordje *pragmatisch* had het hem gedaan. Hij had gelijk. Natuurlijk had hij gelijk. Ik ben pragmatisch. Maar hij had ook ongelijk. 'Nee', zei ik. ‘Nee!’ Ik sprong op hem af en nam hem bij de schouders. ‘Hoe kun je dit doen?’ Wat gebeurde er toch? Waarom glipte alles me door de vingers? ‘Je speelt met mijn leven!’

‘Ik speel niet’, zei hij kalm. ‘Ik doe het werk waarvoor ik word betaald.’

Van dichtbij zag hij er allesbehalve gezond uit. Ik liet hem los en stapte nerveus heen en weer. Ik nam een kruik van de tafel en gooide ze stuk tegen de muur. ‘Als je dit doorvoert,’ riep ik boven het geluid van de brekende kruik uit, ‘dan zorg ik er persoonlijk voor dat je geëxecuteerd wordt.’

‘Stop met die dreigementen,’ zei hij. Het leek hem te amuseren.

‘Het is geen dreigement’, zei ik in de deuropening. ‘Het is een belofte. Als je dit doet, ben je dood.’

‘Je kunt me niets maken’, antwoordde hij. Ik vond de trieste ondertoon in zijn stem toen al vreemd. Wist hij het al? Had hij een vermoeden?

De enige persoon van wie ik moeilijkheden verwachtte, was mijn schoonzus. En die zomer bleken mijn verwachtingen ook bewaarheid te worden. Van een afstand. Toen we in Greenwich terug waren, kwam er protest van vrouwen die, samen met de echtgenotes van enkele prominenten, trouw waren gebleven aan de oude Spaanse kwezel en haar ziekelijke bastaard van een dochter. De rapporten over de betrokkenen waren – vermoedelijk opzettelijk – vaag, maar waar iedereen het wel over eens was, was dat Jane Parker een van de aanstokers was. Met andere woorden, ze was overgelopen. Geen groot verlies. Ik vond het zelfs amusant dat ze bij Thomas was gaan aankloppen, of wat het ook was dat zij en die andere vrouwen hadden gedaan. Het was een welkome afwisseling. Anders vond ik Jane een stuk minder onderhoudend. Hendrik liet haar naar de Tower brengen, om af te koelen.

'Ik weet niet of je er ooit in zult slagen die teerbeminde echtgenote van je in bedwang te houden', zei ik spottend tegen mijn broer.

George leunde voorover om iets in mijn oor te fluisteren. Hij was duidelijk bereid om het spelletje mee te spelen. 'Die teerbeminde echtgenoot van je laat zich anders ook niet al te gemakkelijk de les lezen.'

Het was natuurlijk bedoeld om me aan het lachen te brengen en dat deed het ook. Maar eigenlijk had zijn opmerking me aan het denken gezet.

Eigenlijk had ik toen al moeten weten dat er moeilijkheden op til waren. En ik wist het ook. Ik wist alleen niet uit welke richting ik ze moest verwachten. Ik zou nooit geraden hebben dat de Seymours er voor iets tussen zaten. Het waren trouwe hovelingen, die het goed konden vinden met Tom. En ik veronderstelde dat we wel konden vertrouwen op zijn oordeel. In het verleden waren er problemen met de Seymours geweest, maar dat waren onderlinge geschillen binnen hun familie. Alhoewel, geschillen? Schandalen waren het. Vijf jaar geleden ontdekte een van de jongens dat zijn vrouw al een hele tijd een affaire had met zijn vader en dat zijn twee kinderen vermoedelijk die van zijn vader waren. Zijn vrouw werd naar een klooster gestuurd en de twee jongens onterfd. Daarna sloegen vader en zoon de handen weer in elkaar om het blazoen van de Seymours op te poetsen. Dat deden ze goed, want vijf jaar later had niemand het er nog over. Niemand, behalve ik dan. Terwijl we die zomer naar hun huis reden, vertelde ik George de familiegeschiedenis. Aangezien hij in de periode dat ze zich afspeelde het grootste deel van de tijd in het buitenland verbleef, kende hij niet alle details.

Hendrik maakte me meteen duidelijk dat ik ermee moest ophouden. 'Anna!' Hij keek pijnlijk.

'Wat?'

'Wel,' – hij verlaagde zijn stem – 'denk je niet dat ze al genoeg hebben afgezien? Laat het verleden rusten.'

Bewonderenswaardige gevoelens. Ik trok mijn wenkbrauwen op toen ik weer naar George keek en sprak er niet meer over. Toch niet wanneer Hendrik erbij was.

De Seymours waren nieuw geld. En iedereen wist dat ze niet zoveel hadden. Hun huis, Wolf Hall, was driehonderd jaar oud en sir John liet het speciaal voor ons uitbreiden. De vijf of zes dagen die we daar doorbrachten, waren uiterst aangenaam. Ik wou dat ik het tegenovergestelde kon zeggen, maar ik zou liegen. Ik vond sir John een fijne man. Hij deed me denken aan mijn eigen vader, maar dan vriendelijker. Mijn neef Francis, die erbij was, was een goede vriend van de broers. En Jane? Je zag haar nauwelijks zitten. Ik kende haar van toen ze aan het hof verbleef, maar ze had toen geen indruk op me gemaakt. En nog minder wanneer we bij haar familie logeerden. Had je me toen gevraagd wat ik van haar vond, dan zou ik gekozen hebben voor een onopvallende, alledaagse oude vrijster. Ik vind trouwens dat ze er nog altijd zo uitziet. Ik herinner me dat ik dat ook tegen Hendrik zei toen we daar waren en er over haar werd gesproken.

Hij schudde zijn hoofd. 'Ze is aardig', zei hij met een stem die hoger klonk dan anders omdat hij verrast was. En dan herhaalde hij wat hij net had gezegd. Zijn stem klonk lager, krachtiger. 'Ze is aardig.'

Lucy Cornwallis

Zomer 1536

Als ik in de vroege uurtjes toch maar naar het plafond lig te staren en aan het piekeren sla, dan duurt het nooit lang voor ik stilletjes naar de keukens sluip. Werken om aan niets meer te moeten denken. Suikerkorstjes voor gebak, bladgoud voor andere zoetigheden... Voorbereiding. En zomaar, voor ik het gemerkt heb, is het weer dag. Dan vraag ik me meestal af of ik wel geslapen heb. Richard kent mij en let erop dat hij over niets anders praat dan het werk. Veel moeite hoeft hij daar niet voor te doen, want tussen de vele mallen, potten, pannen en kommen is er meer dan genoeg werk. In het midden, tussen de vele suikersculpturen, prijkte ons meesterstuk hoog boven alle andere zoetigheden uit. Niets minder dan een koninklijk huwelijksbanket... 'Geen speciale combinaties van smaken,' luidde de opdracht, 'alleen de beproefde versnaperingen die iedereen lekker vindt.'

Niemand die de woorden 'Niet zoals voor...' had uitgesproken.

Maar voor *haar* is er nooit een huwelijksbanket geweest. Nee, het huwelijk dat de wereld voor altijd veranderde, was er een zonder suikerwerk. Voor de kroning achteraf, ja, toen schitterde het heerlijke glazuur in het zachte licht van de vele toortsen. Maar het huwelijk werd voltrokken in het grootste geheim. Op een morgen, zo werd mij verteld, in de kapel te Whitechapel. Anna Boleyn in een rode huwelijksjurk, hoorde ik. Trouwen in het rood, brengt dat geen ongeluk? Wij, Richard en ik, waren ook in Whitechapel. Maar we hadden geen weet van het huwelijk. We sliepen. Toen kon ik 's nachts nog slapen. Er werd ons niets gevraagd. William Brereton, die was van alles op de hoogte. Van zijn diensten wenste men *wel* gebruik te maken. Hij was een van de getuigen. En toen hij op zijn beurt besloot in het huwelijk te treden, een jaar of zo geleden, vroeg de koning ons om met suiker een van onze beeldhouwwerken te maken. Hij liet me bij zich roepen. 'Billy is eigenlijk een romantische ziel, hoewel hij er niet zo uitziet', zei hij.

Dat maakte voor mij eigenlijk geen verschil uit, want ik had geen idee hoe Brereton eruitzag. Ze zagen er wat mij betrof allemaal hetzelfde uit.

'Zo,' vroeg de koning, 'wat ben je van plan te maken?'

Ik stond even met mijn mond vol tanden. Ik was zelf helemaal geen romantische ziel. 'Een galjoen', probeerde ik.

'Een galjoen?' Hij leek het in ieder geval een goed idee te vinden; mijn antwoord had een glimlach op zijn gezicht getoverd.

Ik probeerde hem uit te leggen waarom ik aan een galjoen dacht. Ik vertelde hem hoe ik vroeger boven op de kliffen stond, waar het gras mat is door de kalk, en naar de eindeloze zee keek onder de al even eindeloze hemel. 'Soms zag je een galjoen...'

'Het wordt een galjoen', luidde het. 'Of drie!' Hij lachte opnieuw naar mij. 'Drie alstublieft. Want, Lucy, veiligheid op zee hangt niet alleen van jezelf af. De zee kan namelijk heel verraderlijk zijn.'

Ik weet niet wat het was, maar iets maakte me bang. Alles. Alles en niets. Een deur die ergens in de keukens werd dichtgeslagen, was al genoeg om mijn hart een slag te doen overslaan. Maar de stilte was al even erg, misschien zelfs erger. Het was alsof de stilte met me speelde. Ik moest geconcentreerd luisteren, de oren spitsen, proberen het te horen. En dan doofde een toorts ergens op het binnenplein. Een teken. Misschien liepen we wel gevaar! Plots lichtte een andere op. En weer voelde ik mijn hart in mijn borstkas tekeergaan. Het was onverklaarbaar. Waarom die angst? Bang voor wat met mij zou kunnen gebeuren was ik niet. Dat kon ook niet, want ik gaf geen zier om mijzelf.

Voor dit huwelijk had ik vooraf te horen gekregen wat van mij werd verwacht. Maar er werd mij niets meer over het huwelijksfeest zelf gezegd. Ik had alleen maar duidelijke richtlijnen gekregen die ik nauwgezet moest volgen. Dus begon ik, in alle onschuld, aan wat gewoon een volgende project zou zijn.

Elke dag leek de suikersculptuur groter te zijn geworden. Doordat ik ze groter maakte overdag, dat wist ik natuurlijk ook wel. Ze leek gewoon telkens te zijn gegroeid als ik er de volgende dag naast stond. Misschien was ik wel kleiner geworden? Ik bracht een groot deel van de dag staand door. Om overal bij te kunnen, stond ik op een werkbankje. Helemaal alleen, want er was geen plaats genoeg voor nog iemand. Overdag luisterde ik naar de stemmen van de jongens. Ze klonken anders daarboven. Misschien omdat ik er pas voor het eerst echt naar luisterde. De geluiden waren er veel duidelijker: het zachte geklop van Kits vijzel, het ritmische gepuf – *pa-pa-pa* – van Stephen die met zijn gedachten ergens anders was.

Toen de *Master of Revels* mij de schetsen toonde van de suikersculptuur die ik moest maken, was mijn eerste reactie dat zoiets onmogelijk was. Maar wat kon ik doen? Hij kwam me persoonlijk zeggen hoe de instructies luidden.

Ik kon toch moeilijk mijn handen voor mijn oren houden. Ik vond het niet fijn om aanwijzingen te krijgen, want tot nader order was *ik* nog altijd de suikerbakkerin van de koning. En ik kreeg niet graag instructies. Was ik ineens niet goed genoeg meer om zelf met ontwerpen op de proppen te komen?

De tijd die ik ervoor kreeg was niet zozeer het probleem, maar de vorm...

'De valk moet lukken', zei ik terwijl ik – zonder op de grootte van de suikersculptuur te letten – de schetsen bekeek. 'We kunnen de gietvorm gebruiken waarmee we de valk van Anna Boleyns wapenschild gemaakt hebben', zei ik vervolgens meer tegen mezelf dan tegen de *Master of Revels*.

'Niet de valk. Het is geen valk.'

'Luister,' zei ik, 'we hebben hier geen mal voor. En met de tijdslimiet die je me oplegt, kan ik er zelfs geen meer laten maken.'

'Kun je de vogel niet... beeldhouwen?' vroeg hij.

Ik heb geen idee wat ze denken dat suiker juist is. Of wat ze denken dat ik ben.

Ik besloot te improviseren. Per slot van rekening waren het gewoon verschillende vormen. Ik krabde delen weg, kleefde er andere tegenaan en werkte alles mooi uit. Met de mallen die we hadden fabriceerde ik allerlei onderdelen, die ik vervolgens draaide of afschaafde om ze te doen passen: de veren van onze zwaan, de bek van de valk... Er zaten veel onderdelen van de valk in de nieuwe, gigantische sculptuur verwerkt, maar geen hond die het zou merken. De vervaarlijke open bek werd voor de gelegenheid dichtgemaakt en verkleind.

Ik denk dat Richard gedacht moet hebben dat wanneer ik aan het werk was, ik niet met Mark in mijn hoofd zat. Maar niets was minder waar. Ik kreeg de tranen in mijn ogen als iets me aan hem herinnerde. En maar goed ook. Als ik niet meer aan hem dacht, zou het zijn alsof ik hem verried. En dat hadden anderen al gedaan. Ze hadden hem gebruikt voor hun smerige plannetje en waren er niet bij stil blijven staan dat ook hij een eigen leven kon hebben. En nu hij hier niet meer rondliep, dachten ze zelfs niet meer aan hem. Alsof hij nooit had bestaan. Maar hij was echt geweest. En nu was hij weg. Voor altijd. Waar ik ook zou gaan, de kapel, de tuinen, de oever van de Theems, de koninklijke vertrekken, hij zou er niet zijn. Hij was nergens. Hoe kan iemand nu nergens zijn?

Als hij meer tijd had gehad, zou hij dan gedacht hebben dat ik hem wel vrij kon krijgen? Dat ik op de ene of de andere manier het krediet dat ik had opgebouwd bij de koning, zou kunnen gebruiken om van hem weer een vrij man te maken? Wat zou er door hem heen zijn gegaan, toen hij besefte dat ik dat niet had gedaan?

ꙮ

Er werden nu geen bezoekers meer toegelaten in de keukens. Bevel van de *Master of Revels*. Wat hier gebeurde was geheim.

Goed zo. Stilte.

En trouwens, er was toch geen plaats genoeg voor bezoekers, behalve dan voor hemzelf. Hij kwam mijn werk controleren, iets wat hij nog nooit had gedaan. Ik vond het helemaal niet erg, want hij leek onder de indruk van wat hij zag. *Prachtig! Schitterend!* Niet dat hij er veel van zal hebben begrepen, want ik had zelf geen idee hoe het eindresultaat eruit zou zien. Ik wist eigenlijk niet eens wat ik precies aan het maken was, tot Richard het me zei.

Toen hij me die morgen de keuken zag binnenkomen,

ademde hij diep in, maar ik hoefde alleen maar *nee* te zeggen om hem duidelijk te maken dat ik geen zin had om te praten over mijn gesprek met Cromwell. Om het gesprek dan maar over een andere boeg te gooien, zei hij: 'Je werkt aan een suikersculptuur, zie ik.' Hij wees naar de puinhoop die ik had achtergelaten.

Ik haalde mijn schouders op. *En dan?*

Hij vroeg me voor welke gelegenheid het was.

Ik haalde opnieuw mijn schouders op. *Een of ander banket.* Ik was doodop.

'Een kasteel?' vroeg hij. De gietvorm lag er nog.

Echt, Richard, moet dat nu? Ik knikte. 'Dat is de basis. Het moet een brandend kasteel worden. Er moeten nog vlammen toegevoegd worden. En een gigantische vogel die eruit weg lijkt te vliegen. Het kasteel was het eenvoudige deel.' Ik had even geen zin om eraan verder te werken. Richard mocht het doen. Als hij er dan toch zoveel zin in had.

'Heeft iemand je gevraagd om dit te maken?'

Nee. Het is mijn avondmaal. Ik knikte in de richting van de schetsen. Richard ging ze halen en rolde ze open. 'Meneer Holbein', zei hij toen hij de handtekening zag.

'Een grote vogel die wegvliegt uit een brandend kasteel. En hij moet zichtbaar zijn uit verschillende hoeken. En ik citeer: *als je daarmee verder kunt.*'

Richard rolde ze weer op. 'Weet je wat dit is?'

'Een hoop werk.' Ik was moe.

'Het wapenschild van de Seymours.'

'Ah?' Dus de Seymours hadden iets te vieren. Hiep hiep hoera.

'Het is een feniks die wegvliegt uit een kasteel.'

'Een feniks? Wel, we hebben geen mal voor een feniks.'

Richard keek me aan met die guitige blik die hem zo typeerde. 'We hebben een vorm voor een eend. We kunnen er ook een eend van maken die wegwaggelt van een brandend kasteel.' Hij wilde weten wanneer het klaar moest zijn.

Ik zei het hem.

Hij floot tussen zijn tanden en zei dan: 'Ik doe het wel.'

'Nee.' Het was niet dat ik iets anders omhanden had. Maar dat laatste had ik niet hardop gezegd.

'Een huwelijk,' zei hij, 'zo snel al.'

Ik wilde niet denken aan de tijd die voorbijging. En aan huwelijken al helemaal niet.

'Hij wil met haar trouwen.' Zijn groene ogen waren op mij gericht. 'De koning heeft binnenkort een nieuwe vrouw.'

Houd toch eens op met die roddelpraatjes. 'De koning heeft al een echtgenote, Richard. Hij is al getrouwd.'

Hij haalde zijn schouders op. 'Vermoedelijk zal hij dat dan wel niet meer zijn.'

Ik had genoeg van zijn nonsens. 'Ik betwijfel dat zelfs de koning zo snel een echtscheiding kan verkrijgen. De laatste keer is het hem ook niet gelukt.'

'Het wordt ook geen echtscheiding', zei hij. Hij keek naar me en bleef me aanstaren zonder met zijn ogen te knipperen. Tot ik het begreep.

Maar ik geloofde hem niet echt. 'Een koningin? Een koning kan zijn koningin toch niet laten executeren? Niemand kan een koningin laten executeren.'

Een van de volgende dagen zei hij: 'Rozen. Moeten we geen rozen hebben, voor het huwelijk?' Hij stond met gefronste wenkbrauwen naar de feniks te kijken alsof hij wilde zeggen: *mooi gemaakt, maar...* 'We hebben geen rozen, Lucy.'

'Je weet waar de gietvormen liggen', zei ik.

Ik speelde al een hele tijd met het idee om iets speciaals te maken. Ik kreeg het maar niet uit mijn gedachten. Goud, een soort goud. Het soort dat je maakte met arseen. Het zou eenvoudig zijn om de poeders te vermengen in een pasta en deze vervolgens met een borsteltje aan te brengen op de gevederde vleugels van de feniks. En het vergulden van de kleine ronde roosjes die Richard aan het maken was? Zou het mogelijk zijn om ze een gouden glans te geven, identiek aan die van bladgoud? Als iemand het kon, dan was ik het. Misschien moest ik het eerst eens uitproberen tijdens een van mijn slapeloze nachten. Eén nachtje maar, één experiment. Misschien moest ik speciaal voor Cromwell en de koning een bijzonder stuk maken. Een *manus christi*...

Het zou moeilijk zijn om goud te verdenken. De glans ervan, dat heerlijke heldere glimmen. Geen enkel vermoeden zouden ze hebben. Niet zoals bij groen. Groen was verdacht. En ik? Had ik gelijk om te denken dat er een grote kans bestond dat ik ermee weg zou komen? En wat als dat niet zo zou zijn? Mij een zorg. Het kon me niet schelen wat er met mij gebeurde.

Enkele weken geleden, toen Richard terugkeerde nadat hij was gaan ontbijten, liep hij er verloren bij, en hij was stil. Dus dacht ik dat het zover was. Hij kreeg het niet over zijn lippen. Ik liet de werkbank voor wat hij was en begon een pan suiker aan de kook te brengen. Voor een *manus christi*. Ik volgde hoe de kokende suiker de verschillende veranderingen onderging naarmate hij warmer en kleveriger werd. Net voor de pan van het vuur zou moeten worden genomen om te worden afgekoeld in het waterbekken, zei ik tegen Richard: 'Er is iets wat je me wel kunt vertellen.'

In mijn ooghoek zag ik dat hij luisterde.

'Cromwell heeft me iets beloofd', zei ik. 'Dat de straf – die van Mark – zou worden omgezet. Heeft hij die belofte gehouden?'

'Ja', zei hij.

ꝏ

Het huwelijksbanket hadden we achter de rug. Onze keuken zag er weer normaal uit, dankzij het harde werk van Stephen. Een hele dag was hij in de weer geweest. En we hebben allemaal een handje geholpen natuurlijk. Zelfs Richard. Ik keek naar de ordentelijk geschikte schappen. Mijn keuken zag er nagelnieuw uit.

Eerder die morgen kreeg ik al een bezoeker over de vloer, de *Master of Revels*. Hij kwam me zeggen dat de koning het bijzonder op prijs had gesteld dat ik erin was geslaagd om de feestelijkheden op zo'n korte termijn voor te bereiden. 'Het gerucht doet de ronde', zei hij glimlachend, 'dat de koning de laatste tijd nogal gul is. En ik vermoed dat hij jou graag een blijk van appreciatie zal geven.'

Ik schonk hem op mijn beurt een glimlach, want blijkbaar hoorde dat zo. Ik kon me niet voorstellen wat de koning me kon geven dat ik wilde. Hij had me al alles ontnomen zonder het zelfs te weten. Hij wilde er toen niets over horen.

Ik zat hier, in die keuken die helemaal opgeruimd was, omdat ik nergens anders naartoe kon. Ik wilde ook nergens anders heen. Ik was alleen. Zo had ik het het liefst. Ik had Richard, Stephen en Kit weggestuurd. Ze konden een dagje rust goed gebruiken. Misschien moest ik maar eens naar buiten gaan, naar de tuinen of de oever. Maar het zei me niets. Zelfs de heldere blauwe hemel niet.

Wat zou Mark ervan denken als hij me zo zag? Niet veel waarschijnlijk. Als je er even bij stilstond, waren er hier al veel ergere dingen gebeurd dan wat mij was overkomen.

Wie er niet bij stilstond, zag de voorbije jaren als een soort betovering. Hekserij. De koning huilde tranen van dankbaarheid. Hij prees zichzelf gelukkig dat hij net op tijd wakker was geworden. Op tijd om zichzelf, zijn familie en zijn koninkrijk te redden.

Ik, ik slaapwandelde. Zo voelde het. Ik had geen idee hoe ik het moest volhouden, maar ik wist wel dat ik dat zou doen. Ik zou verder suikergoed maken. Waarschijnlijk voor een doopfeest, heel binnenkort. Maar nu volgde eerst de hofreis. En daarna de verschillende festivals.

De deur ging open. Het was Richard. Hij bleef treuzelen in de deuropening en zijn aarzeling zorgde ervoor dat mijn hart sneller ging kloppen. Hij zei mijn naam, gevolgd door 'Ik moet je iets vertellen.' Hij schudde het hoofd. 'Het is niets...' *Niets ergs. Toch?*

Mijn hart ging weer wat trager slaan.

Hij zette een stap of twee naar voren, met tegenzin zo te zien. 'Lucy,' zei hij voorzichtig, 'ik ga weg.'

Ik haalde mijn schouders op. Mij goed. Hij zag toch ook dat hij hier niet veel kon doen vandaag. En had ik hem niet gezegd dat hij een dagje vrij had?

Hij fronste. 'Nee,' en probeerde het opnieuw, 'ik vertrek.' Hij keek naar de grond. 'Silvester gaat ook weg, en ik...'

Ga mee met hem. Silvester. De page. Zijn vriend. Hoe vertrekken, wat vertrekken?

'Naar Londen', zei hij. Hij keek me weer aan. 'We gaan naar Londen.'

'Voor één dag?' Een lange afstand om in één dag af te leggen.

'Om er te gaan wonen, Lucy.'

Dat meende hij niet. Wat zou hij – zouden ze – doen in Londen? 'Richard.' Het klonk als een zucht. Ze woonden hier, allebei. Ze werkten hier.

Hij zette weer enkele stappen in mijn richting. 'Ik vind wel werk', zei hij. 'Het spijt me, Lucy', voegde hij er vervolgens aan toe. En hij leek het te menen ook.

'Maar je hebt werk. Hier', lachte ik. 'Wat voor werk denk je te vinden in Londen?'

Hij kwam aan de andere kant van de werkbank staan en leunde erop met zijn ellebogen. Glimlachend zei hij: 'Ik ben nogal handig in suikergoed maken.'

Ja, en van wie heb je dat geleerd? 'Ik laat je niet gaan.' De manier waarop hij zijn hoofd scheef hield en me probeerde *au sérieux* te nemen, deed me beseffen dat ik iets te krachtdadig was geweest toen ik het zei. Te overtuigd. Dat was niet mijn bedoeling geweest, dus herhaalde ik het. Maar het klonk even krachtdadig. 'Ik laat je niet gaan.' Omdat ik hem hier bij me moest zien te houden. Ik mocht hem niet verliezen. Niet na Mark. 'Dit is je thuis, Richard. Dit is ons thuis. Je bent hier opgegroeid.' Op een dag had hij de zoete geur van de suikerbakkerij gevolgd en door een speling van het lot was hij hier gebleven.

'Weet ik, maar het is tijd...' Hij legde zijn hand op de mijne.

Ik trok mijn hand terug. 'Londen?' Wat zou er met hem gebeuren in Londen? Met hem en Silvester? Ik heb Silvester nooit gezien, maar ik ben er bijna zeker van dat het niet iemand met een alledaags karakter is. Alledaagse karakters zijn niets voor Richard.

'Lucy', zei hij. 'Lucy, luister.' Zijn hand, die niet langer de mijne vasthield, ging de lucht in. 'Na wat er met sir Henry is gebeurd...' Sir Henry, Henry Norris, de vriendelijke weduwnaar, de man bij wie Silvester werkte. 'Na wat er met hem gebeurd is, willen we hier niet langer blijven.'

We was vroeger wij twee. Richard en ik. We waren altijd samen.

'Niet huilen', fluisterde hij nog voor ik besefte dat ik dat aan het doen was. 'Niet doen, Lucy, niet huilen.' Hij veegde mijn tranen weg met zijn vingertoppen. Ik voelde hoe zijn vingers over mijn wangen streelden. Hij bleef het maar herhalen – *niet huilen, niet huilen* – maar hij meende het niet. *Huil maar, huil maar*, wilde hij eigenlijk zeggen. Dus dat deed ik. Ik liet mijn tranen de vrije loop. Ik wilde zeggen 'Neem me mee', maar ik zou het niet gemeend hebben. Ik zou het niet gekund hebben. Hij vertrok met iemand anders. Zoals ik van plan was geweest om te doen. Die vele jaren geleden was hij naar mij gekomen. Maar ik kon niet met hem meegaan. Zo werkte het niet. Ik zou het ook niet willen.

Ik was waarschijnlijk gestopt met huilen, want hij hield mijn gezicht met beide handen vast. 'Ik kom je nog wel eens opzoeken', zei hij. Hij ging ervan uit dat hij me hier wel zou vinden. En ik veronderstelde dat dat inderdaad ook zo zou zijn. 'Op feest- en hoogdagen', voegde hij eraan toe.

Ik protesteerde. 'Ik heb het druk op feest- en hoogdagen.' Dat zijn nu eenmaal de drukste dagen in een suikerbakkerij.

Hij knikte. 'Dan kom ik je een handje helpen', lachte hij.

'Maar als je zelf in een suikerbakkerij werkt, zul je het ook druk hebben.'

'Luister, ik kom je opzoeken.'

Dat was het beste wat hij kon doen. Beter dat dan niets. Hij keek rond en lachte nerveus. Opgelucht. 'De hele keuken voor jou alleen. En ik die je niet meer voor de voeten loop.'

Ik kon het niet helpen. Het moest eruit. 'Richard, ik weet niet wat ik zonder jou moet beginnen.'

Hij lachte iets minder breed nu. 'Je hebt mij niet nodig', zei hij.

Het laatste wat ik van hem zag, was zijn hand die de deur dichttrok. Toen die in het slot viel, wist ik één ding zeker: ik zou hem nooit vervangen door iemand anders.

Anna Boleyn

Hoewel het daarna nog even duurde voor ik het met zekerheid wist, vermoedde ik, toen we verleden jaar weer thuiskwamen na de zomerhofreis, dat ik opnieuw zwanger was. Ik had door het dolle heen moeten zijn, maar ik herinner me alleen maar dat ik me ellendig voelde. Omdat nu alles mis kon lopen. Het kon al misgelopen zijn. Die zwangerschap voelde aan als mijn laatste kans en ik kon alleen maar toekijken hoe het verder liep. Er was zoveel dat ik wel kon laten gebeuren, waarvoor ik een visie had, waarvoor ik kon vechten, zoveel dat ik kon eisen. Maar dit was iets waar ik geen enkele invloed op kon uitoefenen. Ik kon het maar niet aanvaarden dat iets wat zo dichtbij was – in mij – alles misschien kon doen mislopen.

Het hielp ook niet echt dat ik de hele tijd misselijk was. En moe. Ik was nog nooit zo moe geweest. Ik ging 's avonds slapen, denkend aan de misselijkheid die de volgende morgen weer zou komen. En dat gevoel van uitputting. Elke dag opnieuw. Deze zwangerschap was niet zoals de vorige. Niemand was blij voor me. Men verwachtte het gewoon. Al een tijdje. En dan was er de houding van Hendrik nog. Uiteraard was hij opgelucht. Maar echt blij kon je zijn reactie niet noemen. *Zorg dat het in orde komt.* Het was overduidelijk dat hij in de eerste plaats een troonopvolger wilde. En daar had ik het moeilijk mee. Nochtans had ik altijd geweten dat het hem daarom te doen was. En als ik het niet had geweten, dan wist ik het nu.

Die zouteloze Seymourtrut was weer aan het hof opgedoken. En Hendrik bracht verdacht veel tijd met haar door. Ik vroeg me af wat die twee eigenlijk deden samen. Borduurwerkjes maken? Want voor zover ik wist, was dat het enige waar ze echt goed in was. Hendrik had gezegd dat hij haar 'aardig' vond. Het was een onnozel wicht. En Hendrik een dwaas. Het was die vlekkeloze reputatie van haar waarvan ik het zo op mijn heupen kreeg. Als zij zo'n engeltje was, wat was ik dan? Een duivelin? Als dat dan toch de rol was die voor me weggelegd was, dan zou ik ze spelen ook. Ik voelde me te misselijk om de jongens onder tafel te drinken, maar geloof me, als ik het had gekund, dan zou ik het ook hebben gedaan.

Voor Jane Seymour viel het allemaal best mee. Een wandeling in de tuinen is helemaal zo lastig niet als je geen geïrriteerde tepels hebt. En sereen glimlachen zonder gedroogde kots aan je lippen is ook geen kunst.

ꕥ

Ik heb altijd gedacht dat Catharina nog eens mijn dood zou worden. En toen ze eindelijk zelf stierf, net na Kerstmis, werd mijn situatie alleen maar erger. Hendrik kwam me het nieuws vertellen in mijn *Privy Chamber*, waar ik bij het haardvuur net een voetmassage kreeg van Billy. Toen Hendrik binnenstormde, duwde hij mijn voeten van zijn schoot en veerde op.

'We zitten gebeiteld', zei Hendrik. Hij straalde. 'Catharina is dood.'

'Dood...' herhaalde ik. Ik moest het hardop zeggen om het te kunnen geloven. En hoewel ik het niet expliciet had gevraagd, veronderstel ik dat ik bedoelde *hoe? waar? wanneer?* Ze was al jaren ziek en ik dacht dat ze nooit zou sterven, tenzij ik haar vermoordde.

'Is ze echt dood?'

Ik keek naar Billy, die lachte alsof er net een zware last van zijn schouders was genomen. Zijn lach was een enkele, korte ademstoot. Opluchting. Mark Smeaton was gestopt met spelen. De enige geluiden in de kamer waren die van mensen die zuchtten en zich verroerden om elkaar aan te kijken.

Zelf wist ik niet hoe ik moest reageren. Het kwam gewoon niet. Hendrik stond met zijn rug naar mij toe gekeerd en liep opgewonden heen en weer door het vertrek.

Dood, zei ik tegen mezelf. Dood. De vrouw die me zonder aarzelen alles zou hebben ontnomen als ze kon. Die me *hem* zou hebben ontnomen.

Hendrik tolde om zijn as en keek me met een doordringende blik aan. 'Nu valt Spanje ons zeker niet meer aan', zei hij.

Spanje zou zich nu die moeite niet meer getroosten. Het was al jaren duidelijk dat de keizer er niet om stond te springen en nu hoefde hij zelfs zijn gezicht niet meer te redden. Engeland was veilig voor Spanje, dat betekende de dood van Catharina voor Hendrik. Uiteraard. Hij dacht als een koning. Ik vraag me af hoe we gereageerd zouden hebben indien Catharina zou gestorven zijn wanneer ze eigenlijk had moeten sterven, of zelfs maar een jaar eerder. Zouden we dan in elkaars armen zijn gevlogen? Het zou in ieder geval anders zijn geweest. Iets met lichamelijk contact, liefdevol. Haar dood zou goed nieuws geweest zijn *voor ons*. Nu was niets nog goed nieuws voor ons. Hendrik liep heen en weer en ik zat daar maar wat. Plots voelde alles – de vele jaren – aan als tijdverlies.

'Ik haal Elizabeth hiernaartoe', zei hij, meer tegen de muur dan tegen mij. 'We maken er een feest van.' Hij grijnsde kwajongensachtig. 'We zitten gebeiteld!'

Ik trok inderdaad mijn mooie kleren aan die avond. En samen met de anderen heb ik ook gefeest. *We zitten gebeiteld!* Ik had het anders begrepen: *Jullie zitten gebeiteld*, jullie allemaal. *Engeland zit gebeiteld.*

Maar ik? De Spanjaarden zouden me blijven haten. Ik was bovendien Frans opgevoed en sprak Frans. Als Spanje onze nieuwe bondgenoot werd – ik had gemerkt hoe Chapuys met Kerstmis ontvangen werd door Hendrik en Tom – en Frankrijk in de kou bleef staan, wat betekende dat dan voor mij?

ꟈ

Nog meer slecht nieuws. Een kleine week later zat ik bij de haard te lezen toen Harry Norris onaangekondigd de kamer binnenstormde. Met zijn vuile laarzen liep hij over de tapijten naar me toe. Ik stond zo snel op dat mijn hoofd ervan tolde. Hij ondersteunde me en wachtte tot ik weer stevig op mijn benen stond.

'Ga zitten', zei hij en hij hield mijn hand vast terwijl ik me weer in mijn stoel liet zakken. Zijn kleren zaten slordig en hij rook naar de buitenlucht. En zweet.

'Wat is er dan?'

'Het is Hendrik.' Hij ging op een knie zitten en keek me wezenloos aan. 'Hij is van zijn paard gevallen. We hebben hem naar binnen gedragen. Hij is bewusteloos.'

'Bewusteloos?' Ik kon het niet vatten.

'Bewusteloos.'

Ik veerde weer op. 'Ik ga naar hem toe.'

Hij hield me tegen. 'Nee. Niet...' Hij legde heel even een hand op mijn buik. 'Niet in jouw staat. Nu nog niet.'

'Harry...' zei ik smekend.

'Nee. Luister, we sturen iemand langs om je te komen halen. *Als het nodig is*. Rust nu maar. Rust. Alsjeblieft.'

Hij oogde alsof hij elk moment in tranen kon uitbarsten.

Ik raakte zijn gezicht aan en hij sloot zijn ogen, uitgeput. Ik duizelde. 'Wat moet ik doen', fluisterde ik, 'als hij sterft?' Ik had geen idee.

Hendrik.

'Hij is sterk', zei Harry. Het klonk zo onzeker dat ik het tegenovergestelde geloofde. We hadden onszelf de laatste jaren een rad voor ogen gedraaid. Hendrik was niet meer de man die hij was geweest. Hij was bijna vijftig en behoorlijk wat aangekomen. Hij kon sterven.

Ik bleef de hele nacht op. Wachtend op de geluiden die me zouden vertellen dat de koning dood was, hoewel ik niet wist wat die zouden zijn. Telkens als ik in de verte een deur hoorde dichtslaan, hield ik mijn adem in en luisterde ik aandachtig of ik ook voetstappen hoorde naderen. Niets. Iedere keer weer. Ik wilde niet huilen, want dan zou ik de stilte verstoren, maar mijn keel zat dichtgeknepen door het verlies dat ik nu al voelde. Waarom hielden Hendrik en ik niet meer van elkaar? Hoe was het zover gekomen? En zo snel?

Als hij bleef leven – God, ik smeek het u – konden we het dan opnieuw proberen? En als hij stierf? Dan zou ik een koningin zijn zonder koning. En – voorlopig – zonder prins. Een koningin waarin niemand geloofde, en haar dochter.

Toen ik eindelijk uit mijn lijden werd verlost en Harry me kwam halen, was Hendrik bijgekomen. Harry had zich nog altijd niet gewassen, maar zag er al een stuk rustiger uit.

'Hij is wakker', zei hij. Ik las de vermoeidheid op zijn gezicht toen hij naar me lachte. 'Zo ongeveer.' Hij nam me bij de hand om naar Hendrik toe te gaan.

De hele volgende dag viel er niet veel te maken van wat hij uitkraamde. Hij was slaperig en neerslachtig. Mijn aanwezigheid leek hem niets te doen. Hij richtte zijn talloze klachten tot Harry en de artsen. Alsof ik lucht was. Pas toen hij weer uit zijn bed kon, de dag erna, mocht ik hem helpen. De aanmoedigende blik van Harry zei me dat het de goede kant uit ging. Ik moest hem gewoon wat tijd geven.

Catharina werd diezelfde week begraven in de kathedraal van Peterborough, maar niemand van ons woonde haar begrafenis bij. Toen ze ten grave werd gedragen, voelde het niet meer aan als een overwinning. Ik was de hele week al even kregelig als Hendrik, en op de dag van haar begrafenis heb ik 's morgens wat genaaid en ben ik 's middags met George een wandeling gaan maken. 's Avonds ging Hendrik naar de wake die voor Catharina werd gehouden. Ik ben gaan slapen. Ik zat nog op mijn bed toen Annie met een lijkbleek gezicht binnenkwam. Ze bleef zwijgend aan het voeteneinde staan. Toen ik haar vroeg wat er scheelde, toonde ze me een linnen onderhemd dat in een bolletje was gerold. Het zag eruit als een van mij, dat ik waarschijnlijk net had uitgetrokken. Ze toonde me de natte bloedvlek. Niet groter dan een muntstuk. Mijn bloed? Ik had niets gevoeld. De paniek sloeg me om het hart. *Ik zou het kind verliezen.* Van de rode vlek op het kleed keek ik naar Annie. Ze draaide haar hoofd weg. Ik ging weer liggen, draaide me op mijn zij en trok mijn benen op.

Met zachte stem vroeg ze me: 'Moet ik iemand roepen?'

Wie?

'Nee', zei ik. 'Misschien is het niets.' Ik durfde niet te bewegen. Annie bleef staan. Ik had geen idee wat ik tegen haar moest zeggen. *Nee. Alsjeblieft. Nee. Alles, maar dit niet...*

Uiteindelijk probeerde Annie me in te stoppen, maar ik bleef gewoon liggen en maakte het haar onmogelijk om me te helpen. Ik wilde niet. Dit niet.

Ik verloor het kind. Het bloeden had nog enkele dagen aangehouden voor het gebeurde. 's Nachts. Ik zat op mijn bed geknield en wiegde heen en weer, opgelucht dat ik alleen was. Op die manier kon ik me beter concentreren om dit sneller achter de rug te hebben. Toen ik het Hendrik enkele dagen later vertelde, draaide ik niet rond de pot en keek ik hem recht in de ogen.

Feit: *Ik heb het kind verloren.*

Zijn reactie was een afspiegeling van de mijne. Hij liet niet blijken wat hij dacht.

'Ik denk dat ik me te veel zorgen heb gemaakt', voegde ik eraan toe.

'Zorgen waarover?'

'Jouw val.'

Hij knikte. Het leek of mijn uitleg langzaam aan het doordringen was, maar op de ene of de andere manier zag ik aan zijn houding dat hij er geen woord van geloofde.

De rotzak.

'O,' zei ik, 'en over jouw gedoe met die koe. Seymour.'

Hij stond op en verliet de kamer.

Enkele dagen later vertrok hij. Zonder nog één woord tegen me te zeggen. Het was bijna een opluchting dat hij weg was. Ik liet hem gaan, niet van zins om hem achterna te rijden. Ik verloor nog bloed, niet zo heel veel meer, en reizen zat er voorlopig toch niet in, zelfs de boottocht naar Whitehall niet. Ik bleef waar ik was om te herstellen. Dat was toch wat ik mezelf wijsmaakte.

Waar zat ik met mijn gedachten goed drie maanden geleden? Ik weet niet of ik tijdens die donkere februaridagen in Greenwich echt in staat was om veel na te denken. Ik was nog maar een schaduw van de tweeëndertigjarige vrouw die enkele jaren geleden koningin was geworden en het leven had geschonken aan de prinses van Engeland. Die vrouw was een sterke vrouw geweest. Trots. Mooi. En ze had alles.

Ik was wel bezig met Hendrik en zijn heilige boontje dat hij zoveel lof toezwaaide. Ik had er mijn twijfels over dat het lang zou blijven duren tussen die twee. Want waarover konden ze het hebben? Wat hadden ze gemeen? Ik ging er vooral van uit dat ze goed was in troostende geluidjes en begrijpende blikken. Dat kan een aap ook. Het was vooral de manier waarop Hendrik ze opvatte die voor mij van belang was. Ik vermoedde dat hij voor zichzelf had uitgemaakt dat hij genoeg had van vrouwen met pit en dat hij hunkerde naar de ouderwetse soort. Wel, goed voor hem, want ik had het niet zo op enggeestige mannen die niets anders deden dan zichzelf beklagen.

Goed veertien dagen later, in Whitehall, verscheen ik weer in het openbaar. Als koningin en als de echtgenote van Hendrik. Ik was weer omgeven door het geroezemoes van de vele stemmen. Mijn enige probleem was zij. De Seymourtrut was ook in Whitehall. En met haar entourage. Zelfs mijn neef Francis, de eenogige overloper, liep haar als een schoothondje achterna. Ze stond in het middelpunt van de belangstelling. Hoe schijnheilig kun je zijn? Zittend zag ze eruit als een ineengezakte pudding, en met haar doffe ogen zocht ze voortdurend contact met haar broers. Wachtend op instructies. Ik had die boerentrien maar wat graag teruggestuurd naar waar ze thuishoorde. Daar kon ze zich tenminste nog nuttig maken door knielkussens te naaien voor de lokale kerk. Maar Hendrik zou mijn beslissing herroepen, en welke indruk zou dat geven? Afwachten was de boodschap.

Tijdens een van die eerste dagen, toen ik nog niet helemaal doorhad hoe ik haar sprankelende gezelschap kon vermijden, zat ze in de hoek van mijn kamer wat met een medaillon te spelen, dat ze de hele tijd open en dicht klikte. Dat, en het bewonderende gemompel van enkele stompzinnige hofdames, maakte me duidelijk dat het een geschenk was. Het verwonderde me niet dat ze er helemaal door betoverd was, want ik betwijfel of iemand haar voordien ooit een cadeau had gegeven. En nu was haar speknek getooid met het goud van de koning. *Klik, klik, klik.*

'Houd daarmee op!' Ik beende op haar af en gaf een ruk aan het medaillon. De ketting brak, maar verwondde me. In de plooi van mijn wijsvinger zag ik bloed. Ik liet het medaillon vallen om mijn hand te laten verzorgen. Annie moest mijn vinger verbinden om het bloeden te stelpen.

Ik kon haar en haar dwaze gevolg misschien niet eruit werken, maar dat betekende daarom niet dat ik er de hele tijd bij moest blijven. Het was een verademing om wat tijd te kunnen doorbrengen in het gezelschap van mijn eigen vrienden. Het waren er misschien minder, maar ze waren tenminste oprecht. Wat was er hier toch aan de hand? Plezier was een vies woord geworden. En toch maakte ik nog plezier met mijn vrienden. Nog meer dan vroeger zelfs. Ten koste van het troosteloze gevolg van Jane Seymour, en ten koste van Hendrik. Ik was vastbesloten te tonen wie koningin was en vroeg meneer Matte om geelbruin fluweel en grove roodbruine zijde te gebruiken voor mijn nieuwe gewaden en de jurken van de prinses. Ik bestelde een baldakijn van Florentijns goudgestikt linnen en Venetiaanse gouden kwastjes voor mijn bed. *Mijn* bed, mijn heerlijke bed zonder Hendrik.

Strategie, zo noemde George het. Hij was overal, in elke gang, om elke hoek, in iedere kamer. Ik veronderstel dat ook hij vastbesloten was om te tonen wie de Boleyns waren. Overal stond hij in het middelpunt van de belangstelling. Hij was de man met de scherpste geest en had alles in het oog. Zijn lach hoorde je het luidst klinken. Naast hem verdwenen de broertjes Seymour in het niets.

Dat was de strategie van de Boleyns. We waren niet van plan om ons aan de kant te laten zetten voor een grilletje. Want meer waren de Seymours niet. En ook wij zouden Frankrijk de rug toekeren en Spanje omarmen. Want Tom was plots bijzonder gebrand op goede contacten met Spanje. En uiteindelijk was hij degene die achter de schermen de touwtjes in handen had. Hij stippelde het beleid uit. Zijn verandering van tactiek was overduidelijk, alleen al door de aandacht die hij had voor Chapuys. Maar er was nog iets. Hij knoopte de relatie met de half-Spaanse bastaarddochter weer aan. Onlangs had hij Mary nog een van de kruisen van haar moeder toegestuurd. Een verzoek dat ze lang geleden tot hem had gericht, maar waar hij nooit gevolg aan had gegeven.

Volgens George hoefden we niet eens te proberen om tegen Tom in te gaan, dus wachtte hij af. De eenendertigste maart had Chapuys een langdurig tête-à-tête met Tom. Het nieuwtje verspreidde zich als een lopend vuurtje en George lag op de loer. Binnen enkele dagen zag hij kans om Chapuys aan te spreken en vergezelde hij hem voor de misviering. Onderweg naar de kapel nodigde hij hem uit voor het avondeten. De immer voorname Chapuys had zich laten inpakken. En toen George de kapel binnenkwam, stond ik hen op te wachten. Mijn broer stopte en maakte een buiging voor mij. Chapuys, in de war, deed hetzelfde. Ik werd eindelijk erkend. Hij boog zelfs voor me. Achter mij hielden de Seymours en de aanhangers van Mary me nauwlettend in het oog. Chapuys, die walgde van zichzelf, ook al had hij dat maar heel even ongewild laten blijken, was gecompromitteerd. Goed zo. Dat werd tijd.

Eigenlijk gaf het me niet eens een goed gevoel. Ik wou dat ik dat wel kon zeggen, maar de waarheid is dat ik onder de indruk was. Geraakt. Ik was moe. Ik wilde zo graag geloven dat zijn nerveuze buiging gemeend was. Ik dacht dat we wel tot een overeenkomst konden komen nu Catharina er niet meer was.

Toch was ik er nog niet helemaal gerust op. Ik was tijdelijk van mijn stuk gebracht door de onverwachte en ogenschijnlijk hoffelijke begroeting van Chapuys. En ik had er geen vertrouwen in dat Tom plots zo vriendelijk tegen Mary was en de beste maatjes met Chapuys. Met andere woorden, ik had geen vertrouwen in Tom. Ik wist niet wat hij van plan was. Dat hij de banden met Spanje aanhaalde, daar kon ik inkomen, maar wat betekende dat voor mij? Werd ik overbodig? Ik was bereid te werken aan een goede relatie met Spanje. Ik zou mijn plicht doen voor Engeland. Maar niet ten koste van eender wat. Niet als Spanje van plan was om de Engelse koningin volledig links te laten liggen.

Tom had ook niet echt veel gedaan om mijn vertrouwen te verdienen. In Greenwich had hij zijn vertrekken afgestaan aan de Seymours, zodat zij gebruik konden maken van de verbindingsdeur met de vertrekken van Hendrik.

Ik kon het niet geloven. 'Waar was dat goed voor?'

Hij haalde zijn schouders op. Ongeïnteresseerd. 'Omdat de koning het me vroeg.'

Ik besefte dat in de ogen van Tom ook ik iets was geweest wat hij had kunnen doen voor Hendrik. Hij had mij koningin gemaakt voor Hendrik, niet omdat hij mij steunde. Ik had altijd al geweten dat hij niets moest hebben van mijn vrienden. En zij niet van hem overigens. Ze leefden in twee verschillende werelden. Toegegeven, ze zaten vaak in dezelfde kamer, aan dezelfde tafel, maar ze leefden in twee verschillende werelden. Volgens hem waren mijn vrienden nietsnutten. Zij vonden hem maar een saaie zemel. Maar we hingen allemaal aan elkaar vast. Iedereen had iedereen nodig. Hij verscheen op sociale gelegenheden en praatte met ons, maar alleen om op de hoogte te blijven van alles, en wij verwelkomden hem hartelijk omdat hij ervoor zorgde dat alles gesmeerd bleef lopen in het koninkrijk.

Tom had echter evenmin sympathie voor de aanhangers van Mary. Hij had het tot zijn persoonlijke taak gemaakt om de Kerk te hervormen, en Mary zou de klok gewoon terugdraaien als ze daar de kans toe kreeg. Alles waar hij zo hard voor had gewerkt zou tenietgedaan worden. Dus echt opgetogen met zijn keuzes was hij niet. Dit had ik natuurlijk kunnen toejuichen, maar ik deed het niet. Want als Tom niet opgetogen was over iets, was hij meestal gevaarlijk. Ik wist, wanneer hij in een hoek geduwd werd, dat hij werkelijk tot alles in staat was.

Exact een maand geleden, op de dag af, stond Hendrik tegen Chapuys te razen. Hij eiste dat aan één voorwaarde zou worden voldaan. Hendrik wilde dat de keizer zich verontschuldigde voor de manier waarop hij mij had behandeld de voorbije jaren. Hij eiste dat ik officieel zou worden erkend door Spanje. Ik was er natuurlijk niet bij toen het gebeurde. Dat zou nogal ongepast geweest zijn. Ik hoefde er ook niet bij te zijn. Ik had Hendrik al gezegd wat ik te zeggen had en voor een keer had hij geluisterd, want ik had op zijn eergevoel ingespeeld. Ik had hem gevraagd wat hij ervan vond dat de keizer hem al bij al een waardige man vond, maar alles waar hij voor stond verwierp. Alles waar hij de laatste tien jaar voor geijverd had. Hendrik hield de lippen stijf op elkaar. Het was een gok, maar ik had toch niets te verliezen. En trouwens, ik ben op mijn best als alle omstandigheden tegen mij zijn. Ik gaf het beste van mezelf. 'Is dat wat je wilt? Ga je daarmee akkoord?' Hij stond op en verliet de kamer. Hij was weer eens zijn eigen zwijgzame zelf.

Ik wist dat de ontmoeting met Chapuys op 18 april plaatsvond, de dinsdag na Pasen, en ik zou wel iemand vinden om mij verslag uit te brengen. Het werd Franky Weston. Hij was er getuige van hoe Hendrik zich bijna een beroerte schreeuwde.

Tom stond erbij. Asgrauw. Hij waagde het tussenbeide te komen, wanhopig om de onderhandelingen te redden. In ruil voor zijn moeite werd hij afgeblaft door een razende Hendrik. Daarna is hij weggegaan. Het duurde enkele dagen voor hij terugkwam. Hij was ziek geweest, beweerde hij. Ik was helemaal opgewonden toen Franky beschreef wat er in de audiëntiezaal was gebeurd. Uiteraard was ik dat. Ik had bewezen wat bewezen moest worden. Als er nu nog iemand was die eraan twijfelde of Hendrik mij toegenegen was...

Het was een persoonlijke overwinning. Hendrik die was opgekomen voor mij. Eigenlijk voor zichzelf. Het was waarop ik had gehoopt, wat ik had aangemoedigd. Misschien was ik dronken van mijn succes, of opgelucht. Dat laatste zeker. Ik rustte op mijn lauweren. Liet mijn verdediging zakken.

Na de storm volgde de luwte. En ik had weer iets om naar uit te kijken. De tweede mei zouden we naar Calais gaan. Alles verliep weer normaal, of toch min of meer. Dit betekende dat Hendrik en ik elkaar niet voor de voeten liepen. Tom liep blijkbaar niemand meer voor de voeten. Ik had kunnen raden dat hij zich niet had teruggetrokken om zijn wonden te likken, of alleen maar om zijn wonden te likken. Hij had nagedacht, plannen gesmeed. Ik had het kunnen weten. Hij geeft het nooit op. Die paar dagen rust hebben hem de gelegenheid geboden om alles op een rijtje te zetten.

Als koningin was ik onaantastbaar; ik had niets misdaan. Dus moest hij me zien als een gewone vrouw. Koningin en vrouw. Vrouw en mannen. Een vrouw omringd door mannen. Bovendien mannen die hij niet kon uitstaan. Die hij liever kwijt dan rijk was.

Hetzelfde gold voor Hendrik. Als hij hem zag als man in plaats van als koning. Een bedrogen man... Daar kan maar één gepaste reactie op gegeven worden, is het niet?

Mark Smeaton was de eerste die gearresteerd werd. Mark. Hoe genadeloos kun je zijn? De gemakkelijkste prooi. Niemand merkte dat hij weg was. Hij kwam ook op veel verschillende plaatsen. Mark, onze rondzwervende minstreel. Hij was ofwel aan het werk in de kapel, ofwel bracht hij een bezoekje aan de tuiniers of wie dan ook. Waarschijnlijk wist Tom heel goed dat hij met Mark een voldoende grote voorsprong kon opbouwen. Als hij hem onopgemerkt kon laten arresteren, vierentwintig uur vasthield en vervolgens een 'bekentenis' losweekte, zou hij de bal gemakkelijk aan het rollen krijgen. Waarschijnlijk hield hij Mark al een tijdje in het oog.

Maar er is nog iets: de waarheid over Mark en mij. De dag voor hij werd gearresteerd, zag ik hem bij een raam staan. Hij zag er ellendig uit. Het moraal van de jongens kon best wat opgekrikt worden. Hoewel Hendrik schijnbaar onze kant had gekozen, was de spanning nog altijd te snijden.

'Wat scheelt er?' vroeg ik.

Hij draaide zich om en schonk me een droeve glimlach. 'Niets wat een oogopslag van jou niet kan herstellen.' Mooi gezegd. Hij staarde opnieuw door het raam. De manier waarop hij het had gezegd, had uiteraard mijn nieuwsgierigheid gewekt. Het was duidelijk dat hij er iets mee bedoelde.

Iets wat zou moeten worden uitgepraat. Net op een moment dat ik 's morgens al de grootste moeite had om uit mijn bed te komen.

Perfecte timing, besef je dat?

Ik raakte zijn arm aan, maar draaide me vervolgens om. Zijn kwetsbaarheid woog als lood. Ik verplichtte mezelf om niet tegen hem uit te varen.

Als je zoiets zegt, is het niet de bedoeling dat je het ook meent!

Maar dat zou hij nooit begrepen hebben. Ook niet als het hem meer dan eens werd uitgelegd. Mark was niet het type dat ironie hoog in het vaandel had. Hij was ernstig en oprecht. Waarom hadden we hem ooit in ons midden opgenomen? Hoe vriendelijk en onschuldig hij ook was, hij vormde tegelijkertijd een gevaar.

Het incident had me prikkelbaar gemaakt. Boos zelfs. Ik wilde dat alles weer werd zoals vroeger. Toen konden we nog gewoon plezier maken. Misschien was dat de reden waarom ik 's avonds Harry Norris aansprak. 'Wanneer vraag je Meg nu eindelijk eens ten huwelijk?' Hij begon te blozen. 'Of wacht je op mij? Dat is het. Je wacht tot er iets met Hendrik gebeurt, is het niet, Harry?'

Hij keek geschokt. Blijkbaar was ik net iets te ver gegaan. Toegegeven, het was misschien niet het moment om dergelijke grapjes uit te halen, maar daarom had ik het ook gezegd.

Harry zag er de humor niet van in en dat verbaasde me eerlijk gezegd een beetje. 'Foei, Harry.'

'Anna...' Hij stak zijn handen in de lucht en ik wist onmiddellijk wat er zou volgen. *Als ik je ooit die indruk zou hebben gegeven...*

'Harry!' Ik schoot uit. 'Je schat je kansen te hoog in.'

Hij staarde me met open mond aan.

'Harry, het was een grapje.' Ik gaf het op en keek rond. Iedereen stond me als versteend aan te gapen. 'Een grapje, iemand een poets bakken. Weet je nog wel?'

Niemand van ons kon toen vermoeden wat er te gebeuren stond.

Later die avond, rond een uur of elf, toen ik alleen was en me stilaan klaarmaakte om te gaan slapen, kwam een lakei langs met een bericht van Hendrik. De trip naar Calais ging niet door.

'Waarom niet?' Ik wilde het weten.

Hij zei dat hij me het antwoord schuldig moest blijven. Ik vond hem nogal brutaal, moet ik zeggen. Hij zei dat het bericht luidde dat de reis naar Calais, die twee dagen later gepland was, geannuleerd was en dat hij niet meer wist.

Dus besloot ik langs te gaan bij die ene persoon die het wel zou weten. Maar niet alleen.

Ik kwam eerst naar jouw kamer, Elizabeth. Je was toen nog bij ons in Greenwich. Sinds Pasen al. Margaret Bryan was nog wakker en was aan het naaien. 'Maar ze slaapt al', zei ze, en ik heb haar bijna in haar gezicht uitgelachen omdat een klein beetje slaap missen, eventjes gewekt worden, helemaal niet erg is. Niet in vergelijking met wat er volgens mij aan de gang was.

Ik kwam je slaapkamer binnen en je sliep inderdaad. Als betoverd bleef ik enkele ogenblikken naar je staan kijken. Naar het kleine wonder dat je was. Naar de rust die over je neerdaalde wanneer je sliep. Had ik ooit zo geslapen? Zou je in de toekomst nog zo slapen? Als het van mij afhing wel. Dan zou je altijd zo kunnen slapen. Prinsesje.

Dan deed ik wat ik moest doen, waarvoor ik gekomen was. Ik tilde je uit je bedje en nam je mee. Je protesteerde niet eens, omdat je te slaperig was, maar toch stelde ik je op je gemak. 'Ik ben het, mammie.' Je voelde warm aan omdat je net onder de dekens vandaan kwam en je rook lekker. Jouw wangetjes waren zo hartverwarmend gerimpeld op de plaats waar je op de vouwen in het linnen had gelegen. Nu ben je al een groot meisje. Een grote meid. Ik had geen idee hoe ik je moest dragen. Maar ik moest, dus deed ik het maar.

We liepen naar de vertrekken van je vader. Toen je je ogen opende, werd het licht van de toortsen erin weerspiegeld telkens als we er een voorbijliepen. Je was zo braaf, zo stil toen ik door die gang liep, waar ik alleen het suizen van mijn eigen bloed in mijn oren hoorde. *Woh-woh-woh.* Uiteindelijk, nadat we voorbij de *yeomen* waren gekomen, die eruitzagen als levende standbeelden, waren we waar ik vermoedde dat we je vader zouden vinden. Plots stond hij voor ons. Hij keek ons aan. Onbeweeglijk. Ik weet niet meer wie daar nog was. Andere mensen. Dezelfde als altijd. De Venetiaanse ambassadeur.

Je vader was enorm. Zijn ogen leken alsmaar kleiner te zijn geworden. Hij hield zijn lippen stijf op elkaar en de puntjes van zijn oren waren rood.

Ik sprak als eerste. 'Wat gebeurt er?' vroeg ik. 'Ik weet dat er iets aan de hand is.'

Hij antwoordde. 'Anna,' vroeg hij kortaf, 'waarom is ze nog wakker op dit uur?'

Verontwaardigde vader. Chaotische moeder.

Ik wist wel waarom ik je hier mee naartoe had gebracht, maar slaagde er niet in het onder woorden te brengen. Ik deed een poging. 'Je dochter.' Het klonk als een beschuldiging. Ik trok je dekentje een beetje weg zodat hij je beter zou zien, en jij hief je hoofdje op om hem te bekijken. De slaap was nog in je oogjes te zien. 'Zie je? Je dochter.' Vervolgens veranderde ik van onderwerp. 'Er is iets op til. Ik weet het. Je bent iets van plan. Maar vergeet niet wie er nog bij betrokken is. Wat je ook denkt van mij, reageer het niet af op haar.'

'Ze zou moeten slapen op dit uur.' Ondanks zijn schijnbare aandacht voor jou, hield hij een oog op de andere aanwezigen in de kamer. Hij schaamde zich.

De woorden kwamen vanzelf: 'Ja. Speel maar de bezorgde vader. Jammer dat je nooit de liefhebbende echtgenoot speelt.' Ik keek hem kwaad aan. 'Waarom gaat Calais niet door?'

Het antwoord, als je het zo kunt noemen, was bijna onhoorbaar: 'Ik hoef je geen verantwoording af te leggen.' En dan, duidelijker: 'Alsjeblieft, Anna, breng Elizabeth terug naar haar kamer.'

Meer zou het niet worden. Hij zou me niet vertellen waarom de trip naar Calais niet doorging. Ik had het kunnen bedenken, vooral wanneer ik met jou op de arm zou komen binnenstormen. Maar ik had hem duidelijk gemaakt waar het me eigenlijk om ging. Dat geloof ik wel.

Het steekspel op de eerste mei zou wel doorgaan zoals voorzien; niemand had het tegenovergestelde gehoord. We gingen allemaal naar het plein waar de spelen zouden worden gehouden, zoals vroeger. Ik was vastbesloten er het beste van te maken. Fitz was er ook en hij was blij eens buiten te komen. Hendrik en ik namen plaats in onze afzonderlijke tribunes; een traditie die we deze keer maar al te graag naleefden. Jij bent er ook heel even geweest. Weet je dat nog, Elizabeth? Om naar de paarden te kijken. Je mocht blijven voor het eerste steekspel, dat van George en Harry. Een maar, omdat het je anders zou vervelen. Je vader heeft je toen opgetild zodat je de neus kon strelen van het paard van oom George. Herinner je je dat nog? Ik weet nog dat je vrolijk kirde toen het dier je handje wegduwde met zijn snoet. Het paard van Harry was nergens te zien. Er was iets mee. Nadat je vader je had teruggegeven aan lady Bryan liet hij een van zijn eigen paarden brengen voor Harry. Je vader neemt niet meer deel aan de steekspelen – hij is een keer te veel gevallen en is niet meer van de jongsten – maar het is hem blijven boeien.

'Weet je het zeker?' vroeg Harry. Paarden zijn nu eenmaal iets persoonlijks.

'Ja. Hij is van jou!'

Ik lachte toen ik zag hoe ze zich weer gedroegen zoals ze dat altijd hadden gedaan wanneer ze samen waren. Hendrik en Harry. Hendrik uitbundig en Harry terughoudend. Mijn jongens. Jammer dat ze niet meer tijd samen doorbrachten. Zoals vroeger.

Harry deed het goed ondanks het paard dat hij niet kende. Hij won. George beet in het zand. Iedereen was in een opperbest humeur, zoals dat altijd het geval was tijdens steekspelen. Wanneer ik ze zag, mijmerde ik dat dit het hof was dat we ons eigen hadden gemaakt. Ik en de jongens. Dit kon niet anders dan eeuwig blijven voortduren. Wij hadden van dit paleis gemaakt wat het was geworden en het paleis had ons gemaakt. Dit was gewoon een moeilijk moment, maar we zouden het wel overleven.

Die namiddag trok Hendrik zich eerder terug dan anders. Per toeval zag ik hem de tribune verlaten. George zat naast me en ik tikte hem op de arm terwijl ik in de richting van Hendrik knikte. 'Waar gaat hij naartoe?'

George leunde voorover om te zien over wie ik het had.

'Zou hij zich niet lekker voelen?'

'Hij ziet er niet ziek uit.'

Hendrik was vertrokken.

Dat was de laatste keer dat ik hem heb gezien.

Pas toen George even later op zoek ging naar Harry, omdat hij samen met hem zou terugkeren, vernam hij dat Harry met Hendrik was vertrokken.

Ze waren met z'n tweeën vertrokken naar Whitehall. Elk met een stalknecht mee. We hadden geen enkel vermoeden waarom ze zo onverhoeds vertrokken waren. George sprak er niet over, en als ik het er al over zou hebben gehad, wat ik niet zeker weet, dan was de afwezigheid van Harry die avond heel begrijpelijk. Na een hele dag steekspelen wilde hij waarschijnlijk gewoon een gezellige avond met Meg.

De waarheid vernamen we een dag later van de stalknecht van Harry. Hij had een deel van het gesprek opgevangen dat de twee ruiters voor hem voerden. Hendrik had Harry vragen gesteld over Mark Smeaton en mij. De stalknecht had gehoord dat Hendrik 'Wist je het?' had gevraagd. Telkens opnieuw. 'Wist je het?'

Harry had natuurlijk gezegd van niet. Arme Harry, hij wist zelfs niet dat er helemaal niets was gebeurd.

Hendrik was daarmee niet tevredengesteld. Hij geloofde hem niet. Volgens de stalknecht zei hij tegen Harry: 'Ik vraag me af wat je nog allemaal voor me verzwijgt.'

Harry protesteerde, het ongeloof was zichtbaar in zijn ogen.

Hendrik zei: 'Je kunt het heel goed vinden met Anna, is het niet?' En Harry antwoordde: 'Ze is een vriendin van vroeger. Dat weet je best.'

De rest van het gesprek had de stalknecht niet kunnen horen omdat Hendrik en Harry hun geanimeerde conversatie op fluistertoon hadden voortgezet. Tenminste wanneer ze spraken, want er waren lange momenten waarop ze niets tegen elkaar zeiden. Ik zie het zo voor me: Hendrik die nors voor zich uitkijkt en Harry die niet weet wat hij moet zeggen. Ik heb medelijden met Harry, omdat hij rechtstreeks met Hendrik geconfronteerd werd. Anderzijds ben ik ook een beetje jaloers op hem. Ik wou dat ik hem kon vragen hoe Hendrik overkwam. Zag hij er ziek uit? Is hij gek geworden? Denk je echt dat hij het gelooft? Op wie is hij eigenlijk boos? Toen ze bij de stallen van Whitehall waren, stapte Hendrik af en liet Harry achter bij de paarden. Deze bleef waar hij was en praatte wat met de stalknecht. Hij had geen idee wat hij moest doen of waar hij heen kon. We vernamen dit pas de volgende morgen toen hij al naar de Tower was gebracht. En ik wist pas dat hij in de Tower zat opgesloten toen ik zelf werd verhoord. Mijn convocatie kwam pas 's middags. Oom Norfolk wilde me zien in de raadkamer. Het was een rare plaats voor een onderhoud. Heel formeel. Ik herinner me dat ik nog gedacht heb waar dat oude stuk vreten mee bezig kon zijn. 'Ik kom zo,' zei ik, 'wanneer ik klaar ben met eten.'

Het was dezelfde boodschapper als twee dagen geleden, die me was komen vertellen dat de trip naar Calais niet doorging. Ook nu groette hij me met zijn houterige buiging.

Toen ik de raadkamer binnenkwam, had ik meteen door dat dit niet zomaar een praatje was. Ik had gelijk gehad. Er was iets aan de hand en nu zou ik weten wat dat was. Mijn oom was niet alleen. Ook William Paulet en William Fitzwilliam waren er. De twee Williams gingen zitten en mijn oom bleef staan. Af en toe stapte hij heen en weer. Om autoriteit uit te stralen. Hij keek heel officieel. Ik knikte naar de Williams en ik kreeg een hoofdbuiginkje terug.

'Ga zitten', zei mijn oom gebarend naar een stoel.

Uit het lood geslagen nam ik plaats.

'Goed', zei hij. Ik verwachtte een woordje uitleg, maar hij zei het zonder inleiding: 'Sir Henry Norris en een zekere' – hij keek de naam na in zijn papieren – 'Mark Smeaton werden in hechtenis genomen nadat zij werden beschuldigd van overspel met jou.'

'Wat?' Ik sprong overeind.

'Blijf zitten, Anna, alsjeblieft.' Hij klonk verveeld.

Ik ademde paniekerig in. 'Dat meen je niet.'

'Zitten', klonk het streng.

Nee. O nee. Vergeet het maar. Ik stapte met grote passen op hem af. Belachelijke, arrogante vent. 'Zeg me dat dit een grap is', riep ik dreigend uit.

'Ik vertel je alleen maar wat mij is gezegd.' Hij waaierde met een blad papier.

'Maar het is een leugen. Wie beweert dit?'

Hij verlaagde zijn stem. 'Ze werden gearresteerd, Anna. En dit is de aanklacht. Wil je nu *alsjeblieft* gaan zitten?'

'Ik moet Hendrik spreken', zei ik tegen de twee Williams.

Maar het was mijn oom die antwoordde: 'Daar kom je geen stap verder mee.'

'Dat zal ik zelf wel uitmaken.'

'Nee, dat doe ik.'

Ik had moeite om te ademen.

'Ga zitten.' Hij legde een hand op mijn schouder en oefende een lichte druk uit.

Daarna werd ik verhoord. Ik gaf duidelijk antwoord op de vragen. Het was het zelfs niet waard om me ertegen te verzetten. Het was blijkbaar gewoon iets wat ik moest ondergaan. *Goed dan, vraag maar raak.* Had ik geslachtsgemeenschap met Harry, Mark, op die en die dag, in Greenwich, in Hampton Court, in Bridewell, in Whitehall, in Eltham?

Nee, helemaal niet. Nee, nee, nee.

Ik verloor maar één keer mijn geduld. Een bepaalde datum had een gevoelige snaar geraakt. Een dag in september, enkele jaren geleden. 'Dat zou dan een week na de geboorte van Elizabeth zijn geweest. Wat wil je hiermee insinueren? Dat hij vrolijk een kamer vol vrouwen kwam binnen gedarteld, hun allemaal vriendelijk verzocht even de andere kant uit te kijken terwijl hij snel mijn bed indook om een spelletje beentjes-in-de-lucht te spelen tussen de bebloede lakens?' Hij zette een stap achteruit. Ik had het gezien. Ik zag ook de walging waarmee hij me altijd al had bekeken. *Net goed, oude viezerik, waarom zou ik vriendelijk moeten zijn tegen jou?*

'Ik insinueer helemaal niets,' zei hij, 'ik stel je een vraag.'

'En het antwoord is nee, nietwaar?'

'Is dat zo?' Hij deed weer officieel en keek in zijn papieren.

'Het antwoord is nee.'

'Goed dan', zei hij uiteindelijk.

Ik voelde de haartjes in mijn nek overeind komen. *Wat gebeurt er nu? Waarover gaat dit echt?*

Hij gaf onmiddellijk antwoord op de vraag die ik niet had gesteld. 'Ik zal je naar de Tower moeten overbrengen.'

'De Tower?' Dat was het laatste dat ik had verwacht. 'Maar ik heb je net gezegd dat alles gelogen is.'

'Niettegenstaande', zei hij, terwijl hij zijn papieren op een stapeltje legde om me niet te hoeven aankijken, 'sta je onder arrest en zul je overgebracht moeten worden naar de Tower.'

'Dit is absurd', riep ik. 'Ik wil Hendrik spreken. Nu!'

'Het zal in je voordeel zijn', zei hij vermanend alsof ik een kind was, 'als je meekomt zonder er moeilijk over te doen.'

Dat zul jij wel weten. Hoeveel weet je hiervan? Hoeveel heb je hier zelf van bedacht?

'Je hoeft niets in te pakken', zei hij luchtig, alsof het was om me te helpen. 'Kom nu maar gewoon mee. We laten je de spullen brengen die je nodig hebt.'

Op mijn beurt zei ik: 'Goed dan.' *Jij je zin.* Ik stond op. 'Gaan we?' vroeg ik. Ik wilde hem laten zien dat het niet zo eenvoudig was om me te intimideren. De twee Williams verdwenen van het toneel en alleen mijn oom vergezelde me naar de rivier. Hij deed nu niet langer officieel en schudde zijn hoofd alsof hij wilde zeggen: *man, man, man, wat een gedoe.* Ik had niets verkeerds gedaan. Als er iemand was die loog, dan was hij het wel. Hij en de anderen die hierbij betrokken waren. Ik vroeg hem waar mijn vader was.

'Hij zorgt dat hij niet te veel opvalt', antwoordde hij.

Ik had het kunnen denken.

'Waar is Harry?'

'In de Tower.'

Ik vroeg me af of ik hem daar zou zien. Ik veronderstelde van niet. 'En Mark ook?'

Hij knikte.

Ik had hen niet zien vertrekken. Niemand eigenlijk, voor zover ik wist. Het was niet mijn eigen boot geweest die klaarlag om me naar de Tower te brengen. Niet de staatsieboot van de koningin, die vroeger van de Spaanse was geweest. Ik had haar initialen eraf laten halen om er de mijne op te laten aanbrengen. 'Kon je niet even wachten?' had Hendrik gevraagd. En ik was toen al zo lang aan het wachten.

Het bootje dat me naar de Tower zou brengen, was een anonieme koninklijke sloep, aangemeerd langs de koninklijke trappen. Daar, boven aan die trappen, stond Tom me op te wachten. Hij had het dan toch gedurfd om zijn ellendige kop te vertonen. Letterlijk. Hij zag er dodelijk vermoeid uit. Alsof hij degene was die zwaar in de problemen zat. Alsof zijn hart bloedde. *Dit doet mij meer pijn dan jou.* In werkelijkheid moet hij dolblij geweest zijn. Terwijl we samen de trappen afliepen, feliciteerde ik hem. 'Deze keer heb je echt wel je best moeten doen. Ik wist niet dat je zoveel verbeelding had.'

Hij antwoordde niet.

Aan de voet van de trappen draaide ik me nog even naar hem om. 'Het is wel een beetje te flagrant, vind je ook niet? Het verwondert me eigenlijk. Ik had meer van je verwacht. De beste vriend van mijn man? En dan nog een of andere meeloper om het verhaal nog wat op te kloppen?' Ik ging zitten in de sloep. 'Maar als je een stok zoekt om een hond mee te slaan, dan vind je er altijd wel een. Je had iets nodig wat je tegen me kon gebruiken. Vond je echt niets beters dan dit?' De sloep helde vervaarlijk over naar één kant toen hij instapte.

'Jouw enige probleem', vervolgde ik, 'is hoe je dit moet zien te verkopen in een rechtbank. Daar zou je toch aan gedacht moeten hebben. Daar moet je mee zitten, of niet? Ik bedoel, misschien geloof jij deze hele bedgeschiedenis, maar zou het niet kunnen dat iemand anders dat niet doet? Wat als de jury daar anders over denkt en jouw spelletje doorziet? Wat dan? Dit zou wel eens die ene steek kunnen zijn die je vroeg of laat zou laten vallen, nietwaar? Ik veronderstel toch dat ik voor een rechtbank zal moeten verschijnen?'

De toon van zijn grafstem paste wonderwel bij zijn gezicht. 'Jazeker, Anna.'

Ik glimlachte. 'Een eerlijk proces?'

'Alle onderdanen van de koning hebben recht op een eerlijk proces.'

'Ja', lachte ik. 'Ja, natuurlijk.'

Ik negeerde hen, Tom en mijn oom, tijdens de rest van de tocht. Ik had hun niets meer te zeggen. Ze praatten wat met elkaar. Niets bijzonders. Zaken. Ik trok me terug in mezelf, zodat ik hun stemmen niet meer hoefde te horen. Ik staarde naar de roeiriemen die telkens heel even onder het oppervlak verdwenen om vervolgens enkele tellen boven het water te zweven. De druppels die naar beneden vielen, maakten kleine kringetjes in het kalme water van de rivier. Ik voelde me leeg en ik was uitgeput. Eén enkel ogenblik dacht ik: Harry, ik kom eraan. Zomaar, zonder reden. Harry, in de Tower. Hij was waar ik naartoe ging. Ik was op weg naar waar hij was. En waar Harry was, kon het al bij al zo slecht nog niet zijn. Ook al kreeg ik hem niet te zien. Misschien hoorde ik de muziek van Mark wel, ergens in de verte. Ik zou in ieder geval aandachtig luisteren. We kwamen hier wel uit. Alle drie. Niemand zou dit geloven.

En Hendrik? Wat dacht Hendrik hiervan?

Van Hendrik wist je niet veel. Niet waar hij was. Niets. En zeker niet wat hij dacht.

Tot mijn grote opluchting stapten we uit ter hoogte van de koninklijke trappen en voeren we niet binnen via *Traitor's Gate*. Meneer Kingston, de bewaarder van de Tower, stond ons op te wachten. Hij stak zijn hand uit om me aan wal te helpen. Hij schonk me een glimlach en keek vervolgens ernstig. Hij was een vriendelijke man. Vroeger zou ik gezegd hebben dat dit geen werk was voor een man als hij, maar nu weet ik dat hij geknipt is voor de job. Godzijdank voor meneer Kingston. Ik vroeg hem of ik zou worden opgesloten in de kerkers.

'Nee, nee, nee, nee, nee', antwoordde hij. Ik zou naar mijn vertrekken gebracht worden.

Mijn vertrekken. Die was ik helemaal vergeten. Ik was er niet meer geweest sinds mijn kroning. Tranen van opluchting rolden over mijn wangen. Tranen van vermoeidheid en zelfmedelijden. 'Mijn vertrekken', mompelde ik versuft.

'Ja. Kom maar', zei hij op een rustige toon. Hij nam me bij de arm om me erheen te brengen.

Ik kon hier een thuis van maken, dacht ik. Me hier terugtrekken om alles eens op een rijtje te zetten. Om mijn opties te overwegen. Mijn verdediging voor te bereiden. Hulp te zoeken.

Ik was opgelucht toen ik hoorde dat ik in mijn persoonlijke vertrekken zou worden ondergebracht, maar toen ik er aankwam, stelde ik vast dat wie mijn escorte had samengesteld, zijn uiterste best had gedaan om personen uit te zoeken die me het meeste ongemak zouden bezorgen. Mijn gevangenisbewaarders verzamelden zich voor de deur om me te verwelkomen. De eerste was tante Liz. Ik voelde een koude rilling langs mijn rug lopen. Ze snoof minachtend met die lange neus van haar. Dat was haar begroeting. Naast haar stond de moeder van Meg, die ervan overtuigd was dat ik Meg op het slechte pad had gebracht. Ze bekeek me met een vreemde mengeling van achterdocht en voldoening. Ze was klaar voor me. Ook mevrouw Cosyn was er. Zij was de vrouw van mijn *Master-of-Horse*, de man die aan het hoofd van mijn stallen stond. Ik vertrouwde Cosyn blindelings mijn paarden toe omdat hij uitzonderlijk toegewijd was. Een van de redenen voor die toewijding – dat wist iedereen – was dat hij liever in de paardenstallen vertoefde dan thuis. Hoe zou je zelf zijn als je getrouwd was met mevrouw Cosyn? Hatelijk loeder, verzot op intriges. Ziet zichzelf als een belangrijke *madame*. In haar ogen zag ik een venijnige flikkering toen ze me aankeek. De kleren die ze droeg waren weer eens veel te opzichtig. De laatste in de rij was de vrouw van meneer Kingston. Ze had een totaal ander karakter dan hij. Mevrouw Kingston vatte haar werk ernstig op en genoot van wat ze deed.

Op de achtergrond zag ik nu de zus van Tommy Wyatt staan, Marg. 'Marg!' Mijn jeugdvriendin. Ze glimlachte schuchter, alsof ze beschaamd was. Het waren dan ook moeilijke omstandigheden om elkaar in terug te vinden na al die jaren. Het was geweldig om haar te zien. En triest. Ze zag er vermoeid uit. Ik waarschijnlijk ook. Onze leeftijd begon ons parten te spelen. 'Mevrouw Orchard!' Mijn vroegere kindermeisje was er ook. Ze was oud geworden.

Was hun aanwezigheid een list? Of zouden ze nu vertrekken? Ik liep de verschrikkelijke vier straal voorbij en werd omhelsd door mevrouw Orchard. 'Wel, wel, wel...' Ik wist dat ze de zin wilde afmaken met: 'Wat ben jij groot geworden, zeg.' Ze deed het niet. Zij was kleiner geworden. Mevrouw Orchard en Marg schenen nogal verlegen in het gezelschap van de vier anderen. Maar ik was hier nu ook, en ook al was het nog altijd vier tegen drie, we konden hen wel aan. 'Kom,' zei mevrouw Orchard, 'eet iets. Je moet uitgehongerd zijn na die boottocht.' Ze had gelijk.

Die avond kwam meneer Kingston langs om me te vragen of hij nog iets moest laten brengen.

'Och, ze heeft alles wat ze nodig heeft', antwoordde zijn vrouw voor ik mijn mond had geopend. Ze speelde een spelletje kaart met de drie andere spionnen. Of daar moest het toch op lijken. Het was overduidelijk dat ze aandachtig luisterden naar wat Marg, mevrouw Orchard en ik elkaar te zeggen hadden. Of toch wat Marg en ik zeiden, want mevrouw Orchard dommelde vaak in.

'Nee, dank u', zei ik tegen meneer Kingston, en ik nodigde hem uit om nog even te blijven. Weinig conventioneel waarschijnlijk, maar dit was dan ook geen gewone gevangenschap. En wat mannelijk gezelschap zou een fijne afwisseling zijn.

'O, wel eh...' *Als u dat wenst.* Niet echt op zijn gemak maar duidelijk blij met de uitnodiging, ging hij zitten.

'Dit is ongelooflijk lekker', zei ik terwijl ik een aangesneden taart aanwees.

'O.' Hij aanvaardde een stuk. Terwijl hij het opat, bleef hij me voortdurend aankijken. Waarschijnlijk dacht hij dat ik nu moest grienen. Dat had ik al gedaan en ik kon toch niet de hele tijd zitten janken. Dacht ik.

'Je zult je goed weten te houden dan?' vroeg hij. Ik knikte en net toen ik wilde zeggen dat ik meer dan genoeg te eten had, in goed gezelschap vertoefde en het lekker warm had, voelde ik mijn keel dichtsnoeren en de tranen over mijn wangen rollen.

Hij keek bedremmeld.

Ik legde een hand op zijn arm om hem gerust te stellen. 'Het is gewoon het onrecht dat me wordt aangedaan', zei ik. 'Weet je wat ze me verwijten? Hebben ze het je gezegd?'

Hij knikte en staarde naar zijn schoenen.

'Ik bedoel,' zei ik wanhopig, 'ik heb zitten nadenken. Ik herinner me dat Franky – Weston – me ooit heeft gezegd dat hij verliefd op me was. Waar iedereen bij stond. Je weet wel hoe jongens dat doen. En nu zit ik voortdurend te denken of ze hem misschien ook...'

Dat was inderdaad wat er gebeurde. De volgende dag al.

Franky.

En Billy ook. Omdat ze nog geen slachtoffers genoeg hadden.

George vertrok onmiddellijk van Greenwich naar Whitehall zodra hij had vernomen dat ik was gearresteerd. Om Hendrik te spreken. Waarschijnlijk om uit te vissen wat er aan de hand was en tot een oplossing te komen. Hij werd op zijn beurt gearresteerd toen hij er aankwam. Hendrik heeft hij niet meer gezien. De aanklacht was dezelfde als die waarmee zijn vrienden achter de tralies waren gezet.

Dezelfde?

Het was mevrouw Cosyn die het me vertelde. Ik stapte nerveus heen en weer om het te verwerken en dan draaide ik me plots in haar richting. 'Zo stom ben ik nu ook weer niet.'

George en ik werden jongstleden dinsdag gearresteerd. Op vrijdag kwam de zaak van de jongens – behalve die van George – voor de rechtbank: Harry, Franky, Billy en Mark. Mijn broer was een edelman en bijgevolg zou er een jury samengesteld worden die bestond uit edellieden. De rechtszaak van de jongens kwam voor in Westminster Hall. De beul zal er zijn opwachting wel hebben gemaakt, zijn bijl van hen weggedraaid tot het vonnis werd voorgelezen. Het lag er vingerdik op dat de jury was omgekocht om tot het vereiste vonnis te komen. Maar meneer Kingston kwam me toch de uitkomst van de rechtszaak melden. 'Klasse', zei hij. 'Ridders, van de eerste tot de laatste.' Allen vijanden van de jongens.

'Wie was voorzitter?'

'Ed Willoughby.' Opnieuw was hij onder de indruk.

'O, dan maakte Billy geen kans', zei ik. 'Ed Willoughby is Billy een pak geld verschuldigd.'

Meneer Kingston keek verbouwereerd. Hij had nog in het systeem geloofd.

Systeem? De jongens wisten hoogstwaarschijnlijk niet eens hoe de aanklacht tegen hen luidde. En niemand zou hun verdediging op zich nemen. Ze waren gewoon voorgeleid om er te horen dat ze schuldig waren. Heel eenvoudig. Er was voor gezorgd dat ze schuldig zouden worden bevonden. De beul zou na voorlezing van het vonnis zijn bijl naar hen toegedraaid hebben. Het enige waar ze nog op konden hopen, was dat Hendrik zou luisteren naar zijn hart. Als hij er een had.

Op zaterdag werd mijn gevolg ontbonden. Iedereen die ten dienste van mij had gestaan, werd ontslagen en vrijgesteld van elke band met mij. Wat betekende dat ik niet zou terugkeren naar Greenwich.

Met andere woorden, mijn proces – maandag – was niet

meer dan een formaliteit. En ook weer niet. Het was mijn enige kans om mijn onschuld uit te schreeuwen. Tenminste, als Hendrik er niet tussenkwam om hier een einde aan te maken. Misschien zou hij me wel verbannen, al dan niet naar het buitenland. Of laten toetreden tot een klooster. Dat zou hij wel doen. Daar hoopte ik op, de hele zondag.

Zoveel haat kon hij toch niet tegen me koesteren?

Het proces van George zou volgen op het mijne. Het zou hier worden gehouden, in de Great Hall van de Tower. Een grotere zaal, want er werden veel meer toeschouwers verwacht. Tweeduizend, wist meneer Kingston me te vertellen. Hij was onder de indruk. Zijn vrouw vergezelde me naar de zaal en liet me plaatsnemen op de stoel die voor me was klaargezet. Daar zat ik dan, opnieuw oog in oog met mijn oom. Hij was de *Lord Steward*. Even voelde ik een stekende pijn toen ik zag wie de *Earl Marshal* was. Niemand minder dan Hal, zijn zoon. Hal heeft me niet één keer aangekeken. Ik heb het in ieder geval niet gemerkt mocht hij het wel hebben gedaan. Daar ben ik hem dankbaar voor. Ik zou het niet hebben kunnen verdragen. Ik was kalm en nam zelfs de tijd om even rond te kijken. Ik zag Tom zitten. Hij beet op zijn onderlip. Onze blikken kruisten elkaar. *Jij of ik.* Want ik geloofde nog altijd in dat minieme kansje. Al die mensen. Hij kon hen toch onmogelijk allemaal hebben omgekocht en niet iedereen zou hem nog een gunst moeten bewijzen. Zou iemand opstaan en spreken voor mij? Zou er een rel ontstaan?

Het begon. Mijn oom somde de zogezegde incidenten op. Ik had alles al een keer gehoord, maar het enorme aantal verbaasde me ook nu weer. Ik had bijna zeven jaar gewacht om de koffer in te duiken met mijn gehuwde minnaar en werd nu van zoiets beschuldigd. Toen ik eindelijk geslachtsgemeenschap had gehad, kon ik er misschien niet meer genoeg van krijgen. Misschien wilde ik de verloren jaren inhalen. Daarom had zelfs mijn eigen broer boven op me gelegen. Het gebeurde zelfs wanneer ik zwanger was en tijdens mijn herstel na een geboorte, zelfs nadat ik een kind had verloren, na een miskraam. Misschien had ik het wel gedaan omdat ik dan even aan iets anders kon denken...

Terwijl mijn oom zijn oervervelende litanie afstak, maakte ik van de gelegenheid gebruik om nog even rond te kijken. Ik merkte dat ook Harry Percy in de jury zetelde. Arme Harry, hij was helemaal van Northumberland moeten komen om zijn plicht te doen. Ik kon zijn gezicht niet zien – ik kon niet zien of wat er over hem gezegd werd ook waar was – want hij leunde met een elleboog op de bank voor hem en zijn voorhoofd werd door die hand ondersteund. Ik moest antwoord geven op de schuldvragen.

Kijk, Harry. Luister goed. Zo moet je het doen. Zo ben je een man.

Nee. Ik heb het bed niet gedeeld met die mannen op die data. Ook niet op andere data. Nee, ik heb niet aan Harry Norris beloofd dat ik hem het jawoord zou geven mocht Hendrik sterven. Ik heb niet de hoop uitgedrukt dat Hendrik zou sterven. Ik heb Catharina niet vergiftigd en heb ook geen plannen gesmeed om Mary te vergiftigen (ik voegde er wijselijk niet aan toe: *hoewel ik het graag had gedaan*). Ja, ik heb Franky Weston geld gegeven (wie niet?) maar ik heb aan veel mensen geld gegeven. Ik had geld. Zij niet. Ik was koningin en er moest voor die mensen gezorgd worden. Ze hadden verzorging nodig. Van mij werd verwacht dat ik het deed. Ik boorde mijn blik in die van mijn oom. *Zoals je heel goed weet.*

Ik had het goed gedaan. Ik wist het. Maar mijn lot lag in de handen van de leden van de jury. Ze zouden elk om beurt hun beslissing uitspreken. Uiteraard wisten ze welk vonnis van hen werd verwacht. Het jongste lid begon. Ik werd schuldig bevonden. Harry Percy bleef met zijn hoofd op zijn hand steunen toen hij zijn beslissing meedeelde. Mevrouw Orchard huilde jammerend. Ik herkende de breekbaarheid van haar stem. Toen het weer stil was in de zaal, werden alle ogen op mijn oom gericht. *Zeg het maar.*

Ongelooflijk maar waar, hij was aan het snotteren. Hij had rode ogen en een rode neus.

Daar was het nu te laat voor.

Ik was maar wat graag naar voren gegaan om hem iets te geven waarvan hij echt zou hebben moeten janken.

Hij sprak de straf uit. De dood door onthoofding of de brandstapel. 'Zo behage het de koning' hoefde hij er niet aan toe te voegen.

Zo behage het Hendrik.

Als beklaagde had ik het laatste woord. Ik wist wel dat het me vrij stond te zeggen wat ik maar wilde, maar ik maakte graag nog een kans op de gunst van Hendrik. Dat zul je ongetwijfeld wel begrijpen.

Ik zei dat het me speet dat zoveel mannen voor mij zouden moeten sterven. Wat de koning betrof, zei ik, besefte ik dat ik niet de ideale echtgenote was geweest, en een koning heeft een ideale echtgenote nodig. Achteraf is gebleken dat ik eigenlijk niet geschikt was als echtgenote. Maar dat was meteen ook de grootste fout die ik had begaan.

Ik ging weer zitten.

Harry Percy stond op en viel voorover. Het geluid van een dood gewicht dat op een houten ondergrond wordt gedropt, vulde de zaal. Hij werd naar buiten geholpen. Ik kon nog altijd zijn gezicht niet zien, enkel zijn rug en zijn voeten die over de grond sleepten.

De toeschouwers en de jury bleven zitten voor het proces van George. Ik werd naar mijn vertrekken teruggebracht, waar mijn middagmaal op me wachtte, ook al had ik niet echt honger. Stukje bij beetje weekte ik de details van het proces van George los bij Marg. Ik begrijp niet waarom ze zo terughoudend was. George had het nochtans goed gedaan. Ik ben trots op hem. Dat was ik altijd al. Ik had ook niets anders van hem verwacht, want per slot van rekening zijn wij Boleyns. Wij leveren goed werk.

Kalm ontkende hij elke aanklacht en weigerde in het aas te happen dat hem werd voorgehouden. De enige valse noot kwam er toen hem een document werd overhandigd waarop iets stond wat hij zou hebben gezegd. Iets wat niet in het openbaar gezegd hoorde te worden. De vraag die onze oom hem stelde, was of hij dit wel of niet had gezegd.

George draaide niet rond de pot en las met een uitgestreken gezicht voor wat er op het document geschreven stond. 'De koning kan zijn vrouw niet bevredigen. Hij bakt er niets van en krijgt hem niet omhoog.' Ik kan me voorstellen dat hij van dat moment genoten heeft. Wat had hij nog te verliezen?

Marg daarentegen wilde het me eerst niet zeggen, omdat ze zo niet was opgevoed. Als ze bang was om mij te choqueren, dan had ze daar geen reden toe. Ik lachte. De woorden op het document waren de mijne. Ik had dit gezegd tegen George.

Toen het weer stil werd in de zaal, gaf George het document terug aan onze oom. 'Nee', zei hij verveeld. 'Ik heb dit nooit gezegd. Wie beweert dat?'

Oom Norfolk was zo verrast door de vraag dat hij antwoordde: 'Een dame aan het hof.'

'Ah', zei George. 'De enige dame aan het hof die ik ken die me dit toewenst, is mijn eigen vrouw. Heb ik gelijk?' Breed glimlachend keek hij van mijn oom naar de juryleden. 'Voor wie er niet van op de hoogte is, we zijn geen al te beste maatjes', zei hij.

Oom Norfolk gaf natuurlijk geen antwoord.

George vergiste zich toen hij zei dat er maar één vrouw was die hem dit toewenste – maar aangezien George is wie hij is, zal hij dat waarschijnlijk niet eens beseffen –, al denk ik dat hij wel gelijk had toen hij zei dat de informante Jane was.

De jury verleende vonnis – schuldig – en mijn oom sprak de straf uit: Tyburn. 'Zo behage het de koning' hoefde hij er ook nu weer niet bij te zeggen. Toen George als laatste het woord nam, had hij het blijkbaar over zijn schulden. Daar zat hij dus mee. De mensen aan wie hij nog geld verschuldigd was. Hij verontschuldigde zich. 'Ik zou jullie betaald hebben,' zei hij, 'dat weten jullie best. Het is gewoon' – hij glimlachte, keek hulpeloos en haalde zijn schouders op – 'dat ik dit niet aan heb zien komen.'

Gisteren mocht Thomas me komen bezoeken. Als mijn biechtvader. Om mij een laatste keer de biecht af te nemen. 'Ik heb alles geprobeerd om je te mogen bezoeken', zei hij. Ik geloofde hem. 'Hoe gaat het met je?'

'Een stuk beter sinds mijn chaperonnes hier niet meer zijn.' Na mijn proces waren ze vertrokken; hun taak – spioneren – zat erop. 'Ik wil hier gerust de rest van mijn dagen slijten', zei ik. 'Het is hier best gezellig.' En toen vroeg ik het hem op de man af: 'Zeg het me eerlijk, is er nog hoop?' Ik doelde op een klooster in het buitenland.

Hij wist wat ik bedoelde, maar hij keek verslagen.

'Voor Catharina was het klooster wel een optie', protesteerde ik.

Terwijl ik het zei, wist ik dat dit nooit een optie zou zijn voor mij. Maar ik bleef proberen. 'Ik heb meer gezond verstand dan zij ooit heeft gehad. Ik ben geen martelaar. Ik ben pragmatisch genoeg om in alle stilte te vertrekken.' Hij keek me aan en ik kon zijn gedachten lezen. Ik had nog nooit iets in alle stilte gedaan. Ik lachte berouwvol. Er was voor alles een eerste keer en ik leerde snel.

Catharina werd verbannen naar een tochtig kasteel om er de rest van haar dagen te slijten, en ik word opgesloten in hartje Londen om te worden geëxecuteerd. Ben ik dan echt zoveel gevaarlijker dan zij ooit was? Catharina had twintig jaar op de troon gezeten en had het volk aan zich gebonden. Toen ze niet langer als koningin erkend werd, had dit kunnen leiden tot een oorlog met Spanje en een burgeroorlog. Maar ik? Behalve Thomas kiest niemand nog mijn kant.

Hij zei me dat het Tom was geweest die toestemming had gegeven voor dit allerlaatste bezoek. Zorg dat ze zich verzoent, had hij gezegd. Met haar lot, bedoelde hij.

Waar was mijn echtgenoot? Ik hoefde het niet te vragen. Ik wist het. Ik wist waar hij was. Hendrik bracht ieder vrij moment door bij Jane Seymour. Hij had geen tijd om nog aan mij te denken.

Ik veranderde van onderwerp en vroeg Thomas om nieuws over de jongens, want hij was ook bij hen langs geweest. 'Vallen hun kamers een beetje mee?' vroeg ik. 'Is er iemand die hun bedden opmaakt?'

Hij lachte ongelovig.

'Nee, echt', zei ik, hoewel ik ook lachte. 'Je hebt er geen idee van. Van die dingen hebben ze echt geen kaas gegeten.'

De bedden zagen er goed uit, zei hij. En de jongens ook. 'Maar om eerlijk te zijn,' – mijn hart sloeg een slag over – 'je broer lijkt zich zorgen te maken over zijn schulden.'

Ik zei dat ik het wist.

'De schulden die hij achterlaat', zei hij opnieuw, en ik had de indruk dat hij mijn reactie probeerde te peilen toen hij 'achterlaat' zei.

Zorg dat ze zich verzoent.

Ik gaf geen krimp.

'Misschien maakt hij zich te veel zorgen...'

'Ik denk het niet. Hij heeft altijd breed geleefd. Ver boven zijn stand.'

'Wel,' zei Thomas, 'meneer Kingston heeft het erover gehad met Hendrik, om te kijken of de schulden vereffend kunnen worden. En blijkbaar heeft hij succes.'

'O. Goed.' De grootmoedige Hendrik die de schulden van mijn broer regelt. Of beter, wanneer er geld mee gemoeid is, moet alles correct verlopen. Niemand mag wrok koesteren jegens Hendrik, want per slot van rekening is het door hem dat dit allemaal gebeurt.

Thomas keek peinzend, dus vroeg ik hem wat er hem op het hart lag.

'Die Mark... Daar gaat het niet zo goed mee.'

'Mark? Wat is er met hem gebeurd?' Ik besefte dat ik eigenlijk niet eens zoveel aan Mark had gedacht. Dat was ook niet meer dan normaal. Ik kende hem amper.

'Ze hebben hem geketend.'

Ik keek ontzet. 'Waar is dat voor nodig?'

Thomas fronste zijn wenkbrauwen. Hij deelde mijn mening. 'Geen privileges.'

Het viel me in hoeveel privileges we eigenlijk genoten. We sleten onze laatste dagen rustig voor het haardvuur, aten taart en konden meneer Kingston alles vragen wat ons hartje begeerde. Gelukkig werd Mark ook één privilege verleend. Godzijdank. Hij zou niet sterven in Tyburn. Ook hij zou worden onthoofd op de Tower Hill.

En ik, ex-koningin, zou zelfs niet sterven door de slag van een bijl. Voor mijn executie zou een beroep worden gedaan op een beul uit Calais. En ik zou worden onthoofd met een zwaard. Een vlijmscherp zwaard.

Blijkbaar zal ik het niet eens voelen.

De grootmoedige Hendrik.

Thomas praatte verder over Mark. 'Het doet zijn zaak natuurlijk geen goed als hij blijft zeggen dat hij schuldig is.'

'Nog altijd?' Ik wist dat hij dat inderdaad had gezegd, maar ik veronderstelde dat men hem een en ander had beloofd om hem zover te krijgen. Zijn vrijheid bijvoorbeeld, verbanning. Een belofte waarop men blijkbaar was teruggekomen. 'Waarom beweert hij dat? Hij is onschuldig. En, laten we eerlijk zijn, ik kan het weten.'

Thomas zag er gegeneerd uit, maar herstelde zich. 'Ik kan me alleen maar inbeelden dat hij zich schuldig *voelt*. Over iets.'

Over zijn 'gevoelens' voor mij. Alsof iemand daar wakker van ligt.

'Het helpt wel niemand een stap vooruit.'

Thomas knikte instemmend.

'Wat heeft hij gezegd?', vroeg ik ongeduldig.

'Gewoon. Dat hij schuldig is.'

'Schuldig aan wat? Heb je hem dat gevraagd? Heb je hem gevraagd of hij zich schuldig heeft gemaakt aan overspel met de koningin?'

Thomas leek ineen te krimpen. 'Nee.'

'Dat had je beter gedaan', gromde ik. We bleven enkele ogenblikken zwijgend zitten, tot ik op dezelfde toon zei: 'Nu trouwt Meg nooit met Harry.'

Thomas knikte.

'En hij heeft een zoontje. Echt een leuke knul.' Thomas opende zijn mond om iets te zeggen, maar ik onderbrak hem.

'Billy. Billy heeft een vrouw, weet je?' Uiteraard wist hij het.

'En jij hebt een dochter', zei hij zacht. Het was een voorzichtige herinnering aan de reden voor zijn bezoek. Ik slikte, keek weg en verzamelde mijn moed om te doen wat ik moest doen: spreken.

Niet lang nadat Thomas was vertrokken, werden mijn broer en de andere jongens geëxecuteerd. George, Harry, Billy, Franky en Mark. Mark kwam als laatste aan de beurt en moest knielen in een plas bloed. Niemand die veel ophef maakte, zei meneer Kingston. En niemand die schuld bekende. Anders zeiden de ter dood veroordeelden de juiste dingen, zodat Hendrik hun familie met rust zou laten. Berouw tonen zonder te bekennen, het is een kunst.

O, behalve Mark. Hij zei dat hij de dood kreeg die hij verdiende. Leugenaars gaan naar de hel, nietwaar? Die arme jongen maakte geen enkele kans.

Morgen is het mijn beurt. Ik koos een vuurrode jurk uit. De beul van Calais liep een dag vertraging op. Het weer boven het Kanaal zou barslecht zijn. Ik hoop dat het overwaait naar Engeland. En ik hoop dat het nog slechter wordt en dat het nooit meer ophoudt met regenen. Ik hoop dat dit ellendige landje doorregend wordt. Dat het opgeslokt wordt door het water.

Ik en mijn achterban kregen een dag respijt. Je weet maar nooit. Misschien neemt iemand het alsnog voor me op. De bisschoppen bijvoorbeeld. Hen die ik steunde en wie ik hun job bezorgde. Wier Kerk ik voor hen hervormde. Mijn eigen vader misschien. Dat zou fijn zijn. Maar tot nu toe heb ik geen nieuws van hem. Of mijn echtgenoot.

Morgen, zo werd mij gezegd, zal mijn jurk worden uitgetrokken en zullen de twee stukken van mijn lichaam hier in een ongemerkt graf in de kapel van Sint-Pieter begraven worden. Daarna zal mijn echtgenoot zijn nakende verloving aankondigen.

Weg met de oude koningin. Of de niet zo oude koningin. Het is maar hoe je het bekijkt. Tijd voor een nieuwe.

Blijkbaar was ik niet meer dan het voorwerp van een overgangsmaatregel, die hem de mogelijkheid moest bieden om uit zijn verstikkende en nergens toe leidende huwelijk met een Spaanse oude taart te stappen, om te kunnen trouwen met een volgzame Engelse oude vrijster. Niemand zal ooit terugblikken op de drie jaar tussen die twee huwelijken. Niemand zal zich herinneren wie ik was. Ik die al het werk deed.

Wat Hendrik denkt, wat hij echt denkt, zal ik nooit weten. Ik ga ervan uit dat hij het niet meer doet. Denken.

En jij, Elizabeth? In het gunstigste geval kun je ergens een teruggetrokken bestaan leiden. Dat hoop ik voor jou. Misschien word je wel aangenomen als de dochter van iemand anders, omdat je nog jong genoeg bent om de waarheid niet te kennen. Maar je *zult* haar kennen. Tenminste, als Marg erin slaagt dit mee naar buiten te smokkelen.

Ik zou eigenlijk van de gelegenheid gebruik moeten maken om je wat moederlijke wijsheid mee te geven. Ik zou je kunnen zeggen dat als je je hoofd op je schouders wilt houden, je het best je nek niet uitsteekt. Maar ik neem aan dat je op een dag toch bereid zult zijn om dat risico te lopen. Want je bent een Tudor. En een Boleyn. Dus zeg ik: wees de dochter van je moeder en loop met het hoofd geheven.

Nawoord

Anna Boleyn werd op 19 mei 1536 begraven onder een altaarsteen van de koninklijke Sint-Pieter ad Vinculakapel in de Tower. Er wordt beweerd dat de jurk die ze droeg tijdens de executie, zich in de privéverzameling bevindt van een van de families die tegen haar gekant waren.

Op 30 mei 1536 gaf Hendrik Jane Seymour het jawoord en in oktober 1537 werd hun zoon Edward geboren. Jane stierf twaalf dagen later. Zoals algemeen bekend, had Hendrik daarna nog drie andere echtgenotes. Zijn vijfde vrouw, de tiener Catherine Howard, was het nichtje van Anna Boleyn en ook zij werd door hem tot het blok veroordeeld na een huwelijk dat een goede twee jaar duurde. Ook haar stoffelijk overschot ligt onder een altaarsteen van de Sint-Pieter ad Vinculakapel in de Tower.

Hendrik stierf in 1547, tien jaar na de dood van Anna. Zijn negenjarige zoon volgde hem op. Na de dood van Edward, in 1553, werd zijn halfzus Mary (Bloody Mary) koningin. Toen ook zij amper vijf jaar later stierf, begon Anna Boleyns dochter Elizabeth aan haar lange regeerperiode. Zij vermeldde haar moeder slechts drie keer, maar gaf duidelijk de voorkeur aan hovelingen die een band hadden met de Boleyns.

In 1540 liet Hendrik ook Thomas Cromwell executeren. Thomas Cranmer overleefde hem, maar werd uiteindelijk door Hendriks dochter Mary tot de brandstapel veroordeeld wegens zijn religieuze verleden.

De ouders van Anna Boleyn hebben maar enkele jaren meer geleefd na de terechtstelling van hun kinderen. Het indrukwekkende graf van haar vader bevindt zich in de parochiekerk van Hever in het graafschap Kent. Mary, Anna's zus, stierf pas tien jaar later. Ook haar kinderen hebben lang geleefd.

Anna's schoonzus, Jane Parker, werd ter dood veroordeeld omdat ze het zogezegd mogelijk maakte voor Catherine Howard om overspel te plegen.

De oom van Anna, de derde hertog van Norfolk, werd ter dood veroordeeld, maar Hendrik stierf de dag voor de geplande executie. Er werd gratie verleend en hij leefde nog vele jaren.

Henry Fitzroy, de onwettige zoon van Hendrik, stierf binnen het jaar na de executie van Anna. Hij ligt begraven in het mausoleum van de Norfolks in de Sint-Michaelskerk in Framlingham in het graafschap Suffolk. Zijn echtgenote, lady Mary Howard, die pas eenentwintig jaar later stierf, ligt naast hem begraven. De broer van Mary, Henry, graaf van Surrey, werd ter dood veroordeeld in 1547, vlak voor Hendriks dood. Later werd zijn tombe bijgezet in de Sint-Michaelskerk. Sir Henry Percy stierf een jaar na Anna's dood. Sir Francis Bryan in 1550.

Dankwoord

Eerst en vooral wens ik Martyn Bedford te bedanken, die met onuitputtelijk enthousiasme voor me inviel toen ik sabbatsverlof nam. Ook tijdens mijn zwangerschap kon ik mij geen betere vervanger wensen.

Gale Owen-Crocker en Jackie Pearson van de universiteit van Manchester wens ik te danken omdat ze mij toestonden sabbatsverlof te nemen. En David Denison, voor hen, die mijn job reorganiseerde zodat ik weer zou kunnen schrijven. Bedankt Ian McGuire en Bill Broady om een deel van mijn lessen over te nemen.

Dank je wel, papa en mama, dat ik het appartement in Spanje mocht gebruiken om er het grootste deel van dit boek te schrijven.

Antony Topping, mijn agent, kan ik niet genoeg danken voor al het werk dat hij voor me deed, en voor de tijd die hij vrijmaakte. Voor de goede raad, de aanmoedigingen en de fijne samenwerking.

Ook Philip Gwyn Jones van Flamingo wens ik graag te danken omdat hij in de roman geloofde, voor het werk dat hij deed en voor de titel. Jon Butler bedank ik graag voor zijn geduld en zijn hulp bij de opmaak tijdens die moeilijke periode voor mij. En Mandy Kirkby, die het manuscript las tijdens haar laatste week bij Flamingo.

Bedankt David Supple, voor de goede zorgen tijdens de

periode voor de geboorte, toen ik de roman aan het schrijven was.

En David Kendall, bedankt voor alles.

Bibliografie

Ackroyd, Peter, *The Life of Thomas More*, Chatto and Windus, 1998

Brears, Peter, *All the King's Cooks, The Tudor Kitchens of King Henry VIII at Hampton Court*, Souvenir Press, 1999

Fraser, Antonia, *The Six Wives of Henry VIII*, Weidenfeld and Nicolson, 1992

Ives, Eric, *Anne Boleyn*, Basil Blackwell, 1986

Sim, Alison, *Food and Feast in Tudor England*, Sutton Publishing, 1997

Thurley, Simon J., *The Royal Palaces of Tudor England: Architecture and Court Life, 1460-1547*, Yale University Press, 1993

Weir, Alison, *The Six Wives of Henry VIII*, The Bodley Head, 1991

Weir, Alison, *Henry VIII, King and Court*, Jonathan Cape, 2001

Wie is Suzannah Dunn?

Door Eithne Farry

'Het weer', kreunt Suzannah Dunn. 'Breek me de bek niet open over het weer.' Het is een typische Engelse zomerdag. Stralende zon en hier en daar een plukje witte wolk aan de hemel. Aan de geur van de lucht merk je nog net dat de South Coast hier niet zo ver vandaan is. 'Ja, vandaag is het heerlijk buiten, maar in de winter... *My God*, wat heb ik een hekel aan de winter', zegt ze. 'Ik ben nu veertig en het enige waar ik ooit echt naar heb verlangd in mijn leven, is het ogenblik dat ik de winter hier niet meer hoef door te brengen. Ik verlang trouwens nog altijd naar dat moment.' Nu valt het allemaal erg mee, maar wanneer de temperatuur begint te zakken en de avond sneller valt, wordt het Suzannah soms allemaal een beetje te veel. 'Ik heb enorm veel last van wintermoeheid. Ik sluit mezelf op en ik heb de grootste moeite om te werken. De aankoop van een zonnelamp komt dan niet eens bij me op.' Om aan de donkere en koude winterdagen te ontsnappen, trekt ze naar het huis van haar ouders in Spanje, of ze neemt het vliegtuig naar 'een goedkope en zonnige bestemming'. Daar blijft ze dan enkele weken, maar ze houdt te veel van Engeland om het voorgoed te verlaten. 'Ja hoor, ik denk er heel vaak aan, maar ik ben *very English*. Ik zou het te hard missen', lacht ze. 'Maar niet het weer. Dat kan me gestolen worden.'

Suzannah groeide op in de groene buitenwijken van

Londen. 'Maar wanneer je 's avonds op het dorpsplein stond, kon je in de verte het geluid van de auto's op de M25 horen. Zoals je aan zee ook de brekende golven blijft horen. Het dorp waar ze woonde, was landelijk gelegen. Het schooltje telde slechts zeventig kinderen, verdeeld over drie klassen. Iedereen bleef drie jaar lang in dezelfde klas. 'Leuk zolang je geen tiener was.' Gelukkig was het centrum van Londen maar twee busritten ver. 'Met de 242 kwam je tot Potters Bar en de 134 bracht je vervolgens naar Tottenham Court Road. De hemel op aarde!' Suzannah was zogoed als elke zaterdag in de Top Shop te vinden, om er 'helemaal niets' te kopen. 's Avonds nam ze genoegen met een boterham en een glas melk, want het was meestal laat als ze thuiskwam. En het gebeurde zelden dat ze niet te moe was om veel meer te eten.

Enkele jaren later werd het *window shopping* ingeruild voor een kunstzinniger bezigheid. 'Je zag me vaak in The Photographers' Gallery. Toen ik een jaar of zestien was, schreef ik met veel overgave poëzie, maar ik wilde eigenlijk fotografe worden. Het sociaal realisme van de fotografie sprak me wel aan. Uiteraard heb ik nooit één goede foto gemaakt – ik weet zelfs niet meer of ik ooit een eigen camera heb gehad – maar toen leek het me een goed idee.'

Ze mag dan wel geen fotografe geworden zijn – ze beperkt zich tot kiekjes van haar man David en hun zoon Vincent – sociaal realisme ligt haar wel nog altijd na aan het hart. En dat merk je in haar boeken. 'Het is een kwestie van authenticiteit. Daar gaat het mij om. Het leven van echte mensen, wat ze denken en voelen.' Haar studenten creatief schrijven zullen het geweten hebben. 'Ik herhaal voortdurend dat ze zichzelf de vraag moeten stellen of wat ze schrijven levensecht is, of echte mensen ook zouden spreken zoals hun personages dat doen... Als je werkelijk tot de kern van de zaak wilt komen, dan mag je niet louter schrijven om te schrijven. Het is iets waar ik altijd op let wanneer ik zelf schrijf.' Suzannah weet niet zeker of je mensen echt kunt leren schrijven. 'Je kunt natuurlijk altijd tips geven om de structuur van het verhaal te verbeteren, respons geven op het werk van iemand. Troosten. Aanmoedigen. En dat vind ik wel fijn.'

Je zou kunnen denken dat ze die manier van werken destilleerde uit haar ervaringen in Cambridge, maar niets is minder waar. 'Helemaal niets voor mij', zegt ze botweg. 'Ik was de eerste in mijn familie die verder studeerde, ik was een blokbeest en had meer dan genoeg ambitie. Ik ben er filosofie gaan studeren toen ik pas zeventien was. Verschrikkelijk. Totaal niet aan mij besteed. Ik was altijd bij de besten van de klas geweest, maar dit was niets voor mij.' Ze liet de filosofie voor wat ze was en ging sociale geschiedenis en politieke wetenschappen studeren. Dat lag haar meer.

Haar echte studentenjaren begonnen pas toen ze naar Schotland trok. Haar toenmalige vriend was een wiskundige ('Pure wiskunde, beeld je in!') die in Edinburgh ging studeren en Suzannah volgde hem. 'Dat was een idyllische tijd. Ik vertelde mijn vrienden dat ik schrijver zou worden en bracht uren met hen door in het café om samen koffie te drinken en een praatje te maken. Edinburgh was mijn spirituele thuis en dat is het nu, twintig jaar later, nog altijd. Ik mis die stad. Zoals je een geliefde mist. Het is mijn schuilplaats en in mijn gedachten wandel ik nog vaak door de straten van Edinburgh.' Ze zou meteen vertrekken als de winterdagen er niet zo duister en ijskoud waren, zegt ze zuchtend. 'Vanwege het slechte weer ben ik er weggegaan.'

Dit is het enige blijk van spijt dat ze geeft in dit openhartige, met persoonlijke anekdotes gespekte gesprek. Is er nog iets uit haar verleden waar ze nostalgisch op terugblikt? 'Ik ben geen nostalgisch type. Vroeger wel. Zeker weten. Maar ik ben sterk veranderd naarmate ik ouder werd. Toen ik begin dertig was, ben ik gestopt met de brieven en briefkaartjes te sparen die ik kreeg. Ik bewaar de dingen niet meer zoals ik dat vroeger altijd heb gedaan. Niet dat daar een bepaalde reden voor is. Het is gewoon zo. Eigenlijk was ik vroeger ongelooflijk gedisciplineerd. En doodongelukkig. Ik werkte van 's morgens tot 's avonds en was dan kwaad op mezelf als ik niet genoeg woorden had geschreven. Nu kan ik echt genieten van een kop koffie in de zon, om even na te denken over het werk. Ik ben nu *much more relaxed.*'

Nu gebeurt het zelfs dat ze af en toe haar dagelijkse twintig minuten zwemmen overslaat. 'Ik zwom vaak toen ik nog op school zat, en toen we op reis gingen naar Spanje, zat ik de hele tijd in het water. Waar ik ook ben, ik zal altijd wel een zwembad weten te vinden.' Ze vertelt me ook dat wanneer ze baantjes aan het trekken is, ze meestal aftelt hoeveel minuten ze nog moet zwemmen voor ze er weer uit mag. 'Er wordt mij gevraagd waarom ik het doe als ik het niet leuk vind. Maar daar heeft het niets mee te maken. Het is gewoon iets wat ik elke dag doe.' Ze lacht. 'Maar ook dat is niet langer een echte obsessie', voegt ze eraan toe. Enkele seconden later pakt ze haar zwemspullen. Ze gaat nog snel enkele baantjes trekken voor ze Vincent gaat ophalen in de kinderopvang. 'Tja. Er zijn van die dingen die nooit zullen veranderen. Zoals het weer in Engeland.'

Wat is voor jou volmaakt gelukkig zijn?

Zitten in een tuin, ergens op het platteland, in de warme avondzon. Nadat ik enkele baantjes heb getrokken. Met een espresso, een sherry of een glas champagne of cava (ik ben niet kieskeurig). Op de achtergrond 'avondgeluiden' – kerkklokken, vogels, of gewoon – in de verte! – de geluiden uit de buurt, spelende kinderen, mensen die in de weer zijn met potten en pannen om hun avondmaal klaar te maken... En van de geuren die hun kookkunsten verspreiden, kan ik ook genieten. Zolang het geen barbecue is.

Wat is jouw grootste angst?

Dat er iets zou gebeuren met mijn zoon. Het is geen origineel antwoord, ik weet het. Maar dat is mijn grootste angst.

Wat heb je altijd bij je?

Bedoel je behalve de gewone dingen zoals een handtas, sleutels en mijn mobieltje? Lipgloss of een lipstick. Zwemspullen – zwempak, handdoek, zwembrilletje, badmuts, oordopjes – sleur ik ook zowat overal mee naartoe. Meesleuren is een groot woord, het ligt meestal in de auto.

Is er iets waar je echt een hekel aan hebt?

Naast armoede en geweld? Barbecues.

Voor wie heb je de meeste bewondering?

Kelly, de hulpverpleegster van de kraamkliniek waar ik bevallen ben van mijn zoon.

Wat zou jouw levenskwaliteit echt ten goede komen?

Zonneschijn. Het hele jaar rond. En als het een voorwerp moet zijn, een zwembad!

Wat is jouw belangrijkste levensles?

Volg je instinct. Misschien omdat ik uit ervaring weet dat ik daar altijd goed aan heb gedaan.

Wat zou je niet willen missen op een verlaten eiland?

Een hond. En als het geen dier mag zijn, een citroenboom. Met mogelijkheid tot irrigatie uiteraard.

Welke schrijver had de meeste invloed op jouw werk?

Ik denk niet dat er een schrijver is die mijn werk beïnvloed heeft. Ik weet ook niet of zoiets mogelijk is. Ik doe gewoon wat me interesseert. Dit wil natuurlijk niet zeggen dat er geen schrijvers zijn naar wie ik opkijk, en door wie ik best wel beïnvloed zou willen worden. Ik lees bijvoorbeeld heel graag het werk van Alice Munro, Anne Tyler (de eerdere romans meer dan de latere) en Lorrie Moore (in het bijzonder *Self-Help* en *Anagrams*). En behalve deze Canadese en Amerikaanse vrouwen, lees ik graag een Rupert Thomson.

Waar vind je inspiratie?

Tijdens een wandeling.

Waar werk je momenteel aan?

Een roman die zich afspeelt tijdens het bewind van Mary Tudor, de oudste dochter van Hendrik VIII. Mary was de allereerste echte koningin van Engeland, maar wordt overschaduwd door haar opvolgster, haar halfzus Elizabeth. Hoewel iedereen haar vooral kent als 'Bloody Mary', was ze graag gezien toen ze koningin werd. De straten van

Londen waren gevuld met feestvreugde toen de bescheiden, hardwerkende en lang verwaarloosde troonopvolgster eindelijk en tegen alle verwachting in koningin werd. Vijf jaar later waren diezelfde straten gevuld met chaos en wanhoop en ging het Mary helemaal niet meer zo voor de wind. Het waren boeiende tijden! Ik vertel haar verhaal zoals het wordt gezien door de ogen van een Spanjaard, die deel uitmaakt van het gevolg van een Spaanse prins die naar Engeland werd gestuurd om in het huwelijk te treden met de achtendertigjarige, tot dan toe ongehuwd gebleven koningin.

WORDT VERWACHT

Bekentenissen van een koningin

Catharina Howard is zeventien wanneer ze aan het hof ontboden wordt. Al na enkele maanden wijst Hendrik VIII zijn vierde vrouw Anna de deur. Anderhalf jaar lang lijkt hij bereid Catharina alles te geven wat haar hartje begeert. Maar dan steken de geruchten over haar vroegere amoureuze avonturen de kop op. Wanneer ze in haar bekentenis haar grootste vertrouwelingen vals beschuldigt, worden ook haar vriendin Cat Tilney en haar minnaar Francis meegesleurd in de val van de koningin.

ISBN 978 90 223 2773 9

De zesde koningin

Catharina Parr, de zesde en laatste vrouw van de onlangs overleden Hendrik VIII, heeft nog maar net een huwelijk van vier turbulente jaren achter de rug, wanneer de knappe Thomas Seymour haar hart verovert. Als zij elkaar inderhaast het jawoord geven, wordt meteen ook alle voorzichtigheid overboord gegooid. Want Thomas is genadeloos ambitieus en vastberaden om zijn doel te bereiken. Ook als hij daarvoor zijn vrouw moet verraden...

ISBN 978 90 223 2775 3

Het verdriet van een koningin

Zelfs een koningin heeft geen macht over het hart van een man. De echtgenoot van Mary Tudor, Filips van Spanje, geeft geen zier om zijn toegewijde vrouw. Wanneer ook het volk haar de rug toekeert, rest haar niets dan eenzaamheid en wanhoop.
Hoe ver wil ze gaan voor haar familie en haar geloof? En waartoe is ze bereid om de troonopvolging te verzekeren?

ISBN 978 90 223 2774 6

Anna Boleyn en de andere vrouwen van Hendrik VIII

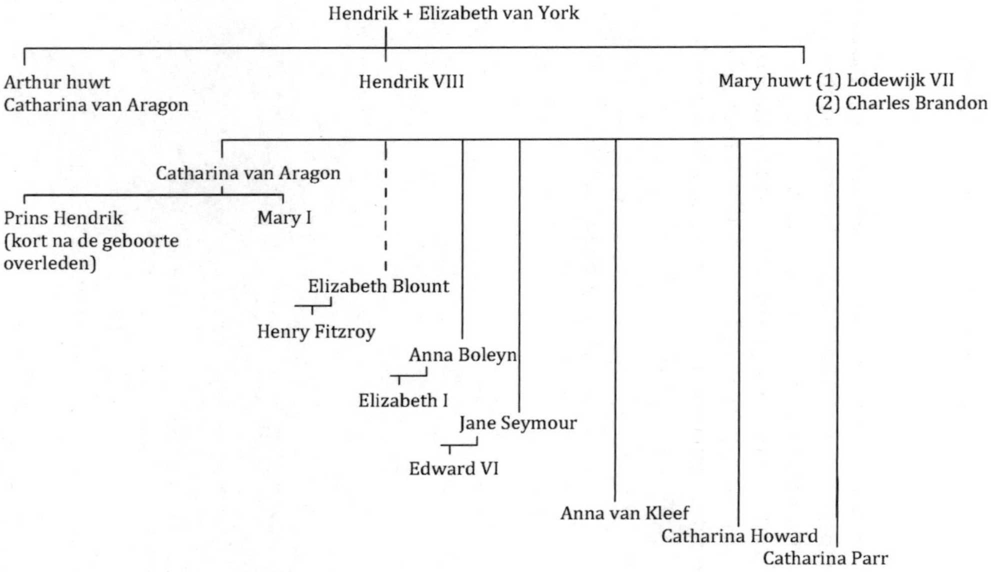

Gescheiden, onthoofd, gestorven, gescheiden, onthoofd.
Enkel Catharina Parr bleef in leven.